De lijst

MARELLE BOERSMA

De lijst

DE CRIME COMPAGNIE
Crème de la Crime

Omslagontwerp: Margo Togni
Foto omslag: © Ayal Ardan, Arcangel Images
Boekverzorging: Michiel Niesen, ZetProducties, Haarlem

ISBN 978 94 6109 808 5
NUR 332

Meer informatie over De Crime Compagnie op www.crimecompagnie.nl

Dit verhaal is wel gebaseerd op werkelijke gebeurtenissen die geëtst staan in de geschiedenis van Ierland. Veel geheimen zijn nog steeds verborgen, maar dit is wat er gebeurd kán zijn.

1

Erin 2023

Het terrein waar de lichamen begraven liggen wordt aangeraakt door de laagstaande zon. Mijn hand zoekt de hand van mijn dochter en ik ben dankbaar dat ik op dit moment niet alleen ben.

'Kun je het hierna afsluiten, mam?'

Die vraag is al ontelbare keren door mijn hoofd gegaan, maar een antwoord kan ik niet geven.

'De zwarte bladzijden sluit ik hierna af, maar...' Er zit een barst in mijn stem, zodat ik eerst moet slikken voor ik verder kan praten. 'Weet je, lieverd. Ik denk dat het nu pas gaat beginnen.'

Ik voel dat ze me van opzij aankijkt.

'Nu zal ik hopelijk gaan ontdekken wat er gebeurd is. Of alle theorieën die samenhangen met dit stukje geschiedenis kloppen. Of zij gelijk hebben gehad.' Ik knik naar de historica die verderop staat om toezicht te houden. De korte haren van Maureen vertonen een rossige glans, waardoor er een stralenkrans om haar hoofd lijkt te hangen. De vrouw naast haar strijkt met haar hand door haar grijze krullen. Zij heeft door haar scherpe blik iets ontdekt wat mijn leven een fikse duw heeft gegeven.

'Ja, voor hen is het ook een belangrijk moment.'

Mijn dochter heeft alle vijfentwintig jaren van haar leven meegekregen hoe ik op zoek ben geweest naar de waarheid. Naar onze familie. Dankzij ons zijn er namen bekend geworden en er zijn zelfs wetten aangepast, zodat wij onze antwoorden zouden krijgen.

Langzaam schuift er een wolk voor de zon, waardoor de kilte bezit neemt van mijn lichaam. Niet alleen wij krijgen nu onze antwoorden, ook de verantwoordelijken moeten hierna hun verhaal doen.

Ik adem diep door en probeer me voor te stellen hoe de omgeving zo'n dertig jaar geleden was. Kaal en leeg? Of stonden er veel bomen op het terrein? Nu staan er blokken met woonhuizen waar jonge gezinnen leven en hun kinderen spelen. De Ierse bevolking was geschokt door het nieuws dat door Maureen bekendgemaakt werd. De schokgolf dreunde door in heel Europa. Het werd zelfs wereldnieuws.

BIJNA DERTIG JAAR EERDER

2

Erin – Leiden 1995

Een paar weken geleden heb ik het laatste vinkje gezet. Het bewijs moet nu voldoende zijn om te weten dat Wim de man van mijn leven is. Hij heeft – nog meer dan ik – moeite om over zijn gevoelens te praten. Verder is hij slim, technisch, ambitieus en een nerd. Hij weet bovendien welke wijn goed aangeschreven staat en kan die ook betalen. En – misschien wel het belangrijkste – hij accepteert me zoals ik ben. En ook al duiken er in zijn aanwezigheid geen vlinders op in mijn maag, heb ik geen last van een gebrek aan eetlust en hoor ik niemand over een glimlach die licht geeft, ik heb zijn huwelijksaanzoek geaccepteerd. Soms kijk ik zelfs uit naar zijn gezelschap. Het is steeds minder ongemakkelijk om het over onze aanstaande bruiloft te hebben. Het is een gegeven geworden.

'Moet jij niet weg?' Teun, mijn direct leidinggevende komt de ruimte binnen. Een mooie kop op een lang lijf. De kuiltjes in zijn wangen en het knotje achter op zijn hoofd vielen me meteen op. Hij is dan ook een aantal jaren jonger dan ik. Helemaal in het begin vroeg hij of ik daar geen probleem mee had, omdat de functie van onderzoeksleider door iedereen in gedachten al bij mij neergelegd werd. Maar ik trok slechts mijn schouders op. Lekker belangrijk, die leeftijd, in een omgeving waarin we ons elke dag miljoenen jaren terug in de tijd verplaatsen.

Ik veeg de losse steenresten met een kwastje weg en peuter nog een klein stukje los bij het bot van deze mosasaurus. Pas dan kijk ik hem aan en dwalen mijn ogen naar de klok achter hem. Ik haal mijn schouders op, duw een losse pluk haar achter mijn oor en buig me weer over mijn werk.

'Je hebt toch een afspraak met Wim?'

'Klopt.' Ik laat de prepareernaald langs de rand van het bot krassen. Het is altijd fascinerend om te zien dat het bijna altijd precies op de rand loslaat, op de plek waar het bot door een minimaal luchtlaagje van de steen gescheiden is. Helaas breekt het ook weleens dieper af, waardoor sommige botten lichtelijk beschadigd tevoorschijn komen. Toch blijft het bijzonder om op ontdekkingstocht te gaan door de tijd, alsof je door een geschiedenisboek bladert. Elk detail wordt zichtbaar nadat het zo lang verborgen heeft gelegen in de lagen van de aarde. *Zoek altijd onder het oppervlak*, zegt mijn moeder altijd. Dat ze dit niet letterlijk bedoelt, weet ik best. Toch is het een zin die ik altijd met me meedraag.

'Hoe is het met je moeder? Heeft ze weer een nieuwe balans gevonden na de dood van je vader?' De stem van Teun zweeft tussen mij en de lichtkoepel die boven mijn werktafel hangt.

'Hij lijkt behoorlijk compleet,' zeg ik, en ik buig achterover om Teun een beter zicht te geven op het fossiel.

'En jij? Volgens mij had je een goede band met je vader.' Teun legt een hand op mijn schouder.

Mijn spieren verstijven vanaf mijn schouder tot diep in mijn romp. Mijn gereedschap trilt in het felle licht, zodat ik het neerleg en langzaam uitadem. 'Ik moet weg,' zeg ik, waarna ik een doek over het werk leg en de lamp uitknip. 'Tot morgen.'

'Tot morgen, Erin. Prettige avond met Wim,' roept Teun me na.

'Je hebt een perfect plekje weten te reserveren.' Ik schuif mijn stoel wat verder aan en leg mijn handen op tafel. Nog geen tel later omvat de warme hand van Wim de mijne. Ik weet dat lichamelijk contact de basis is, dus trek ik mijn hand niet meteen terug.

'Kwestie van een goed netwerk,' zegt hij, waarbij hij het laatste woord enigszins arrogant uitspreekt.

Ik glimlach omdat hij met zijn opmerking opnieuw bewijst dat het klopt.

'Prima contacten, meneer Decker.'

'Decker met ck,' voegt hij er met een scheef lachje aan toe. Blonde krullen, een uitgezakte buik die verscholen is achter de tafel.

Buiten staan grote parasols die het terras van stadscafé Van der Werff bijna in zijn geheel afdekken. In de zomer is dit een favoriete plek voor de meeste mensen in Leiden, maar ik ben blij dat het 's avonds in mei nog te fris is. Het liefst eet ik thuis, maar omdat Wim de plannen voor onze bruiloft wilde bespreken, kon ik er niet onderuit om op zijn voorstel in te gaan.

Het kost me nog steeds moeite om me samen met iemand in het openbaar te vertonen, maar dat zal ik nooit tegen hem zeggen. Het beschermlaagje over de pijn die mijn vorige vriend heeft achtergelaten, moet het nu houden.

Wims huwelijksaanzoek kwam onverwachts. We hadden net bij mij thuis een pizza gegeten, en ik wilde opstaan om de borden naar de keuken te brengen toen hij me tegenhield. 'Wat dacht je ervan?' zei hij, terwijl hij me bij mijn elleboog pakte.

Toen ik niet meteen reageerde, gaf hij een uiteenzetting over de tijd die het kostte om steeds naar mij toe te rijden vanuit Den Haag. 'Bovendien sparen we per maand zevenhonderd gulden woonlasten uit.'

'Wil je gaan samenwonen?' Ik dacht aan mijn moeder, die erop aangedrongen had om 'ja' te zeggen als hij me zou vragen.

'Het is slimmer om maar meteen te trouwen.' De zin bleef even tussen ons in hangen, maar net toen ik iets wilde zeggen, voegde hij eraan toe: 'Ik verdien genoeg voor ons beiden, dus je hoeft niet te blijven werken.'

'Laten we dat dan maar doen,' antwoordde ik. Dat ik bleef werken was voor mij geen discussiepunt. 'Zal ik koffie inschenken?'

Ook al had ik me een aanzoek anders voorgesteld, ik was trots op mezelf dat ik meteen toestemde. En gek genoeg gaf het me rust. Wim was niet iemand die bij me wegliep, me zou kwetsen of dood zou gaan. Zoals tot nu toe iedereen had gedaan. Behalve mijn moeder.

De glazen wijn worden voor ons neergezet en we pakken ze bijna synchroon op.

'Waarop proosten we?' vraagt Wim.

'Op een spetterende bruiloft.' Mijn antwoord komt zo snel dat hij in de lach schiet.

Nadat hij met getuite lippen een slokje heeft genomen, dat hij eerst door zijn mond laat rollen, knikt hij waarderend. 'Prima wijn.'

Ik ben tevreden. 'Wordt het niet eens tijd om de locatie van de bruiloft vast te leggen?'

Hij humt zachtjes.

'Heb jij een voorkeur?'

Hij trekt een denkrimpel in zijn voorhoofd, waarbij hij met zijn blauwe ogen over zijn uilenbril tuurt. Daarna ontspannen zijn gezichtstrekken. 'Een ludieke locatie, een exquis diner, prachtige wijn en een roodharige schoonheid als bruid.'

Ik gniffel zachtjes.

'En jij, Erin?'

'Een geheimzinnige bruidsjurk, een bijzondere bruidstaart en onvergetelijke muziek,' som ik op. Ik heb geen idee waar ik dat allemaal vandaan moet halen, maar als jong meisje had ik deze dromen. Dus wie weet.

'Nou, dan zijn we het weer helemaal eens. Ik stel voor dat ieder een deel van de bruiloft organiseert, dan is dat geregeld.' De triomfantelijke uitdrukking op zijn gezicht past bij de praktische en overwogen manier waarop hij in het leven staat.

Ik denk dat het goed komt met ons. En misschien is het wel jammer dat ik hem pas op mijn achtendertigste heb ontmoet.

We bestellen ons eten en geven de menukaart terug aan de jonge ober, een studentikoos type, die voor zijn bijbaantje een wit overhemd en een zwarte pantalon aan moest.

'Mijn moeder belde nog,' zeg ik zodra hij weer in de richting van de bar verdwenen is.

'Wat wilde ze? Steekt ze haar neus weer in een politiek wespennest? Of gaat het over dat grote onderzoek waar ze mee bezig is, iets voor de krant toch?'

Ik speel met het servet, dat ik in steeds kleinere vierkantjes vouw, en denk terug aan het telefoontje dat op een wel erg ongelegen moment kwam.

Nadat ik afscheid had genomen van Teun, kwam ik het hoofd van de afdeling Evolutionaire Processen tegen op de gang. Hij wilde ineens allerlei details met me doornemen die belangrijk waren voor zijn eigen begrip van het ontstaan van leven. Daarna haastte ik me naar huis. Afspraken zijn afspraken en op tijd komen hoorde daarbij.

Ik had net mijn herdershond Banjer uitgelaten en was me aan het omkleden voor mijn afspraak met Wim, toen de telefoon ging. Struikelend, met één been in de pijp van mijn nette pantalon, hinkelde ik door de gang naar de woonkamer, greep de hoorn waarvan het snoer weer eens flink in de knoop zat, en klemde hem tussen wang en schouder.

'O, hoi mam.' Terwijl ik naar haar luisterde, trok ik aan de band van mijn broek om hem omhoog te krijgen en maakte de knoop dicht.

'Heb je vanavond tijd om langs te komen?'

Mijn bewegingen stokten. Normaal vroeg ze eerst hoe het met me ging.

'Moet dat vanavond?'

Het bleef stil aan de andere kant. Ik telde de seconden en toen ik bij tien was, werd ik onrustig.

'Mam, is het belangrijk?' Het zweet brak me uit.

Opnieuw verstreken er een aantal seconden. Mijn moeder was naast enorm nieuwsgierig ook iemand die snel reageerde, omdat haar hersens in een enorm tempo verbindingen wisten te leggen. Zo had ik dat voor mezelf uitgelegd. Daardoor werd het makkelijker om haar te begrijpen. Een eigen interpretatie was uit den boze in de wetenschappelijke wereld, maar dit kon nog net.

'Mam?'

'Ik moet je op korte termijn spreken.'

Haar stem klonk anders. 'Is alles goed met je? Je bent toch niet ziek?' Het idee dat ik mijn moeder zou verliezen, kneep mijn keel dicht.

'Nee, ik ben niet ziek. Maar...' Haar ademhaling was duidelijk hoorbaar.

'Wim en ik bespreken vanavond de plannen voor onze bruiloft. Maar als je wil dat ik vanavond kom, dan...'

De onderbreking komt snel. 'Nee, dan komt het morgen wel.'

'Is alles in orde? Je klinkt anders.' Ik wilde zeggen dat ze angstig klonk, maar het was zwaarder dan dat. Het was alsof een grote hand mijn hart beetpakte. Als ze me nu details gaf, hielp me dat om een mening te vormen, maar het was niet meer dan een gevoel. Daar kon ik niets mee.

'Maak je maar geen zorgen. Zal ik morgen naar jou komen? Dat is veiliger... Dat vind ik prettiger,' voegde ze er na een korte aarzeling aan toe.

Ik ademde lang uit, alsof de onrust vrijgelaten werd. 'Dat is goed. Kom maar gezellig bij me eten.' Daarna sloot ik het gesprek af en rende de deur uit.

'Ze wilde me spreken, dat was alles.' Ik leg het opgevouwen servetje naast mijn bord.

'Het zal wel weer over haar werk gaan. Een exclusieve primeur is voor een journalist nu eenmaal belangrijk.'

Ik knik, hoewel ik niet zeker weet wat ze allemaal schrijft. Soms lijkt het alsof ze met heel andere zaken bezig is, niet met een primeur voor de krant. Meer met mij. Maar het is lastig om onder woorden te brengen waarom ik dat nu denk. Dan zou ze dat toch zeggen? Maar ik heb het haar ook nooit gevraagd.

'Erin, je staat altijd al voor haar klaar. Je mag ook weleens voor jezelf kiezen.'

'Dat heb ik nu dus gedaan, maar ik vond het moeilijk om haar af te wijzen.' Ik bind mijn lange rode haren opnieuw in een paardenstaart, vooral om mijn handen iets te doen te geven.

'Voelt dat zo?' Wim neemt een slokje wijn.

Die vraag is te moeilijk, dus negeer ik hem.

'Als het echt urgent was, had ze vast wel aangedrongen. Dus morgen is prima.'

Ons gesprek wordt onderbroken door de ober. Ik weet dat Wim gelijk heeft; het wordt tijd om meer voor mezelf te kiezen. Of misschien vooral meer voor óns. Maar hij vergeet dat mijn moeder en ik nog meer naar elkaar toe gegroeid zijn door de dood van mijn vader.

Zwijgend beginnen we te eten.

'Voor de ondertrouw hebben we een uittreksel van het bevolkingsregister nodig,' zegt Wim, terwijl hij zijn mes door de biefstuk laat glijden.

'Hoe kom je daar ineens bij?'

'Nou, dat zijn de regels.'

'Dat weet ik, maar waarom nu ineens?'

Hij prikt een groot stuk vlees aan zijn vork en kijkt me aan. 'Ik weet niet of je dat moeilijk vindt om aan te vragen.'

'Nee hoor, geen probleem.'

Hij is een tijdlang aan het kauwen, waardoor het even duurt voordat hij terug is op zijn stokpaardje. 'Je moeder heeft haar eigen leven. Natuurlijk ben je er als ze het nodig heeft, maar overdreven dankbaarheid is echt niet nodig. Jij hebt er toch niet om gevraagd?'

'Het is mijn moeder,' mok ik.

'Astrid is je adoptiemoeder,' geeft Wim hard terug.

'Dat is hetzelfde.'

'Als het hetzelfde is, hoef je haar ook niet anders te behandelen. Gewone kinderen zijn ook niet overdreven dankbaar voor wat hun ouders voor hen doen.'

Ik leg mijn bestek neer en neem een slok wijn. En nog een. Langzaam voel ik de irritatie zakken. 'Ik zie niet in waarom niet,' zeg ik dan, en ik negeer de pijnlijke term.

'Zij hebben ervoor gekozen, jij hebt ze niet gedwongen om voor jou te zorgen.'

Dit is precies waarom ik Wim waardeer: hij valt altijd terug op de feiten.

'Ik hou van mijn moeder,' zeg ik dan simpel.

Wim veegt zijn mond af en pakt mijn handen. 'Mooi gezegd, maar dat geldt voor alle kinderen.'

Ik wil hem corrigeren, door er *gewone kinderen* van te maken, maar ik houd me in. Er trekt een duizeling door mijn hoofd. Met alle macht probeer ik beelden weg te drukken die vaker opduiken. Een zwarte jurk, een zware ketting en handen die me vastgrijpen. En pijn. Maar ik weet dat het weer overgaat.

'Erin?'

Het klamme zweet ligt op mijn voorhoofd.

'Gaat het wel?'

'Ja, prima,' antwoord ik nog voordat ik weer op zijn blik kan focussen.

'Je bent ineens zo bleek. Ben je druk op je werk? Misschien dat het goed is om meer tijd voor jezelf te nemen. Je moet een gigantische hoeveelheid vrije dagen hebben.'

Ik schraap mijn keel. Het komt de laatste tijd vaker voor dat de beelden van vroeger terugkomen. Komt dat doordat ik ga trouwen? Of heeft het toch te maken met mijn moeder?

'Het is niet erg om af en toe iets anders te doen. Neem een keer een vrije dag, ga sporten om je conditie te verbeteren of ga schaken om je strategische blik te versterken. En laat die afspraken niet afketsen omdat je moeder je nodig heeft.'

Ik zucht diep. 'Dat heb ik toch ook niet gedaan?'

Hij laat mijn handen los en prikt het laatste stukje biefstuk aan zijn vork. 'Zal ik morgen met je meegaan naar je moeder?'

'Lief dat je dat aanbiedt, maar dat is niet nodig. Ze komt morgen bij me langs.' Dat ik een onheilspellend gevoel heb, zeg ik niet. Tot nu toe vroeg mijn moeder alleen maar of het goed *met mij* ging. En nu vroeg ze iets voor zichzelf: ze vroeg om hulp. Alleen dat is al vreemd. En dan die aarzelingen. Haar opmerking dat ze mij *moest* spreken, op korte termijn ook nog, zorgt voor de bevestiging: er is iets aan de hand. Iets ernstigs. Mijn moeder heeft me nodig.

3

Erin – Leiden 1995

Met een luide kreun til ik de zware boodschappentas op het aanrecht. Een snelle blik op de keukenklok leert me dat het een goede keuze is geweest om voor een simpele maaltijd te kiezen. Het is al halfzes, dus mijn moeder kan er elk moment zijn. Zes uur eten is een afspraak die we ooit gemaakt hebben, en die is daarna nooit aangepast.

'Ja ja, jij bent eerst aan de beurt,' zeg ik tegen Banjer, die hongerig om mijn benen draait. Ik vul zijn etensbak, waarna hij erop aanvalt alsof hij al dagen niets gehad heeft.

Dan richt ik me op het bereiden van de maaltijd. De bloemkool snijd ik snel in losse stronkjes en ik kruid het vlees. Mijn moeder is gek op een karbonade, dus de keuze voor vlees was niet zo moeilijk.

Nog geen tien minuten later pruttelt het vlees in de boter en neem ik eindelijk tijd om voor mezelf een kop thee te maken. Ik zet de radio aan en neurie gezellig mee.

Natuurlijk was het druk bij het gemeentehuis, waardoor ik zelfs overwoog om meteen rechtsomkeert te maken. Maar ik had Wim beloofd om de benodigde documenten op te halen zodat we in ondertrouw konden gaan. Toen daarna de ambtenaar van de burgerlijke stand me waarschuwde dat dit weleens een flinke kluif kon zijn, omdat adoptieouders vaak niet weten dat ze zelf actie moeten ondernemen om de geboorteakte naar Nederland te krijgen, zakte de moed me helemaal in de schoenen. Maar uiteindelijk kostte het minder dan een halfuurtje voordat de vrouw vol verwondering een papier omhoogstak.

'U hebt zeer slimme adoptieouders, mevrouw Reinders. Zij hebben alles goed uitgezocht van tevoren. Kijk, hier hebt u de benodigde papieren.'

De envelop brandt in mijn tas. Vreemd eigenlijk dat ik nooit eerder aandacht heb besteed aan mijn afkomst. Ik was geadopteerd toen ik nog jong was. Punt. Mijn ouders waren schatten, dus waarom zou ik interesse tonen in mijn biologische ouders die mij niet wilden hebben?

Maar nu ik zelf ga trouwen en het in principe mogelijk is dat ik zelf moeder word, borrelen de vragen langzaam op. Waarom staat een moeder haar kind af? Wie is mijn vader? En weet hij van de adoptie af? Heeft mijn biologische moeder ooit spijt gekregen of is ze misschien zelfs naar mij op zoek gegaan?

De zachte miezerregen vormt een grijze nevel, waardoor de wereld achter matglas lijkt te liggen. Terwijl ik naar buiten staar, duikt een totaal andere vraag op: leeft ze nog wel? Nooit eerder heb ik bedacht dat ze overleden kan zijn.

Een triest waas duwt tranen in mijn ogen, terwijl ik mezelf voorhoud dat er in feite niets veranderd is aan mijn situatie. Ik héb een moeder. En die is onderweg hiernaartoe. Ik heb een goede baan, een eigen huis en ik ga trouwen. Dat zijn bewezen ingrediënten voor een gelukkig leven.

Terwijl ik in de aardappels prik, laat de gedachte me toch niet los. Ben ik een weeskind? Ben ik daarom geadopteerd?

Met een blik op de klok – tien voor zes – trek ik de brief uit mijn tas en maak hem open. Mijn ogen vliegen over de regels. Mijn adem zet zich vast boven in mijn longen. Ik herken mijn voornaam en Nederlandse achternaam, en opgelucht zie ik dat mijn geboortedatum klopt. Dan haken mijn ogen zich vast aan een ander kopje: ouders. Achter de naam van de vader staat: onbekend. Achter de naam van de moeder, waar de toevoeging achter staat 'uit wie het kind is geboren', staat: Mary Monaghan.

'Mary Monaghan,' fluister ik. Mijn moeder, mijn biologische moeder dus. 'Dus ik heet feitelijk Erin Monaghan,' zeg ik tegen mezelf. Het klinkt vreemd, alsof mijn identiteit niet klopt.

Langzaam laat ik het papier zakken. Ik weet nu dat ik vanavond ook vragen heb voor mijn moeder. Eerst zal ik haar laten praten, maar daarna wil ik meer weten over mijn biologische ouders. Niet om mijn moeder het gevoel te geven dat ik niet dankbaar ben voor wat ze voor mij gedaan hebben, maar omdat ik het wil weten. De feiten moeten nu eenmaal kloppen. Bovendien wil ik weten of ze nog leeft, of Astrid weet wat de reden is voor de adoptie en ook of ze Mary Monaghan misschien ontmoet heeft.

Het is halfacht geweest als ik haar voor de achtste keer bel. En ook nu krijg ik geen gehoor.

'Waar zit je, mam?' vraag ik me hardop af. De eerste keren dacht ik nog dat ze misschien toch verwachtte dat ik naar haar huis kwam, maar nu weet ik niet meer wat ik moet denken. Het eten is allang koud geworden; de karbonades liggen als droge lappen leer in de boter. *Eigen schuld, mam. Dan moet je maar op tijd komen.*

Na de eerste irritatie – ik heb me dus voor niets zo gehaast – begin ik me toch wel zorgen te maken.

Zou ze zo verdiept zijn in haar werk dat ze de tijd vergeten is? Hoewel ik het me niet kan voorstellen, kies ik toch het nummer van haar werk. Net als ik wil ophangen, komt er een reactie.

'Hallo?' Een mannenstem.

'Je spreekt met Erin Reinders.' Ik hoor zelf de korte aarzeling voordat ik mijn achternaam uitspreek.

'O, hallo Erin. Kan ik je ergens mee helpen?'

'Is Astrid misschien nog aan het werk? Het zal niet de eerste keer zijn dat mijn moeder de tijd vergeet,' voeg ik er lacherig aan toe, hoewel dat niet helemaal klopt.

'Je moeder? Nee, nu je het zegt. Ik heb haar eigenlijk de hele dag nog niet gezien.'

Een zwaar gevoel ploft in mijn maag, toch lukt het me om op een normale manier afscheid te nemen. Maar als ik heb opgehangen, blijf ik een tijdlang naar de telefoon staren, waar naast de druktoetsen vieze vegen zitten door het veelvuldig gebruik.

Niet op haar werk.

Al de hele dag niet.

Niet thuis.

Waar is ze?

De deurbel laat me opspringen. Een gil ontsnapt me.

'Jeetje, mama. Gebruik gewoon de sleutel,' mopper ik voor me uit, terwijl ik naar de hal loop. Maar door het geribbelde glas van de voordeur zie ik twee personen staan. Ik aarzel slechts kort en open dan de deur.

'Bent u de dochter van mevrouw Reinders?'

'Ja?' Mijn mond is in één klap kurkdroog.

'Mogen we even binnenkomen?'

4

Charlotte – Orléans 1995

Ze is een van de zestien, en straks de enige vrouw.

'Nog één dag,' mompelt Charlotte. Vandaag is de laatste kans om te oefenen met de technieken, zodat ze straks tijdens de wedstrijd niet voor grote verrassingen komt te staan.

Met haar beide handen leunend op het werkblad, haar ogen gesloten, neemt ze elke stap van het ingewikkelde proces door. Ze kan het dromen, heeft zelfs tot op de minuut een tijdschema gemaakt, maar ze weet als geen ander dat tijdschema's de neiging hebben om gigantisch uit te lopen.

Elke vier jaar is er de mogelijkheid om mee te doen met de belangrijkste wedstrijd in haar vak, de *Meilleur Ouvrier de France*. Vier jaar geleden was ze als patissier geselecteerd voor deze prestigieuze titel.

Charlotte opent haar ogen om het beeld van het gebroken suikerwerk uit te bannen. Het gevoel van falen was op dat moment bijna niet te dragen geweest. Het gebeurde op de derde en laatste dag. Alle losse versieringen lagen klaar om erop te plakken, ze wilde het suikerwerk alleen iets opschuiven om zichzelf ruimte te geven. Het gekraak sneed door haar hart. Ze hoorde uitroepen om zich heen. Iedereen verstijfde ter plekke. Alleen zijzelf bewoog en duwde zo hard op beide oren dat het pijn deed. Het jurylid dat al die tijd om haar werkplek heen draaide, ademde hard en diep in.

Ze had maar een paar seconden nodig, daarna begon ze opnieuw. Ze wist dat kandidaten met lef en doorzettingsvermogen opvielen. Dat was haar enige kans. Maar het ontwerp was veel te complex om opnieuw te maken.

'Je kunt nog meedoen. Hou het klein, maar zorg voor onderscheidende vormen,' zei de man naast haar.

'*Merci*,' was het enige wat ze kon uitbrengen.

Toen ze opkeek zag ze tranen in zijn ogen glanzen. Toen wist ze weer dat hij hier ook gestaan had, en diezelfde prestatiedruk had gevoeld. Er waren meer patissiers die faalden. En het opnieuw probeerden. En uiteindelijk de felbegeerde titel MOF kregen.

Pas toen ze zag dat het jurylid zijn eigen medaille op haar werktafel legde, brak ze bijna. Haar hersens draaiden in een noodtempo. Wat kon ze in zo'n korte tijd nog maken?

Het bleek onmogelijk. De tijd was als een tegenwind waar niet tegenop te fietsen viel.

Gelukkig was Faye, die als een moeder voor haar was, mee naar Lyon. Zij steunde haar tot de uitreiking van de MOF's.

'Draag ook een verlies met trots. Alleen al meedoen met deze wedstrijd is een eer die velen niet eens bereiken,' zei ze.

Ergens zat nog een sprankje hoop dat ze bij de chocola en het gebak voldoende had gepresteerd. Maar toen ze op het podium stond, werd haar naam niet genoemd. Het was voorbij. Ze moest aanzien hoe vijf van haar collega's wél de befaamde kraag in de Franse driekleur omgehangen kregen. Ze klapte natuurlijk voor ze. En op het moment dat ze de trotse glimlach op het gezicht van de nieuwe MOF's zag, nam ze zich voor om terug te komen.

Nu is het zover. Vier jaar verder, vier jaar lang oefenen en steeds haar receptuur aanpassen om opnieuw de mogelijkheid te krijgen om geselecteerd te worden als deelnemer aan deze wedstrijd.

Op het moment dat ze hoorde dat ze bij de selectie zat, was de angst haar lijf binnengeslopen. Maar Faye had zo hard gejuicht dat Charlotte het niet over haar hart kon verkrijgen om die angst met haar te delen.

'Is het niet verstandiger om vandaag rust te nemen, *chérie*?' Faye steekt haar hoofd om de hoek van de deur.

'De suikerrozen glanzen nog niet genoeg,' antwoordt Charlotte.

Faye komt naast haar staan en legt een arm om haar schouders. Ze is klein en smal geworden, maar als een echte Française netjes gekleed en opgemaakt.

'Ik weet dat je het kunt. Denk maar aan de weg die je al bewandeld hebt in je leven.'

De trots in haar stem raakt Charlotte. Ze wil haar bedanken, maar Faye draait zich net om.

'Ik neem de winkel op me, zodat je vandaag nog kunt oefenen. Als er iemand een vechter is, ben jij het. Je verdient dit meer dan wie dan ook.' En weg is ze.

Terwijl haar handen automatisch de ingrediënten bij elkaar pakken, begint ze te kneden. Dit is haar passie, en ze zal nooit vergeten hoe de basis hiervoor is gelegd.

Ze was vijftien, weggelopen en hongerig. Die nacht sliep ze in een schuur, waar ze dankbaar was voor de berg hooi in de hoek. De kou was hierdoor te dragen. Het geritsel van de muizen knisperde gezellig in haar oren en ze voelde zich beschermd en veilig. Die nacht sliep ze dieper dan ooit tevoren.

Pas toen er een zonnestraal tegen haar oogleden kietelde, werd ze loom wakker. Door haar knorrende maag realiseerde ze zich dat ze eten moest zien te vinden. Het water uit een regenton was niet genoeg. Op de eerste dagen van haar vlucht had ze zich verstopt in de glooiende velden van West-Ierland, waar de dorpjes ver uit elkaar lagen en ze makkelijk kon verdwijnen. Soms had ze mazzel en vond ze een boomgaard. Uiteindelijk dreef de honger haar naar wat dichter bewoonde gebieden.

Het gaf haar een heerlijk gevoel om zelf te kiezen waar ze heen kon gaan, en het gevoel van vrijheid leek te groot voor haar borstkas. Ze ademde diep in en richtte haar gezicht naar de zonnestralen, die in juni al lekker warm aanvoelden. Gelukkig was het droog. Ze nam uitgebreid de tijd om haar kleding te ontdoen van elk grassprietje dat ze kon vinden. Vooral haar wollen vest zat vol met hooi. Met haar vingers kamde ze haar donkere haren, waarbij ze nog steeds restjes hooi tegenkwam.

De woonwijk waar ze doorheen liep, bestond uit grote huizen met vrolijke bloemen in de tuin. Heel anders dan de plek waar ze vandaan kwam. Bij de eerste huizen was ze weggejaagd. Nu stond ze voor een villa waar witte lakens in de zon wapperden. Hier zou ze aanbellen, besloot ze.

Ze vlocht haar donkere krullen in een lange vlecht, pulkte met een dun stokje de zwarte randen onder haar nagels uit, streek zo veel mogelijk de harde plooien uit haar kleding, en belde aan. Een vrolijk muziekje kondigde haar komst aan. Met grote ogen nam ze alle details in zich op. Haar hart bonkte in haar borstkas en ze likte aan haar lippen.

De deur ging open net toen ze voor de zoveelste keer haar kleding probeerde te fatsoeneren.

'*Goodmorning, love*.' De vrouw was gekleed in een wit uniform met gekrulde ruches langs de randen.

Verlegen tastte ze met haar blik de vrouw af tot ze bij haar gezicht kwam. Er lagen lachrimpeltjes naast de grijsblauwe ogen en ze glimlachte naar haar.

'*Goodmorning, ma'am*.' Ze likte opnieuw over haar lippen. De woorden bleven steken op haar te droge tong en haar blik vluchtte naar beneden.

'Wilde je wat vragen?' Nooit eerder had ze een stem gehoord die zo zangerig klonk.

'Ik... Ik zoek werk. En ik dacht... Weet u misschien...' Ze stotterde de woorden zachtjes naar buiten.

Het bleef zo lang stil dat ze niet omhoog durfde te kijken, bang dat ook deze engel van een vrouw veranderde in een kenau met een harde stem en kille ogen.

'*What's your name, dear?*'

De angst kneep haar hart samen. Ze nam een diepe ademteug en zei toen: 'Ch-Charlotte.'

'*Well*, Charlotte. Heb je misschien zin in een kopje thee?'

Langzaam ging de deur verder open. Ze knikte en bleef daarmee doorgaan toen de vrouw haar aanmoedigde om vooral binnen te komen.

In de keuken stond een schaal koekjes op tafel. En terwijl het gas het water in de ketel liet zingen, durfde ze er niet naar te kijken, omdat ze bang was te onbeleefd te zijn.

'Neem maar.' De vrouw knikte naar de schaal.

'*Thank you, ma'am.*'

'Je mag me Sue noemen.'

Charlotte pakte een koekje, knabbelde er een stukje af en stopte hem al snel helemaal in haar mond. Het was het lekkerste koekje dat ze ooit geproefd had. Ze bleef naar de schaal staren tot het gegniffel haar opviel.

'Volgens mij heb je trek. Neem maar zoveel je wilt.'

Sue zette een grote mok thee naast haar neer, terwijl Charlottes kaken de goddelijke koekjes vermaalden. Na haar vijfde koekje keek ze verschrikt op. Ze veegde wat kruimels van haar mond en boog haar hoofd.

'Je lijkt op mijn kleindochter,' zei Sue, waarbij de warmte Charlotte omhulde.

'Hoe oud is ze?'

'Dertien, een echte puber en net zo'n zoetekauw als jij. Hoe oud ben jij?'

Charlotte zette opnieuw haar adem vast. 'Achttien. Net geworden,' voegde ze er snel aan toe.

De stilte hing in de gezellige keuken, waar Sue tegenover haar aan de grote houten tafel was gaan zitten. In de servieskast stonden kopjes met roze roosjes erop en een stapel borden met hetzelfde motief.

'Wat voor werk zoek je precies?' Sue slurpte van haar thee.

'Dat maakt niet uit. Ik...' Ze zweeg, omdat ze wist dat ze haar mond heel snel voorbij zou praten.

'Heb je ervaring met huishoudelijke taken?'

'Zeker! Daar ben ik goed in. Ik kan koken en schoonmaken. Ik wil alles aanpakken.' Ze gooide de woorden eruit.

Sue grinnikte. 'Pas maar op met wat je belooft.' Ze nam een paar snelle slokjes achter elkaar en vervolgde toen: 'Sommige huishoudelijke taken worden te zwaar voor me. Mijn knieën willen niet meer.'

Het was voor het eerst dat Charlotte glimlachte. 'Ik ben het gewend om in de keuken te helpen, om tegels te schrobben en de was te doen.'

'Ik zal een goed woordje doen bij mevrouw Faye,' beloofde Sue. 'Je komt precies op het goede moment. Komend weekend geeft het echtpaar weer een van hun vele etentjes. Dan heb ik zeker hulp nodig.'

Charlotte schrikt van het luide gekraak. Als ze voor zich kijkt, ziet ze dat het suikerwerk tussen haar vuisten is verkruimeld.

'*Merde!*' vloekt ze. Dit mag haar morgen niet overkomen. Ze moet haar focus houden en haar gedachten niet af laten dwalen naar wat er ooit is gebeurd. Dat is voorbij. Het is zelfs meer dan dertig jaar geleden. Toch heeft die tijd een enorme impact op haar bestaan gehad. Als ze toen niet dát huis had uitgekozen om aan te bellen, en als Sue toen niet zoveel last had gehad van haar knieën, en als Faye niet de allerliefste vrouw was geweest die ze ooit ontmoet heeft, dan was haar leven heel anders verlopen.

'Je leek zoveel op mijn kleindochter. Daarom kon ik je niet wegsturen,' vertelde Sue later.

Charlotte zucht en veegt alle resten bij elkaar en begint opnieuw. 'Die glans moet ik erin brengen,' mompelt ze. En zodra ze het zegt, weet ze niet of ze het over haar suikerrozen heeft of over haar leven.

5

Charlotte – Orléans 1995

De tweede dag zit er bijna op. Veel voorbereidingen zijn al gedaan, ook voor de bruidstaart die ze morgen, op de laatste dag, zal bereiden. Het is zenuwslopend dat twee van de juryleden al uren om haar heen zwermen.

'Denk je aan de tijd, Charlotte?' Een van hen buigt zich over haar werkbank, waardoor ze zo schrikt dat een van haar crèmetoefjes scheefzakt.

Ze wil vloeken, maar houdt zich in. Met een mesje schraapt ze het toefje eraf en poetst de ondergrond schoon, zodat er niets meer van te zien is.

'Nog vijf minuten,' hoort ze een ander jurylid door de ruimte galmen.

Ze is een van de laatsten die nog bezig is. De laatste drie toefjes draait ze soepel op hun plek, ze legt de zak opzij en rent naar de vriezer, waar ze haar chocoladevorm in gelegd heeft om hard te worden. Met een vlam warmt ze de buitenkant op, waarbij ze moet oppassen dat de chocola niet smelt.

'Ik moet het risico nemen,' prevelt ze. Er is geen tijd om behoedzaam te werk te gaan. Snel breekt ze de vorm eraf. Tot haar opluchting komt de chocola er in zijn geheel uit.

'Je moet je kunstwerk nú wegbrengen,' waarschuwt het jurylid dat naast haar is blijven staan om haar op de vingers te kijken.

'Ik weet het.' Ze ziet de vorm trillen als ze hem voorzichtig tussen de toefjes plaatst, waar hij gelukkig precies in het midden blijft balanceren.

'Aan de kant!' Het hoofd van de jury maakt de weg voor haar vrij.

Nog één minuut. Ze heeft geen tijd om behoedzaam te bewegen. En dus pakt ze het blad in haar handen, tilt het op en loopt met snelle passen, haar knieën gebogen om zo weinig mogelijk op en neer te bewegen, naar de presentatieruimte.

'Snel, Charlotte.' Een collega staat bij de plek waar ze haar kunstwerk moet neerzetten.

'*Dix, neuf...*'

Ze staat nu voor de tafel en ziet haar kunstwerk vervaarlijk naar voren hellen.

'*Quatre, trois...*'

Ze houdt haar adem in, corrigeert de draagplank en zet het gevaarte neer.

'*Allez*, de tijd is om.'

Haar spieren staan strak, haar handen houdt ze nog uitgestrekt om het kunstwerk te kunnen opvangen, mocht het dreigen te vallen. Maar na een paar keer wiebelen, staat het uiteindelijk stil.

Een applaus klinkt achter haar.

'Goed gedaan. Je hebt het gered. Net op tijd.' De kreten van haar collega's én de jury dringen nu tot haar door.

Een giebelend lachje ontsnapt aan haar trillende lippen. Ze wrijft met haar handen over haar schort en voelt hoe klam ze zijn. De tweede dag zit erop.

Achter haar vertelt het hoofd van de jury hoe laat ze de volgende ochtend naar binnen mogen voor de voorbereidingen, en tot hoe laat ze de tijd krijgen.

'De laatste dag, *messieurs. Et madame.*' Hij knikt apart naar haar. 'Pak je rust, en tot morgen.'

Charlotte veegt een losse pluk haar opzij die onder haar koksmuts tevoorschijn piept. In haar hoofd maakt ze lijstjes met wat ze allemaal morgen nog moet doen. Het is veel. Te veel?

Terwijl ze haar werktafel leegmaakt, de spuitzak met gestolde chocola opruimt en daarna met de afwas begint, weet ze dat ze met haar bruidstaart de grootste kans heeft op de rood-wit-blauwe boord. Het bruidspaartje dat als een opvallend modern stel boven op de bruidstaart moet stralen, had ze allang af willen hebben. Helaas. Daarmee moet ze morgen dus beginnen. Dan is ze nog fris en kan ze met volle concentratie de moeilijke vorm in elkaar vouwen. Die creatie zal de aandacht van de jury trekken. En hopelijk blijft er daarna voldoende tijd over voor de rest.

Een traan duwt in haar ooghoek. 'Ik kan het,' mompelt ze, en ze veegt over haar ogen.

Als er iemand een vechter is, ben jij het.

De woorden van Faye.

Ze heeft alles aan Faye te danken. Het ontwikkelen van haar vaardigheden tijdens alle etentjes, de mogelijkheden om in de patisserie ervaring op te doen, en als laatste haar naam. Ze is Charlotte Moreau en daar is ze trots op.

Ze was net eenentwintig geworden toen Faye haar bij zich riep. Geen uitleg, alleen een tijd waarvan Faye wist dat ze normaal gesproken vrij was. Ze werkte al jaren in het huis van Faye en haar man Sean, waar ze naast het werk in huis ook steeds meer naar Faye toe trok. Ze scheelden ongeveer twintig jaar in leeftijd, maar Faye vroeg haar steeds vaker om samen een kop thee te drinken. Charlotte kreeg het idee dat ze niet gelukkig was en zocht naar een manier om haar eenzaamheid geen kans te geven.

Charlotte streek haar witte schort glad en stapte de kamer van Faye binnen.

Fayes gezicht lichtte op toen ze haar zag. 'Kom binnen, *dear*.' Er zat een schor randje aan haar stem, waardoor Charlotte haar wat beter bekeek. Was ze bleker dan anders, of lag dat aan de laagstaande novemberzon die door het zijvenster scheen?

'Wat kan ik voor je doen?'

'We moeten praten.' Faye draaide zich van haar af, en haar krullen hingen net zo glanzend over haar schouders als anders.

Charlotte liep de kamer in en pakte de haarborstel.

'Nee, niet nu. Ik moet... We moeten praten.'

'Heeft het met mij te maken?' Charlotte voelde dat de angst zich in haar maag vastzette. Wat moest ze doen als ze ontslagen werd?

'Kom, we gaan naar de zitkamer.'

Als een mak lammetje volgde ze haar de brede trap af naar de hal, waar de plavuizen glansden in het licht van de kroonluchter. De vragen buitelden door haar hoofd. Waren Sean en Faye niet tevreden over haar? En waar was Sue? Die had ze de hele ochtend nog niet gezien.

Misschien had ze Faye in vertrouwen moeten nemen dat Sue haar taken niet meer kon dragen, en dat zij haar best deed om alles over te nemen om die lieve oude Sue te ontzien. Maar Sue was als een moeder en een oma tegelijk voor haar. Nooit zou ze haar in een slecht daglicht stellen en over haar geringe werkkracht klagen. Toch was het nauwelijks te doen om het grote huis – met maar liefst zes slaapkamers, een zitkamer, bibliotheek en de werkkamer van Sean – in haar eentje schoon te houden. En dan had ze het nog niet eens over de was en het koken.

Gisteren nog was Sean tegen haar uitgevallen, toen ze zijn kantoor wilde schoonmaken maar de man totaal onverwachts achter zijn indrukwekkende houten bureau aantrof. Sinds hij vaker buitenshuis werkte, had hij vaste momenten waarop hij zijn sigaar rookte: meteen na de koffie en na het avondeten. De laatste maanden was hij veel afwezig. 'Om zijn zaken te regelen,' zei Faye altijd.

Nu wilde ze dat ze hem meteen alleen had gelaten. Maar in plaats daarvan stamelde ze een excuus en was ze met de stofdoek aan de kast vol snuisterijen begonnen.

'Weg. Ik wil je hier niet zien!' schreeuwde hij totaal onverwachts.

Met geen woord had ze hierover tegen Sue gerept, maar nu wenste ze dat ze Faye in vertrouwen had genomen.

'Koffie?' had Faye gevraagd voordat ze de deur opende.

'*Yes, please.*'

'Ga maar vast naar binnen.'

Charlotte liep de zitkamer binnen, waar Sean in zijn leren leunstoel zat. Er kringelde rook omhoog. Ze staarde onthutst naar de sigaar die hij tussen duim en wijsvinger geklemd hield. Faye hield er niet van dat hij hier rookte.

Zonder iets te zeggen bleef ze bij de deur staan. Onrustig wachtte ze tot Faye met de koffie binnenkwam. Ze zag tot haar verbazing dat Faye gekozen had voor de kopjes met gouden randjes. Het servies voor als er visite kwam. Charlotte zag haar trillen tijdens het inschenken, en ze wilde dat zij die taak op zich had genomen.

Charlotte pakte het kopje aan en nam snel een eerste slokje om haar droge mond te bevochtigen. Daarna keek ze beurtelings naar Sean, die opnieuw een trek van zijn sigaar nam, en naar Faye, die met smalle lippen strak voor zich uit keek.

'Sean moet je iets vertellen.' De stem van Faye klonk onnatuurlijk laag.

'Bent u niet tevreden? Gaat het over gisteren? Ik wist niet...' Haar stem brak. 'Ik zal nog beter mijn best doen.'

Sean wierp een vernietigende blik op Faye, duwde zich omhoog uit de fauteuil en liep met grote passen de kamer uit, waarbij zijn leren zolen boos knerpten op het geboende hout. Op het moment dat de deur van zijn kantoor dichtviel, zag Charlotte Fayes schouders naar voren zakken. 'Sean wil van me scheiden. Hij heeft een ander.'

Met grote ogen staarde Charlotte naar de smalle vrouw voor haar. Waar moest ze heen als Faye haar wegstuurde?

Trots bekijkt Charlotte het bruidspaar op haar taart. Het is precies zo geworden als ze wilde. Alles heeft ze binnen de tijd kunnen afronden. Maar of het goed genoeg is, dat is aan de jury. Het is niet eens haar eigen wens om zich te meten met anderen. Ze doet mee aan deze wedstrijd voor Faye. En hoe zuur zou het zijn als ze net met de bruidstaart onderuitgaat? Ze kennen beiden de waarde van het huwelijk.

'Over een halfuur wordt u op het podium verwacht,' geeft de voorzitter van de jury aan de zestien deelnemers door. Er wordt opgelucht gebabbeld, op elkaars schouders geslagen en voorzichtig gelachen. Niemand weet of het gelukt is, de enige die meer zekerheid hebben, zijn de twee patissiers bij wie het misgegaan is.

Ze loopt naar de toiletten en kijkt in de spiegel. Ze zet haar koksmuts af en haalt het elastiek uit haar vlecht. Met vertrouwde bewegingen draaien haar vingers de donkere haren in een nieuwe vlecht. Ze strijkt de losse haren die er zoals altijd eigenwijs uit springen naar achteren en zet de koksmuts er weer overheen. Snel werkt ze haar lippen bij en strijkt met haar wijsvinger over haar smalle wenkbrauwen. Het witte kraagje zet ze stevig omhoog. Stel je voor dat ze straks die felbegeerde blauw-wit-rode kraag ontvangt, dan mag ze die altijd dragen. Faye zal vast trots op haar zijn.

Het liefst zou ze nu naar huis willen rijden, Faye willen knuffelen, en verdwijnen in die vertrouwde geur die haar altijd een warm gevoel van veiligheid geeft. Toch moet ze nog wachten tot vanavond in de hotelkamer voordat ze haar alleen maar kan bellen. Charlotte weet dat Faye niet wil dat ze vanavond nog terugrijdt naar Orleans, een autorit van zo'n zeshonderd kilometer met een hoofd dat tolt van vermoeidheid.

De zaal is volgelopen met familieleden en belangrijke mensen uit de patisseriewereld. Ze blijft enigszins achteraan staan, tot ze een ober ziet rondlopen met een blad met glazen.

'Een glas wijn, madame?'

Fransen twijfelen nooit of een glas wijn wel kan als je een lege maag hebt of misschien moeier bent dan anders. Dus knikt ze en pakt een glas.

'Hebt u misschien een glas water erbij?'

'Water?' De wenkbrauwen schieten omhoog. 'Maar natuurlijk. Wilt u met of zonder bubbels?'

'Zonder, graag.'

'Eén moment, s'il vous plaît.'

Dan is het zover. Haar wijnglas blijkt ineens leeg te zijn, haar hoofd wiebelig en haar mond nog droger dan eerder. Het water moet kennelijk nog getapt worden.

'Mag ik alle deelnemers verzoeken op het podium te komen?' Een stem schalt door de microfoon.

Langzaam schuifelt ze achter haar collega's aan tot ze in een lange rij op het podium staan. De koepelvormige zaal zit vol applaudisserende mensen, er klinkt gejoel. Charlotte blijft achter de anderen staan en richt haar blik op het balkon met een balustrade. Daar zit niemand, dat is dus veilig.

'Ik ga bekendmaken wie zijn gekozen tot Meilleur Ouvrier de France in patisserie.' De voorzitter zwijgt even. De groep deelnemers staat met strakke gezichten naast elkaar. Geen bravoure, geen gelach, zelfs geen woorden van spijt. 'Ik noem de namen in alfabetische volgorde.'

Charlotte snuift de lucht door haar neus diep naar binnen en ademt uit door haar mond.

'Ik had ze graag alle zestien genoemd, maar zoveel namen heb ik hier niet. Helaas...' Zijn stem breekt.

Charlotte beseft dat deze man weet wat ze doormaken. Ooit stond hij hier zelf ook zenuwachtig te zweten in afwachting of zijn naam genoemd zou worden. Ze wist dat hij drie keer eerder een gooi naar de titel had gedaan, tot hij hem uiteindelijk bemachtigde.

'Gekozen tot Meilleur Ouvrier de France 1995 zijn...'

De namen worden steeds gevolgd door een daverend applaus. Bij sommige klinkt gejoel, wat haar een kleine glimlach ontlokt. Ze weet dat de partners van de deelnemers net zo betrokken zijn, net zo nerveus, en dat dus ook de ontlading net zo groot is.

Na vijf namen wacht de voorzitter even. Hij ademt een aantal keren zwaar en zegt dan: 'Meer staan er helaas niet op mijn lijstje.'

Het is alsof hij de schuld niet op zijn schouders wil dragen. Het lijstje is heilig, het lijstje is belangrijk, niet zijn eigen stem. Langzaam komt de groep in beweging. De winnaars voorop, hun gekleurde boord trots om hun nek. Zij sluit de rij.

Al die uren oefenen, al die materialen, al die dagen dat Faye voor haar heeft ingevallen. Het is weer niet gelukt. Wat zal Faye teleurgesteld zijn. Met die felbegeerde boord hoopte ze dat ze iets terug kon doen voor alles wat Faye in het verleden voor háár gedaan heeft. Nu moet ze met lege handen naar huis. Als een mislukkeling.

6

Erin – Leiden 1995

De stilte in de woonkamer hangt zwaar om me heen. Ik weet dat ik adem, rondloop, zelfs iets te drinken aanbied, maar toch lijkt het leven weggelekt. De gordijnen hangen bewegingloos langs de planten. Ze filteren het zonlicht dat me volkomen misplaatst probeert te bereiken.

De woorden van de twee politiemensen draaien rondjes door mijn hoofd, alsof er geen uitgang te vinden is. *Uw moeder is vanmiddag dood aangetroffen in haar woning.* De vrouwelijke agent blijft me aanstaren, de man zit op het uiterste randje van mijn leren bank en leunt met zijn ellebogen op zijn knieën.

Dood aangetroffen.

'Hoe weet u dat het mijn moeder is?' vraag ik.

De antwoorden komen weloverwogen en tonen geen vluchtmogelijkheid.

Als ze uiteindelijk vertrokken zijn, lukt het me niet om stil te blijven zitten. De plek tegenover me toont nog steeds de contouren van die irritant rustige agent die mijn leven voorgoed veranderde.

Zelfmoord.

Ik schud mijn hoofd. De combinatie van mijn levendige moeder en een zelfverkozen dood is onmogelijk. Toch wijzen alle gevonden details in die richting. De pillen, het glaasje water en de manier waarop mijn moeder op de bank lag: compleet ontspannen met haar hoofd comfortabel op een kussen. Geen sporen van inbraak. De bewijzen voor zelfdoding zijn overduidelijk aanwezig.

Opnieuw probeer ik het laatste gesprek met haar terug te halen. Had ik het kunnen weten? Wat zei ze ook weer?

Ik moet je nu spreken.

Nee, dat zou mijn moeder nooit zeggen. Het was genuanceerder, toch?

Heb je vanavond tijd?

Ja, zoiets was het. En ik had haar afgewezen. Wel herinner ik me dat ik nog gevraagd heb of ze misschien ziek was. Maar dat was niet zo. Zei ze in ieder geval. Of was ze wel ziek, maar wilde ze me niet ongerust maken? *Maak je maar geen zorgen.* Dat heeft ze ook nog gezegd, weet ik ineens. Ze denkt altijd aan mij, aan mijn welzijn. Ze wil niet lastig gevonden worden. Zo is ze.

Zo wás ze.

'Fuck.' Mijn vuist laat ik hard op de buffetkast neerkomen. En nog een keer. Ik voel een plotselinge woede branden in mijn maag. *Waarom, mama?* Alles in me komt in protest. De kennis van mijn moeders karakter en mijn gevoel spreken dezelfde taal. Zelfdoding. Dat kan niet. Toch liegen bewijzen nooit.

Ik wend me af van de drie fotolijstjes die door mijn uitbarsting omgevallen zijn. Ik hoef ze niet rechtop te zetten om te weten wat erop staat. Het geluk dat door het glas heen schroeit en elke keer mijn hart verwarmt. Mijn ouders die elkaar stralend aankijken, mijn vader met mij als peuter op zijn linkerknie, en mijn moeder en ik. Die laatste foto is van twee jaar geleden. Dat is het enige wat ik nog van ze heb: herinneringen.

Maak je maar geen zorgen.

Waarom heeft ze me niet verteld dat ze wanhopig was? Dat ze dit van plan was?

Nee, ik ben niet ziek.

'Nee, ik ben niet ziek,' prevel ik. 'Nee, ik ben niet ziek.' Het is alsof er meer in die zin verborgen ligt dan ik op dat moment heb gehoord. Waar lag de klemtoon? Die verandert de betekenis, nu ik het woordje 'maar' erachter denk.

Het maakt nu niets meer uit. Had ik maar beter geluisterd en tussen haar woorden naar de onderliggende boodschap gezocht. Maar ik had haast om op tijd te komen voor een etentje. Lekker belangrijk.

Terwijl ik me op de bank laat zakken, gaat Banjer naast me liggen met zijn grote kop op mijn been. Ik grijp naar mijn hoofd waarin de duizelingen opdoemen. Alweer. Met kracht knijp ik mijn ogen dicht en duw tegen die zwarte beelden die me iets laten voelen. Als emoties de overhand nemen, raak ik mezelf kwijt. Nooit meer.

Nu pas besef ik dat ik iets voorvoeld heb. Waarom ben ik er anders met Wim over begonnen? Maar hij schoof het weg. En ik liet hem voorgaan, óns voorgaan.

Als het echt urgent was, had ze vast wel aangedrongen.

Ik pak het fotolijstje op en staar in haar zachte ogen. 'Waarom heb je niet aangedrongen, mama?'

Ineens weet ik wat me dwarszit. Ze heeft nóg iets gezegd. Iets wat wel degelijk aangaf dat er iets niet in orde was.

7

Erin – Leiden 1995

Met mijn vingers masseer ik mijn slapen, waar een geniepige pijn steeds meer terrein wint. Mijn moeders huis klinkt holler dan anders. Geen gezellig gerinkel van kopjes, geen geneurie uit de keuken. Het is stil in het bovenhuis dat ze sinds een aantal jaren bewoonde. Ik wist niet eens dat ze slaappillen had. Mijn verstand ontkent nog steeds alles. Ze leeft nog. Hoewel ik haar zonet in het rouwcentrum heb achtergelaten. Het lichaam was vrijgegeven, omdat het overduidelijk was.

Maar voor mij is niets duidelijk, tenzij ik het met eigen ogen heb gezien. Daarom ben ik hier en kijk rond of er iets veranderd is. Mijn voetstappen klinken hol in haar woonkamer, die keurig opgeruimd is. Ze was heel georganiseerd. Die gestructureerdheid heb ik van haar, heb ik mezelf altijd voorgehouden.

Of heeft ze juist alles netjes opgeruimd voordat ze koos om in te slapen? Het is gewoon haar woonkamer, maar dan zonder een ziel. Koud en te stil. Het uitzicht op de gracht is veranderd; Leiden ligt er troosteloos bij.

Wim heeft me de eerste dagen ongelooflijk goed opgevangen. Hij bleef bij me omdat het zo hoorde. En hij kookte voor me omdat ik moest eten. Hij bood ook aan om mee te gaan naar haar huis, maar deze ontmoeting met haar leegte moet ik in mijn eentje doen.

Mijn blik schiet langs alle bekende hoekjes. De edelstenen uit Duitsland, de fossielen uit Zuid-Engeland, en blijft hangen op de plaat waarop pootafdrukken van een kleine dinosaurus afgebeeld staan. Die had ze gevonden tijdens een van de laatste gezamenlijke vakanties. Het was prettig om te merken dat het haar ook boeide hoe die dieren in het verleden geleefd hadden. Hoe hun botten een levensverhaal konden vertellen, of juist lieten zien hoe ze aan hun einde waren gekomen. 'Botten spreken,' zei ze dan.

Ik zweeg altijd, omdat het een te gemakkelijke conclusie was. Ooit zouden er inderdaad grote ontdekkingen kunnen plaatsvinden, daar was de film *Jurassic Park* ook op gebaseerd. Als je het DNA uit botten of ander bewaard gebleven weefsel kon identificeren, zou de kennis van onze evolutie met grote stappen toenemen. Misschien was het dan zelfs ooit mogelijk om uitgestorven dieren weer tot leven te wekken. Dit gegeven leverde altijd lange gesprekken op, waarbij ik bleef vasthouden aan de feiten: het is niet mogelijk. Maar mijn moeder vond het juist leuk om te speculeren, en vooral ook te fantaseren.

'Denk je eens in wat dat kan betekenen,' zei ze dan, waarbij haar ogen sprankelden.

'Onmogelijk,' was mijn respons. 'Het kan niet.'

'Nu nog niet, lieverd. Maar ik denk dat de toekomst veel geheimen gaat prijsgeven die je je nu niet kan voorstellen.' Ze keek dan ineens zo serieus dat er een rilling over mijn rug liep.

In de keuken is zelfs het glas dat ze als laatste heeft gebruikt omgespoeld en weggezet. 'Alleen haar eigen vingerafdrukken staan erop,' hadden ze gezegd.

Ik leun met mijn rug tegen het aanrecht en denk na. Nergens is iets te ontdekken wat vreemd is of beschadigd is. Ik wilde zoveel vragen stellen – Is er ingebroken? Is het roofmoord? – maar ze doen het af als zelfmoord. Zelfs nu ik met eigen ogen zie dat er bij geen enkel slot, raamkozijn of deurpost een beschadiging is, blijven de vragen in mijn hoofd spoken. Het is nooit bij me opgekomen dat ze zelfmoord zou willen plegen. Maar nu kan ik niet anders dan accepteren dat dit haar keuze is.

Haar keuze wás.

Ik strijk met mijn vingers langs de boeken in haar kast en schuif voorzichtig de la open waar ze haar documenten in bewaarde. Alles is netjes geordend in hangmappen die stuk voor stuk gelabeld zijn. Verzekeringen, bonnetjes, belastingen. Mijn ogen vangen nog meer termen, waarbij één mijn blik iets langer vasthoudt: mijn adoptiepapieren. Dan schuif ik de la dicht. Dat komt later wel.

Het besef dat ik in de komende weken haar huis zal moeten leegruimen, komt met een harde dreun binnen. Ik zal als een voyeur door haar persoonlijke spullen moeten gaan, dát stuit me pas echt tegen de borst. Toch geeft dat me misschien nog een kans om te ontdekken wat haar zo dwarszat dat ze niet verder wilde leven.

In het kleine halletje zie ik een envelop op het kastje liggen. Ik draai hem om en zie een buitenlandse postzegel. Mijn moeders naam staat er in krullige letters op. Misschien iemand die ze via haar netwerk heeft leren kennen? Ik weet dat ze ook met buitenlandse media contact had. Even overweeg ik hem mee te nemen, maar ook die mag blijven liggen tot later.

De voordeur draai ik secuur op het nachtslot. Ik voel een steek in mijn hart dat die handeling in feite zinloos is, omdat ik er mijn moeder niet mee kan redden. Toch is het idee dat er iemand in haar lege huis zou rondsluipen en in haar spullen zou snuffelen niet te verdragen.

Met mijn blik op de grond gericht loop ik de twee blokken naar de parkeerplaats. Het schuldgevoel is zwaar neergedaald in mijn buik. Het is míjn schuld. Ze wilde me spreken, dus waarom stond ik niet voor haar klaar? Zij is er ook altijd voor mij geweest, en nu ze mij nodig had…

Vanuit mijn ooghoeken zie ik een beweging. Een man met een donkerrode jas loopt aan de andere kant van de gracht. Op het moment dat ik mijn blik op hem richt, wendt hij zijn hoofd af.

De jeuk onder mijn huid is er onmiddellijk. Maar als de man blijft staan bij een restaurantje en de menukaart op het raam bestudeert, schud ik mijn hoofd. *Doe niet zo belachelijk, Erin.* Snel loop ik door. Toch flitst mijn blik regelmatig opzij, maar de man is nergens meer te bekennen.

Als ik mijn auto vlak bij mijn huis in een buitenwijk van Leiden geparkeerd heb, zijn mijn zenuwen gespannen, alsof er iets vreselijks staat te gebeuren. Het houdt me bezig, omdat het ergste wat ik me kan voorstellen al plaatsgevonden heeft. Terwijl ik alert om me heen kijk, en mezelf tegelijkertijd belachelijk vind omdat dat totaal geen zin heeft, leg ik de laatste meters tot aan mijn huis in hoog tempo af. Terwijl ik met de sleutel sta te klungelen, neemt de onrust toe. Net voordat ik naar binnen stap kijk ik de straat af, waar ik een eind verderop een zilvergrijze sedan zie stoppen.

Om niet te laten zien dat ik de achtervolger – want ik ben er inmiddels van overtuigd dat hij dat is – in de gaten heb, wend ik me van hem af en ga naar binnen, waarna ik de voordeur irritant langzaam in het slot laat vallen.

Daarna trek ik een sprintje naar de woonkamer, stoot mijn teen aan het salontafeltje, houd een scheldwoord binnen en strompel naar het raam. Heel voorzichtig kijk ik om het gordijn heen.

De straat ligt er verlaten bij. De auto is verdwenen.

Mijn hart rent gewoon door en hijgend staar ik naar de lege plek waar ik zeker weten de zilvergrijze sedan zag. Hij stopte toen hij mijn auto zag staan, en hij moet mij gezien hebben toen ik naar mijn voordeur liep.

Mijn voorgevoel klopt dus. Dat is prettig om te constateren. Iets wat houvast geeft in deze draaikolk aan emoties, die ik normaal gesproken het liefst geen ruimte geef. 'Emoties zorgen voor onzekerheid.' Ik hoor het mezelf zeggen tegen mijn collega Teun, die soms in die rottige gevoelens probeert te prikken. Het is veiliger om op de nieuwe lijnen voor ons onderzoek te focussen. Soms, als hij op zijn praatstoel zit, vertelt hij prachtige verhalen over zijn ontdekkingen in bijzondere steenlagen waar anderen niet wilden zoeken. 'Die laten zich leiden door kennis, maar onderzoek doen vraagt om de durf om de grenzen op te zoeken tussen de bewezen feiten en verrassingen die je mag ontvangen omdat je ergens in gelooft.' Teun staarde dan met een brede glimlach naar iets wat alleen hij kon zien.

Opnieuw duw ik het gordijn opzij en laat mijn blik over de straat dwalen. Niets.

De telefoon doorbreekt de geladen stilte. Ik schrik me rot en gooi een aantal scheldwoorden naar het apparaat dat aangeeft dat iemand me wil spreken.

Weten ze wie ik ben? Hebben ze me gevolgd vanaf het huis van mijn moeder? En bellen ze nu om me hun eisen door te geven? Is ze dan toch vermoord?

De telefoon rinkelt door.

Doe normaal!

Ik strijk mijn haren van mijn voorhoofd en loop naar het tafeltje. Met een ruk grijp ik de hoorn. Ik laat me niet intimideren. 'Wat wil je?'

Heel even is het stil aan de andere kant van de lijn. Dan: 'Erin? Ben jij het?'

'O, sorry, Wim. Ik... Ik schrok van de telefoon.'

'Slecht geweten?'

Ik wil vertellen wat er gebeurd is, maar ik besef dat ik in zijn oren als een totale malloot moet klinken. Hij houdt niet van overwegingen zonder een grond van waarheid.

'Nee, dat niet. Maar...' Ik pak de hoorn in de andere hand en laat me op de luie stoel naast het tafeltje zakken. 'Ik kom net bij mijn moeder vandaan. Nou ja, van haar huis.'

'Waarom heb je dan ook niet gewacht tot ik met je mee kon?' Zijn stem klinkt zo lief en begrijpend dat ik me kan voorstellen dat iemand hierdoor in huilen kan uitbarsten. Ik wil zeggen dat ik dit graag alleen wilde doen, maar ik weet dat ik hem daarmee pijn doe. Dus zeg ik maar: 'Het kwam nu uit.'

'Hoe was het?'

'Stil.' Het is het eerste wat in me opkomt. 'En leeg.'

'Dat moet moeilijk zijn geweest. Ik kom na mijn werk naar je toe, zodat je vanavond niet alleen bent.'

Ik knik, maar besef dan dat hij dat niet kan zien. 'Fijn,' duw ik er met moeite uit.

'Dan praten we er samen over. Oké?'

Als ik heb opgehangen en me er opnieuw van verzekerd heb dat die sedan er niet meer is, maak ik een kop thee. Het lijkt me beter als ik mijn bizarre gedachten voor me houd. Waarom zou iemand me in de gaten houden? Alles wijst op zelfmoord. Ik weet nu al dat Wim zal zeggen dat een schuldgevoel niet nodig is. En hij heeft natuurlijk gelijk.

'Het idee dat ik niets meer aan mijn moeder kan vragen is moeilijk,' zeg ik tegen Wim, die zijn arm over mijn schouders heeft geslagen. De geboorteakte ligt voor ons op de salontafel.

'Maar je wist toch dat je geadopteerd was?'

'Dat wel. Maar ik heb haar nooit iets gevraagd over mijn biologische moeder.'

'Misschien wist Astrid ook niet meer dan alleen deze naam.'

Ik laat de gedachte van Wim tot me doordringen. 'Toen ik in de puberteit kwam, wilde mijn moeder me meer vertellen. Maar ik wees alles af. Astrid was mijn moeder, niet degene die me heeft laten stikken.'

'Misschien kón die vrouw niet voor je zorgen, omdat ze bijvoorbeeld geen geld had. Dat hoor je wel vaker. Ik zou niet meteen zo hard oordelen als je niet weet hoe het in elkaar steekt.'

Ik buig naar voren en pak mijn glas op. 'Ik oordeel niet.'

'Nou, je zegt net…'

‘Laten we het over iets anders hebben,’ onderbreek ik hem. De wetenschap dat ik er nu nooit meer achter zal komen, brandt diepe gaten in mijn hart. Maar nóg erger is dat ik nu de enige moeder kwijt ben die echt voor me gezorgd heeft. Ik staar naar het vlammetje van de kaars die een lavendelgeur verspreidt.

‘Ik vroeg me iets af…’ Wim trekt me behoedzaam naar zich toe, zodat ik tegen zijn warme lichaam aanleun. ‘Je hebt me ooit verteld dat je moeder bezig was om een achtergrondartikel te schrijven.’

Ik hum zachtjes.

‘Wat gaat daar nou mee gebeuren? Neemt een van haar collega’s dat over?’

‘Geen idee.’

‘Ze was daar toch al een tijd mee bezig? Misschien…’

Ik kijk schuin opzij en zie dat Wim over zijn korte krullen strijkt. Er zit een vraag verstopt in zijn laatste woord. ‘Wat wil je eigenlijk zeggen?’ Het klinkt scherper dan ik wil.

‘Weet je of het een onderwerp betreft dat nogal onconventioneel is?’

Ik draai me met een ruk naar hem toe. ‘Wat een vreemde insinuatie. Je hebt niets aan dit soort aannamen.’

Wim krabt even op zijn hoofd. ‘Vandaag heb ik me een paar keer afgevraagd waarom je moeder zelfmoord zou willen plegen. Voor zover ik wist was ze redelijk gelukkig, ook al moest ze natuurlijk je vader te vroeg missen. Maar ze hield van haar werk en was heel gedreven bezig met dat onderzoek. Heeft ze misschien iets heel naars ontdekt?’

Ik haal mijn schouders op.

‘Iets wat haar van streek maakte, waardoor ze geen andere uitweg meer zag,’ vult Wim aan.

‘Waardoor ze dood wilde?’ Ik probeer me te herinneren wat ze me verteld heeft over haar onderzoek. Ik heb haar één keer in tranen gezien. Dat was op een dag dat ik onverwachts bij haar op bezoek kwam. Ik gebruikte mijn sleutel en duwde de huiskamerdeur open.

Ik zie nog haar verschrikte blik voor me. Ik dacht eerst dat het kwam doordat ze me niet had horen binnenkomen. Maar nu besef ik dat ze een stapel papieren voor zich op tafel had liggen, die ze meteen opborg. Toen ik vroeg wat er aan de hand was, wuifde ze alles weg. 'Het is niets, lieverd.'

Maar bij het afscheid knuffelde ze me inniger dan ooit. 'Ik hou van je, weet je dat?' Er blonken tranen in haar ogen.

'Ja, natuurlijk, mam. Ik hou ook van jou.'

'Vergeet dat nooit.'

Ik knikte en zwaaide op straat langer dan normaal. Ze zag er toen zo eenzaam en kwetsbaar uit dat ik mezelf moest tegenhouden om terug te gaan.

Miste ze mijn vader op dat moment erger dan anders? Of hadden die tranen iets te maken met die documenten? Ik heb het haar niet gevraagd. Ik vroeg nooit iets, omdat ik nooit lastig wilde zijn. Moeilijke vragen waarbij ik pijn zou oprakelen, stelde ik ook niet. Emoties zijn zinloos. Die zorgen voor meer onzekerheid dan nodig.

'Ik ga morgen op haar werk langs,' zeg ik gedecideerd. 'Het lijkt me goed om daar eens wat vragen te stellen over dat onderzoek.'

'Dapper van je, liefje. Maar pas op dat je niet in een wespennest roert. Misschien speelt er wel meer dan alleen dat artikel.'

'Wat bedoel je?'

'Nou, er zijn veel mannen die het niet kunnen hebben als een vrouw een belangrijke ontdekking doet en daarmee een primeur heeft. Je moeder zal de laatste niet zijn die door pestgedrag geraakt wordt.' Gedurende een kort moment zwijgt hij. Dan vervolgt hij: 'De kenniswereld is altijd een mannenwereld geweest.'

8

Erin – Leiden 1995

Als ik mijn ogen opendoe, zie ik dat het al bijna negen uur is. De afgelopen dagen waren zwaar. Er viel zoveel te regelen dat ik nauwelijks toekwam aan het verdriet om mijn moeder. Vandaag is de crematie. Het besef dat ik straks definitief afscheid van haar moet nemen, is moeilijk te verteren.

De afgelopen nachten heb ik veel wakker gelegen. Alle vreemde gebeurtenissen, de vragen rondom de dood van mijn moeder, en uiteindelijk de waarschuwingen van Wim, bleven terugkomen. Alleen mijn eigen resolute beslissing om naar haar werk te gaan om vragen te stellen, ebde de afgelopen dagen weg. Misschien had Wim wel gelijk en is het beter om me op de vlakte te houden en vooral geen belastende vragen te stellen.

Het is fijn dat Wim een paar keer bij me is blijven slapen, ook al betekende dat voor hem een veel langere reistijd naar zijn werk. Maar net vandaag had hij al vroeg een afspraak met een klant die hij niet kon afzeggen. Heel vaag heb ik gemerkt dat hij uit bed gleed en zachtjes de slaapkamerdeur achter zich dichttrok. Zijn gelijkmatige ademhaling was het enige wat me vannacht rust heeft gegeven. Het is goed dat ik deze man ontmoet heb. Hij heeft beloofd op tijd terug te zijn, om samen naar de plechtigheid te gaan.

Banjer staat me onderaan de trap al op te wachten, enthousiast als altijd. Als ik het briefje vind dat Wim hem al uitgelaten heeft, loop ik meteen door naar de keuken om thee te zetten.

Even later zit ik voor het raam in mijn woonkamer, en ik klem mijn theeglas in mijn handen alsof dat de kou uit mijn lijf kan verdrijven. Nog een paar uur tot de crematie. De rust van de tuin met daarachter het uitzicht van de weilanden is prettig om mijn gedachten te laten gaan. Moet ik de weerstand om naar mijn moeders werk te gaan overwinnen? Of kan ik beter wachten tot er iets meer tijd is verstreken? Het uitstellen tot na de crematie geeft me wel meer tijd om na te denken...

Ik open mijn tuindeur en Banjer glipt mee naar buiten. Hij loopt al bij de schuur te snuffelen als ik de traptreden nog af loop. De blauwe regen die na twee jaar eindelijk flink is gaan groeien leunt zwaar over de pergola, waarbij de lilablauwe bloemen als druiventrossen naar beneden hangen. Ik sluit mijn ogen als ik bedenk dat ik deze prachtige bloeier van mijn moeder heb gekregen. Ze heeft steeds gezegd dat ik geduld moest hebben, omdat deze struik tijd nodig had om te wortelen.

Tijd...

Klaprozen staan kwetsbaar in het vage zonnetje dat in de ochtend steeds meer terrein wint in mijn tuin. Tot nu toe keek ik uit naar de woning die Wim heeft gekocht, en die op dit moment gebouwd wordt in Zoeterwoude. Daar gaan we wonen als getrouwd stel. Ik weet dat ik dan verder zal moeten rijden naar mijn werk bij Naturalis hier in Leiden. Maar nu pas besef ik dat ik een veel groter offer moet brengen. Straks ben ik alle plekken kwijt die de herinneringen aan mijn moeder levendig houden, en er is geen mogelijkheid meer om nieuwe te maken.

'Shit, mam!'

Had ze maar gedeeld wat er te zwaar was om te dragen, dan had ik haar er vast van kunnen overtuigen dat het leven nog de moeite waard was. Ik knijp mijn handen tot vuisten en probeer de kwaadheid te onderdrukken, wat me maar moeilijk lukt. Ziekte is vreselijk en geeft een machteloos gevoel, en iemand verliezen aan de dood is nog een graadje erger. Maar dat mijn moeder daar zelf voor gekozen heeft, zonder me in vertrouwen te nemen, vreet aan elke zenuwbaan die in mijn lichaam ligt.

Zelfmoord.

Ik moet haar keuze accepteren, er zit niets anders op.

Eenmaal weer binnen, sleep ik mezelf naar de douche. Gisteren heb ik samen met Wim gekeken welke kleren ik vandaag zal aantrekken. Zwart wil ik niet. Mijn moeder was juist gesteld op vrolijke kleuren, maar ik kan het niet over mijn hart verkrijgen om zonnig geel aan te trekken, hoewel die kleur prachtig staat bij mijn rode haar.

Uiteindelijk trok Wim een olijfgroen jasje tevoorschijn. 'Rustig en toch gekleed,' vond hij. 'Ik zal dezelfde kleur dragen, liefje.'

Een collega van mijn moeder haalde tijdens de plechtigheid in een korte speech herinneringen op die me zelfs af en toe een glimlach ontlokten. Zelf kon ik het niet opbrengen om iets te zeggen, maar niemand scheen dat van me te verwachten.

Nu sta ik tussen allerlei mensen die me soms vaag bekend voorkomen. Ik knik vriendelijk en blijf angstvallig bij Wim in de buurt, die ter ondersteuning de hele tijd mijn elleboog vasthoudt. De drankjes worden rondgedeeld en er zijn hapjes. Ik wilde geen koffie met cake, en nu ben ik blij met de wijn die inmiddels begint te werken. Het zachte waas heet ik welkom door om een nieuw glas te vragen.

'Het was een mooie dienst.' Tanja, de buurvrouw van mijn moeder, is bij ons komen staan. 'Ik vind het zo lastig te verteren dat ze me niets verteld heeft,' ratelt ze door. Ze duwt haar grijze krullen omhoog, die weer in precies dezelfde stand terugvallen. Een permanentje laat zich niet corrigeren. 'Maar het was natuurlijk onvermijdelijk. Je zag haar de laatste tijd wegkwijnen.'

Ik spits onmiddellijk mijn oren. Waarom heb ik daar dan niets van gemerkt?

‘Ze bleef steeds vaker thuis. Tot diep in de nacht brandde dan het licht in haar slaapkamer.’ De vrouw graait een nasibal van de schaal die ik net zo fanatiek wegwuif.

In mijn moeders slaapkamer stond ook haar bureau, dus misschien was ze veel aan het werk. Sinds ze alleen woonde hoefde ze met niemand meer rekening te houden, zei ze regelmatig. Maar voordat ik er een opmerking over kan maken, gaat Tanja al verder.

‘Ze was ook bleek, vond je niet? Ik heb haar twee dagen voor haar…’ Ze neemt een hap van de nasibal en vervolgt met volle mond: ‘Voor haar keuze, zullen we maar zeggen, nog aangeboden of ik boodschappen voor haar kon halen. Maar toen gaf ze aan dat ze bij een collega ging eten.’

‘Iemand van haar werk?’ vraag ik ademloos.

‘Nou ja, dat weet ik niet, hoor. Maar ze zei collega, dus ja, dat zal wel van haar werk zijn geweest.’

‘Weet je misschien wie…’

Ze onderbreekt me met een afwerend gebaar en stopt daarna snel het laatste hapje in haar mond. ‘Ik weet niets, hoor. Dan zou je me straks als nieuwsgierige buurvrouw bestempelen. Je hebt het niet van mij dat het een man was.’ Het hinnikende lachje klinkt irritant hoog. Gelukkig ziet ze opeens een andere bekende, waardoor ze zonder iets te zeggen bij ons wegloopt. Haar zwarte plooirok hangt stijf langs haar kuiten, die in een grijze panty gestoken zijn.

‘Wat een bemoeial,’ bromt Wim. ‘Ik zou alles maar met een korreltje zout nemen. Alsof je moeder háár in vertrouwen zou nemen.’

In gedachten laat ik de informatie van buurvrouw Tanja rustig bezinken. Uit niets is gebleken dat mijn moeder haar in vertrouwen heeft genomen. Toch heeft deze vrouw wel meer gezien dan ik. Maar ik kan me zomaar voorstellen dat mijn moeder me niet ongerust wilde maken. Zelfs in haar laatste telefoontje wimpelde ze die vragen weg.

'Ben je al bij haar werk geweest?' vraagt Wim ineens. Ik aarzel slechts kort, maar net als ik wil bekennen dat ik mijn bezoek heb uitgesteld, vervolgt hij: 'Ik zou deze informatie toch eens bij haar collega's neerleggen. Je weet wat ik gezegd heb, toch?'

Ik knik en laat de woorden 'wespennest' en 'mannenwereld' terugkomen. 'Ik ga deze week langs.'

'Ik vind die insinuerende opmerking van Tanja ronduit schandalig,' zegt Wim. 'Maar misschien kun je wel achterhalen wie deze mannelijke collega was. Die kan je vast meer vertellen, misschien ook wel over je moeders geestelijke gesteldheid.'

Met een ruk kijk ik op, en er golft een beetje wijn over de rand van mijn glas. 'Denk je echt dat ze gedeprimeerd was?'

'Misschien. Maar ze was tegenover jou vast erg goed in het verbergen daarvan. Dit is natuurlijk niet zomaar gebeurd.' Wim buigt zich naar me toe en fluistert dan: 'Het kan natuurlijk ook dat deze mannelijke collega haar...' Hij zwijgt even voor hij verder gaat: 'Er iets mee te maken had.'

De gedachte dat mijn moeder iets met een mannelijke collega had, is best lastig. Ik zie haar niet op vrijersvoeten.

'Wie weet heb ik dan toch gelijk.' Wim trekt me naar zich toe.

Zijn woorden verrassen me. Bedoelt hij dan toch iets anders? 'Ik begrijp niet wat je bedoelt.'

'Nou, wat ik eerder zei. Die mannen die een zelfstandige vrouw als je moeder niet dulden en haar het liefst naar beneden duwen. Ik ken dat soort gevallen ook van mijn werk. De technologiewereld staat ook bol van de strebers, die vrouwen nog steeds geen succesvolle carrière gunnen, ze zelfs onderdrukken en met veel gebluf overschreeuwen.'

'Dus je denkt...'

'Ja, dat zou me niets verbazen. En dan klopt het ook met de waarnemingen van die buurvrouw. Als die aangeeft dat ze je moeder zag wegkwijnen, dan kan een van die mannen haar misschien wel de duimschroeven aangedraaid hebben. Beetje dreigen, beetje zwartmaken, een kleine opmerking in de koffiekamer… Je kent het vast wel. Je moeder zou de eerste niet zijn.'

Ik slik moeizaam. Ineens besef ik dat mijn moeder meer verzwegen kan hebben dan ik dacht. Werd ze echt bedreigd? Waarom heeft ze dan niets gezegd?

9

Max – Milaan 1995

'Nee, dat is geen gezicht.' Max wappert met zijn hand in de richting van het model dat stoïcijns op zijn kritische oordeel wacht. 'Het jasje draagt jou, in plaats van andersom.'

Hij gaat achter haar staan en tilt het colbert voorzichtig van haar schouders. Met een knikje wenkt hij het tweede meisje, dat snel voor hem gaat staan. Hij drapeert het kledingstuk over de tengere schouders, veegt denkbeeldige stofjes weg en trekt aan de onderkant.

'Ja, beter. Even kijken...' Hij draait haar om en ziet de stof soepel om haar lichaam vallen. 'Mooi. Ja, mooi.' Hij controleert de lengte van de mouwen en ziet tevreden dat het model geen sieraden draagt. Zo heeft hij ze graag. Meisjes die begrijpen dat alleen al een dun gouden armbandje afbreuk kan doen aan zijn styling.

'Zie je nou,' zegt hij in de richting van zijn assistente Giulia, die haar glanzend zwarte haren in een strakke knot heeft gedraaid. 'Zie je dat dit jasje past bij dit model? Het maakt haar krachtiger, stoerder, en zorgt toch voor de zachtheid die al in haar blauwe ogen verscholen ligt. Je bent prachtig.' Hij knipoogt naar het meisje, dat een voorzichtig glimlachje laat zien.

Het is altijd zoeken naar de goede combinaties van modellen en kleding. En nu zijn nieuwe collectie bijna op de catwalk in zijn mooie stad Milaan getoond gaat worden, is het nodig om alle laatste puntjes af te vinken.

'Volgende,' zegt hij. Hij draait zich om en neemt een slok water uit een flesje dat hem aangereikt wordt. Hij is trots op wat hij op drieënveertigjarige leeftijd al bereikt heeft, maar hij weet als geen ander dat zijn roem net zo teer is als de tule die hij in zijn bruidsjaponnen gebruikt. Eén misstap en de recensenten rijgen hem aan het mes.

Terwijl hij toekijkt als Giulia het volgende model helpt om de klaarhangende kleding aan te trekken, zonder dat de spelden die in deze voorbereidende fase soms nog in kragen of schoudervullingen zitten het model prikken, voelt hij dat de fotograaf hem observeert. Hij werkt al jaren met Mattia samen, en dat is tot beider tevredenheid.

'Hoelang duurt het nog?' vraagt Mattia, die nu naast hem komt staan.

'Halfuurtje, hooguit.'

'Zal ik het vorige model vast meenemen voor een shoot?'

'Dat is prima.' Hij blijft tijdens hun gesprek Giulia in de gaten houden. Tevreden ziet hij dat zijn assistente secuur is bij het innemen van de pantalon, die iets te wijd blijkt te zijn. Dan werpt hij een korte blik op de fotograaf. 'Straks lunchen?'

'Graag. Ik wil de advertentiecampagne doorspreken. Ik heb wat spraakmakende ideeën uitgewerkt.'

Met een ruk draait hij zich naar hem toe. 'Toch niet choquerend?'

Mattia knijpt een van zijn helblauwe ogen dicht en strijkt door zijn donkere krullen. 'Een beetje,' antwoordt hij dan lachend.

'Een beetje is goed, maar ik kan me nog goed herinneren dat...'

'Ik weet het. Relax, ik zal nooit zo ver gaan dat jouw naam gevaar loopt.'

Max knikt en gooit zijn hoofd even opzij. Een gebaar dat zo ingesleten is dat zijn collega's het soms lacherig afdoen als een zenuwtrekje, maar hij weet waar het vandaan komt. Ook al zal hij dat nooit met iemand delen.

'Eerst eten,' zegt Mattia, als Max meteen over zijn ideeën begint.

Max houdt er niet van om tegengesproken te worden, maar van Mattia accepteert hij het. Hij beweegt zijn schouders onrustig onder het linnen jasje en duwt zijn blonde lok wat hoger op zijn voorhoofd. Dan kijkt hij de zaak rond om te zien of iemand hem herkent. Het zwart-wit geblokte montuur is zijn nieuwste aanwinst. Hij neemt altijd iets mee tijdens zijn reizen om zijn imago als modekoning te onderstrepen.

Mattia tikt voor hem op tafel. 'Ik zit hier, hoor.'

Beschaamd richt Max zich weer tot hem. 'Doe mij een tipje van de sluier, Matt.'

'Ik weet dat je nieuwsgierig bent, maar dit eten is het waard om alle aandacht te krijgen.'

Max knikt en bestudeert dan afwezig de menukaart. 'Ik denk dat ik de octopussalade neem. Ik heb niet zoveel trek.' Hij kijkt door de ramen naar de prachtige bogen die zich voor het Ristorante Galleria uitstrekken. Het is het meest prestigieuze restaurant van Milaan, zonder enige twijfel. Zoals elke dag lopen er veel mensen door de Galleria Vittorio Emanuele, die bekendstaat als een chique winkelgalerij naast de Duomo van Milaan.

Toen hij zo'n twintig jaar geleden als twintiger naar Milaan kwam, heeft hij door de straten gedwaald om de stad in al zijn facetten te leren kennen. Zittend tussen alle andere studenten op de trappen voor de Duomo heeft hij gezworen dat hij het hier zou gaan maken.

'Hoeveel tijd heb je nog nodig om de collectie klaar te maken?'

'Een paar dagen. Dat gaat me wel lukken.' Max tilt zijn glas op en proost in de lucht.

'Weet je wat ik het meest in jou waardeer?' vraagt Mattia, die aan zijn wijn nipt en daarna zijn glas behoedzaam op het damasten tafellaken zet.

Max blijft zwijgend naar buiten kijken, waar de soepele lijnen van de koepel iets in hem oproepen. 'Dat ik dat niet eerder gezien heb,' mompelt hij. 'Dát ga ik doen.' Hij werpt een enthousiaste blik op Mattia. 'Nu begrijp ik wat me altijd al dwars heeft gezeten.'

'Vertel.' Mattia leunt op tafel en duwt zijn wijsvingers voor zijn lippen tegen elkaar. Er glinstert iets in zijn ogen.

'Ik moet eerst...' Max tilt zijn donkerrode leren tas op zijn schoot. Hij diept een tekenblok en potlood op en schuift zijn bord opzij.

'Maar Max...'

'Nee, dit móét ik vastleggen. Dit wordt het topstuk van mijn collectie.'

'Voor déze collectie?'

Met snelle bewegingen schetst Max de eerste lijnen. Een snelle blik naar de koepel. 'En daar komt dan...' prevelt hij. De potloodpunt danst over het papier, waarbij hij sommige lijnen extra aanzet en andere slechts een klein accent geeft. Hij houdt zijn hoofd schuin en bestudeert de eerste schets.

'Wat maak je?'

Max legt zijn vinger op zijn lippen en diept dan een gummetje op. 'Dit is te strak,' zegt hij dan.

'Voor wie is de octopussalade?' vraagt de ober, die met twee borden in zijn hand naast hun tafeltje verschijnt.

Max negeert de man compleet. Dit moet eerst uit zijn hoofd. Hij heeft te vaak meegemaakt dat hij zich schikte naar anderen, dat hij het iedereen naar de zin wilde maken voordat hij zijn creatieve geest de ruimte gaf. Dat doet hij niet meer. Nu is de beste tijd. Niet straks. Niet eerst eten.

'Zet maar neer,' hoort hij Mattia zeggen. 'En die ook, graag. *Grazie mille.*'

Er glipt een dankbaar gevoel door zijn hart, dat even snel weer weg is. Mattia is de enige aan wie hij niets hoeft uit te leggen als zijn inspiratie rondzoemt.

Het lijfje tekent hij strak, waarbij hij met snelle potloodbewegingen de pareltjes een plek geeft. Het accent op de taille, ruim onder de borsten, zodat de rondingen beter uitkomen. Een laatste blik op het kruispunt van gangen die de galerij zijn elegantie geven. Niet voor niets is de galerij in een kruis gebouwd, waarbij de gangen uitkomen op vier schitterende pleinen in Milaan, waarvan de Piazza Duomo het bekendst is.

'Dat ik dit niet eerder bedacht heb.' Er glijdt een glimlach over zijn gezicht als hij denkt aan het bijgeloof omtrent de galerij. 'Dat ik dit niet eerder bedacht heb,' mompelt hij opnieuw. Met snelle lijnen tekent hij de plooien die al die jaren al zichtbaar waren, maar nu een betekenis krijgen. Al die toeristen draaien hier hun rondje met hun hak diep in de testikels van de stier in het mozaïek gedrukt. Het brengt geluk. Allemaal bijgeloof. Toch zou hij het met liefde bij sommige mensen doen.

Uiteindelijk leunt hij naar achteren. Zijn hart bonkt van enthousiasme, terwijl hij met een brede glimlach zijn vriend aankijkt.

Die knikt waarderend. 'Ik zie het. De gelijkenis is treffend. *Bellissimo*, Max.'

De tevreden zucht komt diep uit zijn longen. 'Dit wordt hem, Mattia. Dit wordt de kroon op mijn werk.' Hij ademt diep door en denkt aan zijn vader. Een hak in een kruis. Hij grinnikt zacht. Nu al weet hij dat zijn vader hem als enige echt zal begrijpen.

10

Max – Milaan 1995

'Dat is lang geleden.' Mimi staat voor hem, en haar ogen nemen hem aandachtig op terwijl ze een stap opzij doet om hem binnen te laten.

'Ja, veel te lang. Ik weet het. Maar je begrijpt het: druk druk druk.' Max laat zijn tas achter in de gang en kruipt in de hoek van de chaise longue die als een pronkstuk in de woonkamer staat.

'Hoe is het met je nieuwe collectie?' Mimi pakt als vanzelfsprekend twee kristallen wijnglazen, die ze daarna tinkelend aan haar vingers laat hangen.

Max strijkt automatisch over zijn lok. 'Heb je er al van gehoord, dan?'

'Natuurlijk, lieverd. De shows staan al een tijdje vast.' Geconcentreerd maakt ze een fles witte wijn open en schenkt in. 'Maar er is nog niets uitgelekt, hoor, als je dat bedoelt.'

'Mooi, ik hoop Milaan te verrassen.'

'Reken maar op een iets breder publiek dan alleen Milaan.' Mimi gaat in haar gebloemde leunstoel zitten en slaat haar benen soepel over elkaar. Ze is gekleed in een mantelpakje met contrasterende pumps.

Max voelt de spanning van zich af glijden, zoals altijd als hij bij haar binnenwipt. Mimi is eind vijftig en heeft in de afgelopen vijfentwintig jaar een indrukwekkend netwerk opgebouwd in de modewereld. Het is dan ook niet voor niets dat iedereen haar hielen likt en met veel gevlei in haar inner circle wil komen. Zij weet de laatste nieuwtjes, is trendwatcher voor de belangrijke stromingen én ze heeft als moderecensente contacten in de media die couturiers kunnen maken of breken. Contacten zijn goud waard, maar een goede kruiwagen is in Milaan met diamanten belegd. Nog steeds kan hij niet bevatten wat een geluk hij heeft gehad met Mimi als zijn hospita.

Ze was in die tijd nog maar net werkzaam als journalist, en hij was net begonnen met zijn opleiding toen ze elkaar bij een borrel ontmoetten en ze hem een appartement in haar kapitale pand aanbood. 'Ik wil geen last van je hebben, maar wel gezelligheid,' waren haar enige eisen.

Door de lange gesprekken met haar heeft hij meer geleerd van de modewereld dan in zijn opleiding. Van haar heeft hij vooral ook gehoord wat hij níét moet doen en hoe hij zichzelf als merk kan presenteren. Het was een harde leerschool, maar wel de beste die er in Milaan te vinden was. Pas veel later begreep hij van zijn vader dat híj de ontmoeting met Mimi had geregeld. Daar is hij hem nog steeds dankbaar voor.

'Heb je een nieuwe bril?'

'Hoe vind je hem?' Max duwt de bril wat verder op zijn neus. In het begin moest hij wennen aan het brede montuur, met grotere glazen.

'Opvallend.' Ze grinnikt. 'Het past bij je.'

'Ja, toch?' Hij duwt zijn borst naar voren en tuit zijn lippen tot een trots mondje.

'Waar heb je die gevonden?'

Hij glimlacht geheimzinnig. 'In een bijzondere winkel op een van mijn reizen. Maar net als journalisten, hou ook ik mijn bronnen liever geheim.'

Ze genieten een tijdje zwijgend van de wijn, waarbij de stem van Laura Pausini langs hen heen glijdt. Er is niets zo rustgevend als bij zijn vertrouwde Mimi neer te strijken om de stress van de dag van zijn schouders te laten glijden.

De hele middag had hij het passen van de kleding verder aan Giulia overgelaten, waarbij hij soms alleen een eindoordeel hoefde te geven. Zelf was hij in hun atelier gedoken, waar hij op zoek was gegaan naar de fijnste zijde die hij kon vinden. Uiteindelijk had hij een paar stalen meegenomen om ze die avond aan Mattia te laten zien. Hoewel zijn vriend vooral gericht is op het juiste licht en een opvallende setting, is het prettig om het alleen al tegen hem aan te houden. De zijde wil hij thuis nog tientallen malen door zijn vingers laten glijden. Verfijnd, ivoorkleurig en perfect voor zijn doel. Heel even overweegt hij om Mimi om haar mening te vragen, maar het idee dat zijn nieuwste idee kan uitlekken, laat hem zwijgen.

'Hoe gaat het met Mattia?'

Het lijkt een onschuldige vraag, maar het zweet breekt hem uit. 'Ik denk wel goed. Hij was vanmorgen nog bij me, maar we waren nog niet klaar met doorpassen om opnamen te kunnen maken.'

'Ik zag jullie zitten.'

'Ons zitten?' Hij laat zijn stem automatisch wat omhoogglijden om zijn verbazing te laten horen.

Mimi zucht dramatisch. 'Ach, lieve Max, dacht je nou echt dat ik het niet wist van jullie?'

Zijn bril zakt een klein stukje naar beneden en hij likt nerveus over zijn lippen, voordat hij zijn charmantste glimlach toont. Hij kijkt naar Mimi, die nog steeds heel zelfverzekerd met haar benen over elkaar zit, haar wijnglas in het kommetje van haar hand.

'O, ik weet al wanneer je ons hebt gezien,' zegt hij dan, alsof hij het nu pas bedenkt. 'We hebben tijdens de lunch zijn ideeën voor de campagne besproken.'

Een vaag lachje ligt comfortabel om haar lippen. Ze zegt niets, maar hij weet dat ze het weet. Al die jaren heeft hij ervoor gezorgd dat niemand zijn geheim zou ontdekken, maar juist zíj, de belangrijkste journalist uit het vak, heeft hun geheime relatie door.

Net als zij doet hij er verder het zwijgen toe. Elk woord maakt het nu erger. Hij zal nog voorzichtiger moeten zijn.

'Ik moet er helaas weer vandoor. Vanavond wil ik nog een nieuw ontwerp uitwerken.'

'Nu nog? Voor deze show?'

'Ja, ik heb een fan-tas-tisch idee gekregen voor het pronkstuk van de show. Ik móét dit gewoon maken.' Hij laat zijn lange benen van de bank af glijden en komt overeind. Snel trekt hij de strakke broek een beetje naar beneden, omdat die in zijn kruis trekt. Alles voelt op dit moment ongemakkelijk, zelfs zijn kleren.

'Ik neem aan dat je je geheim niet met mij wil delen?'

Hij klakt met zijn tong. 'Mijn geheim delen met de belangrijkste journalist van Milano?' Hij kijkt haar zogenaamd gechoqueerd over de rand van zijn bril aan.

Ze lacht nu voluit. 'Nee, natuurlijk niet. Geheimen kunnen zomaar opduiken zonder dat je er zelf iets aan kunt doen.' De knipoog die ze hem schenkt doet de rest.

Hij wendt zich snel van haar af en ze loopt met hem mee naar de voordeur. Elke beweging voelt alsof hij te overdreven is, of zijn broek te strak zit en hij te veel met zijn heupen wiegt.

'O ja, zou ik het nog bijna vergeten,' zegt Mimi dan achter hem. 'Hier, deze is bij mij bezorgd.' Ze geeft hem een envelop waar met krullerige letters zijn naam op geschreven staat. 'Ga je internationaal?'

'Grazie, Mimi.' Daarna geeft hij haar een kushandje.

'Wees voorzichtig, lieverd. Sommige geheimen kan ik bewaren, maar andere zijn te belangrijk om niet met de wereld te delen. Zelfs al ben ik als een moeder voor je.'

Dan slaat de deur achter hem dicht en loopt hij door het trapportaal naar zijn eigen verdieping. Waarom is die brief bij haar bezorgd?

11

Erin – Leiden 1995

Het gebouw van Naturalis ligt verstopt in een grauwe wereld, waarbij de top van de collectietoren niet eens zichtbaar is. Al jaren zijn ze bezig met plannen om er een unilocatie van te maken, waarbij alle onderdelen van het instituut én het museum onder één dak samengebracht worden. Ik kijk er niet naar uit, omdat ik hier alles blind kan vinden. Het is prettig werken in afzondering van het hectische leven als je bezig bent met botten uit een ver verleden.

De vlagerige regen weet me zelfs onder de paraplu te bereiken en ik ben blij als ik eindelijk naar binnen kan stappen. Met de druipende plu in mijn hand loop ik verder.

‘Wat doe jij hier?’ Teun blijft tegenover me staan en duwt me met zijn meelevende blik meteen weer in het gemis.

‘Gewoon.’ Ik wil doorlopen, maar hij verspert me de weg.

‘Erin, neem wat tijd om bij te komen. Het is niet niks als je moeder…’

‘Mag ik erlangs?’ vraag ik. Ik hef zelfs mijn hoofd op, zodat ik hem recht kan aankijken.

Tergend langzaam zet hij een stap opzij, waarna ik hem snel passeer. Mijn persoonlijke verdriet gaat hem niets aan.

Eenmaal achter mijn bureau zak ik weg in de oude bureaustoel die ik al sinds het begin van mijn werktijd hier toegewezen heb gekregen. Voor me liggen de artikelen die ik aan het lezen was. Mijn pen, potlood en gum heb ik, zoals altijd, netjes naast mijn toetsenbord gelegd. De plastic meetlat links op mijn bureau, het bakje met kwastjes rechts. De orde klopt. Maar ik niet meer.

Met mijn handen plat op mijn bureau vraag ik me af waar ik mee bezig was. Is dat pas een week geleden? Het duurt een hele tijd voor ik mijn blik van mijn donkere scherm losmaak en rondkijk. Mijn domein. Hier breng ik al zo'n vijftien jaar van mijn leven door. Al die jaren heb ik me begraven in het ontrafelen van de oudheid. Ik was urenlang met een kwastje en naald bezig de steenresten te verwijderen om een skelet dat daar vele miljoenen jaren geleden in terecht was gekomen uit te prepareren. Het ontdekken van nieuwe soorten, bijzondere vondsten van skeletten en de zogenoemde missing links gaven mijn dagen een goede invulling. Ik voelde me nuttig.

'Doden vragen niets' was een uitdrukking die ik vaak herhaalde als mensen in mijn omgeving zich afvroegen wat ik nou zo leuk vond aan mijn werk.

Met gesloten ogen laat ik die uitdrukking terugkomen. Langzaam schud ik mijn hoofd. Het klopt helemaal, ze vragen niets, maar nu besef ik dat ik al die jaren vooral op zoek ben geweest naar antwoorden van anderen. Antwoorden die verborgen lagen in hun botten en de plek waar ze gevonden waren. Als ik me maar richtte op díé verhalen, hoefde ik mijn eigen verleden niet onder ogen te zien.

Een klop op de deur laat een schok door me heen gaan.

Teun komt binnen met twee koppen koffie. 'Zwart met drie klontjes,' zegt hij, en hij zet de mok met een doodskop erop voor me neer. Zonder iets te zeggen draai ik de afbeelding van me af. Hoewel het mijn eigen vertrouwde mok is, duwt deze schedel nu ongewenste beelden in mijn hoofd.

Zwijgend zit Teun op de stoel naast mijn bureau. Het is zijn stoel. Hier zat hij in de voorbije jaren altijd als we in onze eigen bijna woordeloze communicatie overlegden over de onderzoekslijnen.

Shit, natuurlijk. Zijn onderzoek. Hij heeft me nodig om resultaten te verkrijgen. Ik ben zo bezig geweest met mezelf dat ik mijn verantwoordelijkheden op mijn werk compleet kwijt ben geraakt. Mijn blik flitst kort opzij. 'Je hebt me nodig.' Mijn stem klinkt matter dan ik wil.

Hij heft zijn hand op. Het gebaar is zo duidelijk dat ik langzaam weer in elkaar zak.

'Je koffie wordt koud,' zegt hij na enige tijd. Het valt me op dat de kuiltjes in zijn wangen verdwenen zijn.

Ik strijk een losse pluk van mijn voorhoofd, voel of mijn paardenstaart nog enigszins toonbaar is en pak dan de mok. Voorzichtig nip ik aan de koffie, maar constateer dan dat hij inderdaad al lauw is. De zoete drank doet me desondanks goed. Zo hoort koffie te zijn. 'Hoe gaat het hier?' vraag ik om maar wat te zeggen te hebben.

Hij zoekt naar woorden. 'Prima,' zegt hij dan.

Met grote slokken glijdt de energie mijn lijf in. En pas als de mok helemaal leeg is en ik hem behoedzaam heb teruggezet, kijk ik hem aan. 'Dank je wel.'

'Ga je vandaag echt aan het werk?'

Ik haal mijn schouders op. Daarna kijk ik hem verontschuldigend aan. 'Mijn moeder...' Daarna doe ik er weer het zwijgen toe.

'Ik weet het.' Teun strijkt door zijn kort getrimde baard, waarbij hij me nog steeds blijft aankijken. 'Ga naar huis, Erin. We redden het hier wel. Die botten houden al miljoenen jaren hun geheimen vast, dus die paar weken extra maakt niet uit.' Als hij al bij de deur is, draait hij zich om. 'Als je me nodig hebt, ben ik er.'

De stilte keert terug, terwijl zijn woorden op een plek landen die al jaren leeg is. *Ik ben er.* Drie woorden die ineens mijn ogen laten branden. Al die tijd heb ik nog geen traan gelaten om mijn moeder, maar door Teun voel ik ineens dat ik alleen ben. En dat ik dat niet hoef te zijn.

Wim is er natuurlijk ook, maar...

Ik haal mijn neus op en vraag me af wat het verschil is. Ik denk dat het komt doordat ik bij Teun voel dat hij er vooral voor mij is en niet alleen voor de praktische oplossingen. En dat is zowel mooi als eng.

Boven me hoor ik het geluid van een radio doordringen. Mijn collega's hebben dag in dag uit dat kreng aanstaan. Zij houden van levendigheid, en van de contacten met collega's. Zij nemen graag hun weekend door tijdens de koffiepauzes en delen de laatste roddels tijdens de lunch. Ik richt me op de wetenschappelijke details en houd ervan om die te delen met Teun, en om daarna onze hypothesen bij elkaar te testen. Dat voelt veilig.

Dit is míjn leven, waarin ik me vastbijt in het verleden. Gaat het er echt om nuttig te zijn voor de wetenschap? Of is het vooral de geborgenheid waarin ik antwoorden kan vinden op al die vragen over de biodiversiteit in de natuur en die vooral niet over mij gaan?

Opnieuw controleer ik waar mijn pen, potlood en gum liggen, en met de andere hand mijn kwastjes en prepareernaalden. Alles klopt. Dan verlaat ik mijn kamer en loop het gebouw uit. Teun heeft gelijk. Deze antwoorden kunnen wachten. Andere vragen zijn veel urgenter.

Het heeft me bij de redactie meer tijd gekost dan ik wilde, zodat ik pas twee uur laten onderweg ben naar mijn huis. Ik voel me murw geslagen door de vele vragen. Als aasgieren doken ze op me af en doorboorden mijn pantser met nieuwsgierigheid. Op het laatst wilde ik schreeuwen dat ze moesten stoppen, omdat ik geen antwoorden had. Gelukkig kwam een collega van mijn moeder tussenbeide en nam me mee naar een doos die op een leeggeruimd bureau stond. 'Je moeders spullen,' zei hij ten overvloede.

Ik was inmiddels zo lamgeslagen dat ik niet wist wat ik moest zeggen. Toen ik wilde weglopen, hield hij me tegen. 'Mocht je vragen hebben, bel me dan.'

Daarna liep ik met de doos naar buiten. Die stond dus al klaar. Al die nieuwsgierige opmerkingen had ik voor niets weerstaan. En wat voor vragen bedoelde die collega eigenlijk?

Eén doos. Daarin zat alles. In een eerste blik zag ik haar notities, post-its met aantekeningen, een klapper met telefoonnummers, wat brieven, een aantal diskettes, een notitieblok en daaronder lagen misschien nog wat meer papieren. Was dit echt alles? Of hadden ze belangrijkste informatie achtergehouden?

Ik besef nu pas dat ik ben vergeten te vragen met wie mijn moeder op een van haar laatste avonden gegeten heeft.

De autoradio duwt me woorden van Michael Jackson in mijn hoofd, terwijl ik de Vrouwenweg insla. Aan beide kanten van de asfaltweg liggen weilanden. Een smalle sloot als afscheiding. Plotseling rem ik. Een witte eend steekt waggelend de weg over naar de sloot, waarbij een rij pulletjes haar luid kwetterend volgt. Ik leun op mijn stuur en bekijk het eendengezinnetje, waarvan de vader schittert door afwezigheid. Mijn hart krijgt een zetje, waardoor dat een slag overslaat.

Pas als het laatste eendje veilig in het water ligt, schakel ik naar de eerste versnelling en rijd verder. Michael Jackson laat me met zijn omfloerste stem weten dat ik niet alleen ben. Mijn voet ligt stil op het gaspedaal als de tekst me naar huis begeleidt en me vertelt dat hij bij me is. Zachtjes zing ik mee. '*Though we're far apart. You're always in my heart.*' Aan het eind breekt mijn stem en ik slik een brok weg. Met een snelle beweging zet ik de radio uit, waarna de stilte mijn eenzaamheid benadrukt.

'Ja mam, in mijn hart. Dat klopt. Maar zo ver weg,' fluister ik tegen de rietpluimen die zacht in de wind heen en weer wuiven alsof ze het afscheid benadrukken.

Alleen. Ja, nu ben ik echt alleen. Geen vader, en nu ook geen moeder meer. Ben ik dan nu wees? Ik haal mijn neus op en denk terug aan het document dat ik bij het gemeentehuis heb gehaald. Nee, geen wees, want ik heb mijn biologische moeder nog. Toch? Of leeft die niet meer? Ben ik daarom geadopteerd?

Ik rijd langs de witte loopbrug en de draaibrug. De vissersbootjes liggen zacht tegen de kade aan te schuren als ik mijn huis nader.

Daar!

Met een snelle beweging parkeer ik mijn auto tussen twee andere in en zet de motor uit. Het tikken van de afkoelende motor is het enige wat ik hoor als ik me onderuit laat zakken en wegduik achter het dashboard. Verderop staat een man tegen een van de knotwilgen geleund. Hij houdt toch niet mijn huis in de gaten?

12

Erin – Leiden 1995

De volgende ochtend zie ik afdrukken die bewijzen dat er iemand in mijn tuin is geweest. Grote schoenen met een grof profiel. Ik staar naar de platgetrapte viooltjes en naar een tweede afdruk die feilloos het reliëf van een schoen laat zien. Tijdens mijn werk zou ik ongelofelijk opgetogen zijn als ik zo'n duidelijke pootafdruk vond, een bewijs dat een van de uitgestorven dieren op die plaats had rondgelopen. Ik probeer datzelfde enthousiasme te voelen, maar het blijft koud vanbinnen.

Even overweeg ik de politie te bellen, maar dat idee duw ik al snel weg. Ik weet nu al wat ze gaan zeggen. 'Waarom hebt u gisteren niet gebeld?' Ze hebben gelijk; ik had alarm moeten slaan, maar het feit dat er een man voor mijn huis stond is nou niet het allersterkste bewijs dat iemand het op mij gemunt zou hebben.

Bovendien: er is niets gebeurd. Er is niet ingebroken en er is niets verdwenen. Ik heb ook helemaal niets van waarde in huis. Geen sieraden, die zijn niet aan mij besteed, en geen luxe spullen, want daar heb ik gewoon het geld niet voor over. Geen dure geluidsapparatuur, geen grote televisie. Waar was die man dan op uit?

Ik zet mijn handen in mijn zij, staar naar de voetstappen en denk aan mijn moeder.

Vanuit huis klinkt het gerinkel van de telefoon. Met grote tegenzin draai ik me om. Die telefoon kan me op dit moment gestolen worden. Ik wil nadenken, en kijken of er iets in de doos zit die ik van de redactie heb meegekregen. 'Shit. Die staat nog in de kofferbak,' zeg ik hardop. Die man bij de boom hield me gister zo bezig dat ik de doos straal vergeten ben.

Met twee treden tegelijk ren ik de trap op, maar net als ik bij de telefoon ben, stopt hij. 'Stom gedoe,' mopper ik. 'Dan niet.'

Dan dringt tot me door dat het Wim geweest kan zijn. Hij zou me bellen als hij wist dat hij vandaag op tijd klaar zou zijn. Even overweeg ik om hem terug te bellen, maar ik heb geen zin in zijn verhalen over al die vooruitstrevende ontwikkelingen op zijn werk – het bedrijf World Online – die me op dit moment geen bal interesseren. Hij zit met zijn hoofd in de toekomst, terwijl ik juist bezig ben om het verleden te ontrafelen.

Ik werp een blik op de klok. Kwart over tien. Beetje vroeg voor Wim, die belt altijd pas als hij met zijn hoofd uit de computers opduikt en beseft dat er ook een analoge wereld is.

Weer gaat de telefoon. Nu sta ik er vlakbij.

'Hallo, Erin? Je spreekt met Tanja, de buurvrouw van je moeder. Ik denk dat je beter even hierheen kunt komen.'

'Kom binnen, liefje,' zegt Tanja, terwijl ze haar omslagdoek strakker om zich heen trekt. 'Het was de keukendeur.'

'Wat is er met de keukendeur?'

'Die maakt zo'n irritant geluid. Je kent het wel, van die knarsende scharnieren die je laten terugdenken aan het moment dat de meester met zijn nagels over het schoolb...'

'Staat de keukendeur open?'

'Nu niet meer. Het is niet erg als je dat een keer vergeet, hoor. Maar...'

Ik kijk verlangend naar de voordeur van mijn moeder.

'Ik slaap er recht onder, begrijp je?' De zucht vertelt dat er een lang verhaal achter zit.

'Dank je wel voor je telefoontje.' Ik zet een stap opzij en haal mijn sleutel tevoorschijn. Snel open ik de voordeur en als ik al op de trap naar boven ben, hoor ik achter me: 'Je begrijpt dat ik me er niet mee wil bemoeien, liefje, maar...'

Ik kijk rond op de overloop en loop dan meteen door naar de achterkamer, screen de ruimte en zie in één oogopslag dat de glas-in-looddeuren naar de voorkamer openstaan. Terwijl ik in mijn geheugen graaf of ik het huis zo heb achtergelaten, loop ik langs de robuuste eettafel naar de keukendeur.

Op slot.

Voetstappen achter me. 'Ik zei al dat ik de deur nu wél goed dichtgedaan heb.'

De insinuatie negeer ik. Er is iets veranderd, ook al kan ik niet meteen aangeven wat.

'Kijk, als de deur niet goed dichtzit en los staat te klapperen in de wind, krijg je dit.' Tanja opent de keukendeur en het geknerp van metaal doorbreekt mijn gedachten.

'Tanja, mag ik je wat vragen?' Ik probeer mijn rust te bewaren.

'Ja, natuurlijk, liefje. Het is ook niet niks dat je moeder op deze manier...'

'Wil je me alsjeblieft even alleen laten? Ik beloof je dat ik straks nog even bij je aankom.'

Die laatste belofte doet het. Terwijl Tanja met haar hoge gestamel langzaam naar de begane grond verdwijnt, sluit ik de deur naar de gang. De keukendeur staat nog open, alsof die wil aangeven wat er gebeurd is. Ik weet zeker dat ik hem afgesloten had. Op het dakterras is niets te zien. De tegels vertonen geen sporen.

Eenmaal terug in de woonkamer durf ik niet te gaan zitten. De twee grote rode leunstoelen staren me beschuldigend aan. Ik loop naar het raam, dat via een smal balkon uitzicht biedt op de gracht. Hier hebben we zo vaak gezeten om gedachten te delen. Mijn twijfels, grote plannen en kleine problemen. Toen Wim en ik iets met elkaar kregen, was zij de eerste aan wie ik het vertelde. Ik zie nog zo voor me dat haar ogen begonnen te glanzen en ze, toen ze dacht dat ik niet keek, een traan uit een ooghoek wegpinkte. Ik wist dat ze zich zorgen gemaakt had dat ik alleen zou blijven en de warmte van de liefde niet zou leren kennen. Maar ik was zo dankbaar voor háár liefde dat dat lange tijd meer dan genoeg was.

'Ik mis je, mama,' fluister ik.

Heel even denk ik zacht gekraak van de leren zitting te horen. De haartjes in mijn nek gaan overeind staan en ik voel ineens haar aanwezigheid om me heen. In gedachten stel ik haar de vragen die afgelopen nacht als spoken in mijn hoofd bleven draaien.

Dan is het er. Die zekerheid. Ze heeft geen zelfmoord gepleegd. Het bijt zich in mijn brein vast. Langzaam draai ik me om. Met gesloten ogen tast ik de energie in de kamer af. Niets. Ze is weg.

Met een blij gevoel in mijn hart besef ik dat ze me een teken heeft gegeven. Terwijl mijn voetstappen op de houten planken achterblijven, loop ik door elke ruimte van het huis. Ik open laden, kastdeurtjes en zelfs de kleine afwasmachine, waar ik haar ontbijtbordje met de bekende koffiemok in zie staan. Er is helemaal nergens iets te ontdekken wat vreemd is.

Pas als ik in haar slaapkamer haar bureaula open, voel ik de veranderde sfeer. Er klopt iets niet. Heeft iemand de spullen verschoven? Iets gezocht? In het hangmappenkastje krijg ik dezelfde sensatie. Er zit een grotere ruimte naast de map met belastingpapieren. Is er een complete hangmap verdwenen? Ik probeer terug te halen wat ik de vorige keer heb gezien. Wat is er veranderd?

Terug op de overloop vraag ik me af of ik de politie moet waarschuwen. Meer dan mijn intuïtie heb ik niet. Die lui zitten niet te wachten op iemand die een energie voelt, of die zegt dat er iets verschoven is. Als ik niet kan bewijzen dat er iets verdwenen is, heeft er geen diefstal plaatsgevonden.

'Ik heb de koffie al ingeschonken, liefje. Kom je?' De stem komt van beneden, waar het gezicht van Tanja zichtbaar is.

Ik knik en wil naar beneden lopen. Dan zie ik het: de envelop, die ik op het halkastje had achtergelaten, is verdwenen.

13

Erin – Leiden 1995

Lusteloos lepel ik de soep naar binnen. Gek genoeg ben ik opgelucht dat Wim afgebeld heeft. Hij wilde thuis in Den Haag blijven slapen omdat er al vroeg een belangrijke bespreking gepland stond op kantoor, waarbij grote beslissingen zouden vallen.

'Ik kan niet anders,' had hij gezegd.

'Het gaat goed met me,' loog ik. 'Maak je maar geen zorgen.'

'Heb je de politie al gebeld?'

'Ja, maar die zijn niet eens komen kijken.'

'Was er iets weg?'

Ik verzweeg mijn intuïtieve gedachten en ook de verdwenen envelop, omdat ik ineens niet meer zeker wist waar ik hem precies had neergelegd. 'Ze gaven aan dat het vaker gebeurt. Een aangekondigde crematie of begrafenis lokt insluipers, omdat die weten dat er op die dag niemand thuis is. En omdat de buurvrouw aangegeven had dat de keukendeur openstond...'

'Dat klinkt logisch.'

Ik hoorde aan zijn stem dat hij afgeleid was, dus ik wilde het gesprek afsluiten. 'Ik zie je morgen.'

'Nog even en we zijn voortaan altijd samen.'

Nu zit ik in het uiterste puntje van de uitbouw en staar over de weilanden. De laatste zin van Wim moet me een prettig gevoel geven, besluit ik. Toch blijft dat achterwege, maar dat wijt ik aan de omstandigheden. En heel even hoor ik de hoge stem van Michael Jackson weer. Ik ben niet alleen. Ik heb Wim.

Het is prettig dat niemand me vanaf de weg kan zien, want ik voel me verre van ontspannen. Een man die voor mijn huis stond en die ik nog nooit eerder in de buurt gezien heb. De voetafdrukken in mijn tuin, de sedan die me leek te volgen en nu die vreemde sensatie dat er iemand in mijn moeders huis is geweest. Er is niet echt iets gebeurd, maar toch blijft het akelige gevoel dat ik in de gaten gehouden word als een jeukende muggenbult achter.

Zodra het daglicht weglekt, schuif ik de gordijnen dicht voordat ik de lampen aandoe. Op de bank kruipt Banjer tegen me aan. Hij legt zijn kop op mijn buik en kijkt me met zijn trouwe bruine ogen aan. Ik streel zijn grote hondenoren, die hij steeds weer omhoogricht, alsof hij begrijpt dat hij zijn vrouwtje moet bewaken. Door zijn aanwezigheid voel ik de spanning steeds verder weglekken.

Ze zeggen dat emoties barsten in je hart maken, maar ik merk vooral een intense vermoeidheid, die me die avond al rond halftien knock-out slaat, dus ik geef er maar aan toe. Alle vragen die zijn achtergebleven, veroorzaken zorgen die ik onmogelijk kan parkeren en die de hele nacht naast me slapen.

Mijn moeder is er altijd voor me geweest, zelfs op momenten dat ze me niet begreep en vooral bang was dat ik mezelf zou kwijtraken. Ik bleef enig kind, een kind met een verleden, en ik speelde het liefst alleen op mijn kamer. ‘Ik ben er voor je, lieverd. Altijd.’ Dat zei ze als ze wist dat ons contact moeizamer verliep.

Terwijl ik alle sloten controleer, en zelfs het wc-raampje sluit, besef ik dat Teun hetzelfde had gezegd. Waarom was ik er dan niet voor haar? Op het allerbelangrijkste moment heb ik haar in de steek gelaten en daarmee zal ik moeten leven.

Het donker laat alle zachtheid verdwijnen. Er is alleen nog maar die harde waarheid. *Je bent alleen. Je verdient geen waardering, want welke dochter laat haar moeder stikken?* Ik zie haar steeds voor me, altijd stond ze voor me klaar. Iemand heeft haar iets aangedaan en ik heb haar voorgevoel niet eens aangehoord. Had ik haar anders kunnen redden?

Ik staar naar de verlichte wijzers van mijn wekker en het lijkt alsof ik ze zie bewegen. Hierdoor schept de tijd een steeds bredere kloof tussen mij en mijn moeder. Weer draai ik me om, en ik focus me op het smalle strookje licht dat mijn verduisteringsgordijn vrijlaat.

Er is altijd een opening te vinden, hoe donker het leven ook is. Focus op het licht.

Weer hoor ik haar stem, alsof ze bij me in de slaapkamer is. Zij heeft me ooit gered uit het tehuis waar ik de eerste jaren van mijn leven heb doorgebracht. Ze heeft me dus eigenlijk het leven gegeven, net als een echte moeder. Maar elke opmerking van haar over die tijd heb ik weggedrukt, omdat ze dan de zwarte beelden liet herleven. Tot ze er eindelijk over zweeg.

Liggend op mijn rug richt ik me op het plafond, waar het strookje licht schuin overheen valt. Ik heb het warm en koud tegelijk. Ik sla het dekbed van me af, dat veel te zwaar op mijn lijf drukt, en adem diep door.

'Zinloos,' verzucht ik na een tijdje. Ik sla met mijn vuist een deuk in mijn kussen. Het is maar goed dat Wim hier niet is, anders had ik hem met mijn gedraai de hele nacht wakker gehouden. Hij is bezig met heel spannende ontwikkelingen, zei hij tegen me. Iets met internet. Ik kan me niet voorstellen dat het zo belangrijk is en dat er veel geld in gestoken wordt, maar Wim is ervan overtuigd dat het de wereld gaat veranderen.

Het schiet me ineens te binnen. Als het dát is, is het groots. Misschien is het straks wel wereldnieuws. Ik probeer terug te gaan naar de paar keer dat mijn moeder en Wim contact hebben gehad, en zie vooral beleefde gesprekken. Ik wrijf met mijn hand over mijn ogen en draai me weer op mijn zij. Toch dreint de gedachte nog even door. Ook Wims wereld bestaat voornamelijk uit mannen, bovendien gaat er veel geld in om. Heeft mijn moeder uit de feiten die Wim tijdens de etentjes bij haar thuis deelde misschien exclusieve informatie gedestilleerd om zo een prachtige scoop te hebben? Onmogelijk, want dan zou Wim… Nee, hoe durf ik zoiets te denken!

Een geluid laat me verstijven. Wat is dat? Ik til mijn hoofd iets op en spits mijn oren. Opnieuw een geknerp. Zacht maar onmiskenbaar. Mijn hart slaat snel en ik houd mijn adem in terwijl ik wacht op een nieuw geluid.

Stil. Niets meer.

Banjer piept en ik hoor hem beneden rondlopen, zijn nagels tikkend op het laminaat.

Ik ga op de rand van mijn bed zitten en wil net naar mijn slaapkamerdeur lopen als ik iets hoor vallen. Is er iemand binnen? Wat doet Banjer? Het beeld van de man voor mijn huis duikt meteen in mijn gedachten op. Is hij teruggekomen? Maar waarom slaat Banjer dan niet aan?

Voetje voor voetje sluip ik door de gang, en mijn lange shirt glijdt met elke stap langs mijn kuiten. Bovenaan de trap blijf ik staan om te luisteren. Mijn hart bonkt in mijn keel.

Op de overloop is het een stuk koeler, en ik voel een rilling over mijn rug lopen. Het zeil plakt aan mijn voeten, terwijl ik de balustrade met beide handen vastgrijp. Er lekt nachtlicht langs de trap naar boven. Aan de muur zie ik de grote waaier hangen die ik een keer samen met mijn moeder op de Pasar Malam heb gekocht. De kraanvogels zijn niet meer dan zwarte gedaanten tegen een lichtgrijze waterval.

Een zacht gekras. Buiten. Niet binnen, concludeer ik opgelucht. Ik schrik me rot als Banjer luid begint te blaffen. Opgewonden. Een diep gegrom. Weer die harde blaf.

Trede voor trede sluip ik de trap af. De woonkamerdeur staat op een kier en ik hoor Banjer tekeergaan in de eetkamer, waar de tuindeur is. Onderaan de trap gluur ik om de kamerdeur heen en tast met mijn blik de ramen af. Niemand te zien. Toch blijft Banjer tekeergaan. Er is iemand. Ik druk me tegen de muur waardoor ik nog meer zicht heb op de ramen aan de achterkant. De kou trekt door mijn voetzolen omhoog.

Dan zie ik hem.

Ik verstijf. Een donkere gestalte buigt zich over de deurklink en beweegt die snel heen en weer. Een grote cape hangt over het hoofd, waardoor er slechts een paar plukken haar zichtbaar zijn. Banjer raakt bijna buiten zinnen en springt tegen het raam aan.

Ik grijp de kachelpook die binnen handbereik staat en wil net naar het raam lopen als ik de buurman hoor.

'Wat moet dat daar? Wegwezen!'

Alsof Banjer voelt dat er iemand is om hem te helpen, springt hij tegen de tuindeur aan.

Een knal scheurt de nacht open.

De stilte die daarop volgt wordt onderbroken door zacht gepiep. Shit, Banjer! Ik wil naar hem toe rennen, maar mijn angst houdt me tegen.

'Hé, jij daar!' De stem van de buurman klinkt opnieuw vanaf het achterplat.

Opnieuw een schot.

Ik schrik zo dat ik me tegen de muur aan druk. Pas als ik een derde knal hoor, gevolgd door glasgerinkel, kom ik in beweging. Ik graai mijn tas en jas van de kapstok en glip snel door de voordeur naar buiten. Trillend van opgekropte spanning trek ik de voordeur achter me dicht en ren weg.

Hij is achter.

Ik aan de voorkant.

Banjer, arme Banjer. Maar ik moet weg.

'Hij kan me niet gezien hebben. Hij kan me niet gezien hebben,' herhaal ik, terwijl ik op blote voeten naar mijn auto ren die ik gisteravond een stukje verderop moest parkeren. De sleutel trilt in mijn handen. Het lukt me niet. Dan ineens is het portier open. Ik werp me naar binnen en start de motor.

Ik onderdruk de neiging om er met loeiende motor vandoor te gaan, maar draai de auto op de weg. Niet langs mijn huis rijden. Dat valt op. Hij weet vast nog niet dat ik weg ben! Met de koplampen uit, een dreunend hart en mijn blote voet op het gaspedaal rijd ik weg. 'Shit, shit, shit,' sis ik.

Achter me blijft het rustig. Geen schoten meer, geen beweging. De straatlantaarns zijn mijn baken. Verder is het stil op de weg.

Pas als ik de snelweg nader zet ik de koplampen aan en doe mijn gordel om. Mijn blote voeten trillen op de pedalen.

'*What the fuck!*'

Het idee dat er echt geschoten is, dringt langzaam door. Nu pas kom ik tot het besef dat niet alleen ikzelf gevaar liep, maar ik maak me ook ernstige zorgen om mijn buurman. En Banjer… Die lieve, trouwe Banjer. Maar ik kan niet terug, dat is levensgevaarlijk.

Automatisch draai ik de A4 op, en ik geef flink gas. Ik zet de verwarming hoger en klem me vast aan het stuur. De snelweg is op dit uur zo rustig dat ik met hoge snelheid naar Den Haag rijd. Naar Wim. De enige die ik op dit uur kan storen. Daar kan ik de politie bellen. Ik voel me de grootste lafaard ooit dat ik zowel Banjer als mijn buurman in de steek laat. Maar ik kan niet anders. Ik kan onmogelijk terug. Stel dat die engerd daar nog rondhangt.

'Wat moet ik doen?' Mijn stem klinkt onnatuurlijk hoog.

Niemand geeft antwoord.

14

Charlotte – Orléans 1995

Charlotte parkeert haar roestige Renault voor het huis van Faye en ademt de zwoele middaglucht in. Ze zwaait naar madame Dubois, die zoals elke ochtend in de tuin aan het werk is. De rust golft zachtjes over het Franse land en ze geniet van dit moment, dat alleen voor haar lijkt te zijn. Over een uur wil ze terug zijn om in de bakkerij met de voorbereidingen te beginnen. Morgenochtend is het weer vroeg dag en staan de eerste klanten te wachten op hun croissants.

Faye heeft haar, ondanks haar verlies, met veel positiviteit overladen. De patisserie draait nog steeds goed en de kwaliteit van haar taarten is door al het oefenen met diverse technieken toegenomen. Er komen sinds die tijd steeds vaker aanvragen voor bruidstaarten binnen.

Faye woont al jaren in een vrijstaand huis net buiten Orleans, waardoor zij de woning boven de patisserie voor zichzelf had. Zo vaak als ze kan rijdt ze bij Faye langs, waar de prachtige antieke meubels de inrichting een chateauwaardige uitstraling geven.

'*Bonsoir, Faye.*' Charlotte drukt een kus op haar wang. Was de bijna twintig jaar oudere vrouw eerder haar werkgever, inmiddels is ze als een moeder voor haar. Na haar scheiding is Charlotte met haar mee naar Frankrijk gegaan waar ze samen de bakkerij zijn gestart.

‘Gezellig dat je er bent,’ zegt Faye. ‘Kom, het is tijd voor de *apéro*.’

Charlotte ziet meteen dat er iets is. Faye ziet bleek en er ligt een zorgelijke trek rond haar mond. Maar ze kent haar zo goed dat ze weet dat er eerst iets te eten en drinken gepakt moet worden. Gesprekken ontstaan daarna makkelijker.

Op de tafel staan allerlei heerlijkheden klaar: een schaaltje olijven, gedroogde vijgen en natuurlijk de verschillende kaassoorten, waarbij Faye benadrukt dat ze die niet bij de supermarkt haalt. Faye is dol op lekker eten. Het apéritief is bij haar altijd uitgebreid, ook al is het alleen bedoeld om de eetlust op te wekken en niet om die te stillen.

‘Hoe loopt het in de bakkerij?’ Faye houdt haar glas bij het pootje vast, haar pink steekt fier omhoog.

‘Ik mag niet klagen.’ Charlotte neemt een slok en snijdt dan een puntje brie af.

Ze kijkt rond in de kamer die haar zo dierbaar is. Alles straalt de bijzondere liefde uit die ze altijd in de nabijheid van Faye gevoeld heeft. Het is nog steeds bijzonder dat ze haar als het ware geadopteerd heeft. Charlotte duwt het kussen iets steviger in haar rug. Die antieke meubels zijn prachtig, maar het zitcomfort is niet altijd even goed.

‘Ik moet je iets vertellen.’

Ze knikt, alsof ze dat allang begrepen heeft.

Normaal zou Faye daar om lachen, maar haar pientere ogen flitsen steeds weg. ‘Sue is ziek.’

Het bericht komt aan. Ze is altijd gek geweest op de vrouw die haar leven gered heeft.

‘Het is niet anders,’ had Faye gezegd nadat ze haar vertelde dat haar man van haar wilde scheiden. ‘Ik ga terug naar Frankrijk.’

‘Ik begrijp het, mevrouw.’ Charlotte boog haar hoofd en beet hard op haar lip om de tranen geen kans te geven. De vier jaar bij het echtpaar waren de gelukkigste jaren van haar leven geweest.

'Er gaat dus veel veranderen,' voegde Faye eraan toe.

'Hoelang...' Ze slikte de brok weg die haar het spreken bijna onmogelijk maakte. 'Wanneer wilt u vertrekken?'

'Zo snel mogelijk.'

Ze boog haar hoofd en zag dat haar vingers elkaar wanhopig vastgrepen. 'Ik zal mijn spullen inpakken.'

'Graag. Fijn dat je dat wil doen.'

Ze stond op en liep zo snel ze kon de deur uit. In de keuken vond ze Sue die opkeek toen ze binnenkwam.

'O, Sue,' riep ze uit, en ze wierp zich tegen de brede boezem van de vrouw.

'*I know, my love. I know.*'

'Wat moet ik doen?'

Sue snoot haar neus in een kanten zakdoekje dat ze uit haar decolleté opdiepte. 'Eerst een kop thee,' sprak ze, alsof thee alles oploste. Nadat de kopjes voor hen stonden te dampen, gaf ze aan: 'Ik blijf bij meneer.'

'Dat is fijn voor je.' Charlotte was ongelooflijk blij voor Sue dat ze haar werk kon behouden.

'Gelukkig begrepen ze dat ik hier niet weg wilde. Mijn familie woont hier, die kan ik niet missen.'

De stilte die daarna viel was onoverbrugbaar. Nooit eerder had ze gepraat over alles wat haar overkomen was. Familie was een droombeeld dat ze onmogelijk kon invullen. Deze plek was haar eerste thuis.

'Heb jij al besloten wat je gaat doen?'

Charlotte keek in de goeiige ogen en kon het niet over haar hart verkrijgen om te delen hoe zwaar ze het zou gaan krijgen. 'Ik ga inpakken,' zei ze, waarbij ze een opgeruimde glimlach toonde.

'Dus je gaat mee?'

'Mee?'

Het vertrek was hartverscheurend geweest. Maar haar tranen

waren niet alleen van verdriet omdat ze Sue moest achterlaten, maar vooral ook van dankbaarheid dat Faye haar wilde meenemen naar Frankrijk.

'Ga je haar opzoeken?' vraagt Charlotte nadat ze de eerste schok te boven is.

'Je gaat toch wel mee? We kunnen de winkel tijdelijk sluiten.'

Het idee dat Faye als vanzelfsprekend aanneemt dat ze met haar mee wil, doet haar goed. Maar terug naar Ierland kan ze niet. Haar geheim mag nooit uitkomen, want dan is alles voor niets geweest.

'Ik ga niet terug naar Ierland,' zegt ze uiteindelijk.

Tot haar verbazing knikt Faye begrijpend. 'Dat vermoedde ik al. Het wordt tijd dat ik iets met je ga delen.'

Als versteend blijft ze zitten. De woorden hangen als een hakbijl boven haar hoofd. Haar ademhaling gaat oppervlakkig en als ze probeert te slikken, lukt dat niet echt. Als er iemand is die ze vertrouwt is het Faye, maar Charlotte is als de dood dat zelfs zíj haar in de steek laat als ze erachter komt dat ze haar heeft voorgelogen.

15

Charlotte – Orléans 1995

‘Is er iets wat je me wilt vertellen?’ vraagt Faye. Ze buigt voorover, legt een hand op haar knie en geeft een bemoedigend kneepje. Haar blik is zo zacht dat Charlotte het liefst op haar knieën voor haar wil gaan zitten en haar hoofd in haar schoot wil leggen. Het idee om de handen van Faye door haar haren te voelen strijken heeft ze al zo lang gewenst dat het bijna lijkt alsof dit in haar jeugd veelvuldig is voorgekomen. Maar helaas heeft ze die liefde nooit gekend, hoewel de diepe band met Faye die wel benadert.

Als Faye weer begint te praten, beseft Charlotte dat ze al die tijd zwijgend naar de grond heeft gekeken, waar een hoogpolig crèmekleurig kleed hun voeten beschermt tegen de kou die in de wintermaanden uit de stenen vloer naar boven trekt.

‘Ik heb gehoord dat je opdrachten afslaat.’

Het duurt even voor ze beseft dat het over de bakkerij gaat en een diepe zucht komt vanuit haar tenen omhoog. Dan pas komt de opmerking binnen. ‘Ik… Ik heb het druk,’ besluit ze.

‘Is dat de reden?’

Charlotte durft haar niet aan te kijken.

‘Je bent zo ongelooflijk goed in je vak.’

‘Ik heb het niet gered,’ fluistert ze.

‘Heb je het nu over de MOF?’

‘Ik ben een van de verliezers.’

‘Je bent een van de uitverkorenen,’ zegt Faye heel stellig. ‘Er zijn maar weinig mensen die het zo ver schoppen dat ze mogen meedoen met die finale competitie. Jij bent er een van de zestien. En dat al voor de tweede keer.’

Ze haalt haar schouders op.

‘Ma chérie, je bent goed. Je maakt prachtige taarten.’ Ze neemt een slokje van haar wijn. ‘Ik wilde met je praten omdat een van onze beste klanten mij belde omdat jij haar aanvraag voor een bruidstaart had afgeslagen.’

Charlotte kijkt verschrikt op. Ze heeft het druk genoeg om alle gewone producten te maken, zodat de winkel goed blijft draaien. Ze werkt keihard om een goede omzet te draaien. ‘Ik doe mijn best,’ zegt ze, terwijl ze rechtop gaat zitten.

‘Dat weet ik. Dat weet ik donders goed. Je werkt keihard, misschien wel té hard,’ voegt Faye er zacht aan toe. ‘Maar ik heb het idee dat het nooit goed genoeg is voor jou.’

‘Ik wil… Ik wil je niet teleurstellen.’

Faye staat op en komt naast haar op de sofa zitten. ‘Dat moet je niet zeggen.’ Ze heft beide handen in de lucht. ‘Hoe kun je me teleurstellen door zulk goed werk af te leveren?’

Terwijl ze alle woorden opvangt, stuiten ze af tegen de muur van angst. Elke dag liggen er fouten op de loer.

Faye slaat haar benen over elkaar. ‘Ik weet dat je niet graag praat over je verleden, en tot nu toe heb ik dat altijd gerespecteerd.’

Charlotte hoort de zachte ademhaling van Faye in een rustig ritme samenvallen met het getik van de pendule. Maar haar hart gaat als een razende tekeer.

Haar verleden.

Ze hoopte dat het nooit opgerakeld werd. Dat het afgesloten was. En nu, na ruim dertig jaar, komt Faye alsnog met vragen. Waarom?

‘Ik zou hier nooit over beginnen als het niet nodig was, chérie.

Maar er zijn twee redenen om dit toch een keer met je te bespreken. Ten eerste is dat je werk.'

'Ik zal die opdracht aannemen,' reageert Charlotte prompt.

Fayes lach duwt de zware atmosfeer enigszins opzij. '*Mais non*, Charlotte. Ik wist al dat je die opdracht zou oppakken als ik het zou vragen. Ik weet zelfs dat je vanaf nu elke extra opdracht gaat oppakken. Maar daar gaat het niet om. We hebben er niets aan als jij jezelf over de kop werkt.' Ze zwijgt even. 'Wat zou je ervan denken om je te specialiseren in bruidstaarten?'

Alles stopt vanbinnen. Ze staart naar de wijn in haar glas die het zonlicht breekt en een kleurige regenboog op het tafelblad laat zien. 'Maar hoe moet dat dan met...'

'We nemen een extra werknemer aan,' zegt Faye prompt. 'Dan kun jij je focussen op waar je goed in bent.' Faye draait zich naar haar toe. 'Die angst om te falen is namelijk nergens voor nodig. Je bent goed. Je bent *magnifique*!' Het laatste woord spreekt ze met zoveel kracht uit dat Charlotte er verlegen van wordt. Ze pakt haar wijnglas om dat tegen het opgeheven glas van Faye aan te tikken. 'Santé. Dat is dan afgesproken.'

De knoop in haar maag verzacht en langzaam krijgt ze meer ruimte om te ademen. 'Straks zijn er weer de zomerfeesten in de dorpen in de omgeving. Misschien kan ik daar...'

'Ja, een proeverij,' reageert Faye enthousiast.

'En ik zal aan de fotograaf uit ons dorp vragen of hij de eerste kunstwerken wil vastleggen.'

'Die hangen we dan groot in de etalage. Misschien kan ik de journalisten uit de regio aanschrijven om een interview met je te doen, en foto's te maken van het complete bakproces.'

De wijn spoelt langzaam alle weerstand uit haar lichaam. Ze krijgt weer lucht en voelt zelfs een brede glimlach op haar gezicht.

'Ik ben blij dat je net zo enthousiast bent als ik,' geeft Faye aan.

'Dank je wel,' mompelt Charlotte ineens verlegen. 'Bedankt voor alle kansen die je me geeft en het duwtje dat ik even nodig had.'

Faye knikt. De lach zakt echter langzaam weg en maakt plaats voor een serieuze uitdrukking. 'Dat brengt me bij het tweede punt dat ik wil bespreken.' Ze wacht even voor ze verdergaat. 'Die angst komt ergens vandaan. En ik denk dat we het daar toch eens over moeten hebben. Want natuurlijk kan ik je elke keer een duwtje geven, maar het is voor jou veel prettiger als je dat zelf kunt. Je remt je eigen ontwikkeling af, en dat is echt niet nodig!'

Charlotte kijkt weg.

'Ik wist vanaf het begin dat je niet helemaal eerlijk was. Of misschien moet ik zeggen: dat je dingen voor me verzwegen hebt.' Faye legt een hand op haar arm en gaat dan verder. 'Ik heb ook iets verzwegen voor jou.'

'Iets verzwegen?'

'Herken je dit?' Faye pakt de krant die al die tijd op het tafeltje klaarlag en vouwt die open.

Het duurt even voor ze begrijpt wat ze ziet. Het is alsof ze een stomp in haar maag krijgt. Die foto... Dit beeld is in haar herinnering gegrift. Het tehuis, de lange duistere gangen, de kou. Het kruipt bij haar naar binnen als de ziekten die daar elk jaar slachtoffers maakten.

Zoals elke ochtend schrobde ze de vloeren van de gangen. Ze probeerde aan andere dingen te denken dan aan de pijn aan haar knokkels die ze steeds langs de ruwe stenen openhaalde. Het sop was koud en de borstel bevatte harde haren. De eerste keren was ze binnen korte tijd doorweekt geweest, maar na een paar dagen wist ze dat ze achteruit moest werken, zodat ze haar jurk schoonhield.

De afranseling die ze kreeg als er nog stofresten ontdekt werden, waren lessen die ze niet snel vergat. Elke ochtend om zeven uur begon ze opnieuw vooraan in de gangen en deed ze haar best om nog beter te werken. Met de tong uit haar mond schrobde ze harder, spoelde ze de oude stenen vaker af en plukte zelfs elke haar die ze daarna nog tegenkwam met haar koude vingers uit de diepe groeven tussen de stenen. Maar de nonnen vonden steeds iets wat niet goed was.

Vaak viel ze uitgeput in slaap naast Norah, met wie ze het bed deelde. Ze kropen dicht tegen elkaar aan, zodat de kou minder vat op ze zou hebben.

'Ging het goed?' fluisterde Norah die nacht.

Ze schudde haar hoofd en wreef over haar billen, die nog gloeiden.

'Misschien moet je meer water gebruiken.' Norah werkte op het land van de boerderij en moest zichzelf aan het eind van de dag schoonboenen in een straal koud water. Het was fijn om haar te helpen om weer warm te worden. Als Norah bibberend tegen haar aankroop, voelde ze zich nodig en geliefd.

De stappen naderden te snel. 'Niet praten,' snauwde de non, waarna ze Norah uit bed trok. 'Meekomen jij.'

Ze kroop in elkaar en wachtte tot Norah terugkwam. Maar dat gebeurde niet. Niet die nacht, maar ook de nachten daarna bleef ze alleen. Tot er een ander meisje bij haar gelegd werd. Dat was jonger en mocht nog elke ochtend naar school.

Vragen stellen was verboden. Alles was daar verboden. Elk kind woonde daar om te dienen tot zíj besloten dat ze ergens anders heen moest. En alles wat in hun ogen fout was, werd bestraft.

Ze miste Norah vreselijk en keek elke dag op de buitenplaats of ze haar ergens zag. Zoals elke ochtend schrobde ze de stenen vloeren in de gangen en kroop over haar eeltige knieën. En na uren boenen bleek er op een of andere manier toch zand te liggen of haren die ze over het hoofd gezien had. Ze kreeg er extra taken bij en werd in de middag door de nonnen naar de keuken gestuurd om zware ketels te sjouwen. Na een tijdje wist ze dat Norah nooit meer terug zou komen. Ze was weg. En als ze niet nog beter haar best zou doen, zou zij de volgende zijn.

‘Dus je deed het nooit goed?’ De vraag van Faye klinkt mat.

‘Ik wist dat ik elke keer straf kreeg, ook al bleef ik mijn best doen om geen fouten te maken.’ Charlotte kijkt naar haar vingers, waar de velletjes langs haar nagelriemen een welkome afleiding vormen. Ze probeert de krant die pontificaal op de salontafel ligt met alle macht te vermijden.

‘Wat is er met Norah gebeurd?’

Ze haalt haar schouders op. ‘Ze was weg.’

‘Wat betekent “weg”?’

Charlotte zucht diep. Deze vraag had ze zichzelf zo vaak gesteld, maar in The Home waren geen antwoorden. ‘Ik heb haar nooit meer gezien.’

Het tikken van de pendule klinkt luider dan ooit. Langzaam neemt het haar denken over en daarna kan ze het geluid onmogelijk meer uit haar hoofd bannen. De zwart-witfoto die een groot deel van de krant bestrijkt, lift erop mee naar binnen. Er staat een grote ruimte afgebeeld, met tafeltjes waaraan kinderen op stoeltjes zitten. Voor hen staan witte kopjes. Ze herkent de ruimte en de tafels die wiebelden waardoor het drinken vaak over de rand heen golfde. Zelfs de vrouw die in de hoek toezicht houdt, herkent ze. Het beeld begint te trillen en het tafereel toont zijn ware gezicht. Meestal waren er geen bordjes en kopjes. De boterhammen werden gewoon in het gras gegooid, waarna de nonnen lachten en riepen: ‘Ga het maar halen!’

‘Ik ben gevlucht,’ zegt ze uiteindelijk, omdat ze ziet dat Faye haar blijft aankijken.

‘Dus zo kwam je bij ons,’ concludeert die. ‘Maar hoe ben je daar in vredesnaam weggekomen?’

Het makkelijkst is om nu gewoon te zwijgen, zoals ze in die jaren geleerd heeft. Als je niets zegt of vraagt, kom je niet in de problemen. Haar vlucht had haar leven nog veel zwaarder kunnen maken, en nog steeds denkt ze dat ze anderen in gevaar brengt als ze dit naar buiten brengt.

Ze weegt de woorden zorgvuldig af. 'Ik ben je nog steeds dankbaar dat je me zonder lastige vragen te stellen hebt opgenomen.'

Faye kijkt naar buiten en lijkt haar niet te horen.

Charlotte richt zich weer op haar vingers, die wanhopig bewegen om vat te krijgen op de situatie. De stilte neemt de plek tussen hen in en duwt de gedachten terug naar het leven dat ze geprobeerd heeft te vergeten, maar dat nu door die ene foto bij haar teruggebracht wordt.

Faye schuift wat dichter naar haar toe, waardoor ze de warmte van haar dijbeen voelt. 'Het was zo makkelijk om een paspoort voor je te krijgen. De plaatsnaam en het feit dat ik de verantwoordelijkheid op me nam voor je opvoeding en educatie was voldoende. Ze knikten en gaven me een betekenisvolle knipoog.'

Al die jaren heeft Charlotte zich al afgevraagd hoe ze aan dat paspoort was gekomen. Faye geeft nu een antwoord.

Faye praat gewoon door. 'In die tijd accepteerde ik het als een makkelijk te nemen horde, en ik was blij dat ik je bij me kon houden. Zeker na de scheiding van Sean. Toch bleef het altijd in mijn achterhoofd hangen hoe dat toch mogelijk was. Vandaag ontving ik dit krantenknipsel met de post en wist ik dat ik mijn zoektocht niet langer geheim voor je mocht houden.' Ze pakt de krant en legt hem op haar schoot. 'Wat is er met al deze kinderen gebeurd?'

Ademloos schuift Charlotte terug naar het verleden. Het moment waarop sommige kinderen uitgekozen werden en mee moesten. Als ze tussen het boenen door op haar tenen voor de ramen ging staan, zag ze kinderen twee aan twee achter de non aan lopen, de meisjes in witte jurkjes en met een grote strik in hun haar, de jongens in nette bloesjes en een korte broek. Dan streek ze over haar eigen smerige jurk die ze dag na dag droeg. Ze wist dat een aantal van die kinderen nooit zouden terugkomen.

Maar dat was niet wat er met Norah was gebeurd.

Hoe ouder ze werd, hoe strenger het regime. Tot het moment waarop ze voor het eerst opgesloten werd in haar kamer, waarop het cijfer vierendertig prijkte. Ze was vanaf dat moment niemand meer. Geen mens met een naam, maar gewoon een nummer. Een nummer dat hard moest werken en vooral geen emotie mocht tonen. Geen vrienden mocht maken en met niemand mocht praten. Ze wist dat sommige kinderen niet tegen dit regime konden en steeds opnieuw een poging deden om te ontsnappen. Met een kaal hoofd en onderdrukt gekreun kwamen ze vaak weer terug. Tot ze verdwenen. Niemand wist of ze dood waren of dat het ze uiteindelijk toch gelukt was om weg te komen.

'... bleef met haar in contact.' Faye stoot haar kort aan. 'Luister je wel?'

'Sorry.'

'Zoals ik zei ben ik in die tijd al op onderzoek uitgegaan, geholpen door Sean, die in Ierland veel contacten heeft. Hij is ook degene die me deze foto gestuurd heeft. Mijn vragen waren niet bedoeld om je te controleren, laat ik dat vooral duidelijk stellen.'

Faye kijkt haar zo indringend aan dat ze bijna automatisch begrijpend knikt.

'Ik vroeg me af of je een moeder had die wanhopig naar je op zoek was. Dat liet me maar niet los. Maar ik weet ook dat er moeders bestaan die hun kinderen niet liefhebben, niet voor ze kunnen zorgen, of domweg slecht zijn voor hun kinderen.' Faye slikt hoorbaar. 'Zelfs tegen Sue praatte je er niet over,' gaat ze daarna verder. 'Dus ik wist dat ik voorzichtig moest handelen. Een meisje van die leeftijd belt niet zomaar bij wildvreemden aan, en ik wilde niets liever dan dat je veilig was.'

Naast zich tast ze naar de hand van Faye.

'Ik zag je opbloeien en nadat ik voorzichtig wat lijntjes had uitgeworpen waar niet op aangehaakt werd, probeerde ik het los te laten en vooral heel blij te zijn met jou, omdat ik je als de dochter zag die ik nooit gekregen heb.'

Als Faye na enkele ogenblikken weer begint te praten, klinkt ze schor.

'Ma chérie, er kwam pas enige weken geleden een reactie op een van de brieven die ik verstuurd had. Ik moet bekennen dat Sean daar ook een belangrijke rol in heeft gehad. Ik besef nu dat ik je toen al in vertrouwen had moeten nemen, maar er kwam nooit een goed moment om erover te beginnen. Maar nu ik met eigen ogen zie hoe je daar hebt moeten leven' – ze tikt met haar lange nagels op het papier – 'moet ik deze vrouw inlichten. Ze heeft me al zo vaak vragen gesteld, soms bedekt maar de laatste tijd steeds indringender. De laatste keer gaf ze me details die zo schrijnend waren dat ik het onmogelijk meer kon negeren. Zeker nu ik van jou heb gehoord hoe zwaar je gestraft bent.'

'Over wie heb je het?'

Faye heeft haar leesbril opgezet en bestudeert de foto minutieus. 'Als het klopt wat ze de laatste keer heeft geschreven, is er een lijst met namen.'

'Wie is het, Faye? Wie geeft jou dingen door?'

'Een vrouw uit Ierland. Ze wil met me afspreken, maar ik ben bang voor de gevolgen. Niet alleen voor haar of mij, maar vooral voor jou.'

16

Erin – Leiden 1995

'Geschoten? Je bedoelt echt met een pistool?' Wims haren zitten aan één kant plat tegen zijn hoofd gedrukt.

'Pistool? Ik weet het niet, een wapen. Maar: ja, geschoten.'

'Vergis je je niet?' Hij wrijft de slaap uit zijn ogen.

Terwijl ik rillend van de kou op de bank zit, verandert de angst in een immense woede. 'Natuurlijk niet! Banjer is neergeschoten en ik heb geen idee hoe het met de buurman is. We moeten nu meteen de politie bellen.' Dat ik vooral boos op mezelf ben, zeg ik er niet bij. Ik had Banjer nooit in de steek mogen laten.

'Ben jij niet geraakt?' Hij komt naast me zitten. Hij ruikt naar slaap en ongepoetste tanden.

Mijn hand glijdt over mijn benen en ik draai mijn schouders rond, voordat ik besef dat ik dat dan allang gemerkt zou hebben. 'Nee, ik denk het niet.'

'Kom.' Hij pakt mijn hand en ik voel de warmte via zijn vingers mijn lichaam in glijden.

'Ho ho, rustig aan,' zegt de telefonist als we het alarmnummer hebben gedraaid en ik meteen begin te ratelen. 'Wat is uw naam?'

Ik dreun alle informatie opnieuw op en duw mijn linkervoet op de rechter. Ze zijn als bevroren. Wim komt binnen met een kop thee, die ik dankbaar accepteer. Het is moeilijk om rustig te antwoorden, terwijl ik alleen maar wil schreeuwen.

'Bent u veilig?'

De hoorn wordt uit mijn hand gepakt en Wim neemt het over. Hij gaat met zijn rug naar me toe staan, alsof hij me wil beschermen. Kort en zakelijk beantwoordt hij de rest van de vragen en hangt uiteindelijk op. Zijn woorden zorgen voor een beeld dat ik maar nauwelijks wil toelaten. Vuurgevaarlijk. Plaats delict. Wapen.

'Ze waren al door de buurman gewaarschuwd,' geeft hij uiteindelijk aan.

'Is hij...' *Hij leeft dus nog*, besef ik dan.

'Een schampwond.'

Gewond dus. Ik neem kleine slokjes van de thee. Dat hij de suiker is vergeten lijkt zo logisch, omdat niets meer normaal is. De warme drank zakt door mijn lichaam naar beneden. 'En Banjer?'

Wim komt naast me zitten en legt een hand op mijn knie. 'Sorry...'

Nadat Wim uit bed is gegleden en naar zijn belangrijke vergadering is vertrokken, blijf ik nog even liggen. Het geluid van zijn wekker was zo alarmerend hard dat ik opnieuw verstijfd in bed lag. Zelfs de kus op mijn hoofd kwam binnen als een mokerslag.

Als hij de deur achter zich dichttrekt, adem ik diep door. Ik heb geen oog dichtgedaan. Alle nachtgeluiden klonken me vreemd in de oren, en ik bleef luisteren of ik iets verdachts hoorde. Tegelijkertijd heb ik alle gebeurtenissen laten passeren, maar hoe ik ook probeerde om oorzaken en gevolgen te koppelen, het lukte me niet. De puntjes waren onmogelijk met elkaar te verbinden. Ik bleef zoeken naar een begin, zodat ik alles langzaam kon ontrafelen. Is het iets wat ik gedaan heb? Of draait alles om mijn moeder?

Bent u veilig?

Ben ik veilig?

Ik dacht dat ik veilig was in mijn eigen huis. Maar alles is compleet veranderd, en ik heb geen idee waarom. Als mijn moeder de spil is, is haar zelfmoord in scène gezet. Dan is het dus moord. Maar waarom kwam die vent daarna naar mij? Ik weet niets van haar onderzoek. Of is er iets heel anders aan de hand?

Een douche sla ik over, omdat ik me zelfs aangekleed al te kwetsbaar voel. Na het telefoontje aan de politie heb ik een legging met een lang shirt aangetrokken. En sokken. Dikke sokken. Volledig gekleed heb ik naast Wim in bed gelegen, die gelukkig niets vroeg en jaloersmakend snel in slaap viel.

Mijn maag protesteert als ik de cornflakes zie staan die Wim heel lief voor me heeft klaargezet. De suikerpot is bijgevuld en zodra ik die opzijschuif, vallen er kristallen op de ontbijttafel. *De melk staat in de koelkast*, staat er op het briefje. Drie kruisjes eronder.

Als ik een ogenblik later opkijk, blijkt het al tegen tienen te zijn. Ik mag wel opschieten. Ze willen dat ik op het bureau langskom om een verklaring af te leggen. En daarna? Moet ik terug naar huis? De buurman opzoeken? En Banjer…

De brok in mijn keel weigert weg te gaan. Vragen duiken op, maar zijn alweer verdwenen als ik erover probeer na te denken. Er is één persoon die steeds opduikt, omdat hij aangegeven heeft er voor mij te zijn. En nadat ik mezelf moed ingesproken heb, pak ik de telefoon.

Als hij opneemt, zeg ik: 'Met mij.' Ik schraap mijn keel.

'Jeetje, Erin. Ben je in orde? Ik maak me vreselijke zorgen. Waar ben je?'

De stortvloed aan vragen van Teun verbaast me.

'Op het nieuws hebben ze het over een schietpartij in jouw straat. Maar de politie wil me niets vertellen.'

'Ik ben in orde.' Of dat echt zo is, vraag ik me af.

'Wat is er gebeurd?'

De vraag is makkelijker dan het antwoord, maar het is goed om de gebeurtenissen hardop op een rijtje te zetten.

'Is de schutter opgepakt?'

'Dat weet ik niet.'

'Heb je hem herkend?'

'Nee, hij droeg een cape, waardoor ik zijn gezicht niet heb gezien.'

'Dus je weet niet of het een man of een vrouw is?'

De vraag blijft even hangen. 'Ik denk een man, maar... Nee, dat weet ik niet zeker.'

Het blijft even stil aan de andere kant van de lijn, tot hij vraagt: 'En je buurman?'

'Hij heeft de politie gewaarschuwd, terwijl ik...' Ik wil zeggen wegvluchtte, maar zeg dan: '... onderweg was naar Wim.'

'Wie is die vent? Het kan toch geen gewone inbraak zijn? Waarom bij jou? Mag je in je huis?'

Teun verwoordt de vragen die ik herken als de mijne. De laatste houd ik langer vast. Ik laat mijn tong over mijn droge lippen gaan. 'Ze hebben Banjer naar een dierenarts gebracht. Ik mag daar afscheid van hem nemen.'

'Och, Erin...' Het is een hele tijd stil aan de andere kant van de lijn, en even denk ik dat de verbinding verbroken is, tot ik een zware ademhaling in mijn oor hoor suizen. 'Wil je dat ik met je meega?'

'Wim is naar een heel belangrijke bijeenkomst.'

'Dan kom ik naar je toe.'

'Nee, wacht.' Het duurt even voordat ik terug ben bij de nachtelijke puzzel. De zelfmoord. Moord! De aanval op mij. Waarom? Wie is de volgende?

Ik herinner me het gevoel dat ik gevolgd werd. De persoon in een donkerrode jas aan de andere kant van de gracht. De zilvergrijze sedan. Mijn gevoel is nu bewezen. Maar waarom ik?

'Erin, ben je er nog?'

Mijn gedachtestroom wordt onderbroken. 'Kun je me misschien oppikken bij het station?'

Het is prettig dat mijn hoofd weer werkt. Als die vent achter mij aan zit, weet hij vast ook dat ik bij Naturalis werk. Dus als ze mijn auto daar niet zien opduiken, zijn mijn collega's veilig. En als ik hier heel zichtbaar vertrek, geldt voor Wim hetzelfde. Ik ben het doelwit, tot ik weet waarom.

'Natuurlijk. Centraal?'

Als ik aangegeven heb hoe laat ik daar ben, leg ik de hoorn neer. Snel krabbel ik een briefje voor Wim, waarin ik aangeef dat ik weg ben. Ik probeer te bedenken waar ik vannacht moet slapen, maar omdat me niets te binnen schiet, zet ik er alleen drie kruisjes onder. Eerst maar eens naar het politiebureau. Goed zichtbaar voor iedereen. De stappen daarna zijn cruciaal om die vent op een dwaalspoor te zetten. Hoe ik dat precies moet doen, weet ik nog niet. Maar hoe langer ik in Wims woning blijf, hoe meer risico ik loop. Mijn achtervolger weet dat ik hier ben.

17

Erin – Leiden 1995

'Je hebt nogal wat voor je kiezen gehad.'

Teun zit tegenover me aan de overlegtafel die in een kamer helemaal boven in Naturalis staat, terwijl alle werkgeluiden uit het gebouw vertrokken zijn. Het museum is inmiddels gesloten en alle medewerkers zijn naar huis. Behalve wij. Het is prettig om terug te zijn op mijn werk, waar elke actie weloverwogen genomen wordt omdat te veel haast belangrijke details kan vernietigen.

'Banjer lag er zo stil bij. Zo'n sterke lieve hond, het is zo...' Ik kan geen woorden vinden om te beschrijven hoe bizar deze situatie is. 'Hij is gewoon neergeschoten, en ze zitten achter mij aan. Vandaar dat ik een dwaalspoor heb uitgezet.'

'Dit klinkt... ik wil niet zeggen paranoïde, maar reageer je toch niet een beetje te extreem? Heel begrijpelijk, hoor.'

'De politie heeft me verhoord, maar ze konden me verder nog niets vertellen. Ze doen onderzoek, zeiden ze. En ze vroegen waar ik zou verblijven, zodat ze me altijd konden bereiken. Maar waar kan ik heen? Dat is het probleem.' Wims appartement leek me het meest logisch, maar ik wil hem niet in gevaar brengen.'

'Waar is je auto nu?'

'Die staat bij station De Vink.'

'Dus je bent eerst naar het politiebureau gereden, daarna naar de dierenarts, toen weer terug naar station De Vink en toen met de trein naar het Centraal Station?'

Als ik knik, buigt hij zijn hoofd. Ik voel aan alles dat hij niet begrijpt dat ik mijn achtervolger expres bij Wim heb weggelokt en daarna zelf moest ontsnappen door de trein te pakken. Want mijn auto herkent hij natuurlijk.

'Maar in Leiden voelde ik... Ik heb het idee dat iemand me zelfs daar volgde.'

Hoe dat kon, begreep ik niet. Maar nu besef ik dat alle logica zoek is en ik mijn eigen waarnemingen niet eens durf te vertrouwen. Toch voelde ik ogen in mijn rug prikken, waardoor alles in me schreeuwde om weg te vluchten.

Teun speelt met een potlood dat hij tussen zijn vingers laat draaien.

'Je gelooft me niet.' Het klinkt als een voldongen feit en gek genoeg begrijp ik hem ook nog. Nu ik geen idee meer heb waar ik naartoe kan, ben ik maar gewoon hier blijven zitten.

'Denk je echt dat het met je moeder te maken heeft?'

In het afgelopen uur heb ik steeds opnieuw de route in mijn hoofd afgelegd die te bizar is om te geloven, maar die als enige de feiten bevestigt. 'Mijn moeder is vermoord.'

'Maar waarom?'

De rugzak staat naast me op de grond. Sinds ik de losse spullen uit de doos van mijn moeder hierin heb gedaan, houd ik die dicht bij me. Het is de erfenis van mijn moeder. Een gevaarlijke erfenis. Kennelijk belangrijk genoeg om haar te doden. Daar ben ik inmiddels van overtuigd.

'Daar moet ik achter zien te komen.' Ik til de rugzak op mijn schoot. Hij is verbazingwekkend licht als je bedenkt hoe zwaar de boodschap moet zijn die ze heeft ontdekt. 'Ze deed onderzoek naar iets belangwekkends.'

'Heb je enig idee wat?'

De vraag brengt me terug bij een van de laatste gesprekken die ik met mijn moeder voerde.

We zaten op het balkon, mijn favoriete plek om in de ochtendzon bij te kletsen.

'Zit je iets dwars?' vroeg ik uiteindelijk, nadat ze al een tijdje in haar koffie roerde terwijl ze helemaal geen suiker gebruikte.

Ze schrok op en schudde haar hoofd.

Mijn blik gleed over de gracht voor haar huis waarop we vanaf de eerste verdieping een prachtig zicht hadden. De molen stak zijn wieken trots de lucht in. Als ik naar links keek, kon ik nog twee molens ontdekken.

'Je woont hier prachtig, mam.'

'Dat klopt.'

Ik probeerde haar blik te vangen, maar ze keek steeds weg.

'Hoe is het met Wim?' vroeg ze na een tijdje.

Mijn diepe zucht liet haar eindelijk opkijken. 'Mam, wat is er? Je bent zo afwezig. Iets op je werk?'

De rimpel boven haar wenkbrauwen verdiepte zich. 'Ik wil je er niet mee lastigvallen.'

Ik schoot in de lach. 'Nee, nu ben je gezellig. Kom op. Kan ik je ergens mee helpen?' Ik schrok van haar blik, schoof iets naar haar toe en pakte haar hand.

'Het gaat over jou.'

'Over mij? Nou, dan zou ik er maar eens over praten, want ik ben hier nu toch.' Als ik al hoopte dat het hierdoor luchtiger zou worden, dan slaagde ik er niet in.

'Herinner je je nog iets van je jeugd?'

Ik beet op mijn wang. 'Natuurlijk. Onze zondagen aan het strand, de bezoekjes aan de kinderboerderij, de schommel in onze tuin en...'

'Je vroege jeugd, bedoel ik.'

De strenge blikken uit mijn verleden brandden zich een weg bij me naar binnen, waarna onmiddellijk de andere beelden opdoken. De vieze kleren, het gehuil van de kleinsten, het verdriet in de kinderogen, de angst voor school waar we altijd later naar binnen moesten dan de gewone kinderen. Meteen na schooltijd begon het getreiter. We hadden alleen elkaar. Hand in hand liepen we terug. Tot we ingehaald werden. Elke dag de keuze: de klappen van de dorpskinderen of van de nonnen.

'Erin?'

Ik duwde de beelden weg. Niet weer. De eeltige handen die me raakten. De leren riem waarvan de metalen gesp het bloed uit mijn huid drukte. En daarna het ijskoude water dat niet genoeg was om het branden te blussen.

Mijn moeder kneep zacht in mijn handen. 'Ik wil je helpen, ze moeten worden opgespoord, maar dan heb ik...'

'Wil je nog koffie?' Zonder een antwoord af te wachten, liep ik naar binnen. Daar duwde ik mijn voorhoofd tegen de koude keukentegels en probeerde mijn ademhaling terug te brengen naar een normaal tempo, omdat ik wist dat de angst anders alles zou overnemen.

De vingers van Teun strijken keer op keer door zijn baard. Ik wil dat hij iets vraagt, maar tegelijkertijd hoop ik dat hij eroverheen praat.

'Ik ben geadopteerd,' flap ik er snel uit als ik zie dat hij iets wil zeggen.

Hij pakt zijn pijp uit zijn borstzakje en duwt de tabak irritant secuur in de kop. Terwijl ik me afvraag of hij me gehoord heeft, steekt hij een lucifer aan en zuigt het vlammetje de pijp in.

Ik snuif de geur van pijptabak diep op. Hoewel ik een hekel heb aan sigaretten, gaat er van deze rook een rustgevende werking uit. Het begeleidt onze gesprekken over ons onderzoek, de nieuwe plannen die we bedenken, en de mogelijkheden om zo dicht mogelijk bij de waarheid van het verleden te komen.

'Weet je wie je biologische moeder is?'

'Alleen haar naam.'

'Waarom kon ze niet voor je zorgen?'

'Geen idee.' Ik staar naar de ramen achter Teun, die een blik in de museumzalen geven. Het zijn eenrichtingsspiegels, om een extra oog op de waardevolle verzameling te houden.

'Waar ben je geboren?'

'In Ierland.' Meer details over de omstandigheden wil ik niet vertellen.

'Hoe oud was je bij je adoptie?'

Het lijkt op een verhoor, alleen klinkt er zoveel rust door in zijn stem dat er geen gevaar dreigt. Gek, bedenk ik, want ook mijn moeder zou me nooit iets aandoen. Alleen bleef ze soms te lang doorgaan met haar vragen, die met harde stekels in mijn secuur bewaakte bescherming prikten.

'Vierenhalf.'

'Dan moet je je toch dingen herinneren?'

'Ja,' fluister ik nauwelijks hoorbaar. Ik klem de rugzak tegen me aan, alsof hier de antwoorden in zitten die ik het liefst verborgen wil houden.

Opnieuw duikt er een beeld bij me op. Zo duidelijk alsof er een foto van gemaakt is. Ik open mijn mond, maar sluit hem meteen weer. Aan de alerte blik van Teun zie ik dat mijn reactie hem opvalt, maar hij vraagt niets. Hij neemt een diepe trek van zijn pijp en blaast de rook naar boven. Mijn blik blijft de dwarrelende mist volgen, wanneer ik ineens haarscherp iets voor me zie.

'Mijn adoptiepapieren,' zeg ik ademloos.

Teun gaat rechtop zitten, zijn pijp hangt in zijn mondhoek.

'Die map was verdwenen.' Ik kijk naar mijn vingers, die plat op tafel liggen. 'Ik voelde wel dat er iets veranderd was in mijn moeders huis, maar ik zag het niet. Ik weet het nu zeker. Na de inbraak waren die papieren verdwenen.'

Ik vang mijn hoofd op in mijn handen en leun voorover. 'Het heeft dus iets met mij te maken. Met mijn adoptie. Wilde ze daarover praten? Is dat wat ze wilde bespreken toen ik haar afwees?' Ik gooi alle vragen nu naar buiten.

Een beweging trekt mijn aandacht. Mijn blik schiet snel naar het raam. Niets. Mijn zenuwen zijn te gespannen. Ik weet nog goed dat ik in het begin, toen ik tijdens de avonduren doorwerkte, weleens fantaseerde dat de dinoskeletten tot leven zouden komen. Dat ze bewogen en door de zalen zouden lopen als alle bezoekers naar huis waren. Net als in *Jurassic Park*.

Dan zie ik opnieuw iets bewegen. 'Teun, kijk.' Ik wijs naar het raam, dat uitzicht biedt op een van de zalen en waar nu overduidelijk een gestalte te zien is. 'Wie is dat? Er zijn toch geen bewakers in het museum?'

'Hooguit schoonmakers,' zegt Teun, die zich met duidelijke weerzin omdraait. 'Die sluiten straks de personeelsingang af.'

Mijn blik haakt zich vast aan de figuur die op dat moment zijn cape verder over zijn gezicht trekt. 'We moeten weg. Dat is hem!'

'Hoe weet je dat?' Teun staart naar de man.

'Die cape! Dit is de schutter!'

'Shit.' Teun komt snel overeind.

'Hoe komen we zo snel mogelijk naar buiten?'

Teun grijpt mijn hand en trekt me mee. 'Naar beneden, snel!'

18

Erin – Leiden 1995

De ruimten zijn slechts minimaal verlicht, waardoor er lange schaduwen over de vloer vallen. Mijn voetstappen galmen hard door de hoge zalen, en ik kan Teun maar nauwelijks bijhouden. De rugzak draag ik als een kostbare lading dicht tegen mijn buik aan, maar als ik merk dat hierdoor mijn snelheid een stuk lager is, gooi ik hem over mijn schouders.

'Waar kunnen we heen?'

Teun stopt en trekt me tegen een muur aan, waar grote vitrines met ammonieten staan. 'De personeelsuitgang beneden is onze enige kans.'

Mijn ademhaling gaat snel. Ik spits mijn oren, maar het enige wat ik opvang is het geruis van mijn bloed in mijn oren. 'Waar is die vent?'

'In de Zoogdierenzaal.' Teun houdt de omgeving nauwlettend in de gaten. 'Kom,' fluistert hij dan.

We rennen op de lift af. Teun drukt op de knop en kijkt omhoog naar het lichtje dat de verdiepingen aangeeft. Tergend langzaam verspringen de cijfers.

'Nee, niet met de lift.' Ik ren bij hem weg in de richting van de rondlopende gang die over de gehele breedte van het gebouw ligt. Achter me hoor ik Teun. Te harde zolen op de gladde stenen. 'We maken te veel geluid,' fluister ik als we bovenaan staan en in de diepte kijken.

Een deur slaat dicht. De klap echoot na.

Ik kijk Teun aan en stop met ademen. 'Waar was dat?'

Hij pakt mijn hand en trekt me achter zich aan. We passeren de immense olifant die met zijn slagtanden hoog boven me uitsteekt. De scherpe punten worden verdubbeld in het schaduwbeeld.

Mijn richtingsgevoel heeft het inmiddels compleet begeven. De enige plek die ik goed ken is mijn eigen werktafel, waar ik urenlang en met engelengeduld de steen rond de botten verwijder. Daar is het stil. Geen enthousiaste kreten van kinderen die elke Latijnse naam feilloos blijken te kennen. Het museum heeft een enorme opleving gekregen na de film *Jurassic Park*, waarin het mogelijk bleek om allang uitgestorven dino's via DNA tot leven te brengen. Sindsdien voelen we de noodzaak om het enthousiasme over dat idee wat te temperen, hoewel er een kern van waarheid in ligt.

Gebukt sluip ik achter Teun aan en we passeren grote kasten met glazen potten waarachter we enigszins bescherming vinden. Er drijven bizarre figuren in. Hier kan de man ons onmogelijk zien.

Een scherp geluid klieft door de lucht. In een reflex duik ik in elkaar, terwijl de druppels formaline rondspatten. Hij heeft ons ontdekt.

De geur snijdt in mijn neus, en in een opwelling probeer ik zo oppervlakkig mogelijk te ademen, terwijl ik Teun met een harde ruk meetrek en hij maar net op zijn voeten kan blijven staan. Weg. Nu meteen. Die idioot schiet hier gevaarlijk in het rond.

Terwijl ik de evolutie volg en langs de buitenste rand naar beneden ren, langs de tableaus die het leven in verschillende geologische perioden weergeven, kijk ik om me heen of ik die vent ergens kan ontdekken. Niets. Deze rondlopende open gang is de snelste weg uit dit doolhof door de tijd. Maar hier zijn we goed zichtbaar voor iedereen.

We moeten naar beneden! De personeelsuitgang. Bij het auditorium dus.

De kop van de camarasaurus steekt hoog de lucht in, alsof hij een kijkje in het heden wil nemen. Ik ren tussen de vitrines door tot ik bij het trappenhuis kom dat helemaal achter in het gebouw ligt. Daar wacht ik hijgend op Teun, die steeds achteromkijkt.

'Heb je hem nog gezien?' fluister ik.

Hij schudt slechts zijn hoofd en wijst dan naar de trap.

Ik aarzel. Als we zo open en bloot de trap nemen, zijn we een makkelijke schietschijf.

Een nieuwe knal klinkt.

Een lawine aan geluid volgt. Botten, skeletten en andere zeldzame vondsten kletteren op de grond, waarbij ik er niet aan durf te denken hoeveel schade hij aanricht.

'Nu, snel!' sis ik. En om een protest voor te zijn, begin ik de trap af te rennen.

'Links aanhouden,' hoor ik achter me.

Mijn voeten snellen als een razende over de traptreden, mijn hand in de buurt van de leuning omdat ik bang ben dat ik sneller wil dan ik kan.

Teun rent me voorbij, terwijl hij twee treden tegelijk neemt.

Alweer een schot.

Een hoge fluittoon langs mijn oor. Rechts van me gaat een vitrine in gruzelementen. Mijn gedachten staan stil. Alleen mijn benen bewegen. Sneller dan ooit. Mijn blik is gericht op een groen bordje dat als een baken in de verte oplicht.

Dan ben ik in de Oerparade. De immense mammoet staat trots in het midden van de zaal, waar de meterslange staart van de camarasaurus me bijna de weg blokkeert. Ik spring eroverheen en zigzag tussen de skeletten van het oerhert en de holenbeer door.

Teun rent een paar meter voor me uit. Dan struikel ik vlak voordat ik bij het auditorium ben en val door de deuropening een donkere ruimte in.

De deur gaat tergend langzaam dicht en sluit het licht buiten.

'Waar ben je?' fluister ik.

'Hier,' klinkt Teuns stem van links.

Er verschijnen steeds meer contouren in het donker. Ik grijp een stoel uit een rij en duw die met de leuning onder de deurkruk. Ik heb niet de illusie dat dit onze achtervolger langdurig zal tegenhouden, maar elke seconde telt.

Het auditorium is gevuld met vele rijen lege stoelen. Ik ren ertussendoor en zie nog net Teun tegen het licht afsteken als hij door een deur glipt. Dan is hij weg.

Gerammel aan de andere deur achter me laat me mijn aarzeling vergeten. Sneller dan ooit tevoren race ik naar de deur waar Teun door is verdwenen. Ik werp mezelf door de opening en zo behoedzaam mogelijk sluit ik de deur achter me.

Nu wegwezen. Door het magazijn, dat is de kortste weg. Ik trek een deur open en zie een enorme ruimte voor me met hoge kasten waarin allerlei biologische materialen opgeslagen liggen. Maar waar is Teun gebleven? Ik heb geen tijd om na te denken. Wegwezen hier. Dus ik begin opnieuw te rennen. Het is een doolhof aan gangen die tussen enorme opslagkasten door lopen.

Een schot doorklieft de ruimte. Hij is me dus gevolgd.

Ik sla lukraak ergens af en ren door. Kijk achterom. Zie een donkere flits achter me. Snel trek ik de verticale glazen schuifladen open waarin weefsels bewaard worden. Opgeprikte vlinders. Vele tientallen kevers. Hoe meer er tussen mij en die vent ligt, hoe beter. Ik moet hem afremmen.

Pats.

Het glas versplintert.

Allerlei insecten vliegen om me heen, vermengd door een regen van glassplinters. Ik buk. Bescherm mijn hoofd. Voel een scherpe pijn, maar ren door.

Snel schiet ik weer een zijgang in. Opnieuw ruk ik van alles open. Ik zie wortelstructuren. Grondmonsters. Kleine botjes. Alles trek ik open, zodat hij me niet kan zien. Ik trek boeken op de grond en open kastdeuren.

Een scherp geluid. Gelukkig verder van me af. Ik kijk achterom, maar zie alleen maar de kleurige vangarmen van een stuk koraal.

Eindelijk ben ik achter in het magazijn. Daar glip ik door de deur en kijk hijgend om me heen. En nu? Voor me ligt een gang die in de duisternis verdwijnt.

De gang is leeg.

'Teun, waar ben je?'

Diepe stilte.

Dan begin ik te rennen. Passeer deuren. Schiet een zijgang in. Voel me compleet gedesoriënteerd. Waar is de uitgang? En waar is Teun?

19

Max – Milaan 1995

'Ik ben zo trots op jullie,' roept Max uit, terwijl hij zijn lange spitse vingers over de stof laat glijden. De rollen met ivoorkleurige zijde zijn binnen een week omgetoverd tot de basis van een bruidsjurk. Een strak lijfje met kant en een koepelvormige rok die in kruislingse plooien soepel langs de benen van de bruid vallen.

Hij pakt de sleep die over een lange tafel gedrapeerd ligt en waar door zes ijverige meisjes rijen pareltjes op vastgemaakt worden.

'*Bellissimo!*' Hij pakt de sleep op en bekijkt de pareltjes van dichtbij. Daarna knikt hij tevreden. 'Prachtig, werkelijk prachtig.' Hij strijkt zijn lok opzij, een beweging waarbij hij tegelijkertijd zijn kin omhoogduwt. Tegenover hem staat Giulia met haar handen gevouwen voor haar schoot. Hij leidt haar opzij. 'Werkelijk schitterend, lieverd. Ik ben erg tevreden.'

Giulia heeft haar glanzende haren in twee hoge knotjes boven op haar hoofd vastgezet en schikt nu haar meetlint, die als een ambtsketting om haar hals hangt. 'Het loopt erg soepel, Max. De andere modellen zijn ook al doorgepast. Dus we lopen zelfs vóór op schema.'

Max richt zijn blik op de tafel achter haar. 'Prima, dan zal ik de fotoshoot inplannen.'

'Heb je dan al een model voor deze robe?' Ze knikt in de richting van de lange tafel.

‘Ik ben ermee bezig. Het komt goed.’

Zijn assistente aarzelt. ‘Ik ben bang dat het lastig wordt met deze bruidsjurk.’

‘Hoezo?’

‘Je bent er te laat mee begonnen. De beste modellen zijn allang ingehuurd. Elke couturier heeft mensen nodig.’

‘Het komt goed,’ antwoordt hij. ‘Het komt goed,’ herhaalt hij harder nu. Daarna wuift hij haar weg.

Ze wendt zich meteen van hem af, maar toch blijven de woorden hangen. *Het komt goed.* Het geeft een naar gevoel. De woorden van toen. Hij wil niet terug naar die tijd. Naar de priester en naar de dominante houding van de nonnen. Hij ziet ze zo weer voor zich. Hun kap strak over hun hoofd, zodat er geen losse haar te zien was. De strenge blik. De ketting op hun borst, het kruis op hun hart.

Hij wankelt het atelier uit, rent naar het toilet en draait de deur op slot. Dan dreunt de pijn pas echt naar binnen, wat versterkt wordt doordat de ruimte net zo benauwend is als het hok.

‘Ik heb je wel in de gaten. Jij kijkt naar jongetjes,’ siste de non, die haar scherpe vingers in zijn nek begroef.

‘Ik heb niets gedaan.’ Zijn stem klonk nóg hoger dan anders.

‘Zwijg.’ Ze trok hem mee de lange gang in, waarbij hij zijn best moest doen haar bij te houden. De spieren in zijn arm schreeuwden, maar hij beet hard op zijn tong. Hij wist wat er nu ging komen. En hij had nog wel zo zijn best gedaan om niet op te vallen. Om een niemand te zijn, zoals ze graag wilden. Om stil te zijn en geen woord te laten ontsnappen. Alles op slot. Alles opgeborgen op een plek die niemand kon vinden, omdat het gevaarlijk was om iets te laten blijken.

Hij was anders.

‘Doorlopen,’ snauwde de non, die hem de trap op trok alsof hij een van de zakken meel was die hij elke week naar de keuken moest sjouwen. Eenmaal boven zag hij de deur die al eeuwenlang elk verzet gebroken heeft. Daar kwam niemand zonder hulp uit. Nu stond hij open. Voor hem.

'Niemand wil je hebben. Dat heb je gezien! Je bent minder waard dan de ratten in de kelder.'

De duw in zijn rug kwam toch nog onverwachts. Hij tuimelde naar binnen en landde hard op de stenen vloer. De dreun waarmee de deur dichtviel, liet het zand op de grond lostrillen. Toen was hij alleen.

Nog wel.

Hij schoof over de grond naar het oude kleed dat hem enige bescherming tegen de koude stenen gaf. Daar sloeg hij zijn armen om zijn knieën en maakte zich zo klein mogelijk. Dat was wat ze wilden. Kleine kinderen. Jonge dreumesen. Onschuldige meisjes met krullen en een strik. En een lief lachje. Maar niet een jongen van negen jaar van wie de haren kortgeschoren waren, met uitzondering van een te lange kuif aan de voorkant. Een jongen die zijn magere armpjes naar hen uitstrekte omdat hij zo graag gekozen wilde worden.

Vaak schudden ze hun hoofd als ze hem alleen al zagen en richtten hun blik op de kinderen die naar voren geschoven werden door de nonnen. 'Kijk, deze jongen is wél sterk, en hij werkt hard,' zeiden ze dan, waarna hij nog een afkeurende blik toegeworpen kreeg.

Hij kromp bij die woorden in elkaar, omdat hij wist dat hij te dun was. Hij was niet sterk. Niet lief. Niet mooi. En niet onschuldig. Maar dat laatste was niet zijn schuld.

Hij was helaas wel zíjn favoriet. En hij wist ook dat het niet lang meer zou duren voordat híj hier opdook. Net als alle andere keren.

De kou liet zijn spieren trillen, terwijl hij nog verder in elkaar kroop om de warmte vast te houden. Wat was er deze keer gebeurd waardoor hij meegenomen was? Hij werkte zo hard mogelijk, zorgde ervoor dat elk sprietje onkruid uit de border getrokken werd, en zorgde ervoor met niemand contact te maken. Hij was gehoorzaam. Niet praten, geen vrienden maken, hard werken. En toch vonden ze hem.

Een geluid liet hem verstijven. Daarna volgde het bekende ritme van voetstappen op de stoffige zoldertrap. Hij wilde verdwijnen. Maar hij zat opgesloten. In het hok. De pijn kwam met elke stap onafwendbaar dichterbij, omwikkeld door angst.

Het knarsende geluid, dan de klik waarmee het slot opensprong.

'Kom hier.' De stem resoneerde in zijn hoofd.

Hij bewoog zich niet. Voorzichtig opende hij één oog en zag de schoenen onder het habijt uitsteken. Hij schrok dat hij al zo dichtbij was. Hij kon hem niet ontwijken. Nooit.

'Het komt goed.' Een hees lachje. 'Dit is van ons samen. Het komt goed.'

Hij kneep zijn ogen stevig dicht en sloot zichzelf op in een geheime plek in zijn hoofd. Hier kon niemand hem vinden. Ook híj niet.

'Max? Is alles goed?' Een stem trekt hem terug naar het hier en nu.

Giulia.

'Er is iemand voor je.'

Ook al schraapt hij zijn keel, hij kan niet voorkomen dat zijn stem schor klinkt als hij roept: 'Ik kom eraan!'

Hij laat koel water over zijn polsen lopen en fatsoeneert zijn haren voor de spiegel door met vochtige vingers zijn lok in model te kneden. Hij ademt een paar keer diep door om de geur van angst kwijt te raken en draait heel bewust het slot open. Met zijn kin omhoog loopt hij terug naar het atelier.

Het is lastig om te schakelen als hij de gezellige bedrijvigheid ziet. De meisjes kletsen aan één stuk door, terwijl op de achtergrond muziek klinkt. De grote lampen geven veel warmte af, waardoor sommige meisjes in mooie kanten singlets aan het werk zijn. Een glimlach trekt over zijn gezicht. Hij is er weer. Dit is zijn wereld. Zijn nieuwe leven. Dankzij zijn vader.

Verwonderd kijkt hij om zich heen, maar hij ontdekt geen bezoeker.

'Hier, telefoon voor je.' Giulia houdt de hoorn omhoog.

'Ah, vandaar.' Hij haast zich naar de telefoon die op het bureau in de hoek van het atelier staat. '*Pronto?*'

'Met mij.'

Max wendt zich meteen af van de drukte in het atelier als hij de stem van Mattia herkent.

'Wat is er?' Het klinkt onaardiger dan hij wil.

'Ik wil je zien.' Zoals altijd is zijn vriend heel direct.

'Dat is fijn om te horen,' zegt Max, terwijl hij met het snoer van de telefoon speelt. De warmte schiet omhoog, terwijl hij zichzelf een houding probeert te geven.

'Ik mis je, Max. Dit is echt geen doen. Je bent dagenlang niet bereikbaar, en…'

'Ik heb prachtige zijde op de kop weten te tikken, en de meisjes zijn…'

'Het gaat me om jou!'

Max kijkt snel over zijn schouder. De stem van Mattia klinkt zo luid dat hij zich nauwelijks kan voorstellen dat niemand dit gesprek opvangt.

'Kom naar me toe. Ik wil je voelen, ruiken en…' Hij wacht even en zegt dan: 'En ik wil je proeven.'

De zwoele klank laat zijn lichaam reageren, maar Max recht meteen zijn schouders en bladert in de telefoonklapper om zichzelf een houding te geven. 'Dan gaan we dat doen,' antwoordt hij uiteindelijk. Hij noemt een tijdstip, waarvan hij met een blik op de klok inschat dat hij dat gaat halen. 'Zie je dan.' Snel legt hij de hoorn neer en ademt eerst diep uit voordat hij zich omdraait en de zakelijke glimlach weer op zijn gezicht plakt.

Giulia kijkt op. Haar glimlach zou nietszeggend kunnen zijn als hij haar niet zo goed kende. Zij weet wie er belde, dus moet hij iets zeggen. Aangeven waarom het belangrijk is. Laten blijken dat het puur zakelijk is.

'Hij wil een locatie laten zien voor de shoot van de bruidsjurk,' geeft hij aan. Het lukt hem om serieus te blijven kijken. 'Als het een mooie plek is, maak ik meteen een afspraak.'

'En het model?'

Waarom probeert ze hem te sturen? Ze weet toch dat hij daar een hekel aan heeft? 'Dat is mijn volgende stap. Ik heb al iemand op het oog.' Dan steekt hij zijn arm omhoog en zegt de meisjes met een wapperend handje gedag.

Pas als hij in de tram onderweg is naar Mattia, komt de woede. Hij heeft een indrukwekkend cv opgebouwd met goede recensies over zijn shows. Dus een assistente hoeft hem niet te vertellen hoe hij zijn werk moet organiseren. En als daarnaast zijn fotograaf hem ook nog verordonneert om te komen opdraven omdat hij zin heeft, gaat er echt iets helemaal mis. Híj staat aan het roer, niemand anders.

Hij kijkt naar buiten en ziet de stad langs zich heen trekken. De metalen wielen ratelen hard over de tramrails, en af en toe schokt het voertuig zo hard heen en weer dat het lijkt alsof hij zo kan ontsporen. Een scooter slaat rechts af en hobbelt verder over de kinderkopjes. Rechts passeert hij de Santa Maria delle Grazie, de kerk die hij slechts één keer bezocht heeft. Hij was pas net in Milaan en was onder de indruk van de prachtige bouw van de grote ronde torens. Eenmaal binnen dwaalde hij door de tuinen die omringd werden door overdekte gangen met prachtige bogen. Tot hij het klooster ontdekte dat aan deze kerk verbonden bleek te zijn. Hij weet niet eens meer hoe hij buiten is gekomen, maar elke keer als hij hier langsrijdt, lijkt het alsof de zon even afgedekt wordt.

'Daar ben je.' Mattia begroet hem bij de voordeur van zijn appartement.

Max weert een omhelzing af, kijkt om zich heen en stapt dan naar binnen.

'Wat is er toch met je de laatste tijd?'

'Ik ben druk.'

'Is dat het?'

Max kijkt zijn vriend eindelijk aan. 'Ik kan het niet, Mattia.'

'Maar schat, het is geen misdaad. We houden van elkaar, dus waarom mag niemand daar getuige van zijn?'

Hij knarst zijn kiezen over elkaar, duwt zijn lok omhoog en zegt: 'Gun me tijd. Ik...'

'Je weet toch dat jouw zogenaamde geheim allang begint uit te lekken? Zoiets hou je niet lang verborgen in deze wereld.'

Met een schok kijkt hij op.

'Ja, jouw Mimi heeft het allang door.' En Mattia vertelt hoe Mimi hem zeer gerichte vragen heeft gesteld.

Max staart naar het donkerbruine kleed waar zijn voeten bijna volledig in verdwijnen. 'Laat me eerst met mijn vader praten. Als hij te horen krijgt dat ik... Nou ja, je weet wel. Dan krijgt hij de schok van zijn leven.' Max ziet hoe de zon lange schaduwlijnen op de plavuizen laat ontstaan. 'Mijn vader komt uit een ander leven, waar de mannenliefde niet bestaat. Het is een zonde.'

'Geloof jij dat ook, Max?'

Hij kan niet meteen antwoorden, omdat hij gek is op Mattia, maar zijn vader staat boven iedereen verheven. 'Ik zal mijn vader nooit verdriet doen. Hij heeft mij altijd beschermd en gesteund.'

'Het is 1995, Max. Jouw geheimzinnigheid is niet meer van deze tijd. In de modewereld is het bijna een gegeven om homo te zijn. Je bent echt niet de enige. Dat weet jij ook!'

'Hoe kan ik mijn vader ooit verloochenen? Hij heeft mijn pijn gedragen, nu is het mijn beurt om hem te steunen.'

Mattia schudt zijn hoofd, maar zegt niets.

'Ik kan je niet meer bieden dan dit. Het spijt me, Mattia.'

Hij aarzelt kort bij de deur, alsof hij hoopt dat zijn vriend hem terugroept en akkoord gaat met een geheime relatie. Net als al die andere keren. Als dat niet gebeurt, loopt hij naar buiten.

'Ik kan niet anders. Waarom begrijpt hij dat niet?' Hij prevelt zijn wanhopige gedachten voor zich uit. Het doet pijn om Mattia achter te laten. Het liefst wil hij nu met iemand praten. Weten of hij verkeerde gedachten heeft en beslissingen neemt die niet nodig zijn, of dat hij de liefde mag laten voorgaan.

De vrouw die hem hier in Milaan heeft opgevangen, duikt op in zijn gedachten. Mimi heeft al toespelingen gemaakt naar die onderlinge band. Maar zal ze hem niet veroordelen? Of hem zwartmaken in de media? Nee, hij moet zwijgen en zijn lot dragen.

20

Max – Milaan 1995

Met zijn vinger volgt Max de hanenpoten in de brief. De zwierige krullen naar boven en de korte uithalen naar beneden. De gedragen woorden die hij keer op keer gelezen heeft en nu opnieuw wil voelen. De zinnen die spreken van schaamte, ook al ligt dat gevoel verborgen tussen de letters.

Het idee dat Mimi deze brief in handen heeft gehad, is bijna niet te verdragen. Deze woorden zijn aan hem gericht, aan zijn zoon. Die mag niemand anders lezen. Woorden vol schaamte die hijzelf ook aan den lijve ondervonden heeft.

Hij koos altijd een van de achterste wc-potten van de rij. Alles open en bloot. Iedereen naast elkaar. In één lange rij. Soms wachtte hij tot het rustig was, maar vaak kreeg hij die mogelijkheid niet.

De enige toiletten die vrij waren lagen in het midden. De meisjes konden hun jurkjes over hun knietjes leggen, maar dat deden alleen de oudere meisjes. Nu hij van school was gehaald om in het huis te werken, waren de dagen langer dan ooit.

Hij koos een pot uit en liet zijn broek zakken. Sommigen waren snel klaar en verdwenen weer. Anderen zaten iets langer. Een meisje keek naar hem, net als de jongen op de rij ernaast. Haar ogen groot en zonder enige gêne. Hij trok zijn korte broek zo hoog mogelijk over zijn benen, maar zijn shirtje was te kort geworden om zijn piemel te bedekken. Hij sloot zijn ogen om hen niet te hoeven zien. Om de ontspanning toe te laten.

Dan hoort hij het. Het bekende ritme. Een stevige pas, gevolgd door een slepende. Steeds opnieuw. Zijn vingers verstrengelden zich in elkaar. Zo hield hij zichzelf vast. Hij prevelde een kort gebed, omdat dat was wat ze hem leerden. Ingeprent in een herhaling die elke dag terugkwam. Heel even kreeg hij het idee dat hij zou doorlopen, maar toen werd het stil. Geen geluid meer, alsof de hele toiletruimte de adem inhield.

Hij durfde zelf ook niet te ademen. Zijn vingers knepen hard in zijn bovenbenen.

De hand op zijn schouder kwam toch nog onverwachts en een schok golfde door zijn lijf.

'Kom.'

De pijn in zijn vingers nam nog verder toe, tot hij besefte dat hij zichzelf pijnigde.

'Ik wacht op je.' De passen verwijderden zich. Stap, sleep.

Links van hem klonk geritsel, daarna een ademteug en achterin het geluid van water. Maar hij zat verstijfd op de harde rand.

Max wist dat hij moest gehoorzamen. Het hok wachtte op hem. En hij ook.

De schaamte jeukt onder zijn huid op plekken waar hij onmogelijk kan krabben. Als hij terugkwam uit het hok, lag het als een laag olie over hem heen. Hij waste daarna zijn huid kapot, waarbij het ijskoude water hem eindelijk hielp.

Max drukt het dunne papier van de brief tegen zijn borst en sluit zijn ogen. Hij drinkt de liefde gulzig in en voelt de warmte door zijn aderen stromen. Wat was er van hem geworden als zijn vader er niet was geweest? Zelf was hij te jong om alles te doorzien. Bovendien, had hij een keuze? Hij vouwt de brief op en stopt hem terug in de envelop. In zijn kledingkast liggen de sigarendoosjes waarin hij deze tekens van liefde bewaart.

Terwijl hij de kastdeur zorgvuldig sluit, duwt hij de gedachten aan al die bezoeken in het hok weg. Niemand mag weten wat zich in het tehuis heeft afgespeeld. Dat kan hem zijn naam als couturier kosten. Hij ziet de krantenkoppen al voor zich. En Mimi zal niet aarzelen om het te schrijven, ook al zal ze zeggen dat het zijn bekendheid alleen maar ten goede komt.

Het rumoer in de stad onder hem geeft hem rust. De vele oranje gekleurde daken, de torens van de heilige gebouwen en de wirwar aan straten: dit uitzicht is zijn thuis. Hier heeft hij naam gemaakt, en mag hij doen wat hem blij maakt en waar hij zijn creativiteit in kwijt kan. Hier wordt hij gerespecteerd om wie hij is. Dat moet zo blijven.

Hij loopt de trap af en klopt aan. Mimi kan hem vast wel in contact brengen met een goed model.

'Ik verwachtte je al.' Mimi loopt soepel met haar heupen draaiend voor hem uit naar de woonkamer.

De tamtam in Milaan gaat snel. Maar deze keer is hij daar niet rouwig om. 'Dus je hebt nu al gehoord dat ik op zoek ben?'

'Op zoek?' Mimi gaat zitten. Ze pakt een leeg glas dat al klaarstond, alsof ze inderdaad op hem wachtte. Een klokkend geluid en de zon kaatst terug van het glas. Dan heft ze haar glas om te proosten. Mimi en wijn. Het flonkerende lichtgekleurde vocht is haar minnaar.

Dan ziet hij hem liggen op het tafeltje. Een blauwe envelop. Net achter het dienblad waarop de karaf staat, die al halfleeg is. Zijn hart slaat een slag over en hij moet moeite doen om hem niet van het tafeltje te grissen. Als hij opkijkt, ontmoet hij die typische blik waarmee ze haar geïnterviewden altijd de schrik op het lijf jaagt.

'Zoek je misschien dit?' Met haar lange rode nagels tikt ze op de envelop.

De droogte die zijn mond teistert is niet weg te slikken. 'Ik zocht een m-model.'

'Weet je het zeker?'

Hij volgt de trage beweging waarmee ze de brief oppakt en tussen haar beringde vingers laat draaien. 'Is die voor mij?' Het idee dat er opnieuw een brief van zijn vader bij haar terecht is gekomen, jaagt zijn hartslag op.

Tergend langzaam draait ze hem om en leest haar eigen naam voor.

Dat is onmogelijk. Waarom heeft hij aan haar geschreven? Wat speelt er waar hij niets van afweet?

'Heb je me iets uit te leggen?'

Hij neemt een slok van de wijn. Laat de zoete smaak over zijn tong rollen en neemt de tijd om zichzelf terug te vinden. 'Ik heb geen geheimen,' zegt hij dan.

Haar lach galmt door de kamer. 'Lieve Max, jouw leven staat er bol van. Maar daarom ben je zo interessant. Het is een deel van je succes, omdat de couturiers die níét mysterieus zijn al snel de interesse van de pers kwijtraken. Jij daarentegen...' Ze laat een stilte vallen. 'Er is iets met jou waar niemand de vinger op kan leggen. Dat is een van de redenen dat ik jou onder mijn hoede heb genomen. Jouw leven is anders begonnen, maar je hebt je ervan losgemaakt. Dat geeft jouw kracht weer.'

Heel bewust ontspant hij zijn schouders en leunt naar achteren in de chaise longue, die normaal gesproken als een comfortabele sofa aanvoelt. Zijn glas houdt hij vast bij de steel en hij nipt van het koele vocht om de droogte in zijn mond geen kans meer te geven.

'Fijn dat je dat zo ziet,' zegt hij dan weloverwogen.

'En weet je? Deze vrouw heeft al eerder contact met me opgenomen.'

Vrouw?

Ze knijpt haar ogen samen en heel even lijkt het alsof ze vochtig worden. 'Wat heb je je ongelooflijk goed ontwikkeld, lieve Max. Als je als kind zo behandeld bent, moet je uit het beste hout gesneden zijn als het je lukt om daarna zo'n indrukwekkende carrière op te bouwen.'

Zijn hoofd schudt langzaam heen en weer om de woorden af te weren. Niemand mag weten van het misbruik. Hij moet zijn vader spreken; hem om raad vragen.

'Ik heb contact gehad met enkele collega-journalisten. Zij gaven aan dat misbruik door priesters in Ierland grote vormen aanneemt. En toch verdwijnt dit regelmatig in de doofpot. Vorig jaar nog werd een priester een hand boven het hoofd gehouden door de procureur-generaal nota bene. De Rooms-Katholieke Kerk heeft een veel grotere macht dan iedereen beseft, zeker in het gelovige Ierland. En deze vrouw' – ze legt de brief terug op het tafeltje – 'is op zoek naar de waarheid. Soms, lieve Max, kan het bevrijdend werken om je uit te spreken, zodat je die last kwijtraakt. Wat anderen veroorzaakt hebben, mag jou nooit beperken. Daar ben je een te mooi mens voor. Je staat nog maar aan het begin van je carrière. Jij wordt heel groot, dat durf ik wel te zeggen.'

'Dank je wel, Mimi.' Het lukt hem zelfs om een lach op zijn gezicht te duwen. Hij wil zeggen dat hij het zonder zijn vader nooit voor elkaar had kunnen krijgen, maar beseft net op tijd dat zwijgen nu het beste is.

Lange tijd is er niets anders te horen dan het geraas van het verkeer op de achtergrond dat continu blijft doorgaan.

Mimi houdt de fles vragend naar hem op. 'Nog eentje?'

Hij bedankt.

'Als ik je ergens mee kan helpen, dan doe ik dat met liefde. Want je zoekt dus een model?'

Het duurt even voor hij terug is in het hier en nu. 'Ja, dat klopt, voor een bijzonder stuk in mijn collectie.'

'Geef je mij de primeur?' Ze schenkt haar glas bij, waarbij hij ziet dat haar hand trilt. 'Ik zal niet snel smeken, maar ik heb eigenlijk wel een bijzonder nieuwtje nodig.'

Max kijkt verbaasd op. 'Waarom dat?'

'De mediawereld is harder geworden. De hoofdredacteur legt een zware druk op onze schouders. Het gaat niet meer alleen om een goedgeschreven artikel, maar het moet ook spraakmakend zijn. Het moet verkopen. Het draait steeds meer om geld.'

'Als je iets spraakmakends wil, dan kan ik je daar wel aan helpen.'

Ze neemt een paar snelle slokken en leunt dan naar achteren. 'Vertel.'

Hij schenkt haar een glimlach. 'Jij je primeur, ik goede aandacht.' Hij houdt zijn glas toch maar bij.

Als ze hiermee de deal bezegeld hebben, vertelt hij haar over zijn pronkstuk: de bruidsjapon waarvan het ontwerp geënt is op de beroemde galerij, de Galleria Vittorio Emanuele. Hij bestudeert haar gezichtsuitdrukking, die verandert van verbazing naar uitzinnig enthousiasme.

Uiteindelijk zet ze haar glas neer en klapt in haar handen. '*Fantastico!* Hiermee ga je scoren, lieve Max. Ik wist het! Ik zag aan alles dat jij het hier ging maken.'

Max doet er verder het zwijgen toe. Het verwachte gevoel van trots blijft uit.

'Het is goed dat je voor ivoorkleurige zijde gekozen hebt waarin de vier grote plooien samenkomen in een koepelvormige rok. Een metaforisch beeld! Dus je zoekt iemand die deze bijzondere bruidsjapon kan dragen?' Ze legt haar vinger nadenkend tegen haar lip.

'Ken jij iemand? Een roodharige zou prachtig zijn.'

Ze knikt langzaam en het duurt even voor ze verder praat. 'Het moet iemand zijn die jouw mysterieuze verleden en het bijgeloof van de passage bij elkaar brengt. Het is echt schitterend gekozen!' Ze schiet in de lach. 'Dit gaat je geluk brengen. Net als al die mensen die de legende volgen en drie keer rond hun as draaien op het mozaïek, met hun hak op de testikels van de stier. Die denken dat ze daardoor geluk verwerven.' Dan geeft ze hem een naam van een model.

'Dank je. Dan ga ik die vragen. Ik hoop dat ze vrij is.'

‘Ik zal haar zelf bellen en haar op het hart drukken dat ze dit aanbod niet mag afslaan. Ze heeft machtig mooie rode krullen. Dat zal inderdaad prachtig contrasteren met het ivoor.’

Dankbaarheid vloeit door hem heen. Ook al heeft hij een van zijn geheimen moeten prijsgeven, de primeur zal hem veel meer opleveren.

‘Ik denk…’ Hij schraapt een randje schorheid weg. ‘Ik denk dat het wel belangrijk is dat het mysterie rondom mij, zoals jij dat zo mooi noemt, in stand blijft.’ Het klinkt als een terloopse opmerking, maar als hij haar aankijkt ziet hij dat ze hem meteen begrijpt.

‘Eén openbaring is voorlopig voldoende. Dat ben ik met je eens.’

De laatste slok wijn verdwijnt in zijn keel.

‘Eerst de focus op je nieuwe collectie,’ vervolgt ze. ‘Dan bespreken we de volgende keer de intrigerende lijst die in de brief uit Ierland staat.’

21

Max – Milaan 1995

Max draait om het model heen, terwijl hij de zijde om haar heen schikt. Het staat haar prachtig. Precies zoals Mimi zei. De lange rode krullen hangen los over haar schouders, terwijl de pareltjes in de sleep bij elke beweging fonkelen.

'Deze plooi valt niet lekker,' geeft hij aan, terwijl hij de stof steeds opnieuw omhoogtrekt en weer laat vallen. De natuurlijke souplesse waarmee de drie andere plooien zonder enige moeite langs haar lichaam vallen, is bij deze vierde hardnekkig. 'Hier heeft de jurk nog iets nodig,' zegt hij. 'Iets hoger, dan komt het goed.'

Als hij zijn eigen woorden hoort, draait hij zich van het model af. Sinds hij Mimi even geleden heeft gesproken, klopt zijn hart onrustig. Hij is zichzelf niet.

'Kan hij uit?' vraagt Giulia.

'Ja.'

Het komt goed.

De woorden blijven hem achtervolgen, terwijl hij zich afvraagt of het ooit nog goed komt met hem. Hij wil het liefst nú afreizen naar zijn vader om bij hem te zijn en deze woorden tegen hem te zeggen.

'Pas op voor de spelden.' Giulia heeft de lange sleep al over de tafel gedrapeerd, behoedzaam om de stof zo min mogelijk te laten kreuken.

Hij laat de stof door zijn vingers glijden om de zachtheid opnieuw te voelen. Dit is het pronkstuk, en als hij Mimi mag geloven gaat hij hiermee scoren. Het is zíjn ontwerp, zijn eigen idee naar een bouwwerk dat het pronkstuk van Milaan genoemd mag worden. De gelijkenis is bijzonder. Mimi heeft gelijk. Bovendien zal haar artikel over zijn collectie niet alleen Milaan fascineren, maar waarschijnlijk zal de wereldpers daarna hém ophemelen.

Het gerinkel van de telefoon haalt hem uit zijn gedachten. Duiken de aasgieren nu al boven op hem? Journalisten die een scoop willen scoren zijn niet te houden. Daardoor is Mimi ook groot geworden. Door haar machtige netwerk danst iedereen naar haar pijpen.

'Max?' Giulia staat bij het bureau. 'Voor jou.'

De naam *Mattia* tintelt in zijn gedachten. Maar als hij het gezicht van zijn assistente ziet, beseft hij dat het iemand anders is. Met trillende knieën loopt hij naar het kantoor.

'Pronto?'

'Wij moeten u spreken. Kunt u de deur van uw atelier openmaken?'

Max verstijft, draait zich om naar zijn geheime concept en geeft dan aan dat hij eraan komt.

Zonder iets te zeggen loopt hij het atelier uit en daalt de trap af. Hij zal ze in het magazijn opvangen. Daar is ook een hoek waar hij vaker zit als hij samen met Giulia op zoek is naar de juiste combinatie van stoffen.

Er staan twee mannen voor de deur. Benen stevig op de grond, hun blauwe jack dichtgeritst. Ze stellen zich kort voor en vragen of ze hem op een rustige plek kunnen spreken.

Als Mattia het atelier binnen komt lopen, kan hij zijn tranen niet meer tegenhouden. Hij laat het zelfs toe dat zijn vriend hem omhelst, ook al maakt hij zich al snel weer los. Aan de zijkant staan de meisjes bedremmeld bij elkaar. Hun gefluister is gestopt en ze staren hem met grote ogen aan.

'Wat vreselijk,' zegt Mattia.

'Ik wist niet wat ik hoorde.' Max haalt zijn neus op en pakt snel een tissue van de tafel.

'Hoe kan het? Heb jij het zien aankomen?'

Hij schudt zijn hoofd. 'De laatste keer dat ik haar sprak, was ze zo vrolijk en vol plannen. Ze zou een artikel over mijn collectie schrijven. Ik heb haar zelfs de primeur gegeven.'

Mattia staat er verslagen bij. 'Maar waarom?'

'Die primeur?'

'Nee, waarom zou ze dood willen? Ze had alles.'

Max haalt zijn schouders op. Deze vraag heeft hij zich het laatste uur ook steeds opnieuw gesteld, toch kan hij niet anders dan de realiteit onder ogen zien. 'Ik heb werkelijk geen idee.' Hij neemt een slok water. 'Behalve...'

De vragende blik van zijn vriend kan hij niet weerstaan. Hij is blij dat Mattia zo snel naar hem toe gekomen is. Dat laat zien dat hij nog steeds om hem geeft. Misschien komen ze toch wel weer dichter bij elkaar.

'Mimi was als een kameleon. Het was altijd moeilijk om haar werkelijke gevoel te doorgronden. Maar deze keer deelde ze iets waarvan ze misschien liever niet wilde dat het bekend wordt.'

Mattia humt.

'Ze was zo nerveus. Volgens haar legde de hoofdredacteur haar steeds meer het vuur aan de schenen. Hij wilde een groot coverartikel, iets wat de aandacht trok en...'

'En de verkoop bevorderde,' vult Mattia aan. 'Ja, ik weet er alles van. Ook ik moet op jacht naar platen die ik liever niet schiet, omdat ik artiesten hun privacy gun. Maar als ik wil scoren, moet ik met beeldmateriaal komen dat de tongen losmaakt. Het is bijna ziek hoeveel collega's op hun scootertjes achter bekende acteurs aan sjezen om op die manier heimelijke ontmoetingen, geheime minnaars of andere zaken aan het licht te brengen. Tegenwoordig mogen we hun geen tijd meer geven om zelf met een nieuwtje naar buiten te komen, maar moeten we er als eerste bij zijn.' De stem van Mattia klinkt steeds harder. 'Sorry, maar ik kan daar ook niet goed mee omgaan.'

'Dat snap ik.' Max legt zijn hand op Mattia's arm. 'De wereld wordt steeds harder.' Hij hoopt dat zijn vriend nu beter beseft waarom hij hun relatie geheim wilde houden, ook al was dat moeilijk. 'Nu begrijp je mij misschien ook beter.'

Hij hoopt dat er op een of andere manier een signaal komt dat Mattia zijn beslissing wil heroverwegen, maar in plaats daarvan zegt hij: 'Weten ze zeker dat het zelfmoord was?'

Max zucht diep. 'Ze doen op dit moment onderzoek. Maar ze gaven aan dat ze pillen gevonden hebben, naast een bijna lege wijnkaraf.'

Mattia knikt een aantal keren. 'Ja, ze dronk veel,' zegt hij dan.

'Toch is het vreemd.' Max duwt zijn haren in model. 'Ik heb haar de primeur gegeven, waarbij zij als enige wist wat mijn pronkstuk was en waarop dat gebaseerd was. Dus ergens klopt er iets niet.'

'Ik weet niet of we er ooit achter zullen komen wat er echt speelde.'

Max knikt. Hij strijkt over zijn kin en denkt aan de brief uit Ierland. Ze had het over een intrigerende lijst. Die brief moet hij in handen zien te krijgen.

22

Erin – Leiden 1995

De zon schijnt fel in mijn ogen terwijl ik het trillen van mijn lijf probeer te stoppen. Maar hoe rustiger ik probeer adem te halen, hoe meer mijn spieren protesteren. Naast me zit Teun, die me steeds opnieuw zijdelings aankijkt. Ik krijg er de zenuwen van.

'Ik zag je nergens meer,' zeg ik uiteindelijk.

'Ik moest de auto...'

'Dat begrijp ik.' Ik weer zijn blik af met mijn hand. Het is lastig om in een hoofd vol rennende gedachten alles op een rijtje te krijgen als anderen hun gedachten naar me toe gooien.

Er is op me geschoten. Mijn moeder is vermoord en ook Banjer leeft niet meer. En dat heeft iemand op zijn geweten. Een man met een cape die rondzwaait met een pistool alsof het niets is. Die me zelfs tot op mijn werk heeft gevolgd en opnieuw heeft geprobeerd me te vermoorden. Ik strijk over een paar wondjes op mijn handen. Glassplinters zie ik gelukkig niet.

Het irritante getik van de richtingaanwijzer leidt me af. Ik kijk om me heen en zie dat Teun een buitenwijk van Leiden in wil rijden. 'Waar ga je heen?'

'Naar huis.'

Het is zo'n logische en tegelijkertijd bizarre gedachte dat ik kort naar adem hap. 'Jouw huis?'

'Natuurlijk, want jouw huis...'

'Oké. Ja, ik weet het.'

Terwijl de zon langzaam oranje kleurt en achter de huizen wegzakt, besef ik dat we tijd nodig hebben. Het is halverwege de avond en ik moet straks ergens kunnen slapen.

'Kunnen we even stoppen? Ik...' Met een diepe ademteug probeer ik al mijn moed te verzamelen. 'Misschien moeten we eerst even goed nadenken.'

Het klinkt bizar dat ik het eerst moet zeggen voordat ik het daadwerkelijk kan doen. Maar mijn hoofd tolt en een voorbijzoevende wereld versterkt dit alleen maar. Bewijzen. Feiten. Gegevens die kloppen. Duidelijkheid. Daar heb ik behoefte aan.

Teun rijdt de auto een parkeerhaven in en zet de motor uit. Nu de motor zwijgt, merk ik pas dat mijn hart als een bezetene bonkt.

'Waar wil je heen, Erin?'

Ik wil hem corrigeren: waar kán ik nog heen? Ik heb geprobeerd iedereen veilig te houden, maar loop nog steeds zelf gevaar. Waarom? Ik ben op de vlucht, maar waarvoor? Ik heb helemaal niets meer. Wat wil die vent?

'Moeten we de politie niet waarschuwen?'

Ik schud mijn hoofd. 'Voordat we een telefooncel hebben gevonden... Mijn moeder.' Het komt met een zucht naar buiten. 'Het moet om mijn moeder draaien.'

'Je echte moeder of je adoptiemoeder?'

Ik draai me naar hem toe. 'Mijn echte moeder? Ja, natuurlijk. Ook dat kan. Ze komt uit Ierland... Ik ben daar geboren. Het tehuis. The Home. Wat daar is gebeurd, kan... Maar leeft ze nog?'

Naast me hoor ik Teun zuchten. 'Je praat in raadsels, Erin.'

Dan gooi ik het eruit. 'De map met adoptiepapieren was weg.'

'Ja, dat zei je al. Maar weet je zeker dat die vóór de inbraak wel in die la lag?'

Ik probeer het beeld weer voor me te zien, net zo scherp als nog maar even geleden toen we aan de overlegtafel zaten te praten, maar het lukt me niet.

‘Ik denk het wel. Ze wilde de laatste tijd vaker met me praten, over…’ Ik sluit mijn mond en besef dat ik alles heb afgehouden. De tijd van de adoptie ligt al zo ver achter me dat ik er niet naar terug wil. Ik heb geluk gehad, zei ik steeds weer tegen mijn adoptiemoeder, terwijl ik alle pijn wegduwde in een laatje dat ik al die jaren stevig op slot probeerde te houden. ‘Over alles,’ zeg ik uiteindelijk.

‘Maar wat moet die kerel met jouw adoptiepapieren?’ Teun tikt met een duim op het stuur.

‘Goede vraag. Ik heb geen antwoord.’

‘Dan gaan we dat uitzoeken.’

Ik ben opnieuw onder de indruk van zijn logische gevolgtrekking. Zoeken, ja vast. Hoe dan? Ik weet inmiddels prima hoe je oude botten uit kalksteen of klei prepareert, maar zoeken naar antwoorden waarvan ik de bijbehorende vragen niet onder ogen wil zien, is voor mij te complex.

Terwijl ik daarover nadenk, houd ik alles om me heen in de gaten. Welke auto’s langsrijden, wat ik in de zijspiegel zie en wie er een eindje verderop lopen. Of erger nog: wie kijkt er op een bepaalde manier deze kant op?

‘Eens?’ Teun kijkt me aan.

Ik kan niet anders dan ‘ja’ antwoorden.

‘Mooi, dan gaan we.’ Teun start de motor en rijdt de straat uit, waar hij de hele rotonde neemt en dezelfde weg terugrijdt.

Ik vraag me af wat ik gezegd heb. Dan leun ik naar achteren in de passagiersstoel en laat het allemaal gebeuren. We gaan niet naar zijn huis, dat is duidelijk. En verder hoef ik even niet te denken. Zolang we rijden zijn we veilig.

23

Erin – Schiphol 1995

‘Dit is de veiligste plek die ik kon bedenken.’ Teun zet een dienblad op tafel. De pittige koffiegeur vermengt zich met de vettigheid van de saucijzenbroodjes. Ik voel snel of hij warm is en merk dan pas hoe mijn maag reageert.

‘Dank je wel.’ Ik buig mijn hoofd omdat ik hem niet durf aan te kijken.

‘Waarvoor? Het lekkers?’

Als ik opkijk zie ik de bekende twinkeling in zijn ogen. Er zit iets ondeugends in, wat me op een of andere manier raakt. ‘Ja, natuurlijk voor het lekkers.’ *En al het andere*, vul ik in gedachten aan. ‘Ik heb trek, dus dit is heel welkom.’ Het kost me de nodige moeite om mijn gezicht in de plooi te houden, dus neem ik snel een grote hap.

‘We hebben nog een paar uur voordat ons vliegtuig gaat. Dus tijd genoeg om een plan te maken.’

Het is fijn dat Teun zo onverstoorbaar blijft en beslissingen voor me neemt. Terwijl mijn kaken de hartige hap vermalen, word ik rustiger. Teun heeft gelijk: als je eenmaal voorbij de douane van Schiphol bent, ben je veiliger dan waar dan ook. Maar tot het moment waarop de grondstewardess ons de tickets overhandigde en aangaf dat we de volgende ochtend al vroeg konden vertrekken, bleef ik om me heen kijken. Daarna heb ik Wim gebeld en een korte boodschap ingesproken op zijn antwoordapparaat dat hij zich geen zorgen moet maken. Dat leek me voor nu voldoende.

'Waarom doe je dit, Teun?' Het is een vraag die al uren door mijn hoofd spookt. Hij is een collega, pas sinds een paar jaar. Naast de werkbesprekingen wisselen we soms wat persoonlijke zaken uit, maar daar blijft het bij. De waardering voor mijn werk voel ik duidelijk. Hij was altijd erg enthousiast als ik een ontdekking had gedaan, zoals die keer dat ik erachter kwam dat een wervel eigenlijk bij een ander skelet hoorde. Determinatie was mijn passie. Ik hield ervan om de details te vinden zodat het plaatje klopte en compleet was. Maar dat is mijn werk. Dit is gevaarlijk.

'Gewoon,' antwoordt Teun.

Het woord blijft een tijdje tussen ons in hangen voordat het landt. Dan pas kijk ik hem aan. Ik wil hem vragen of het gewoon is dat hij me helpt. Of het gewoon is dat hij zelfs na een schietpartij bij me blijft. Of het gewoon is dat hij zomaar naar Ierland reist, terwijl hij morgen op zijn werk verwacht wordt.

'Ja, gewoon,' beaam ik dan, omdat ik hem denk te begrijpen.

De warme koffie doet me goed. Het is alsof er een vuurtje aangestoken is in mijn lijf, dat weer wat feller opvlamt. We gaan naar Ierland, op zoek naar mijn echte moeder. En naar antwoorden. Dat begrijp ik allemaal, maar wat me nu bezighoudt is in hoeverre ik misschien toch iets weet wat ons daarbij kan helpen.

Zonder iets te zeggen pak ik de rugzak die ik al die tijd tussen mijn benen geklemd heb gehouden. Mijn handtas heb ik erin gedaan, zodat ik maar één stuk handbagage had. Meer hebben we ook niet bij ons, maar er zijn hier gelukkig nog winkels open om wat kleding en toiletspullen te kopen.

Ik vouw het document open dat ik nog maar pasgeleden bij het gemeentehuis heb opgehaald. Tot in detail herinner ik me het moment dat ik haar naam las: Mary Monaghan. En ik herinner me ook mijn voornemen om die avond vragen te stellen aan Astrid, mijn adoptiemoeder. Maar ik was te laat.

Teun laat zijn vinger over de regels glijden. 'Vader onbekend,' is het enige wat hij zegt.

Het verwart me, omdat ik had verwacht dat hij zou reageren op de naam van mijn moeder. Die gaan we immers zoeken.

Hij schuift het papier weer in mijn richting, en terwijl ik snel om me heen kijk, vouw ik het op en stop het weg.

'We weten in ieder geval waar we heen moeten.' Hij schuift iets onderuit op zijn stoel en slaat zijn lange benen over elkaar. Als ik niet reageer, zegt hij: 'Naar je geboorteplaats. Het noordwesten van Ierland, om precies te zijn, het plaatsje Tuam.'

De naam vibreert in mijn binnenste en ik knijp mijn handen tot vuisten om de opdringende beelden tegen te houden.

'Je gaf aan dat je vierenhalf was toen je geadopteerd werd. Dus tot die tijd heb je daar ergens gewoond.'

Ik knik, omdat mijn keel de woorden verspert.

'En je hebt maar weinig herinneringen, toch Erin?'

Ik slik en staar naar mijn lege kopje.

'Gelukkig heb je wel de naam van je biologische moeder. Dat geeft ons in ieder geval houvast.'

Mijn blik richt ik op zijn voorhoofd, omdat zijn ogen dwars door me heen boren. 'Houvast?'

'Ierland. Jaren vijftig. Hartstikke katholiek.' Teun gaat rechtop zitten en leunt naar voren.

Ik probeer de neiging om terug te deinzen te onderdrukken.

'Je hoeft niet bang voor mij te zijn. We doen het samen, je staat er niet meer alleen voor.'

De titel van het liedje van Michael Jackson zit meteen weer in mijn hoofd.

You are not alone, I am here with you.

De melodie volgt.

'Ik ben niet bang,' zeg ik, waarna ik mijn keel schraap om het schorre randje weg te halen.

'Niet bang, wel gekwetst.' Hij legt zijn hand op de mijne. Het gebaar is zo intiem dat ik mijn kaken op elkaar moet klemmen om mijn hand niet terug te trekken.

'Dus jij zegt dat het katholieke geloof in Ierland een rol in dit verhaal kan spelen?'

'Een onbekende vader en... Jij bent geadopteerd in...?'

'In 1960.'

Teun knikt alsof zijn theorie klopt. 'In Nederland kwam de pil volgens mij pas rond die tijd op de markt en pas zo'n tien jaar later kropen de Dolle Mina's op de barricades, omdat ze baas in eigen buik wilden zijn.'

Als ik mijn hand onder de zijne weg laat glijden, trekt er een verontschuldigend lachje om mijn lippen. 'Abortus,' vul ik aan, omdat ik zijn relaas niet wil onderbreken.

'Precies, maar bij de katholieken was dat een heel ander verhaal.'

Ik laat de vastgezette lucht uit mijn longen ontsnappen. 'Die zien dat als moord,' zeg ik.

'Inderdaad, in Ierland is 95 procent van de bevolking roomskatholiek, dus wat had je moeder voor kans om jou zelf op te voeden als de vader niet bekend was of haar niet steunde?'

Het is lastig om me voor te stellen hoe het leven van mijn biologische moeder was en met welke dilemma's ze te maken heeft gehad. Ik ken haar niet en weet niets van haar. In de afgelopen jaren hebben vrouwen zoveel meer rechten en kansen gekregen. Heeft ze me inderdaad afgestaan omdat ze in de steek is gelaten door mijn vader en ze in haar eentje niet voor mij kon zorgen?

'Dan mag ik dankbaar zijn dat abortus verboden was.'

Er breekt zo'n zachte glimlach op zijn gezicht door dat het lijkt alsof er extra lampen in de vertrekhal zijn aangezet. Ik staar naar zijn gezicht met de rossige baard, de kuiltjes in zijn wangen die nu extra goed uitkomen en het knotje achter op zijn hoofd dat na de achtervolging in het museum nog rommeliger zit dan normaal.

‘Heb je nog meer voor me?’

De warmte schiet naar mijn wangen als ik zijn woorden eerst anders interpreteer. Daarna zoek ik in de erfenis van mijn moeder, die ik in een simpele rugzak bij me draag.

‘We hebben namelijk nu tijd om in die papieren te duiken, tenzij jij ze liever in je eentje wil bekijken?’

Ik voel me een beetje overvallen door zijn vraag, maar ik zal er toch ooit aan moeten geloven om mijn moeders aantekeningen onder ogen te zien, dus waarom dan nu niet. ‘Ik weet niet precies wat voor informatie erin staat, omdat ik nog geen tijd gehad heb om alles rustig te bekijken.’

‘Het onderzoek van je moeder.’

‘Ik heb haar aantekeningen.’

‘Ging dat over jou?’

‘Ik vermoed dat het met mijn adoptie te maken heeft, want deze brieven komen uit Ierland.’ Ik duw de rugzak verder open en zoek naar de brieven die ik eerder in de doos ontdekte. ‘Kijk, dit zijn ze. En weet je wat zo vreemd is? Zo’n zelfde envelop lag bij mijn moeder in de gang.’ Als Teun blijft zwijgen, vertel ik hem over de envelop waaraan ik in eerste instantie niet veel aandacht had besteed en die later opeens verdwenen bleek te zijn.

‘Dus als ik het goed begrijp,’ begint Teun, ‘heeft de inbreker de map met adoptiepapieren én een brief uit Ierland meegenomen.’

Het is fijn dat het als een onderzoeksoverleg klinkt, waarin hypothesen geopperd en feiten gekoppeld worden, waarna er een conclusie volgt. Het laat me terugveren in mijn analytische brein, waarin ik me veel makkelijker kan bewegen.

Onze ogen ontmoetten elkaar als ik het stapeltje met brieven tussen ons in leg.

‘Er staat minder in dan ik hoopte,’ zeg ik, terwijl het aanhoudende geluid van de straalmotoren onze zoektocht door de brieven begeleidt.

‘Weet jij wie dit is?’

‘Ella Byrne. Nee, die naam heb ik nog niet eerder gehoord.’

‘Heeft je moeder die nooit laten vallen?’

Ik schud mijn hoofd.

‘Alle brieven zijn van deze Ella. Ze heeft het over vragen over de adopties die in haar geboortedorp worden gesteld. Maar hoe komt je moeder erbij om haar te benaderen?’

‘Ik weet niet wie het eerste contact heeft gelegd.’ Het klinkt als een verdediging.

‘De adopties… De adopties…’ Teun wrijft over zijn baard.

Ik kijk naar buiten, waar de lappendeken van Engeland onder ons voorbijtrekt. Het woord resoneert in mijn hoofd, en het duurt even voordat ik besef hoe dat komt. ‘Adopties, meervoud. Het klinkt bijna als een handel in kinderen.’

Teun reageert niet maar blijft stoïcijns doorlezen. ‘Hier,’ zegt hij dan, terwijl hij met zijn vinger op het luchtpostpapier drukt. ‘Deze Ella heeft het over een tehuis waar jonge kinderen werden opgevangen. En dat ze iets heeft opgestuurd naar Astrid, ook al kom ik er niet achter wat dat dan kan zijn. En weet jij wat het woord *merciful* precies betekent?’

‘Barmhartig,’ antwoord ik. Een piepgeluid neemt mijn denken over en ik duw mijn handen tegen mijn oren om het tegen te houden. De harde stemmen die altijd in bevelen praatten, het gehuil van baby’s omdat die naast een open raam lagen, de harde voetstappen waar ik als de dood voor was, en het urenlange geprevel van gebeden. ‘Het waren de nonnen,’ fluister ik.

‘Een klooster? Dat kan heel goed. In die tijd waren het vooral kerkelijke instanties die weeskinderen opvingen.’

Het is alsof hij me een stomp in mijn maag geeft. Langzaam adem ik in en uit om het woord uit mijn systeem te krijgen. ‘Dus je denkt dat mijn moeder dood is?’

Ik zie de verwarring over zijn gezicht trekken.

‘Mijn biologische moeder,’ voeg ik eraan toe.

‘Sorry,’ zegt hij dan, en hij laat de velletjes luchtpostpapier zakken. ‘Dat weet ik niet.’

Het duurt een eeuwigheid voordat hij weer begint te praten. In de tussentijd kan ik het niet opbrengen om verder te lezen, en ik blokkeer alles wat me steeds naar het verleden trekt. Daar ligt vooral pijn. Opnieuw wens ik dat ik gewoon rustig aan het werk kon gaan en me kon verdiepen in het verleden dat vele miljoenen jaren geleden het heden was van dieren waarvan we ons nauwelijks een voorstelling kunnen maken.

‘We kunnen straks ook terugreizen,’ zeg ik kleintjes.

Nu pas merk ik dat Teun al die tijd naar me heeft zitten kijken.

‘Nee, dat is natuurlijk onmogelijk.’ Ik realiseer me hoe vreemd ik moet klinken.

‘Ja, inderdaad.’ Hij wil weer verder lezen, maar bedenkt zich dan. ‘Heeft de politie je niet verboden om Nederland te verlaten?’

‘Ze hebben me verhoord.’

‘En?’

‘Ik vermoed dat ze niet verwachtten dat ik Nederland zou verlaten.’

‘We zijn meteen na die laatste schietpartij vertrokken,’ vult Teun aan.

‘Ik ben ook wel benieuwd…’

‘… of ze dat al ontdekt hebben.’

Dan kijken we elkaar aan en ik voel een lachje om mijn lippen spelen. ‘Synchroniciteit.’

Teun pakt mijn onderarm vast en ik voel de warmte naar binnen dringen. ‘We gaan op zoek naar je biologische moeder.’

‘*Dead or alive.*’ Ik werp hem een knipoog toe om mijn cynisme te verzachten.

‘Misschien moeten we beginnen met een bezoekje aan deze…’ Hij draait de envelop om. ‘Deze Ella Byrne.’

Ik knik en zeg dan zogenaamd vrolijk: ‘In het hol van de leeuw.’

‘En in de tussentijd zal de politie het onderzoek uitvoeren.’

'En zitten wij veilig in Ierland.'

Terwijl Teun de brief weer oppakt en verder leest, brandt de gedachte ineens hard naar binnen. Is die Ella het gevaar? Zijn we wel veilig in Ierland, of is de uitdrukking 'in het hol van de leeuw' nog niet eens zo slecht gekozen?

Als Ella degene is die mijn moeder als eerste heeft aangeschreven, kan het natuurlijk ook zo zijn dat ze om heel andere redenen contact gezocht heeft. Heeft mijn moeder voor me betaald? En is die Ella bang dat iemand daarachter komt?

Ik leg mijn hoofd achterover en probeer zo rustig mogelijk door te ademen. Misschien heeft mijn moeder haar eigen doodvonnis getekend door Ella te antwoorden en te laten merken wat ze wist. En zo werd mijn moeder een getuige die het zwijgen opgelegd moest worden.

24

Erin – Ierland 1995

In de verte verdwijnen de groene weilanden in een mistige horizon. Er is nauwelijks wind en de frisse lucht ruikt naar regen. Ik laat mijn blik over de velden glijden en merk dat de leegte van het landschap mijn gevoel reflecteert. Het lijkt onmogelijk dat ik als jong kind in deze omgeving heb geleefd, maar toch is dit de realiteit. De grijze lucht drukt zwaar op de weilanden, waar schapen grazen tussen een paar donkergroene bomen. Hoewel het al mei is, is er niets te merken van een zonnig voorjaar. Laat staan van een zomergevoel.

Slenterend langs de toegangsweg van ons onderkomen vraag ik me af of Teun nog steeds in het appartement zit, waar hij zich verder wilde verdiepen in de brieven. Het was maar een paar uur rijden vanaf Dublin, en onderweg in de huurauto had ik mijn angst voor de rol van Ella onder woorden gebracht. Hoewel ik enigszins onzeker was of hij het zou wegwuiven, bleek hij dezelfde gedachten te hebben. 'Laat mij die brieven maar ontleden. Deze reis is al beladen genoeg voor jou,' gaf hij aan.

De houten hekken langs de weg zijn groen uitgeslagen en ik zie bijtsporen op de bast van de hoge beukenbomen in het weiland. Twee paarden staan iets verderop en staren me nieuwsgierig na, terwijl ze hun halzen tegen elkaar aan leggen. Achter hen rijst een wit landhuis op met smalle hoge ramen die doen denken aan een kerkgebouw. Het is fijn dat we hier een compleet appartement hebben kunnen huren, met een keukenblok, een zitkamer en twee slaapkamers.

'Ha, weer terug?' Teun verdwijnt bijna volledig in de grote bank, die met geruite stof bekleed is. Een vreemde twist, omdat ik hierin vooral de Schotse kilt herken. 'Koud buiten?'

Ik wrijf in mijn handen, wat voor hem voldoende antwoord is.

'Ik heb wat gevonden,' zegt Teun, die gewacht heeft met koffiezetten tot ik terug was. En terwijl het koffieapparaat begint te pruttelen, neem ik plaats in de grote fauteuil. Voor me op het tafeltje liggen de dunne velletjes luchtpostpapier. 'Ik heb ze op volgorde gelegd, zodat we kunnen ontleden wat je moeder aan deze Ella heeft geschreven. Het mooie is dat Ella niet alleen haar eigen informatie deelt, maar elke brief begint met een antwoord op je moeders vragen. Op die manier kun je het complete gesprek grotendeels ontleden.'

Ik verschuif op de zitting en leun naar voren. 'Heb je nu ontdekt wie deze correspondentie begonnen is?'

Teun gaat op zijn knieën voor het tafeltje zitten en pakt de meest linkse brief op. 'Dit moet de eerste brief zijn geweest van Ella. Het is maar een korte brief, en hij begint beleefd en aarzelend.'

'Dus zij heeft als eerste contact opgenomen volgens jou?' De angst is terug.

'Dat vind ik lastig om te beoordelen, maar luister.' Teun schraapt zijn keel en leest de eerste zinnen voor, waarin Ella vraagt of Astrid zo'n vijfendertig jaar geleden een dochter heeft geadopteerd uit Ierland.

Nadat hij de complete brief heeft voorgelezen, blijf ik zwijgend naar de houten vloer staren. Waarom zou deze vrouw contact opnemen met mijn moeder om naar mijn adoptie te informeren? En waarom staat er niets over haarzelf en haar beweegredenen in die brief? Dat zou toch het minste zijn wat je zou schrijven?

Ik sta op en loop naar het koffieapparaat dat de laatste stoom uitblaast, waarna de laatste druppels cirkels maken in het donkere vocht. Als ik de kan eruit pak, vallen ze sissend op de warmhoudplaat.

'Maar het belangrijkste wat ik ontdekt heb is dit.' Teun bedankt me met een knikje als ik een mok voor hem op tafel zet. 'Ella schrijft in haar een-na-laatste brief dat ze een lijst heeft gevonden waarop namen van geadopteerde kinderen staan.'

Ik nip aan de hete koffie.

'Ze laat doorschemeren dat ze compleet verrast was door deze ontdekking. En dat ze daarom op zoek is gegaan naar deze kinderen.'

'Ze heeft míj niet geschreven.' Het klinkt mokkend.

'Nee, dat geeft ze ook aan.' Teun pakt de brief erbij en begint weer voor te lezen. '*Most of these children have been given a new name by the adoptive parents, so it is almost impossible to find them. That's why I decided to contact the new parents.*'

'Maar op mijn geboorteakte staat toch dat ik Erin heet?'

'Wat Ella aangeeft is dat veel geadopteerde kinderen dus een nieuwe naam hebben gekregen. Op zich kan ik me dat wel voorstellen, want het is natuurlijk ook makkelijker als ze de achternaam krijgen van hun nieuwe ouders.'

'Ja, daarom heet ik Erin Reinders.'

Teun neemt een grote slok en zet dan zijn mok weer neer. 'Maar hierdoor weten we dus waarom ze je moeder heeft benaderd en niet jou.'

'Dat wel. Maar...' Ik blaas zachtjes over de koffie. 'Maar waarom is ze vermoord? Heeft dat dan met die lijst te maken?'

De stilte die daarna valt, doet bijna pijn aan mijn oren. Ik weet dat snelweg M17 op slechts korte afstand van het landhuis gelegen is, maar het gesuis van auto's is niet te horen. Het is alsof alles geabsorbeerd wordt door het vele vocht in de atmosfeer.

'Ja, daar lijkt het op. Die lijst noemt ze in de laatste twee brieven, waarschijnlijk omdat je moeder er vragen over gesteld heeft. En in haar laatste brief geeft ze aan dat ze die lijst bijgesloten heeft.'

'Dus dat is de brief die op het gangkastje lag?'

'Nee, dat kan niet, want die was dus verdwenen, zoals je vertelde. Het gaat over de laatste brief die je moeder gelezen heeft.'

'Oké, dan moet die lijst erbij zitten. Mag ik 'm eens zien?' Ik steek mijn hand uit, maar Teun blijft bewegingloos zitten.

'Die zit er niet bij.'

'Maar...'

'Ja, dat is dus het raadsel. Ella zegt dat ze hem heeft bijgesloten, maar in de envelop zit alleen deze brief.'

Ik staar naar de enveloppen die voor ons liggen. 'Is dit de laatste?'

'Volgens het poststempel wel.'

'Waarom is deze dan in een gewone witte envelop verstuurd en niet net als alle andere brieven via de luchtpost?'

25

Erin – Ierland 1995

We zijn onderweg naar het plaatsje Tuam, waar ik geboren ben. Witte wolken bollen op in een vriendelijk blauwe lucht. Mijn ontbijt kreeg ik onmogelijk weg, dus bleef het alleen bij zoete koffie die niet goed gevallen is. Ik ben misselijk.

'Hoe heb je geslapen?'

'Genoeg,' antwoord ik.

'Ik kan me voorstellen dat deze reis dromen losmaakt.' Teun werpt een zijdelings blik op me.

Het woord *dromen* associeer ik met iets positiefs, vandaar dat ik even niet weet wat ik moet antwoorden. 'Ik heb nog wel een tijdje liggen nadenken over die waarschuwing van Ella.'

Ik denk terug aan de vorige avond, toen ik de laatste twee brieven van Ella woordelijk heb bestudeerd, op zoek naar aanwijzingen voor de dood van mijn moeder.

Terwijl we gisteren het avondlicht zagen weglekken over de weilanden waar de schapen zich vol stonden te eten, lag de *Irish stew* die we in een nabijgelegen pub hadden gegeten me zwaar op de maag. Het gesprek kwam steeds opnieuw terug op de brieven. Nadat de lijst was genoemd, ontdekte ik dat er slechts weinig tijd zat tussen de twee laatste brieven van Ella, wat aangeeft dat mijn moeder ook snel geantwoord moet hebben. Uiteindelijk vond ik een zin die ik wel een paar keer moest lezen voordat ik begreep wat Ella bedoelde. *Wees voorzichtig, vooral omdat je een journalist bent.*

Ik kon het niet anders uitleggen; dit was een waarschuwing. Toch had ik nog geen idee waarom die lijst gevaarlijk kon zijn. Dat Ella het ook niet precies wist, kwam duidelijk naar voren. Ella schreef over vragen van mensen in de omgeving en over de dood van haar eigen moeder.

'Zou die moeder van Ella...' Ik verwachtte min of meer dat Teun mijn zin zou afmaken, maar hij keek slechts heel kort mijn kant op. 'Omdat ze dood is,' voegde ik er daarom aan toe.

'Ga nou niet overal wat achter zoeken.' Teun hing onderuit op de bank.

'Maar als Ella geen informatie had, moet mijn moeder dus zaken ontdekt hebben.'

Het duurde een tijdje voordat Teun op mijn opmerking reageerde. 'Was je moeder nieuwsgierig?'

Ik keek opzij en zag aan hem dat hij de vraag serieus meende. 'Ja, heel erg. Ze kon zich als een pitbull vastbijten in iets om een scoop te bemachtigen.'

'Dus als iemand niet wil dat deze lijst naar buiten komt...'

'Ja, dat.' Precies die gedachte bleef de hele nacht bij me, terwijl de uren traag verstreken en ik dacht aan mijn moeder die – dat wist ik inmiddels zeker – de weinige informatie uit de brieven had opgezogen als een spons en daarna was gaan speuren. Het laatste telefoongesprek met mijn moeder, waarin ik haar afwees, draaide overuren in mijn hoofd.

Nee, ik ben niet ziek. Maar...

Oké, dan komt het morgen wel.

Zal ik morgen naar jou komen? Dat is veiliger... Dat vind ik prettiger.

Ze zei dat het veiliger was. Dat prettiger noemde ze alleen maar omdat ze niet wilde dat ik me zorgen maakte, maar ik had de angst in haar stem gehoord.

Ik ga met een ruk rechtop zitten. 'Ze wist dat ze gevaar liep.'

'Wat bedoel je?'

'Ze nam die waarschuwing van Ella heel serieus.' Dat ze uiteindelijk toch verrast is, neem ik mezelf nog steeds kwalijk. 'Ze wilde mij niet lastigvallen en had waarschijnlijk niet verwacht dat die vent haar zo snel zou vinden.'

Als ik naar rechts kijk, zie ik de geconcentreerde blik van Teun. 'Sorry, even opletten.'

Het is nog steeds vreemd om de rotonde linksom te nemen, en ook de voorrangsregels zijn nog niet helemaal duidelijk. 'Driekwart rond. Ja, hier afslaan.' Ik ben blij dat er plaatsnaambordjes staan, zodat ik zeker weet dat we de goede afslag hebben. In een rustige vaart rijden we naar het centrum van Tuam. We passeren een tankstation en een bank, waarna de wegen steeds smaller worden.

'Daar.' Ik wijs naar een toren die ik boven de daken zie uitsteken. Aan de rechterkant duikt een breed plein op met aan het eind een kerk. De toren wijst met een groot aantal betonnen pijlers naar de hemel. 'The Cathedral of the Assumption of the Blessed Virgin Mary,' lees ik hardop voor van het bord dat erbij staat. 'Dat is een mondvol geloof. Hier zouden we Ella ontmoeten.'

Teun parkeert de auto en lijkt pas echt te ontspannen als de motor zwijgt. We blijven nog enkele minuten zitten, omdat we allebei weten dat we veel te vroeg zijn.

Het was fijn dat de eigenaar van de accommodatie geholpen heeft om haar naam in het telefoonboek op te zoeken. Hij klopte even later aan en vertelde waar we haar konden ontmoeten. Uiteindelijk gaf hij aan dat hij niet wist of de vrouw zelf kwam of een vriendin van haar. Ik keek Teun aan en wist dat we hetzelfde dachten: we moesten voorzichtig zijn.

'Waar zou dat tehuis zijn?' Ik breng de gedachte die al uren door mijn hoofd spookt eindelijk onder woorden.

'Geen idee. Het zou zomaar een van deze gebouwen kunnen zijn.'

Naast de kerk rijzen diverse witte gebouwen op met op het dak een groot kruis. Hoge ramen, maar toch een gesloten aanblik. Vlak bij een kerk. Het zijn allemaal tekens die wijzen op complexen waar kinderen ondergebracht worden. Toch voel ik niets.

In de achteruitkijkspiegel zie ik een beweging. Door de schok die dat geeft, realiseer ik me dat ik erg op mijn hoede ben. 'Daar is ze,' sis ik.

Teun stapt zonder aarzeling uit, waarna ik hetzelfde doe.

Een tengere vrouw slaat bij de kerk een kruisje en komt dan op ons af. Haar korte rode haar licht op in het vage zonnetje dat nu over het plein schijnt.

'*Are you Erin Monaghan?*'

Een korte aarzeling, dan antwoord ik in het Engels: 'Ja, dat ben ik.'

'*Very nice to meet you.*' Ze geeft me een stevige hand. 'Maureen Cullin.'

De vriendin dus. 'Waar is Ella Byrne?'

'Dat zal ik u straks uitleggen.' Er gaat totaal geen dreiging van deze vrouw uit. De glimlach is echt, waardoor ik me enigszins ontspan. 'Ik heb de brieven van uw adoptiemoeder.'

Ik wissel een blik met Teun en zie hem bijna onmerkbaar knikken. Toch blijft mijn wantrouwen als een jeukend laagje over me heen hangen. Maar er liggen zoveel vragen te wachten dat we al snel in een diep gesprek verwikkeld zijn. Mijn blik flitst regelmatig naar de omringende gebouwen, waarbij ik alleen maar aan het tehuis kan denken. Uiteindelijk kan ik me niet langer inhouden.

'Waar staat het tehuis?' vraag ik.

'Laten we er maar meteen naartoe gaan,' geeft Maureen aan.

Na een kwartiertje lopen – waarbij ik Teun het woord laat doen, omdat de emoties mijn keel bezetten – blijft de Ierse vrouw staan.

‘Hier is het.’

Ik kijk om me heen en zie een leeg veld, waarnaast een woonwijk in aanbouw is. ‘Maar… waar is het tehuis?’

‘*Oh dear*, The Home, zoals we het in de volksmond noemden, is in de jaren zeventig afgebroken.’

‘Dus het tehuis is er niet meer?’

‘Het was een ruïne geworden.’ De pientere ogen nemen me op. Heel even flitst het beeld van mijn moeder langs. Zo kon zij ook kijken, alsof ze me de hele tijd peilde, maar toch niet begreep wat er in me omging. ‘Het werd in 1961 gesloten,’ zegt ze dan.

Het terugrekenen gaat automatisch. ‘Dat moet dus een jaar na mijn adoptie zijn gebeurd.’

We staan met z’n drieën naast elkaar en staren naar het braakliggende terrein, waar alleen nog wat resten van muren staan.

Ineens is het er: die beklemmende atmosfeer, dat gevoel dat ik nergens heen kon. Dat ik afgesloten was, terwijl er heel veel kinderen om me heen waren met wie ik kon spelen. Toch was gezellig spelen onmogelijk, omdat we bestraft werden als we praatten. Ik zet een stap opzij om lucht te krijgen. Een autoband hangt met gerafelde touwen scheef aan een boomtak. Erachter ligt een hobbelig veld waar een paar knullen een balletje trappen.

Ik staar naar de nieuwe woonwijk ernaast. Er zijn voorbereidende werkzaamheden aan de gang. Aan de zijkant staan graafmachines klaar.

‘Wat er met dit gedeelte gebeurt is nog niet bekend, maar het kan zijn dat hier ook huizenblokken gebouwd worden met aangeharkte tuintjes. Dan spelen hier kinderen…’

‘Daar was het speelveld,’ zeg ik ineens. ‘En daar’ – ik wijs naar links – ‘de vleugel met de slaapzalen.’

Een windvlaag suist langs en grijpt een plastic tasje. Het waaiert snel omhoog, waarna de wind het weer loslaat en het terug naar de grond dwarrelt.

‘Dat klopt inderdaad. Het tehuis leeft nog in de harten van de mensen, en zij wilden graag een speelveldje voor hun kinderen op dezelfde plek.'

Ik schud mijn hoofd, omdat haar woorden niet willen landen. Het klopt niet. 'Onzin! Het tehuis was geen geliefde plek,' zeg ik hard. Dan draai ik me met een ruk om. 'Wij waren uitschot. Het was de meest… smerige plek waar een kind terecht kon komen.' Mijn stem schalt over het terrein.

Ik wil zeggen dat ik even alleen wil zijn, maar zelfs dát kan ik niet over mijn lippen krijgen, dus loop ik gewoon bij de andere twee weg.

Terwijl ik tegen de boom met de autobandschommel leun, suist de wind door de takken, waar frisgroene bladeren van hoop spreken. Het geluid rolt vanuit de verte op me af. Het geluid van kermende kinderen. Ik zie een meisje op de grond dat huilt, haar knie geschaafd. Een non die haar bij haar bovenarm grijpt en omhoogtrekt en een fikse tik verkoopt. Die niet troost, maar harde woorden in het betraande gezichtje smijt. Die het meisje met een fikse duw in haar rug naar de buitenkraan stuurt. 'Voor straf geen eten!' roept ze haar na. Het meisje gehoorzaamt, omdat ze heeft geleerd dat huilen niet mag. Dat vallen betekent dat haar kleren vies worden. Dat protesteren betekent dat ze naar het hok moet. Dat meisje ben ik.

Het natte spoor op mijn wang koelt af in de wind. Ik veeg de tranen weg, omdat ik mezelf nog steeds niet toesta om te huilen.

'Gaat het, Erin?' Teun legt een arm om me heen. Normaal zou ik dit nooit toelaten, van niemand. Hooguit van mijn moeder. En van Wim. Maar dit voelt veilig.

'Het zijn allemaal leugens,' zeg ik, terwijl ik voor me uit blijf staren. 'Teun, het wás geen geliefde plek. Er waren hier honderden misschien wel duizenden verwaarloosde kinderen. Wat is er met hen gebeurd?'

'Ik denk dat dit dezelfde zoektocht is die Ella en Maureen ook afleggen. Ella heeft jou gevonden, dus ik denk dat zij je zeker wil helpen om je biologische moeder te vinden.'

'Maar hoe...' Mijn stem begeeft het. Ik draai me naar hem toe en voel dat hij beide handen beschermend op mijn schouders legt. Ik snuif zijn geur op en de rust valt langzaam over me heen. 'Ik mis haar zo erg. Astrid was het enige baken in mijn leven, waar ik me altijd op kon richten. En nu is ze er niet meer, omdat ik...' Een snik volgt. 'Hoe kan ik nu op zoek gaan naar mijn biologische moeder? Dat voelt als verraad tegenover Astrid.'

Teun streelt door mijn haar en wiegt me zacht heen en weer.

'Wie heeft het op ons gemunt, Teun? Wat ligt er verborgen achter mijn adoptie?'

Hij duwt me iets van zich af en kijkt me aan. 'Er liggen nu te veel vragen. Ik denk dat Astrid alleen maar vreselijk trots op je is als jij haar zoektocht voortzet. Er is iets met een lijst, dus dat moeten we uitzoeken.'

'Je hebt gelijk,' mompel ik, terwijl alles in me in verwarring is.

'Kom, Maureen staat op ons te wachten.'

Met enige tegenzin laat ik hem los.

'Ze stelde net voor om in de pub verder te praten. Ze moet ons iets vertellen. Over Ella.'

26

Erin – Ierland 1995

In de pub is het warm en rokerig. Maureen kent de eigenaar, waardoor we al snel een rustige tafel hebben. De eigenaar, zijn grijze trui strak over zijn buik gespannen, vraagt met die typisch Ierse tongval of het echt de bedoeling is dat we koffie willen.

'Hij is gewend dat toeristen vooral komen voor een glas Guinness,' legt Maureen snel uit.

Aan de bar zitten verschillende mensen die inderdaad elk een groot glas donker bier voor zich hebben staan. Er rolt een bulderende lach over de bar die meteen wordt weggehoest, waarbij het gerochel laat horen dat roken hier net zo populair is als het bijna zwartgekleurde bier.

'Waarom, Maureen? Waarom heeft Ella mijn moeder geschreven? Waarom ben jij hier in plaats van zij?' Ik slik de brok weg die mijn stem een vreemde klank geeft.

Maureen bekijkt ons zwijgend. Er zitten kraaienpootjes rond haar ogen, en haar keurig geëpileerde wenkbrauwen proberen de strenge uitdrukking te verzachten. 'Ella is een goede vriendin van me. Ze zat vroeger bij me in de klas.' Haar blik flitst kort in mijn richting. Daarna vervolgt ze. 'We zaten allebei op school hier in Tuam, waar ook die kinderen op zaten.'

Mijn mond is droog, en ik wil reageren. Ze heeft het over 'die kinderen', maar daar ben ik er dus eentje van. Toch weet ik niets te zeggen, domweg omdat ik me niets herinner van een school.

Ze pakt een bierviltje en begint er stukjes vanaf te scheuren. 'Kinderen van The Home werden altijd wat later ons klaslokaal binnengeleid, waar ze helemaal achteraan moesten blijven zitten. Ze waren armoedig gekleed, hun kleding was kapot of versteld. Ze stonken naar vuil en schimmel. Ze mochten niets zeggen, ze mochten er alleen maar zijn.' Maureen staart naar haar handen. 'Na schooltijd werden de kinderen uit het tehuis opgewacht en uitgejouwd. Ze werden gepest, omdat ze anders waren. Als wij stout waren, werden we voor straf naast een *home baby* gezet.' De spieren op haar kaak bollen op. Dan kijkt ze me recht aan. 'Ik heb daaraan meegedaan. Ik was een van die pestkoppen.'

Ik kan het niet. Ik kan niet zeggen dat het niet uitmaakt. En dus ontwijk ik haar blik.

'Dat is heftig,' zegt Teun.

Het zijn mijn gedachten.

'Leven in het tehuis was pas heftig. Iedereen wist dat in het Bon Secours Mother and Baby Home jonge vrouwen werden opgevangen die ongehuwd zwanger waren geworden en die hier hun baby kregen.'

Ik kijk naar Teun. Hij had gelijk. *Wat had je moeder voor kans om jou zelf op te voeden als de vader niet bekend was of haar niet steunde?* Maar hij staart Maureen onafgebroken aan. 'Maar wat is er dan met Ella? Waarom is zij hier niet? En wat drijft haar om dit allemaal weer op te rakelen en adoptieouders te schrijven?' Hij vuurt zijn vragen op Maureen af.

Die ademt eerst een paar keer diep door voordat ze antwoord geeft. 'Op een dag kwam Ella naar me toe en liet me een oud schrift zien. Ze wist natuurlijk dat ik als historica geïnteresseerd ben in de geschiedenis van deze streek. Het schriftje had ze gevonden toen ze het huis van haar overleden moeder leegruimde. Die had het al die tijd bewaard zonder dat iemand van het bestaan wist.'

‘Wat stond er in dat schrift?’ vraagt Teun door.

‘Namen. Van geadopteerde kinderen. Zo vond ze de leeftijden, landen en ook de naam van de adoptieouders.’

‘Dus zo kwam ze aan mijn naam?’ vraag ik.

‘Ja, de naam van je adoptiemoeder stond op de lijst.’

‘Die lijst,’ herhaal ik. ‘Hoeveel namen staan daarop?’

‘Ik denk een stuk of dertig, misschien veertig.’ Gedurende een moment zwijgt Maureen. Het lijkt of ze naar de juiste woorden zoekt, tot ik besef dat zij ons ook niet helemaal vertrouwt. ‘Ella wilde weten wat er van deze kinderen geworden was, dus begon ze brieven te schrijven, en ze startte met de meest recente adopties.’

Er hangt ineens een kou in de pub die ik niet kan verklaren. Iets waardoor ik op mijn hoede ben. Ik schuif mijn stoel een beetje opzij, zodat ik de ingang in de gaten kan houden. Er liggen vragen te wachten, maar ik kan ze nu niet stellen.

Teun vraagt wel verder. ‘Waar is dat schrift nu?’

Maureen neemt een paar snelle slokken en plaatst haar kopje heel behoedzaam terug op het schoteltje. ‘Dat heb ik niet meer,’ zegt ze dan. Ze pakt haar kopje weer op, wendt haar blik af en zet het kopje dan weer neer. ‘Maar het gekke is dat ik het bij Ella in huis ook niet meer kon vinden.’

‘Heeft ze het ergens opgeborgen?’

‘Dat kan ik haar niet meer vragen, want...’ Ze aarzelt, en ondanks mijn onrust dwing ik mezelf om af te wachten. ‘Ella...’

Ik weet ineens wat ze gaat zeggen, en het liefst wil ik haar onderbreken omdat ik het niet wil horen.

‘Ella is dood. Ze heeft een ongeluk gehad.’

‘Een ongeluk. Ella is dood.’ Ik herhaal haar woorden.

‘Dat gebeurde een paar dagen nadat ze me vertelde dat jouw adoptiemoeder naar Tuam zou komen.’ Ze slikt. ‘Volgens Ella had Astrid in haar laatste brief aangegeven dat ze wilde helpen bij het onderzoek, en ze schreef dat ze een aantal dingen had ontdekt die ze wilde bespreken. Ella had haar namelijk die lijst gestuurd.'

De warmte schiet naar mijn wangen. 'Mijn moeder is dood.'

Met grote ogen staart Maureen me aan. 'Dood? Maar...'

Ik zie dat ze echt geschrokken is.

'Maar Ella had haar nog geschreven waar ze elkaar konden ontmoeten.'

'Die laatste brief heeft ze nooit meer gelezen.'

'En de eerdere brieven?'

'Die heb ik.' Het is al naar buiten voordat ik nagedacht heb.

'Dus jij hebt de brieven. Ik vroeg me al af hoe je bij Ella terecht was gekomen.' Het duurt even voor ze verdergaat. 'En de lijst?'

Ik schud mijn hoofd, terwijl ik me afvraag waarom ze niet ingaat op de dood van mijn moeder. 'Ik heb de brieven gelezen, maar er zat geen lijst bij.'

Maureen kijkt schichtig om zich heen. 'Ik heb de adoptielijst gedigitaliseerd. Dat vond Ella een goed idee, zodat de namen bewaard zouden blijven.'

Mijn blik schiet naar Teun. 'Dat is het!'

Teun kijkt me verbaasd aan.

'Gedigitaliseerd. Er zitten diskettes bij mijn moeders spullen, maar ik dacht dat die van haar werk waren. Heeft Ella een diskette opgestuurd?' vraag ik aan Maureen, die opnieuw de omgeving scant en dan bevestigend knikt.

'Vandaar dat die in een gewone envelop zat. Dat kan niet in die dunne luchtpostenveloppen verstuurd worden. We moeten terug. De rugzak ligt nog in het appartement. Met de diskettes.'

Teun schuift zijn stoel naar achteren en loopt al naar de bar om af te rekenen.

Als ik ook wil opstaan, grijpt Maureen mijn arm. 'Erin, wees voorzichtig. Het lijkt erop dat er iemand achter de lijst aan zit.'

27

Erin – Ierland 1995

Sinds we terug zijn in het appartement houd ik mijn rugzakje continu bij me. Hierin zit de reden van mijn moeders dood. Iemand is schuldig aan moord. En die persoon wil ik vinden. Liefst voordat hij mij vindt.

'Wie weet er dat we hier zijn?' vraagt Teun vanuit de zithoek.

'Niemand, behalve de vliegmaatschappij.' Ik staar naar buiten, waar de zon haar stralen over de weilanden laat strijken waardoor elke oneffenheid duidelijker zichtbaar is.

'En Wim?'

'Shit, ja.' Ik draai me met een ruk om.

'Hij zal wel ongerust zijn. Het laatste wat hij weet is dat je thuis beschoten bent en dat de politie je daarover wilde ondervragen.' Hij staat op en zet de radio aan.

'Ik heb hem op Schiphol nog gebeld en zijn antwoordapparaat ingesproken. Zou hij al weten van de schietpartij in Naturalis?'

'Vast wel.'

'En de politie?'

'Reken maar dat ze gewaarschuwd zijn. Die schutter heeft behoorlijk veel vernield.'

'Misschien zijn ze wel naar me op zoek.'

'Ik zou iedereen even in het ongewisse houden. Misschien kan

Wim aan de politie doorgeven dat je op een veilige plek ondergedoken bent.'

Ik knik. 'Ik denk dat ik hem meteen even ga bellen.'

'Wil je dat ik meeloop?'

Buiten is het nog licht, en hoewel ik liever niet alleen ga, zeg ik dat het niet nodig is. Wel schuif ik de rugzak naar hem toe.

De wind is frisser dan ik dacht, en ik trek mijn vest wat dichter om me heen. Lange schaduwen bewegen traag over het grasveld, terwijl ik over de binnenplaats naar de receptie loop. Er knispert iets achter me. Snel kijk ik om. Bladeren liften mee met een windvlaag. Er is niemand, verzeker ik mezelf. Maar mijn spieren staan gespannen.

Ik ben opgelucht dat hij thuis is. 'Wim? Met mij.'

'Waar ben je?'

Het is prettig zijn stem te horen. Zou hij me gemist hebben? Ik wil net de naam van de accommodatie noemen als ik denk aan wat Teun gezegd heeft. Gelukkig praat hij alweer verder.

'Weet je, de politie vraagt naar je. Dus ik wil ze de juiste informatie doorgeven.' Er ligt een geïrriteerd ondertoontje in zijn stem.

'Is met jou alles in orde?' vraag ik.

Het is even stil. De luidspreker ruist een beetje, alsof er iemand in de hoorn ademt. 'Ja, mijn overleg ging goed. Als je dat wil weten.'

'Dat is fijn om te horen.' Normaal is dit een antwoord dat bij me past. Of paste. Maar nu is het maar zeer de vraag of ik het inderdaad wel fijn vind, omdat ik zijn overleg eigenlijk totaal vergeten was. Wim was zelfs helemaal naar de achtergrond geschoven.

'Waar slaap je? De politie gaf aan dat je nog niet naar huis kunt, dus ze willen weten waar ze je kunnen bereiken.' Op de achtergrond hoor ik het geluid van een toetsenbord. Het irriteert me. Heeft hij dan helemaal geen interesse in mijn situatie? 'Je kunt ook bij mij thuis slapen, hè?' vervolgt hij uiteindelijk.

‘Ik ben even ondergedoken.’

‘Verstandig.’

‘Ja, verstandig.’ Ik herhaal zijn woorden hardop voor mezelf. De manier waarop hij reageert is niet anders dan anders, maar ik voel me eenzamer dan ooit.

‘Zijn er al nieuwe feiten bekend?’ vraagt hij bijna beleefd.

‘Dat weet ik niet. Heb je dat niet aan de politie gevraagd? Zij nemen toch steeds contact met je op?’

‘Ze willen jou spreken, Erin. Niet mij!’

Het is op zijn minst vreemd dat hij niets vraagt over de schietpartij in Naturalis. Het kan niet anders dan dat de politie allang gewaarschuwd is door hun collega’s.

‘Geen nieuws dus?’ vraag ik, terwijl ik het antwoord al weet. Ik wil nog aangeven dat elke nieuwe informatie mij zou helpen, maar het heeft geen zin. Wim is Wim.

‘Ben je daar wel veilig?’

Nu de vraag eindelijk komt, kan ik er niets meer mee. ‘Oké, Wim. Ik moet gaan. Zorg goed voor jezelf. En geef maar door dat ik ondergedoken ben. Ik bel wel weer.’ Zonder zijn antwoord af te wachten, verbreek ik de verbinding.

Zoek altijd onder het oppervlak, zei mijn moeder vaak. Ik begreep nooit wat ze daarmee bedoelde, maar nu voel ik het. Aan het oppervlak vind je de feiten, maar verder houdt het alles verborgen. Pas als je graaft kom je de diepere waarheid tegen, waar kennis vanuit je intuïtie komt bovendrijven. Ik kon daar nooit wat mee, omdat intuïtie niet bewezen kan worden. Het gaf me een knagende onzekerheid die bleef hangen, waarbij ik bleef vragen naar het waarom.

Nu weet ik dat emotie niet uit te leggen is. Die is er. Gevoel is niet in determinatietabellen onder te brengen, omdat het daar niet thuishoort.

Ik begin Maureen te begrijpen. En hoewel zij als kind heel fout bezig is geweest, door mee te doen met die pestkoppen, wil ik haar nu volgen in haar zoektocht. De zoektocht van Ella. En van mijn adoptiemoeder. Waarom staat mijn naam op een lijst? En wat is er zo belangrijk aan deze lijst? En waar is mijn biologische moeder?

'Ik moet terug,' zeg ik tegen Teun zodra ik binnenkom en een harde windvlaag met me mee naar binnen lift.

Teun kijkt verbaasd op. 'Naar huis?'

Ik schiet in een zenuwachtig lachje. 'Nee, natuurlijk niet, gekkie. Terug naar de plek van het tehuis.' De geur van pijptabak brengt me thuis, zodat ik mijn schoenen uitschop en me in de hoek van de bank nestel.

'Wat wil je daar gaan doen?'

'Antwoorden vinden. Mijn moeder vinden. Mijn biologische moeder, die daar heeft gelopen, daar van mij is bevallen en me daar misschien nog wel heeft verzorgd. En uiteindelijk de keuze heeft gemaakt om me ter adoptie af te staan.'

Hij knikt. 'Je wil het voelen,' concludeert hij simpel.

Ik kan zijn conclusie nog niet bevestigen. 'Mary Monaghan heeft daar de beslissing genomen en ik kan me nauwelijks voorstellen hoe moeilijk dat geweest moet zijn.'

'Dan gaan we dat doen.'

De jaloersmakend eenvoudige manier waarop Teun leeft en zijn beslissingen neemt raakt me. Toch blijft er een ongemakkelijk gevoel hangen. Het is losgemaakt toen hij ineens weg was tijdens onze vlucht uit Naturalis. Ik verwachtte dat hij bij me zou blijven. Maar ineens lag die gang leeg voor me. Ik stond er op dat moment helemaal alleen voor.

Nu duikt datzelfde gevoel weer op. Waarom gaf hij me de raad om de politie in het ongewisse te laten over mijn verblijfsplaats? Zij hebben misschien wel aanwijzingen die ons kunnen helpen om de schutter te vinden.

Teun is niet meer dan een collega. En toch is hij zomaar meegegaan naar Ierland. Heb ik hem toegelaten omdat ik Wim miste?

'Waarom, Teun?'

Hij kijkt op van het tijdschrift dat hij aan het lezen is. 'Waarom we teruggaan naar het terrein? Omdat jij dat wil.'

'Nee, waarom ben je met me meegegaan? Je had me ook gewoon op Schiphol kunnen afzetten. Dat is toch veel logischer? Er zit een of andere gek achter me aan en jij doet alsof het de normaalste zaak van de wereld is dat je als schietschijf fungeert.'

Hij krabt aan zijn baard. 'Zie je dat zo?'

'Moet je niet werken? Heb je geen afspraken staan? Is er niemand die op je wacht?'

'Ja, ja en nee.' Hij grinnikt. 'Is dit een verkapte manier om te vragen of ik een relatie heb?' Hij schrikt zelf van zijn vraag. 'Sorry, dat had ik niet mogen zeggen. Je bent verloofd.'

Er trilt iets in mijn maag, waardoor de tranen in mijn ogen schieten. Snel wend ik me van hem af om mezelf weer onder controle te krijgen.

'Het spijt me, Erin. Dat is gemeen van me. Je wil een echt antwoord.' Hij staat ineens achter me. Ik ruik de aftershave die ik vanmorgen in de badkamer vond en waarbij ik me niet kon bedwingen om de geur diep op te snuiven. 'Draai je eens om. Dat praat makkelijker.'

Terwijl ik me naar hem toe draai, zet ik automatisch een stap naar achteren. Ik zie dat hij naar woorden zoekt. Voor het eerst is zijn kalmte ver te zoeken. Die heeft plaatsgemaakt voor een onrust die ik vooral bij mezelf herken als iemand te dichtbij komt. Ik wil iets zeggen, zijn hand pakken om hem gerust te stellen, maar dat lukt me niet.

'Nu ik getuige ben van alles wat je in je jongste jaren hebt meegemaakt, begrijp ik de kwetsbaarheid die ik altijd in je ogen las.' Hij kucht zachtjes. 'Jeetje, Erin. Ik... Ik wil je gewoon graag helpen, omdat ik zie hoe deze hele geschiedenis je raakt. Ik moet er niet aan denken dat er iets met je...' Hij kijkt me nu recht aan. Tot mijn verbazing zie ik dat hij een kleur krijgt. 'Nou ja, ik vind je gewoon aardig.'

Ineens liggen zijn armen om me heen. Ik voel zijn warmte. In mijn onderbuik begint het te tintelen en het gevoel dat hij zich zorgen om me maakt, nestelt zich in mijn hart. Net als ik hem door zijn haren wil strelen, zet hij een stap naar achteren. Mijn armen vallen als nutteloze ballast langs mijn lijf.

Hij laat zijn hoofd in zijn nek vallen en staart naar boven. 'Ik vind je slim, kwetsbaar en sterk tegelijk.' Dan pakt hij mijn beide handen. 'En ik kan niet anders dan je helpen. Begrijp je dat?'

De vraag suist in mijn oren. Ik wil keihard 'ja' schreeuwen, maar omdat ik mijn eigen verhitte reactie niet eens begrijp, staar ik hem met een domme glimlach aan.

Dan laat hij me abrupt los en wendt zich van me af. 'Zullen we dan maar gaan?'

De overgang is zo onverwachts dat ik moeite heb om te schakelen. Heb ik iets verkeerds gezegd?

'Hoe eerder we weten waarom die lijst zo belangrijk is, hoe beter.'

'Ja, mee eens,' zeg ik zacht.

Hij gaat onverstoorbaar verder. 'Volgens Maureen staat in de laatste brief van Ella de ontmoetingsplek met Astrid vermeld. Die ontmoeting wilde die vent kennelijk koste wat het kost voorkomen, dus ik denk dat hij ook Ella heeft vermoord.' Teuns serieuze blik is terug. In niets is meer iets van verlegenheid te merken.

Ik voel de warmte plaatsmaken voor de eerdere onrust. 'Dan weet hij vast ook dat wij hier in Tuam zijn.'

28

Erin – Ierland 1995

De volgende dag rijden we door de grote plassen op de weg en het water spuit hoog op. Ik staar opzij, maar zie niets anders dan de gestapelde muurtjes die overal langs de wegen zijn gebouwd. Soms is er een kleine onderbreking waar ik heel even uitzicht heb op het groen van de weilanden dat meteen daarna weer geblokkeerd wordt door een volgende muur. Het is alsof ik door mijn eigen leven rijd.

De plek van het tehuis is makkelijk terug te vinden. Grote machines zijn volop bezig op het stuk land ernaast, waar grote gaten worden gegraven voor de fundering van de nieuwe huizenblokken. Het leven gaat door, lijken ze te willen zeggen.

Heel even denk ik erover om ze gelijk te geven. Is het niet beter om dit verleden de rug toe te keren en door te gaan met mijn leven? Waarom zou ik gaan zoeken? Wat levert me dat op? En misschien nog wel belangrijker: wat gaat het me kosten? Maar dan denk ik aan Astrid, die als mijn adoptiemoeder in deze materie gedoken is. En hoewel ik nog niet weet waarom ze zich er zo hardnekkig in heeft vastgebeten, kan ik het nu niet mijn rug toekeren. Dan is haar dood pas echt zinloos geweest

'Laat mij maar even alleen,' zeg ik tegen Teun, die als een trouwe hond achter me aanloopt. Dat zorgt ervoor dat mijn voelsprieten naar hém uitgaan in plaats van naar iets anders. Hoewel ik geen idee heb wat dat 'iets' dan zou moeten zijn.

De oneffen grond laat mijn enkels soms zwikken, maar ik wil elke meter van het terrein belopen hebben. Hier stond het tehuis. Ik snuif de lucht diep op en ruik de zompige grond waar de regen overheen gespoeld is. Ik probeer terug te halen wat ik hier de vorige keer voelde, maar er gebeurt niets. Het is een onbekend terrein. Zelfs het idee dat het honderd procent zeker is dat mijn biologische moeder hier heeft rondgelopen, dat hier duizenden voetstappen van haar moeten liggen, doet niets met me.

Op het trapveldje midden op het terrein rent een groep jongens, en hun geschreeuw klinkt luid over de zompige velden. Een van hen steekt een stok omhoog waarmee hij de anderen probeert te raken. Ik groet ze vriendelijk, maar ze hebben totaal geen aandacht voor mij. Het idee dat ik hier zelf op dit terrein heb gespeeld, is lastig toe te laten. Spelen is vrolijk, zelfs als het een spel is zoals van de wegrennende jongens. Hun enthousiaste kreten lekken weg naar de woonwijk ernaast.

Een gedeelte van het land ziet er anders uit. Omdat ik me het liefst even wil afsluiten van iedereen die hier rondloopt om te kunnen voelen, zoals Teun aangaf, loop ik naar die verre uithoek. Tussen halfhoge muren ligt een goedverzorgd grasveldje dat duidelijk afsteekt tegen de rest van het braakliggende terrein. In een hoek liggen bloemen op de grond, alsof het een gedenkplek is.

Aan de zijkant ga ik op een steen zitten. Terwijl mijn ogen de grond aftasten alsof ik de voetstappen van mijn biologische moeder hier kan vinden, zie ik iets in de vochtige grond oplichten. Het lijkt een steentje. Met mijn vinger strijk ik eroverheen.

De haartjes op mijn armen gaan overeind staan als ik besef dat het een bot is.

Met een takje graaf ik wat grond eromheen weg. Het is alsof ik op een historische vindplaats ben, waar de overblijfselen van uitgestorven dieren opgegraven worden. Alleen weet ik niet wat voor dier hier ligt. Heeft iemand hier ooit een huisdier begraven?

Een paar minuten later heb ik een drietal kleine botjes in mijn handen. Het lijken middenhandsbeentjes. Van een hond? Of een ander huisdier? Ze zijn vrij klein. Ik stop de botjes in mijn jaszak.

Een eindje verderop staan twee vrouwen, de armen over elkaar geslagen. Ze kijken naar de machines die verderop bezig zijn om de grond af te graven. Zijn dat bewoners van de wijk of... De gedachte flitst naar binnen. Een van hen kan mijn moeder zijn. Als ze nog leeft, kan ze hier regelmatig teruggekeerd zijn om naar me te zoeken.

Snel reken ik uit hoe oud ze nu ongeveer zou moeten zijn. Ongehuwde moeder, dan zal ze waarschijnlijk nog geen twintig zijn geweest op het moment dat ik geboren ben. Dan is ze nu... 'Nog geen zestig. Misschien zelfs vijfenvijftig jaar,' mompel ik.

Ik loop naar de vrouwen toe, terwijl ik hun gezichtstrekken aftast. Zou ze in Tuam zijn blijven wonen? Mijn ademhaling gaat sneller en de warmte gloeit in mijn lijf. Ik heb de neiging om mijn jas uit te gooien, maar verder dan de rits openen ga ik niet.

Ze begroeten me met woorden die me niets zeggen. Eén vrouw kijkt me zo onderzoekend aan dat ik een voorzichtige glimlach laat zien. 'Woont u hier in de buurt?'

'Ik woon daar.' Ze wijst naar een huis een stuk verderop. 'Mijn vriendin komt in de nieuwe wijk te wonen.'

Ik zoek naar woorden om het gesprek op gang te houden. Rechtstreeks naar het tehuis vragen is misschien niet zo gepast.

'U was hier gisteren met Maureen Cullin, toch?'

Mijn glimlach groeit. 'Dat klopt. Ze vertelde me over...' Weer stok ik.

'The Home?' vraagt de vrouw. Over de grijze krullen ligt een rossige glans.

'Ja, The Home,' beaam ik.

'Maureen is een vriendin van Ella... *God bless her.*' Ze slaat een kruisje en gaat dan verder. 'Waarom bent u hier?'

'Bent u een van die kinderen?' vraagt de andere vrouw met een krassende stem.

Ik kan de bevestiging onmogelijk over mijn lippen krijgen. 'Ik ben op zoek naar mijn biologische moeder.'

'Een van de moeders van het tehuis?' De vrouw schudt meelevend haar hoofd. 'De meesten werden naar de Magdalene Laundries gestuurd. Dat zijn de wasserijen waar ze tewerkgesteld werden, waarna ze hun inkomsten moesten afdragen.'

'De wasserijen?'

'Ja, soms moesten ze daar vele jaren blijven.'

'Hoe kan ik haar vinden? Ik besef dat het een moeilijke zoektocht zal worden. Haar naam is Mary Monaghan.'

De vrouwen knikken vriendelijk, maar schudden dan synchroon hun hoofd.

Ik overweeg om de lijst te noemen. Deze vrouwen kennen Maureen én Ella, en ook de geschiedenis van The Home, maar ik houd het bij een veiligere vraag. 'Kent u misschien nog iemand die in het tehuis heeft gewerkt? Een non of een priester? Misschien dat zij me informatie over Mary kunnen geven.'

De vrouwen kijken elkaar aan en ik doe mijn uiterste best om hun gezichtsuitdrukking te doorgronden. Het lijkt alsof ze met hun blikken overleggen of ze zullen zwijgen of dat ze me willen helpen.

'De meesten zijn weggetrokken uit Tuam,' krast de vrouw tegen haar vriendin.

'Misschien kan ze naar de moeder-overste?' oppert de ander.

'Dat kan, maar...'

'Ja, ik weet het.'

'Veel meer hebben we niet.'

'En het adres van die priester? Is hij niet naar...'

'Ja, dat dacht ik ook. Ballinrobe, toch? Of Limerick?'

'Limerick, inderdaad.'

Het is lastig om het gesprek van de twee vrouwen te volgen, dus wacht ik geduldig tot ze zich tot mij richten.

Al snel rijden we het centrum van Tuam in. Ik voel dat Teun agressiever rijdt dan anders. Harder gas geven, plotseling remmen. Ik laat mijn blik opzij glijden en bekijk zijn gezicht, dat inmiddels heel vertrouwd is geworden. Ik denk terug aan zijn plotselinge verlegenheid, zijn gestotter. Zo ken ik Teun niet. Zou hij…

'Bevalt het?' vraagt hij opeens.

De hitte schiet omhoog. 'W-wat bedoel je?'

'Nou, je uitzicht?' Met een plagerig glimlachje op zijn gezicht kijkt hij me aan.

Na de eerste schok gniffel ik zacht. 'Ben je nou naar complimentjes aan het vissen?'

'Dat is een van mijn grootste hobby's.'

'Hier naar rechts,' zeg ik, terwijl ik mezelf dwing om voor me uit te kijken. Ik weet nog niet zo goed wat ik met Teun aan moet. Ik ken hem als collega, als mijn leidinggevende zelfs. Hij vindt me aardig, zei hij. Aardig is niet lief of aantrekkelijk. Aardig is zoiets als apart of interessant. Ik zucht diep. Ik heb Wim.

'Is het een van de gebouwen bij de kerk?'

'Nee, een stukje verder. Volgens een van de dames woont de moeder-overste in een tehuis in een buitenwijk.'

Zwijgend rijden we verder, waarbij ik de aanwijzingen opdreun die de dorpsbewoonster aan me gegeven heeft. Tot mijn verbazing blijken we er zo heen te rijden. Met mijn richtingsgevoel is dat een unicum. We parkeren voor het huis, dat net als de meeste hier grijs is.

'Het lijkt wel of er tralies voor de ramen zitten,' zegt Teun.

Dat was mij ook al opgevallen, maar in feite zijn het gewoon in vakken verdeelde boerderijramen van het soort dat ik in Nederland altijd een huiselijke sfeer vind uitstralen. Niets is meer zoals het was.

Als we aanbellen klinkt er een gong. Mijn hart klopt snel. 'Ik vind het doodeng,' fluister ik tegen Teun, die meteen mijn hand pakt.

'Ik doe het woord wel.'

De vrouw die opendoet kijkt ons afwerend aan. Zelfs haar Ierse begroeting klinkt als een knauw. Maar we worden binnengelaten. 'Loopt u maar mee.'

Bij haar kamerdeur stopt ze. 'U weet hoe Sister Rosa eraan toe is?'

We knikken allebei tegelijk, alsof het de enige manier is om bij deze moeder-overste toegelaten te worden. Daarna worden we bijna naar binnen geduwd.

In de hoek van de kamer zit een breekbare vrouw. Haar gezicht vertoont de sporen van een lang leven en haar ogen hebben moeite om de huidplooien opzij te duwen. Uit haar kap steken een paar grijze haren.

Mijn hele lichaam tintelt. Ik heb het gevoel dat ik moet vluchten nu het nog kan.

'*God bless you*,' zegt ze vriendelijk, en ze slaat een kruisje. 'Met wie heb ik het genoegen?'

Teun stelt ons voor, waarna we naast elkaar op de bank plaatsnemen.

'U komt niet uit Ierland,' stelt ze onmiddellijk vast.

'Uit Nederland,' zeg ik. Dan besluit ik meteen door te pakken. 'Hebt u in het Bon Secours Mother and Baby Home gewerkt?'

De rimpels rond haar ogen worden dieper. 'Het is alweer zo lang geleden.'

'Herinnert u zich...' Teun aarzelt en kijkt mij aan.

Ik neem het meteen over. 'Als ik het goed begrepen heb, zijn daar veel zwangere meisjes opgevangen. En een van hen is mijn moeder. Ze heet Mary Monaghan.'

'Mother Mary,' herhaalt de vrouw, en haar glimlach blijft om haar lippen spelen. 'Ja, die herinner ik me goed.'

'Weet u waar ik haar kan vinden?'

'*Oh dear*, laatst was er ook al iemand naar haar op zoek.'

Ik kijk Teun aan, die ook zichtbaar schrikt. 'Heeft er al eerder iemand naar haar gevraagd?'

'Wilt u thee? Ik kan iemand vragen om ons thee te brengen?'

'Nee, dank u wel. We...' Wat is dit lastig.

Teun geeft me een seintje. 'Is er een man bij u geweest die naar Mary vroeg?'

Ze knippert nerveus een aantal keer achter elkaar. 'Hij was naar haar op zoek, maar kon haar niet vinden. Daarom kwam hij bij mij. Ik ben moeder-overste, weet u?'

'Wat hebt u tegen hem gezegd?'

Ze staart in de verte. Pas na enkele ogenblikken kijkt ze weer op. 'Met wie heb ik het genoegen?'

Teun kijkt me aan, waarna ik ons nogmaals aan haar voorstel.

'U komt zeker niet uit Ierland?'

Het kost me moeite om een zucht binnen te houden.

'U had het over een man die op zoek was naar Mary. Mary Monaghan,' voegt Teun eraan toe.

Er glijdt een onzeker trekje over haar gezicht. 'Ja, had ik dat dan nog niet verteld?'

'U wilde me net vertellen waar Mary...'

Ze onderbreekt Teun met een krakerig lachje. 'Ik ben niet gek, hoor. Ze is in de kerk. Dat heb ik tegen hem gezegd: in de kerk.'

Ondanks alles gniffel ik. 'Mother Mary in de kerk. Dat hebt u goed opgelost.'

Ze kijkt me trots aan.

'Kun u de man beschrijven?' Ik probeer het toch nog een keer.

'Wie, liefje?'

'Die man.'

'Welke man?'

'Die naar Mary zocht.' Ik raak nu toch wat geïrriteerd.

'O die. Die man droeg een habijt.'

Haar antwoord verrast me. Heeft ze hem dan toch gezien? 'De wijde mantel die ik heb gezien,' verzucht ik tegen Teun. 'Shit, die vent is hier in Ierland. Zie je wel, Teun.' Ik kijk naar de vrouw, die haar handen gevouwen in haar schoot heeft liggen. Haar ogen staren nu afwezig naar iets achter me, waardoor ik de neiging heb om achterom te kijken. Een steek van angst schiet door me heen. Die kerel heeft de moeder-overste ook gevonden, net als wij. Het blijft echter de vraag of hij er wijzer van is geworden.

Teun richt zich tot mij en zegt: 'We moeten weten waarom die lijst zo belangrijk is.'

Ik wil hem tegenspreken en verder doorvragen over mijn moeder. 'Als deze non nou net een helder moment heeft gehad en die vent informatie heeft gegeven waar mijn biologische moeder is, dan ben ik bang dat… Nee, niet weer,' kreun ik.

'Erin, dit helpt ons niet verder,' zegt Teun.

De vrouw slaat een kruisje. 'Iedereen is veilig in het huis van God.'

Ik wil haar tegenspreken. Zeggen dat al die kinderen helemaal niet veilig waren, zelfs niet onder de zogenaamd goede zorgen van de nonnen. Maar ik klem mijn kaken op elkaar, omdat ik heel goed besef dat we met die discussie niet verder komen.

'Sister Rosa?' begint Teun, en hij gaat op het puntje van de bank zitten.

De vrouw wiegt haar hoofd zachtjes heen en weer. Het lijkt alsof er een waas over haar ogen ligt.

'We zijn in contact gekomen met Ella, die een schriftje gevonden heeft,' vervolgt hij. 'Daarin staan namen van geadopteerde kinderen uit het tehuis.'

Het zweet breekt me uit. Zou ze zich hierdoor iets herinneren? Soms is er maar een kleine trigger nodig.

'Moet ik u kennen?' vraagt Sister Rosa.

Ik kijk Teun aan en schud mijn hoofd.

'Wilt u een kopje thee?'

'We hebben een vraag over het tehuis,' begint Teun opnieuw. 'Er zijn kinderen…'

'Weet u dat alle maaltijden hier verzorgd worden?' Haar mond hangt een beetje open.

‘Kom, Teun, we verspillen onze tijd.’ Ik sta op.

‘Waar komt u vandaan? Eet u mee? Ik kan vragen of…’

‘Dank u wel voor uw tijd.’ Teun schudt haar de hand en ik zie nog net dat ze een kruisje slaat voordat we haar kamer verlaten.

Teun pakt mijn hand weer en geeft er een kneepje in. ‘Zonde van de tijd inderdaad. Hiermee komen we niet verder. Je had toch nog iemand die we kunnen opzoeken?’

‘Een priester, maar die verblijft in Limerick. Dat is ruim honderd kilometer naar het zuiden.’

Bij de voordeur houd ik Teun tegen. Ik trek voorzichtig de vitrage opzij en staar door een vakje van het raam naar buiten. ‘Als die vent hier echt geweest is, kan hij hier zomaar rondhangen.’

29

Max – Milaan 1995

'Denk je niet dat het als respectloos wordt gezien?' vraagt Giulia.

'Respectloos?' Zijn stem schiet de hoogte in. 'Natuurlijk niet! Ik wil haar hiermee juist de laatste eer bewijzen.' Max kijkt naar Mattia, die bij hen in het kantoor zit.

De reacties op de dramatische ontwikkeling zijn gigantisch, de hele modewereld heeft geschokt gereageerd op Mimi's dood. Max is er opnieuw van doordrongen hoe groot de naam van zijn vriendin was.

'De modeshow is nu toch uitgesteld,' begint Mattia.

'Dat is ook heel logisch,' reageert Giulia kortaf.

Max zucht op een overdreven manier. Hij weet niet goed hoe hij het hen duidelijk kan maken, maar sinds het idee bij hem opdook, liet het hem niet meer los. 'Ik weet nog zo goed hoe Mimi reageerde toen ik haar over mijn ontwerp vertelde. Ze klapte in haar handen en riep: "Fantastico!" Daarna gaf ze aan dat dit metaforische ontwerp me geluk zou brengen.'

'Jou misschien, maar haar niet meer.' Giulia schuift haar stoel naar achteren. 'Ik moet weg.'

'Dat is goed. Ik heb nog één vraag.'

Zijn assistente draait zich bij de deur nog even om.

'Kunnen we het qua tijd redden? Met de japon en de sleep?' Max tikt steeds opnieuw met zijn schaar op tafel.

'De sleep is klaar, en het model heeft de datum sowieso in haar agenda staan.' Dan steekt ze haar arm in een groet omhoog en verdwijnt.

Max laat zich tegen de rugleuning vallen. 'Wat denk jij, Mattia?'

'Wil je een antwoord van je fotograaf en pr-man of van je vriend?' Hij leunt naar hem toe en zoent hem vol op zijn mond.

'Beide, schat. Jouw mening is heel belangrijk voor me.'

'Dan moet je het doen. Een kleine show, catwalk in het gangpad, rode loper. Misschien moet je er zelfs voor kiezen om alleen de bruidsjurk te showen. Tijdens Mimi's begrafenis zal alle pers aanwezig zijn, mogelijk zelfs vanuit het buitenland. Dit is een gigantische kans om te scoren, lieve Max.'

De laatste woorden galmen door zijn hoofd. 'Precies die woorden gebruikte Mimi ook,' zegt hij dan zacht.

'Het komt allemaal bij elkaar. De begrafenis is vastgelegd op de dag van de show, en iedereen weet dat jij haar beschermelinge was. Bovendien heeft je ontwerp ook nog te maken met de belangrijkste koepel in Milaan, en heeft Mimi het model uitgekozen. Toeval bestaat niet. Je bewijst haar zo inderdaad op een bijzondere manier de laatste eer. Het past bij haar. Ze was een excentriek figuur, droeg flamboyante kleding en leefde voor de mode.'

Max pinkt een traan uit zijn ooghoek. Hij mist Mimi. Zelfs deze beslissing had hij graag met haar willen bespreken, al beseft hij meteen hoe belachelijk die gedachte is. 'Dan kies ik voor een kleine show met vier ontwerpen, die symbool staan voor de vier gangen van de galerij.'

Mattia fluit bewonderend. 'Mooi, Max. Ik zal in alle hoeken camera's neerzetten om maar niets te missen. Die foto's sturen we later naar de wereldpers.'

'Grazie, Mattia. Ik hou van je. Ik weet niet hoe ik je...'

De rest van zijn woorden worden gedempt door Mattia's lippen. Daarna streelt de adem van Mattia zacht zijn oor. 'Ik weet wel iets.'

Vanuit de gang klinkt zacht gepiep van een deur. Daarna slaat de deur beneden in de hal dicht.

'Wie was dat?' Max kijkt zijn vriend compleet in shock aan. 'Heeft Giulia staan luisteren?'

30

Max – Milaan 1995

Een zware hoofdpijn drukt tegen zijn ogen. In de afgelopen nachten heeft hij niet meer dan drie uur slaap gehad en dat wreekt zich nu.

'Hier, schat.' Mattia staat naast zijn bed met een glas water. 'Dit zal snel helpen.'

Max drukt twee paracetamol uit de strip en slikt die met het water door.

'Kom je weer terug in bed?' vraagt hij, als hij ziet dat Mattia het dekbed aan zijn kant terugslaat.

'Hou me maar eens tegen. Ik heb namelijk het beste middel tegen hoofdpijn voor je.'

Max tuurt door zijn wimpers omdat de zon te fel is. 'Koffie?'

'Dat ook. Pak aan.'

De pittige geur kruipt zijn neus binnen. Snel nipt hij aan de espresso, die zo sterk is dat zelfs zijn haren uit de krul zouden raken. Het zijn maar een paar slokjes, maar hij voelt zich meteen beter.

'O, wat heb jij meegenomen?' Max kijkt naar de stapel kranten die zijn vriend op zijn knieën heeft liggen.

'Je staat echt overal in. Kijk, hier de *Corriere della Sera*, *La Stampa* en natuurlijk *La Repubblica*, en overal op de voorpagina.' Stuk voor stuk legt hij de kranten voor hem neer.

'Met jouw foto's?' Hij kijkt zijn vriend aan.

'Ja, natuurlijk. Ik had toch het exclusieve recht?' Hij geeft hem een vette knipoog.

Hij laat zijn blik over de koppen glijden en voelt zijn hele lichaam tintelen. MOOI EERBETOON. SHOW MET KIPPENVEL. FANTASTISCH SCHOUWSPEL. MAX LAAT ZICH ZIEN AAN DE WERELD.

'Je hebt het geflikt, Max.' Een zoen landt scheef op zijn oor.

'Wíj, lieve Mattia. Zonder jou was het me niet gelukt.' Max denkt terug aan de laatste twee dagen. Hij moest niet alleen de begrafenis regelen, omdat Mimi geen familie meer had, maar ook de voorbereidingen voor de modeshow namen meer tijd dan hij had verwacht. En Mattia had hem overal bij geholpen.

'En Giulia?'

Max denkt kort terug aan het moment waarop hij dacht dat Giulia hen had staan afluisteren. Daarna richt hij zich weer op de kranten en hij leest snel wat regels in het hoofdartikel. 'Moet je horen. "De bekende couturier Max O'Connor geeft zijn grote voorbeeld Mimi Ricci een prachtig eerbetoon door tijdens haar begrafenis de kerk om te bouwen tot een catwalk met rode lopers in de vorm van een kruis. Vanuit de vier hoeken van de Duomo liet hij zijn modellen naar de kist lopen, die in het midden van de grote kathedraal geplaatst was. Zo werd de beroemde recensente een theatraal afscheid gegund."'

Hij kijkt trots naar zijn vriend, die met een brede glimlach luistert.

'"Het pronkstuk van deze show was de ivoorkleurige zijden bruidsjapon. Dit bijzondere ontwerp is ontleend aan de Galleria Vittorio Emanuele, met een knipoog naar de bijzondere legende van de stier in de galerij, én de japon was het lievelingsontwerp van de moderecensente Mimi Ricci. Met dit centerpiece heeft couturier Max O'Connor laten zien dat zijn couture tot de top van de wereld behoort."' Hij jubelt de laatste woorden uit. 'De top van de wereld, Mattia!'

'Gefeliciteerd, schat. Het is je zo gegund. Ik hoop dat je hiermee eindelijk wat meer rust krijgt, en niet alleen je mode, maar ook jezelf meer durft te laten zien.' Met die woorden schuift Mattia uit het lits-jumeaux.

Met open mond staart Max zijn vriend na. 'Wat bedoel je daarmee?'

Mattia steekt zijn hoofd even om de hoek van de slaapkamerdeur. 'Ik gun je minder spanningen omdat je bang bent om je eigen leven te leven. En dit is een goed moment om daarmee te beginnen.'

'Wacht, hoezo nu?' Max kreunt zacht als hij overeind komt en het gedreun in zijn hoofd ineens weer pontificaal aanwezig is.

Mattia staat in de keuken en maakt een nieuw kopje espresso. 'Giulia belde vanmorgen dat er veel aanvragen zijn voor interviews. Het schijnt dat veel redacties contact hebben opgenomen met het atelier. Ze heeft de pers allemaal te woord gestaan en een schema gemaakt wanneer de journalisten de grote Max kunnen spreken.'

'Heeft Giulia...' Zijn tong ligt als een droge lap in zijn mond. 'Wat heeft ze hun verteld?' Ligt zijn privéleven nu al op straat?

'Dat weet ik niet, hoor. Giulia gaf aan dat Mimi nog net voor haar dood al het een en ander in de pers had uitgezet.' Met één slok slaat hij de espresso naar binnen. 'Ik moet weg. Ik ben over een uurtje terug, dan kunnen we die interviews samen wel voorbereiden.'

Max slaat met zijn hand tegen zijn voorhoofd. 'O nee, dat niet.' Dan rent hij achter Mattia aan. 'Ik moet Giulia spreken.'

'Relax! Zorg ervoor dat je een aantal goede uitspraken bedenkt die je bij iedere journalist neerlegt.'

'Je begrijpt het niet...' Hij kreunt van ellende.

'Ik begrijp inderdaad niet waarom je zo moeilijk doet. We zijn ook tijdens de begrafenis samen gezien. Het is geen geheim meer.

Iedereen zal onze relatie accepteren. Begrijp dat nou toch.'

De kus op zijn mond voelt hij nauwelijks. Hij heft zijn hand nog op om zijn vriend tegen te houden, maar dan slaat de deur al dicht. 'Mattia?'

Max rent terug naar zijn slaapkamer. Het gaat niet alleen over zijn relatie met Mattia. Het kan niet anders of dat moet een keer uitkomen. Het is veel erger. Max kruipt in elkaar op het bed en duwt het te grote kussen in.

Dan hoort hij de voetstappen. Hij schrikt op. Schiet overeind. Voelt zijn hele lijf trillen. Hij duwt zijn vuisten tegen zijn ogen om de beelden tegen te houden. Niet nu.

Hoort hij het goed? Het bekende ritme op de traptreden dreunt in zijn hoofd.

'Mattia?'

Stap sleep. Stap sleep.

Nee, híj is het!

Stap sleep. Stap sleep.

Tientallen keren. Misschien wel honderden? De priester komt eraan.

'Nee. Nee,' fluistert Max terwijl er gekleurde lichtflitsen in zijn hoofd ontploffen. 'Niet opnieuw.' Maar hij was de uitverkorene. En sinds hij van school af was, kwam de priester vaker.

Toen hij nog jong was, mocht hij mee naar de kamer waar echtparen in nette kleren en zachte geuren een kind kwamen uitzoeken, maar hem werd nauwelijks een blik waardig gegund. Hij werd nooit uitgekozen. Na een paar afwijzingen was hij gaan bidden. Hij wilde zo graag een keer uitverkoren worden. Hij had geleerd dat God altijd naar je luistert.

En Hij had geluisterd. Alleen werd Max zíjn uitverkorene. Van de priester die pure zwartheid uitademde, die altijd een zwarte habijt droeg, die naar zware sigaren en stoffige vloeren rook, en die hem zwarte herinneringen gaf. En die zwarte priester wilde hem niet omdat hij mooie krullen had of sterk was. Hij wilde hem omdat hij een van de oudste jongens was, zodat hij verder kon gaan dan bij een kind van vier.

Terwijl de druk van zijn vuisten vermindert, wordt hij rustiger. Hij is niet in het hok, en niet meer in het tehuis. Hij is thuis in Milaan. Hier is hij veilig en hoeft hij niets te vrezen.

Als hij opkijkt, bonkt het nog door in zijn hoofd. Hij sluipt naar de douche en zeept zich in met romige douchegel om de nachtgeuren kwijt te raken. Híj is toch bij hem geweest die nacht. Dat weet hij bijna zeker, hoewel het tegelijkertijd onmogelijk is. *Mattia* was bij hem. Niemand anders.

Hij ademt steeds sneller, waardoor hij licht in zijn hoofd wordt. Het kan niet. Niet hier. Hier is hij veilig, maar in zijn hoofd niet. Daar gaat het gewoon door.

Met een donderend geweld komt het ineens binnen. Mimi had tijdens hun laatste gesprek aangegeven dat ze contact had gelegd met een aantal collega-journalisten. Zijn geheim. Dat wilde ze. Wist ze!

Hij schreeuwt zonder geluid en draait dan de kraan dicht. Met een grote badhanddoek om zijn lijf loopt hij terug naar de slaapkamer. Het water druipt nog uit zijn haren als hij boven de kranten hangt.

Staat er iets in?

Hij bladert wild door de berichten. Scant de koppen. Hij moet weten wat ze geschreven hebben voordat hij die interviews geeft. Maar hij ziet alleen maar foto's van de begrafenis met de indrukwekkende show in het hart van de immense Duomo.

Wereldnieuws.

Is Mimi voor haar dood door de pers onder druk gezet? Heeft Mimi toen informatie uit zijn verleden gedeeld?

'O, Mimi, we hadden een afspraak.'

Hij leunt met zijn pijnlijke hoofd tegen de koele muur. Maar niets kan zijn verhitte gedachten afkoelen. Als Mimi inderdaad gedaan heeft wat ze toen zei, is hij zwaar de pineut.

Hij hoort het haar nog zeggen: *Ik heb contact gehad met enkele collega-journalisten. Zij gaven aan dat misbruik door priesters in Ierland grote vormen aanneemt.*

Die informatie zal inslaan als een bom.

31

Erin – Ierland 1995

De drukkende stilte in de kamer laat de ruimte steeds kleiner lijken. We zitten elk in een hoek van de bank, en het onderwerp is te groot om over te praten. Dat was ook de reden waarom ik de avond ervoor bijna meteen naar mijn slaapkamer ben gegaan. Hoe kan ik woorden geven aan de ontdekking dat de priester in Limerick nog maar kort geleden zelfmoord heeft gepleegd? Zelfmoord...

'Hij was een goed mens. Een priester die de inwoners van Limerick in zijn hart droeg,' zei de vrouw die vele jaren in de pastorie zijn huishouden bestierd had. Ze hemelde de oude priester op, waarbij haar roodomrande ogen uitdrukking gaven aan haar verdriet. Verder wilde ze nergens over praten. 'Het is beter om het verleden te laten rusten,' gaf ze na veel afwerende reacties aan, en met die laatste woorden sloot ze de deur voor onze neus.

Iemand is bezig om mensen het zwijgen op te leggen; mensen die meer weten over de adopties van het tehuis waar mijn leven begonnen is. Na mijn moeder en Banjer, heeft Ella een dodelijk ongeluk gehad met een verdacht randje en nu heeft deze priester dus zelfmoord gepleegd, wat voor mij ineens een synoniem is voor moord. Dat de moeder-overste nog leeft heeft ze waarschijnlijk te danken aan haar dementie.

Mijn moeder wist dingen. Zij had de lijst ontvangen en stelde daar vragen over. En nu hangt die lijst als een zwaard van Damocles ook boven onze hoofden.

De nacht is verdwenen in lege uren vol gedachten. Ik heb de brieven van Ella aan mijn moeder opnieuw gelezen en nu ik weet dat dit onderlinge contact voor beide schrijvers de dood betekende, raakt het me dieper dan ooit. Maar zelfs na het lezen van de brieven kan ik onmogelijk bedenken waarom die lijst gevaarlijk zou zijn. Mijn naam staat erop, mijn leeftijd en in welk land ik nu woon. En natuurlijk de naam van mijn adoptiemoeder.

'Weet jij of Ella met meer ouders contact heeft opgenomen?' vraagt Teun ineens.

Ik schrik zo van het plotselinge geluid dat er een golf hitte door mijn aderen stroomt. Ik zoek naar herinneringen die nog steeds grotendeels afgedekt zijn; te zwaar om te dragen voor een kind. 'Maureen vertelde dat Ella met de meest recente adopties was begonnen.'

Hij zegt niets en hoe ik ook probeer om zijn gezichtsuitdrukking te duiden, ik heb geen idee wat Teun nu denkt.

'Denk je dat de anderen op de lijst ook gevaar lopen?' vraag ik kleintjes, terwijl ik het antwoord wel weet.

'Dat hangt ervan af of Ella hun de lijst heeft gestuurd.' Teun tikt zijn pijp leeg op de asbak. 'En het hangt er ook van af of onze aanname klopt dat die lijst gevaarlijk is. Dat er iemand is die deze informatie koste wat het kost in handen wil hebben of juist geheim wil houden.'

'Het is vreemd...' begin ik, terwijl ik probeer te bedenken hoe ik mijn gevoel goed onder woorden kan brengen. 'Het is vreemd dat het nu niet eens meer uitmaakt of we die diskette vernietigen. Als die vent alleen al dénkt dat wij die informatie hebben, gaat het niet om die diskette, maar...'

'Om ons,' vult Teun rustig aan. 'Ja, dat had ik ook al bedacht.'

Terwijl mijn hart het bloed door mijn aderen laat razen, begrijp ik niet hoe Teun het doet: zo rustig blijven onder deze doodsdreiging. En dus vraag ik hem dat.

'Ik vraag me af of die vent weet dat wij hier zijn,' antwoordt hij. 'Jij bent daar bang voor, maar hoe zou hij dat moeten weten? Het is toch ook mogelijk dat jij je verborgen houdt in Nederland?'

Ik laat me van de bank af glijden en loop naar de keuken, schenk een glas water in en houd dat vragend omhoog.

Teun schudt zijn hoofd. 'Laten we verder graven in die lijst. Waarom is die zo belangrijk? Wie staan erop? En wat is ooit de reden geweest dat iemand deze namen in dit schrift heeft genoteerd?'

Ik neem een slok. 'Maureen noemde het een adoptielijst. Het idee dat we weggegeven zijn omdat...' Als ik het onder woorden wil brengen, voel ik de betekenis pas. 'Omdat mijn biologische moeder nooit in staat was in haar eentje een leven met mij op te bouwen. Ze hebben haar gewoon laten stikken.' Terwijl ik de laatste woorden uitspuug, begin ik heen en weer te lopen. Vijf passen naar het raam en weer terug.

Teun blijft rustig zitten en volgt me met zijn ogen. 'Vergeet niet dat de kerk de ongehuwde moeders kosteloos heeft opgevangen tot aan de bevalling, waarna hun kind en misschien zijzelf de eerste tijd ook nog kost en inwoning kregen. Misschien is het dan wel logisch dat die moeders iets terug moesten doen. Ze stonden in de schuld.'

Ik stop vlak voor hem. 'Stop, Teun. Je speelt de advocaat van de duivel. Dat staat je niet.'

'Maar zo denken zíj misschien wel. Die vrouwen moesten hun straf uitzitten, of werken en de inkomsten afdragen. En aangezien ze dat niet konden...'

'Straf?'

'Iemand moet toch voor hun onderkomen betalen?'

'Dat is geen antwoord! Vind jij echt dat de nonnen het recht hadden om die vrouwen te dwingen om voor ze te werken?' Ik begin weer te lopen.

'Dwingen? Hoe weet je dat?'

'Dat gaven die twee vrouwen bij het terrein aan.' Ik draai me met een ruk om. 'Vind jij dat ze dat recht hadden?'

'Dat bedoel ik niet.'

'Waarom zeg je het dan?' De woede groeit in mijn binnenste. Ik maak steeds grotere passen, maar kom niet verder. Tot mijn aandacht getrokken wordt door een afbeelding aan de muur. De beeltenis van Maria met in haar armen het kindje Jezus raakt me, niet door de houding, maar door haar blik. De blik die Maria op haar baby werpt en de zachte liefde die eruit spreekt. Er is geen afstand, geen haat; uit deze afbeelding spreekt alleen maar liefde. Toch zit iets me dwars. 'Was Maria getrouwd?'

'Ze was maagd.'

'Ja, dat weet ik. Maar was Maria getrouwd, toen ze zwanger werd?' Pas dan draai ik me om.

Teun staart me aan met een vage glimlach om zijn lippen. 'Ik heb het idee dat dit anders ligt.'

'Zij mocht haar kind houden, terwijl mijn moeder...' Ik stop abrupt. 'Waarom werden deze ongehuwde moeders gestraft, terwijl Maria aanbeden wordt?'

'Je draaft door, Erin. We hadden het over het afdragen van inkomsten.'

'Dus het gaat om géld volgens jou?'

Teun staart me aan. Hij slikt hoorbaar. 'Is dát inderdaad de belangrijkste reden dat iemand deze zaken verborgen probeert te houden?'

Ik blaas mijn vastgezette adem hard uit. 'Dus dat is het! Geld! Hebben de nonnen de kinderen verkócht?'

32

Erin – Ierland 1995

De pub geeft bescherming tegen de hoosbui die losbrak net op het moment dat we bij het terrein van het tehuis aankwamen waar we met Maureen hadden afgesproken.

'Dit is Ierland, hè?' zegt Maureen bijna verontschuldigend.

'Nederland is net zo erg,' geef ik aan.

Het is buiten inmiddels zo donker dat het laat in de avond lijkt te zijn. Het gekletter tegen de ramen geeft een intieme sfeer, alsof we met de andere barbezoekers een pact gesmeed hebben en op deze plek in het geheim samenkomen.

'*Let's drink*,' beslist Maureen, en ze steekt drie vingers op naar de barman. 'Ik betaal.'

Ik schurk dicht tegen de verwarming aan, zodat mijn broek wat sneller droogt. De spijkerstof plakt koud tegen mijn huid, maar de vrolijke Ierse muziek verwarmt me van binnenuit. Een van de aanwezige mannen heeft zijn viool opgepakt en gaat met zijn strijkstok in een moordend tempo over de snaren, terwijl iemand met een banjo het ritme aangeeft. In de hoek zingt een vrouw het refrein en ik zou willen dat ik mee kon doen, maar daar ben ik te verlegen voor. Inwendig verlang ik ongelooflijk naar vrolijkheid. Er liggen alleen eerst nog belangrijke vragen te wachten.

'Ik ben behoorlijk geschrokken van het bericht van de zelfmoord van de priester,' geeft Maureen aan. 'Daardoor maak ik me grote zorgen over onze veiligheid. Sinds ik voorzichtig rondvraag doe over The Home, krijg ik ook veel afwerende soms zelfs agressieve reacties.'

Ik zou willen weten welke vragen ze dan stelt, maar op dat moment zet de barman drie grote glazen vol donker bier voor ons op tafel. '*Sláinte.*'

Maureen herhaalt het woord van de barman, dat ik alleen begrijp doordat ze haar glas omhooghoudt.

Het bier smaakt naar verbrande koffie, waarbij ik na het doorslikken iets van chocola lijk te ruiken. De schuimkraag blijft als vettige slagroom aan mijn bovenlip plakken.

'Weet jij hoe we meer te weten kunnen komen over de adopties?' Ik leun naar voren om me verstaanbaar te maken.

Maureen neemt een paar grote slokken en veegt het schuim met de rug van haar hand weg. 'Adoptiearchieven zijn in Ierland niet openbaar. Dus het enige wat we hebben is die lijst.'

Ik wrijf met mijn duim over de afbeelding van de gouden harp op het glas, terwijl de Ierse muziek inmiddels door de hele pub wordt meegezongen.

'Hoeveel mensen heeft Ella eigenlijk aangeschreven?' vraagt Teun.

Maureen vertelt dat ze weet dat Ella naast mij ook contact heeft met een Franse vrouw die Faye heet. 'Wel gek dat haar dochter Charlotte op de lijst staat, want Faye heeft haar pas veel later als dochter aangenomen, toen ze haar wilde meenemen naar Frankrijk. Dus niet via het tehuis.' Maureen strijkt door haar korte haar, waardoor er wat druppels op het tafeltje belanden. Ze wacht even tot de muziek wat minder luid klinkt en zegt dan: 'En ik weet ook dat een zekere Max benaderd is. Die vergeet ik bijna, want na een eerste brief aan zijn vader heeft Ella via een omweg uiteindelijk een reactie gekregen.'

'Max? Is hij ook door Nederlandse ouders geadopteerd?'

'Nee, Max is een bijzonder verhaal.'

Terwijl ik moeite moet doen om haar goed te verstaan als er een nieuw nummer start, hoor ik dat hij naar Italië is gegaan.

'Max is bekend modeontwerper geworden.' Maureen straalt als een trotse moeder, alsof ze er eigenhandig voor gezorgd heeft dat die knul goed terecht is gekomen. 'Hij woont bij een journalist in Milaan, wat de vader van Max schijnbaar geregeld heeft. Deze vrouw heeft naar Ella geschreven en kennelijk heeft Ella haar teruggeschreven, want ik ontving na Ella's dood een tweede brief. Die brief heb ik ook in mijn bezit.'

'Journalist?' Het trilt in mijn maag. 'Moeten we die vrouw dan niet waarschuwen?'

Ondanks de luide muziek hangt er ineens een zware stilte tussen ons. Dan knikt Maureen. 'Je hebt gelijk. Maar hoe kan ik haar schrijven zonder mijn eigen identiteit te verraden?'

Ik besef dat Maureen ook bang is. 'Kunnen we haar misschien bellen? Misschien via de redactie van haar krant?'

'Dat zal ik wel doen,' geeft Teun aan. 'Als ik een algemeen telefoonnummer gebruik, kunnen ze me nooit achterhalen. Wat weet je van deze vrouw?'

Maureen belooft hem de volgende keer een kopie van de brieven te geven.

'En Faye? Weet die wat er allemaal aan de hand is hier?' Ik heb geen idee wie welke informatie heeft ontvangen. Ik besef ineens dat we zelfs hier in de pub van Tuam gevaar lopen om ontdekt te worden. Pas als die gedachte in me opkomt, bekijk ik de gasten met andere ogen. De muzikanten, de oudere mannen die aan de bar hangen en de jonge gezinnen die meeklappen met de muziek. Ik tast de gezichten af, maar ontmoet vooral vrolijkheid. Het is een bizarre combinatie van gevoelens.

Maureen buigt zich naar me toe. 'Ik heb net gehoord dat Faye en Charlotte in Ierland zijn.'

'Shit, en weten ze van...'

'Nee, ze zijn hier om een vroegere huishoudster op te zoeken die ziek schijnt te zijn.'

'Ziek?' Het schiet naar buiten.

'We moeten niet overal wat achter zoeken.' Teun legt zijn hand op de mijne. 'Iemand kan gewoon ziek zijn en vrienden kunnen gewoon op bezoek komen, Erin.'

'Ja, gewoon,' herhaal ik fluisterend.

Maureen praat eroverheen. 'Ik zal Faye wel benaderen. Charlotte is iets ouder dan jij, dus die heeft waarschijnlijk meer herinneringen uit die tijd. Misschien dat zij wel namen herkent en meer van die kinderen weet.'

'Dat zal wel meer duidelijkheid geven.' Teun slaat de laatste slokken bier achterover. 'Kom, Erin. We laten het feestgedruis achter ons.'

Net als ik wil opstaan, houdt Maureen me tegen. 'En Erin, ik hoop dat ik tegen die tijd ook iets meer te weten ben gekomen over je biologische moeder. Ik heb al mijn voelsprieten uitgestoken. Laten we de volgende keer bij mij thuis afspreken. Dat is wat rustiger praten dan hier.' Ze lacht luid, hoewel het geluid meteen geabsorbeerd wordt door de muziek.

Ik knik alleen maar, want de muziek bemoeilijkt het gesprek. Gelukkig heb ik inmiddels zelf ook informatie achterhaald waar ik kan beginnen met zoeken naar mijn biologische moeder.

In de auto terug naar het appartement laat het gesprek met Maureen me maar niet los. De dreiging hangt inmiddels overal om ons heen. En als Charlotte en Max niet gewaarschuwd worden, lopen zij of hun adoptieouders ook gevaar.

'Wat zei Maureen nou? Hebben deze Franse Faye en die Milanese journalist de lijst ook ontvangen?' Ik kijk naar Teun.

'Haal je nu niet te veel in je hoofd. Ik heb het idee dat je het groter maakt dan nodig. Het wordt bijna een obsessie voor je.'

Ik wil tegensputteren, maar besluit te zwijgen. Het is ook logisch dat Teun er anders in staat dan ik. Hij is er niet persoonlijk bij betrokken. Toch bood hij wel aan om met de journalist in Milaan te bellen. Misschien is enige emotionele afstand dan wel goed. Maar zijn opmerking over een obsessie doet me wel pijn. Ik wil alleen maar weten of die twee ook gevaar lopen. Dan kunnen we ze waarschuwen.

'Gewoon waarschuwen,' mompel ik.

De grijze wolkenmassa hangt zo laag dat een horizon nauwelijks te zien is. Ik voel dat hij me kort aankijkt, maar reageer niet. Ik denk aan de manier waarop Teun eerder sprak over de moeders in het tehuis. Hij vond dat de kerk het recht had om die schuld te verhalen.

Ineens duikt er een gedachte op. Die groeit daarna uit tot een niet weg te duwen vraag die als een fel alarmlicht in mijn hoofd knippert. Hoe wist die schutter eigenlijk dat ik naar Naturalis was gegaan? Ik had al mijn sporen in Leiden zorgvuldig gewist en niemand ingelicht. Behalve Teun.

33

Erin – Ierland 1995

De volgende dag neem ik de huurauto mee. Het doet me goed om even weg te zijn van de deprimerende plek van het tehuis en de dreiging van de lijst. En van Teun. Het frivole vioolmuziekje dat uit de radio komt, tilt mijn te zware gedachten een stukje op. Vandaag ga ik op zoek naar mijn biologische moeder. Ik zag de vragen op Teuns gezicht toen ik aangaf dat ik alleen wilde gaan, maar gelukkig protesteerde hij niet.

Maureen liet me weten dat ze via een kennis, die bij de gemeente werkt, het geboorteadres van Mary Monaghan heeft gekregen, toen bleek dat als laatste woonadres nog het tehuis in de boeken stond. Misschien wonen haar ouders nog op het oude adres. Het geeft me nieuwe hoop om in contact te komen met mijn biologische moeder, die nu toch een jaar of vijfenvijftig moet zijn.

'Garrynagry.' Ik oefen de naam van het dorpje dat aan de westkust moet liggen. Ik heb de namen van alle dorpjes die de route naar het zuiden vormen op een briefje geschreven, omdat ik een ramp ben als het op navigeren aankomt. Geef me een wegenkaart en je weet zeker dat ik ernstig verdwaal. Geef me een lijstje namen en ik houd me netjes aan de voorgeschreven volgorde. 'Fijn dat je jezelf zo goed kent,' zei Teun nog. Hij leek nog meer te willen zeggen, maar ik had al duidelijk aangegeven dat ik alleen wilde gaan, dus hij deed er verder het zwijgen toe.

'Houd de borden naar Galway aan tot aan de kust. Het kan niet missen,' gaf Maureen aan, die meer vertrouwen had in mijn richtingsgevoel dan ikzelf.

Ik fluit met het refrein van het liedje op de radio mee, dat een echte meezinger lijkt te zijn.

Gelukkig is er niet veel keuze aan afslagen of kruispunten, dus als ik eenmaal de goede richting heb, komt het vast goed. De zon schijnt, wat me ook extra houvast geeft. Zolang die maar irritant in mijn ogen schijnt, rij ik naar het zuiden. Daar ligt de kust. En aan die kust ligt Garrynagry.

Maar de borden langs de weg verwarren me keer op keer. Het is lastiger dan ik dacht om de goede plaatsnamen te vinden, omdat Ieren elke naam in zowel Gaelic als Iers weergeven. Galway en Gaillimh moeten dezelfde plaats zijn. Tot Galway loopt het goed, maar daarna raak ik alsnog hopeloos verstrikt in alle afslagen waarop plaatsnamen staan die me niets zeggen. Ik weet niet of ze er in beide talen op staan of dat ik de verkeerde namen genoteerd heb.

Ik blijf de zon trouw en hoop maar dat ik dan vanzelf bij de zee kom. Garry-nog-wat ligt aan de kust, dus als ik nu het water aan mijn linkerhand houd, moet het goed komen. Wie heeft er een wegenkaart nodig als je een gezond verstand hebt?

Net als ik de drukte van de stad achter me laat, zie ik de zee opdoemen als een grauw laken waarachter zwarte heuvels opdoemen aan de horizon. Wat zei Maureen ook weer? 'Bij de eerste grote kruising sla je rechts af. Je verlaat dan de zeeweg en rijdt de heuvels in.'

Ik laat de goed geasfalteerde weg achter me en sla af, waarna ik al snel ingesloten word door hoge struiken die soms zo ver over de weg hangen dat de auto er nauwelijks tussendoor kan. Het scherpe gekras over de lak laat me grimassen. Ik ben blij dat het mijn eigen auto niet is.

Dan ben ik er. Het huisnummer klopt.

Ik stop aan de zijkant van de weg, waardoor er niemand meer door kan. Jammer dan. Voor me staat een houten paal waar allerlei bedrading gewoon aan vastgeknoopt lijkt te zijn. Ik hoop maar dat het geen elektriciteit is, maar misschien gewoon telefoonverbinding. Naast de oprit staat een schuurtje dat ik alleen als zodanig herken doordat er een klein stukje pannendak te zien is, de rest van de schuur is overwoekerd door dikke bossen klimop.

Een man komt aansjokken, waarschijnlijk omdat hij mijn auto heeft gehoord. Zijn blauwe overall slobbert om zijn kromme lijf. Als hij dichterbij komt, zie ik de diepe groeven in zijn wangen. Hij moet zeker de zeventig gepasseerd zijn.

'Meneer Monaghan?' vraag ik beleefd. Ik heb nog geen idee hoe ik in vredesnaam het gesprek op een onderwerp als ongehuwde moeders moet brengen.

De man knikt, maar blijft op enige afstand staan. Achter hem duikt een vrouw op. Zelfde leeftijd. Pas dan bedenk ik dat dit mijn grootouders kunnen zijn.

'Ik ben hierheen gekomen met een vraag.' Mijn tong is als schuurpapier en laat elk woord raspend over mijn lippen komen.

De vrouw gaat schuin achter de man staan, haar ogen als smalle spleetjes achter de dikke glazen van haar bril. Het tweetal bekijkt me vol achterdocht.

'Je bent niet van hier,' concludeert de man.

'Ik kom uit Nederland.'

'Nederland? Wat kom je doen?'

'Ik ben op zoek naar Mary Monaghan.' Het is eruit. En terwijl ik wanhopig probeer om mijn lippen te bevochtigen, zie ik dat de vrouw haar man een stoot in zijn zij geeft.

'Die woont hier niet,' zegt hij.

'Ik heb begrepen dat Mary uw dochter is. Kunt u me misschien met haar...'

'Die kennen we niet.' De snerpende stem van de vrouw snijdt elk contact door. Ze trekt aan de mouw van haar man en samen lopen ze terug naar hun huis. De ruggen gebogen, schouders opgetrokken.

'Ik ben haar dochter!' roep ik hen na. 'Dat betekent dat u mijn grootouders...'

De deur wordt met een klap dichtgegooid.

In een van de takken begint een vogel te fluiten. Een vrolijk deuntje, met een trillend loopje aan het eind. Mijn adoptiemoeder kende veel vogelgeluiden. 'Dat is een vink,' zei ze dan. Ze legde uit dat de vinkenslag altijd makkelijk te herkennen was.

Mijn moeder. Altijd bezig met de vogels die ze op haar dakterras voerde, van pinda's tot vetbollen. Houdt Mary ook van de natuur?

Ik zie de vitrage bewegen, maar daarna blijft alles zo stil dat ik het me ook verbeeld kan hebben. Toch weet ik het zeker: dit zijn ze. Ik zag het. Dat trekje bij de ogen van de vrouw. Ze kon niet verbergen dat het haar raakte. Dit zijn de ouders van Mary Monaghan, ook al kan ik ze onmogelijk als mijn grootouders zien. In de auto blijf ik nog enige tijd zitten. Hier is mijn moeder waarschijnlijk opgegroeid. Tot ze zwanger raakte. En werd weggebracht naar het tehuis.

Op de terugweg laat ik alles de revue passeren. De weg is eentonig en tegelijkertijd ingewikkeld, omdat ik de plaatsnamen nu in omgekeerde volgorde moet volgen. En eigenlijk maakt het me niets uit. Sinds ik weggereden ben, schuurt de pijn diep in mijn lijf. Hoe kunnen ouders zo reageren?

'Arme Mary,' mompel ik. 'Wat een leven. Je had geen keuze om je baby bij je te houden, maar ook je ouders willen niets met je te maken hebben.'

Het maakt mijn zoektocht ook lastig. Hoe kom ik nu ooit aan informatie over haar verblijfplaats? Opnieuw herinner ik me het gesprek met de twee vrouwen op het terrein van het tehuis. Wat zeiden die ook alweer? De vrouwen werden naar wasserijen gebracht om te werken.

Wasserijen. Ja, en dan? Woonden ze dan in die omgeving, waar ze uiteindelijk een nieuw leven opbouwden? Het is een strohalm die ik verder moet onderzoeken. Als ze daar gewerkt heeft, moeten die als werkgever toch over informatie beschikken? Er is een lijntje, en dat geeft hoop.

34

Charlotte - Ierland 1995

Chocola helpt. Altijd. Als de emoties haar te veel worden, grijpt ze meteen naar dit wondermiddel. Niet om te eten, maar om haar verhaal in een kunstwerk uit te drukken. Soms zijn het scherpe punten, en dan weer ronde vormen. Haar bakkunst helpt om haar gedachten te ordenen en haar angsten geen kans te geven.

Ze is terug in het huis van Sean, die Faye en haar uitnodigde om bij hem te logeren. De ruimten doen vreemd aan en geven tegelijkertijd een thuisgevoel. Hier heeft ze zich jarenlang veilig gevoeld. In de zitkamer hangt een teveel aan sigarengeur, maar de keuken is niets veranderd. Hier heeft ze vele uren samen met Sue doorgebracht. Ze is blij dat de oudere vrouw, die als een grootmoeder voor haar is, weer uit het ziekenhuis is. En nu is Charlotte bezig om in deze keuken vol herinneringen een taart te maken om Sues thuiskomst te vieren. Vanmiddag gaat ze samen met Faye naar haar toe.

Toch ligt het verleden hier ineens weer als een beklemmende deken om haar hart. Details die ze liefst niet toelaat, doken de eerste nacht in dit huis alweer op. Faye heeft niets meer gezegd over haar briefcontact met die Ierse vrouw, maar toch ligt het als een luipaard op de loer. Het zal toeslaan als ze het niet meer verwacht.

Peinzend staat ze voor het aanrechtblad, waarop verschillende smaken chocola liggen. Ze heeft geen plan. Geen ontwerp. Die vaste structuur heeft haar genekt tijdens de wedstrijd van de MOF. Misschien had ze die felbegeerde driekleurige boord wél kunnen winnen als het een improvisatieopdracht was geweest. Veel van haar collega's werken vanuit veiligheid. Steeds hetzelfde patroon, dezelfde technieken en een ontwerp dat van tevoren bedacht is.

De chocola die ze in een schaal au bain-marie opwarmt, begint langzaam te smelten. Een proces dat om aandacht vraagt, omdat er anders een bitterheid in het mengsel sluipt die je niet meer kwijtraakt. Haar eigen verbittering verdwijnt met de harde brokken in de vettige massa. Zo werkt het. Als patissier werk je met je hart en dat moet zacht zijn. Het laat haar zwarte gedachten langzaam oplossen. De geur doet de rest.

'Charlotte?'

Ze schrikt op uit haar gedachten en ziet dat Faye bij de deur staat.

'Sorry dat ik je stoor. Ik weet dat...' Haar stem stokt. 'Nou ja, ik zou je nooit storen als het niet belangrijk is.'

'Dat weet ik, Faye.'

'Ik wil je even spreken.'

'Over een halfuurtje?'

'Het is belangrijk.'

Haar spieren spannen zich automatisch aan. Er ligt iets in Fayes stem dat het midden houdt tussen een excuus en een schreeuwend alarm. Ze wil tegenwerpen dat een onderbreking van haar bakproces de taart niet ten goede komt, maar in plaats daarvan haalt ze haar schouders op. 'Oké, ik kom eraan.'

In de grote hal, waarin de kroonluchter haar herinnert aan de gevaarlijke capriolen die ze moest uithalen om de kristallen kralen te poetsen, loopt Faye onrustig heen en weer.

'Ah, daar ben je. Kom, we gaan.'

'Waarheen?' Ze heeft het vuur uitgezet, maar haar schaal met chocola staat nog in het warme water.

'Even lopen. Ik moet je spreken.'

Het is onmogelijk om haar iets te weigeren. Snel pakt ze haar jas en loopt achter haar aan naar buiten.

Het is zacht buiten en tot haar verrassing is het zonniger dan ze dacht. Ze denkt terug aan de dag dat ze hier aanbelde. Het was juni, maar de nachten waren vreselijk koud. Pas veel later bedacht ze dat dit niet alleen kwam door haar te dunne kleren, maar ook doordat ze in die tijd vel over been was. In het tehuis was eten maar spaarzaam beschikbaar.

'Vanmorgen kreeg ik een telefoontje van een zekere Maureen,' begint Faye, die met kordate stappen naast haar loopt. 'Ze wil je spreken,' gooit ze er dan plompverloren uit.

Ze stopt abrupt. 'Wie is die Maureen?' vraagt ze met toegeknepen stem.

'Weet je nog dat ik het had over een Ierse vrouw die ik heb geschreven?' Faye wacht haar antwoord niet af. 'Zij... Haar vriendin heeft een lijst waar jouw naam op staat.'

Charlotte schudt haar hoofd. Hier is ze al die tijd bang voor geweest. Ze wilde niet terug naar Ierland, waar ze haar leugens had achtergelaten. Charlotte probeert zo normaal mogelijk te ademen, maar de benauwdheid grijpt haar bij de keel. 'Wat voor lijst?'

'Het schijnt met je adoptie te maken te hebben.'

De vragen stapelen zich in een razend tempo op. Adoptie? Ze is toch helemaal niet officieel geadopteerd?

'Ze wil je alleen wat vragen stellen.'

Charlotte kijkt naar het trottoir. Het is alsof het verleden als een donderwolk boven haar hangt en ze te laat is om te schuilen. Het is lastig om gewoon door te lopen terwijl haar leven in een noodtempo teruggespoeld wordt.

'Sorry, Faye, maar dat doe ik niet.'

Zwijgend beginnen ze weer te lopen. De huizen waar Charlotte als meisje van vijftien aangebeld heeft en waar ze weggestuurd is, passeert ze nu alsof ze in een andere wereld leven.

Dan geeft Faye door waarom de vrouw haar wil spreken. Haar stem laat een geruststelling horen die niet past bij haar boodschap: er zijn mensen dood; adoptieouders lopen gevaar. En dat komt door een lijst, waar haar naam op staat.

'Maar ik…'

'Zal ik met je meegaan?'

Charlotte kijkt verschrikt op. 'Nee, natuurlijk niet.'

'Ik kan ze ook hier uitnodigen.'

'En dan de duivel in huis halen?' Charlotte blikt kort opzij en ze ontmoet haar gezicht, dat ondanks de samengetrokken wanhoop zachtheid uitstraalt. 'Ik moet terug naar de taart. Ik moet naar Sue. Geen tijd.' Ze zucht de korte kreten naar buiten. Dan draait ze zich om en rent weg.

'Wat bijzonder dat je helemaal naar Ierland komt voor zo'n *old lady*.' Sue wil overeind komen, maar Charlotte houdt haar tegen en drukt een zoen op de rimpelige wang.

'Wat zie je goed uit.'

'Ik ben al vierennegentig, kun je het je voorstellen?'

'Het is je niet aan te zien. Ik denk dat het komt door de vele koekjes en chocola.'

Sue lacht hinnikend waarbij haar brede boezem op en neer schudt.

'Vandaar dat ik dacht…' Charlotte pakt de doos. 'Dit lijkt me het beste medicijn om aan te sterken.'

'*Oh, my love.* Wat een prachtige… Heb jij die gemaakt?' De grijsblauwe ogen stralen een en al bewondering uit.

Onmiddellijk belemmert een dikke brok haar keel, waardoor ze alleen maar stom staat te knikken. 'Het is mijn werk.'

'*You silly girl.* Dit is geen werk, dit is kunst. Het straalt een en al passie uit. Kijk die krul daar, vol eigenwijze kracht.' Ze wijst naar de witte chocola die Charlotte na het gesprek met Faye had gedraaid. De boosheid had ze verstopt in een ronde vorm om hem geen kans te geven in haar lijf te blijven hangen. 'En dat!' Sue wijst op de ronde vorm in het midden. 'Is dat wat ik denk dat het is?'

'Frambozencrème, omdat ik weet hoe gek je daarop bent.' Er duwen tranen achter haar ogen. Alleen al voor dit moment heeft ze alles over. Deze vrouw zit diep in haar hart.

'Wat ben je ongelooflijk gegroeid. Kijk wat een prachtige taart je nu maakt. Geen wonder dat Faye onnoemelijk trots op je is.'

Charlotte buigt haar hoofd.

'Ik heb ook iets voor jou.' Ze pakt een cadeautje dat ze naast haar stoel klaar had liggen.

Charlotte pakt het voorzichtig uit. Dan wordt haar keel dik van emotie als ze het zelfgemaakte haakwerk in haar handen houdt: een boord met de drie bekende landskeuren.

'Die verdien je gewoon. Je mag heel trots zijn op wat je bereikt hebt,' zegt Sue, terwijl haar stem in kracht wint. 'En ik weet zeker dat die belangrijke boord in Frankrijk ook gaat volgen. Ze zijn gek als ze jouw talent niet gaan belonen.' Ze knoopt hem om haar nek. Er ligt een brede glimlach op Sues gezicht 'Je bent prachtig. Pak je de schoteltjes?' Ze wijst op een kersenhouten kastje. 'Jij leeft voor taart en koekjes. Weet je nog, toen je aanbelde?'

Ze grinnikt en vult aan: 'En je mij een van jouw goddelijke koekjes aanbood?'

'En dat je daarna de hele schaal koekjes leegat?' gaat Sue gniffelend verder.

Het is een terugkerende herinnering tijdens de telefoongesprekken die ze in de voorbije jaren regelmatig gevoerd hebben. De herinnering maakt haar er steeds weer van bewust hoeveel geluk ze heeft gehad.

Charlotte pakt twee schoteltjes en snijdt een stuk taart af. De witte chocola knapt onder het geweld van het mes, haar boosheid is gebroken. Ze schikt de stukken en wacht tot Sue een hap geproefd heeft.

Dan leunt Sue naar achteren. 'Wat ligt er op je hart?' Ze legt haar armen op haar boezem en wacht af.

De vraag komt niet eens onverwachts. 'Ik kan ook niets voor je verborgen houden.'

De lippen zijn smal en er lopen kleine adertjes over haar wangen, maar haar blik straalt nog dezelfde liefde uit als toen ze Sue leerde kennen.

Charlotte kijkt naar het stukje taart, dat nu pas zijn mooi gelaagde binnenste laat zien. Zo werkt het bij een patissier: je boetseert een kunstwerk dat het moet hebben van gekleurde lijnen en synchroniserende smaken met een hart vol verrassingen. Nu haar irritatie gebroken is, neemt de kwetsbare zachtroze crème het over.

Na een korte aarzeling begint Charlotte te vertellen. Over de uitnodiging van de Ierse vrouw, de brieven die Faye heeft geschreven en de mysterieuze lijst waar haar naam op blijkt te staan.

'Waarom ben jij gevraagd?'

'Faye vertelde dat ze mensen… kinderen zoeken die in die tijd al wat ouder waren.'

'Dus het enige wat jij hoeft te doen is de lijst bekijken om te zien of je namen herkent?'

Nu Sue het zo onder woorden brengt, lijkt het zo simpel.

'Ik ben bang,' fluistert ze na een tijdje.

'Dat snap ik, je hebt in die tijd heel wat voor je kiezen gekregen. Maar je bent nu zoveel sterker dan toen. Je hebt je ontwikkeld tot een krachtige vrouw.'

'Maar stel dat ze…' Ze maakt haar zin niet af.

'*I know, my love. I know.* Maar ze kunnen je niet meer terugsturen. Dus wat kan er gebeuren?'

De angst knijpt met benige vingers haar hart samen. 'Faye vertelde dat adoptieouders gevaar lopen. En dat komt door die lijst. Dus ik ben zo bang dat ze Faye ook zien als adoptieouder.' Charlotte duwt haar schouders naar achteren om lucht te krijgen als het verleden als een bulldozer over haar heen walst. 'Ik voel me zo schuldig. Er zijn kinderen dood doordat ik...' Dan sluit ze abrupt haar mond.

'Misschien kun je met jouw kennis over het verleden wel levens redden,' sust Sue.

'Oké, ik zal gaan,' zegt ze uiteindelijk. Levens redden? Ze moest eens weten.

35

Erin – Ierland 1995

Teun stuurt de auto zelfverzekerd over de smalle weg. Bij elke tegenligger lijkt hij al automatisch naar links te sturen, terwijl ik er tijdens mijn rit naar Garrynagry nog elke keer goed bij moest nadenken. Die smalle wegen zijn het lastigst.

'Wie komen er allemaal?' vraag ik hem. Mijn vertrouwen in hem heeft een deuk opgelopen, maar ik doe mijn best om niets te laten blijken van mijn veranderde gevoel, wat moeilijker is dan ik dacht. Hij blijft even aardig als anders.

Aardig…

'In ieder geval Charlotte. Dat is…'

'… de dochter van die Franse vrouw,' vul ik meteen aan. 'En Charlotte komt alleen?'

'Voor zover ik weet wel. Het zou ook fijn zijn als die Max aanwezig zou zijn.'

'Heb je al met Milaan gebeld?'

'Ik heb wat pogingen gedaan, maar…'

'Als die Max een bekend modeontwerper is, moeten ze hem toch kennen?'

Teun kijkt me kort aan. 'Ik heb het geprobeerd, oké? Maar ik wacht op de brieven die Maureen me zou geven. Het is niet zonder risico. Ik wil onze verblijfplaats het liefst verborgen houden.'

Het klopt wat hij zegt, maar toch ligt er een irritatie in mijn lijf die ik lastig kan verklaren. Het hangt als de nevel om ons heen, als een bijna ondoordringbare wand. Zelfs de grijze lucht is nu aan het oog onttrokken. Af en toe zie ik een paar witte vlekken opduiken uit de grijze mist, waarin ik vaag schapen herken. Iets anders is bijna onmogelijk, omdat er op die uitgestrekte Ierse velden meer schapen leven dan mensen.

Na een tijdje vraagt Teun: 'Ga je het nog een keer proberen?'

De verwarring gloeit op, tot ik besef dat hij het over mijn teleurstellende bezoek aan Garrynagry heeft. Een antwoord is lastig. Ik wil zeker terug, omdat ik bijna zeker weet dat mijn moeder daar gewoond heeft, maar tegelijkertijd ben ik ervan overtuigd dat dat oudere echtpaar me de huidige verblijfplaats van Mary Monaghan niet zal geven.

'Misschien,' zeg ik daarom. 'Het is beter om te focussen op de lijst, zodat we die vent kunnen laten oppakken.' Maar in mijn hart weet ik dat ik terugga, al was het alleen al om in de buurt rond te vragen. Iemand moet haar daar kennen. Welk verhaal doet er in die buurt de ronde? Mijn zoektocht is nog niet ten einde.

'Hé, hier is het.' Ik wijs op de pub, die Teun passeert zonder te stoppen.

'Ja, maar we hebben afgesproken bij Maureen.'

Het klinkt logisch. Toch blijft er een randje wantrouwen irritant in mijn gedachten hangen.

'Is dat omdat de pub...'

'Ik weet het niet precies. Maureen gaf dat door. Probeer soms ook eens iets te accepteren zonder er iets achter te zoeken.'

Weer die insinuatie. Ben ik echt te achterdochtig? Of moet je wel alles en iedereen in de gaten blijven houden om het er levend vanaf te brengen? Was ik maar ingegaan op mijn onrustige gevoel toen mijn adoptiemoeder me aan de telefoon om hulp vroeg. Maar toen accepteerde ik haar uitstel.

De stilte neemt het gesprek over. Ik staar naar de vochtige wegen die inmiddels al zo bekend zijn geworden. De beelden van het Tuam van nu hebben de weinige herinneringen overgenomen. Ik blijf het bijzonder vinden dat Maureen zich als een spin in het web van het tehuis heeft genesteld en daarvandaan allerlei lijnen blijkt te bestieren. En dan blijkt Charlotte ook ineens tegelijkertijd met ons in Ierland te zijn.

We slaan af en hobbelend rijden we over een onverharde weg. Hoge heggen flankeren de weg die vol plassen ligt die verraderlijke gaten verbergen. Om ons enig zicht te geven, zwiepen de ruitenwissers onophoudelijk heen en weer. Inmiddels is me duidelijk waarom in dit land iedereen muurtjes of heggen om de wegen én de huizen heeft staan. De wind die hier bijna altijd vochtnevels met zich meedraagt en vaak horizontaal over het open landschap scheert, wordt op deze manier nog enigszins gebroken.

Het is een prettig idee dat we straks informatie kunnen uitwisselen. Hopelijk kan Charlotte ons meer vertellen over wie er op die lijst staan, als ze namen herkent. En mogelijk weet ze zelfs waarom het belangrijk voor iemand kan zijn om dit geheim te houden. Het is nu één grote chaos in mijn hoofd.

Teun zit voorovergebogen en tuurt naar de weg. Woont Maureen zo afgelegen?

36

Charlotte – Ierland 1995

Het is een ongeorganiseerde bende in de grote keuken, waar Maureen heen en weer rent om schone kopjes te verzamelen, terwijl een oranje ketel op het gasfornuis staat te borrelen. Charlotte duwt haar vochtige haren in model en kijkt naar de vele papieren die her en der over de keukentafel verspreid liggen. 'Let maar niet op de troep,' gaf de Ierse vrouw aan, maar er is bijna geen leeg plekje te vinden. Tussendoor vertelt ze over haar vriendin die de lijst ontdekt heeft. 'Zij heeft je moeder geschreven,' legt Maureen uit.

'En waar is die vriendin nu?'

'Ze is helaas overleden.'

Tussen het vrolijke gerinkel van de kopjes, de lopende kraan en het geborrel van het water dringen die woorden nauwelijks door.

Maureen dreunt de informatie in een monotoon ritme op. Adoptie. Dood. Brieven. Lijst.

'Zijn er meer mensen overleden?' Het laatste woord articuleert ze overdreven.

Maureen stopt met alle handelingen en kijkt haar nu recht aan. 'Ik dacht dat Faye je alles verteld had.' Dan komt ze naast haar zitten en geeft haar de reeks van details, die als prikkeldraad om haar heen rolt.

De schok dat de vrouw die met Faye heeft gecorrespondeerd nu dood is, kan ze nauwelijks bevatten. Nooit mag Faye iets overkomen door háár schuld. Is het niet beter om Faye zo snel mogelijk mee terug te nemen naar Frankijk en hun normale leven weer op te pakken?

Ze zet haar nagels in haar arm, omdat ze die pijn tenminste kan begrijpen. 'Wie komen er allemaal?'

'Erin en Teun. Ze komen uit Nederland.'

Er gaat geen belletje rinkelen bij hun namen.

'Staan zij ook op die adoptielijst?'

'Thee?' vraagt Maureen, die opstaat en zo wild door haar kapsel strijkt dat haar korte rode haren bijna rechtop staan.

Dan gaat de bel, en Maureen rent zonder haar antwoord af te wachten naar de voordeur. Er klinken stemmen. Een vrouw met prachtig rood haar stapt de keuken in. Symmetrisch gezicht, sproeten en een neus die vrolijk omhoogwipt. Toch ziet ze er bedrukt uit.

'Dag, ik ben Erin. En dit is mijn...'

'Ik ben Teun.' De man geeft een krachtige handdruk. Hij strijkt zijn verwaaide haren naar achteren en zet ze opnieuw vast in een knotje. Hij is een mooie man die vooral rust uitstraalt.

De ongemakkelijke sfeer is meteen veranderd nu het tweetal aanschuift en de thee wordt ingeschonken.

'Dus jij bent Charlotte?' Erin richt zich tot haar. 'En Faye heeft jou geadopteerd?'

Charlotte slikt haar weerstand weg. Ze denkt aan de woorden van Sue: *misschien kun je levens redden.* 'Zo kun je het noemen. Ik ben bij haar en haar man Sean terechtgekomen, en zij hebben me een goed thuis gegeven.'

'Wat een heerlijk accent heb je,' reageert Erin. 'Iers met een Franse tongval.'

'Ik heb tot mijn eenentwintigste in Ierland gewoond en ben daarna meegegaan naar Frankrijk, waar ik nu werk in een patisserie.'

'*Oh la la*,' reageert Teun. 'Ik ben gek op tartelettes, macarons en natuurlijk meringues.'

Charlotte voelt haar hart opbloeien. 'Hier spreekt een kenner,' zegt ze, en ze lacht.

'Hoe kwam je erbij om in een patisserie te gaan werken?' Erin neemt het gesprek weer over. 'Heb je dat van Faye geleerd? Ik kan me niet voorstellen dat je in het tehuis...' Dan breekt ze abrupt haar vraag af.

Charlotte legt uit dat Sue haar gestimuleerd heeft en allerlei familierecepten heeft doorgegeven. Ze aarzelt om verder te gaan, maar beseft dat ze ooit zal moeten vertellen over haar tijd in het tehuis. 'Ik weet niet hoeveel jullie je herinneren van het tehuis?'

Ze ziet Erins snelle blik op Teun.

'Ik ben niet in het tehuis geboren,' begint Teun. 'Erin is mijn vriendin. Nou ja, ze is eigenlijk een collega. En een vriendin,' voegt hij er daarna verlegen aan toe. Op Teuns wangen ontstaat een blos.

Er hangt ineens een ongemakkelijke stilte. Charlotte kijkt van de een naar de ander. Wat speelt er tussen die twee?

'We zijn gewoon collega's,' geeft Erin stellig aan, waarbij ze star naar voren kijkt.

'Laten we het hebben over het tehuis. En de lijst,' geeft Maureen aan. 'Heeft Faye je hierover verteld?'

'Ja, dat klopt.' Ze likt over haar droge lippen. 'Als ik het goed begrepen heb, gaat het over een adoptielijst.'

'Dat klopt. En jouw naam staat daarop.'

'Dat is heel vreemd. Ik weet dat er kinderen uitgezocht zijn door hun nieuwe ouders, maar dat geldt niet voor mij.'

'Maar je zei toch net dat je geadopteerd was?' Erin pakt haar kopje op en slurpt zachtjes van de hete thee.

'Nou, het ligt net iets genuanceerder. Faye en Sean hebben me een thuis geboden. Maar ik ben degene die mijn nieuwe ouders heeft uitgezocht, in plaats van andersom.' Als ik de vragen zie groeien, weet ik dat ik meer moet vertellen. 'Ik ben uit het tehuis gevlucht.'

'Wauw, hoe is dat je gelukt?'

Ze twijfelt even. In die tijd waren er geen goede keuzes. En dus moest ze voor de minst slechte gaan. Als ze wegkwam, hoefde ze niet naar die wasserijen waarover ze gehoord had.

'Hoe oud was je toen?' vraagt Erin verder.

'Vijftien.'

'En je woonde tot die tijd in het tehuis?' Er klinkt bewondering door in Erins stem.

Charlotte humt zachtjes en het duurt even voor ze verder praat. 'Ik heb eerder geprobeerd weg te lopen, als we onderweg waren naar school. Maar ze vonden me altijd terug. Wij waren de bastaards en de mensen uit de omgeving vonden dat we weggestopt moesten worden, omdat we moreel besmet waren. Het was beter dat we gescheiden werden gehouden van de gewone mensen. Het was door onze armoedige kleding altijd duidelijk waar we vandaan kwamen.' Het komt zomaar in één lange woordenbrij naar buiten. Zo was het, dus hierover hoeft ze niet te aarzelen.

'Besmet? Ik kan dat nog steeds niet...' Erin zet haar kopje met een klap neer.

Teun sust haar om rustig te blijven.

Erin buigt haar hoofd. 'Ik ben daar nooit naar school geweest.'

Charlotte gaat verder. 'Ruim dertig jaar geleden was het een grote zonde als je ongehuwd zwanger was. Het was legaal om die vrouwen te straffen en te onderwerpen aan een zwaar heropvoedingsregime. En wij als kinderen ontkwamen ook niet aan hun strikte regels en zieke straffen. De enige manier om daar weg te komen was een adoptie.'

'Dan heb ik geluk gehad dat mijn ouders me opgehaald hebben,' zegt Erin.

'Ik ook,' zegt Charlotte.

Erin draait zich naar haar toe. 'Noem je dat geluk? Je hebt vijftien jaar lang in die omstandigheden moeten leven. Dat is een groot deel van je jeugd!' Het lijkt of ze meer wil zeggen, maar ze doet er uiteindelijk het zwijgen toe.

'Ik ben in leven gebleven, en dat is al heel wat.' Charlotte staart in de donkere thee die ze ronddraait in haar kopje. Het was al een wonder dat ze erin geslaagd is om te vluchten, maar uit handen blijven van mensen die haar konden terugsturen was zo mogelijk nog een grotere uitdaging geweest.

'Hoe ben je er eigenlijk in geslaagd om te vluchten?' vraagt Maureen.

'Het was bijna misgelopen.' Charlotte voelt de dreiging van toen weer in haar maag drukken. Elke nacht werd ze opgesloten in haar kamer. Dus ze wist dat het overdag moest gebeuren, op een onbewaakt moment.

De ketel voor de afwas stond op het fornuis en aan het geborrel te horen zou het niet lang meer duren voordat het water kookte. Ze keek al dagen uit naar een goed moment om te vluchten. Sinds een jaar werkte ze in de keuken en hielp bij de was. Maar vanaf haar zestiende jaar mocht ze daar niet meer blijven.

'Dan moet je naar een van de grote wasserijen. Net als de moeders,' zei een vrouw uit het dorp die leidinggaf in de keuken.

'Ik wil terug naar school,' gaf ze aan.

De vrouw reageerde geschokt en keek eerst om zich heen voor ze antwoord gaf. 'Pas maar op dat de nonnen het niet horen. Je hebt straf verdiend, dus ze hebben het recht om je op te sluiten en voor hen te laten werken. Net als je moeder, en al die andere moeders die hier opgevangen worden.'

Charlotte durfde er niet tegenin te gaan. Straf betekende dat ze iets fout had gedaan, maar het enige wat ze gedaan had was geboren worden. Over een week werd ze zestien, en dus kreeg ze haast. Tegelijkertijd wist ze dat als ze haar vlucht niet goed voorbereidde, er een grote kans was dat het weer zou mislukken.

‘Ik loop even naar boven om te helpen. Zorg ervoor dat de teil gevuld is als ik terugkom.’ De vrouw had het goed met haar voor. Ze was die dag de enige buitenvrouw die bij haar in de afwasruimte was.

De ketel was ongelooflijk zwaar en het was al vaker voorgekomen dat er een scheut kokend water over haar arm was geklotst terwijl ze het zware kreng naar het aanrecht tilde waar de afwasteil stond. Deze keer ging alles goed en de damp van het hete water wervelde omhoog. Net toen ze de eerste borden in het water wilde laten glijden, besefte ze dat ze alleen was. De buitenvrouw was weg en doordat de bedden vandaag verschoond moesten worden, waren nummer dertien en zevenentwintig al eerder door een non meegenomen.

Was dit het gouden moment?

De angst vlamde op. Snel veegde ze haar handen af aan haar schort. Als ze nu geen poging deed om weg te komen, zou ze naar de wasserijen gestuurd worden. Ze sloop naar de buitendeur en gluurde door het raam. Een groep kinderen zat op hun knieën in de tuin om het onkruid te verwijderen, met ernaast een paar nonnen die met de priester stonden te praten. Allen met de rug naar haar toe. Ze wezen op de moestuin, waar het gewas er prachtig bij stond.

Haar blik schoot door de keuken. Ze zag een grote bak aardappelschillen die ze net had willen wegbrengen toen de buitenvrouw had gezegd dat ze eerst de afwas moest doen. Dit was haar kans.

Met haar armen om de bak, en haar neus bijna in de schillen, liep ze naar de buitendeur. Oké, nu moest ze doen alsof het de normaalste zaak van de wereld was dat zij die schillen ging weggooien. Normaal onder toeziend oog, nu in haar eentje. Haar hart bonkte zo hard dat ze het idee had dat ze met een drumband naast zich over het terrein liep. De muffe lucht van rottende aardappelen hing om haar heen.

Niet kijken. Doorlopen.

Niemand lette op haar. Ze bedwong de neiging om harder te gaan lopen, maar in plaats daarvan schreed ze met die grote bak in haar armen bedaard naar de composthoop die net om de hoek van de moestuin lag.

Ze durfde niet opzij te kijken. Haar handen waren nat van het zweet, waardoor de bak tussen haar vingers begon te glijden. *Nee, niet nu!* Dat zou alleen maar de aandacht op haar vestigen. Ze knelde de bak nog dichter tegen zich aan.

De poort. Slechts een paar meter van de composthoop. Als ze snel was, kon ze boven op die deur klimmen en was ze met een paar seconden verdwenen.

Terwijl ze de bak omkieperde en de vliegen luid zoemend om haar heen draaiden, zette ze de bak neer. Haar blik was gericht op de poortdeur. Haar hart liep al vooruit. Toch wierp ze nog een laatste blik op de nonnen.

'En het is je dus gelukt. Wauw, Charlotte, dat had dus net zo goed mis kunnen gaan.' Erin kijkt haar gespannen aan.

Ze humt zachtjes. Haar mond is net zo droog als toen. Ze weet nog precies hoe ze schrok toen de priester omkeek. Nog heel vaak denkt ze terug aan dat moment. Ze dacht dat hij haar gesnapt had.

'En na een paar dagen belde ik aan bij Sean en Faye,' zegt ze, omdat ze niet terug wil naar de knijpende honger die ze had geleden toen ze zich dagenlang verborgen hield.

'Bij wildvreemden?'

'Sue heeft mijn leven gered. Ze was huishoudster bij de familie en deed een goed woordje voor me.' Ze kijkt op en ontmoet de ogen van Erin. 'We hebben geluk gehad. We leven nog. Er zijn heel veel kinderen verdwenen.'

'Hoe bedoel je dat?' Maureen hangt met haar hele bovenlijf over de tafel heen om maar niets te hoeven missen.

Ze zucht diep. 'Ik was nog maar een kind, maar ik herinner me dat sommige van de kleinste kinderen ineens weg waren. Eerst dacht ik dat die een goed tehuis hadden gevonden, tot iemand me een keer vertelde over de doden.' Ze kijkt naar haar vingers die het theekopje bijna fijnknijpen. Ze zet het snel weg, omdat ze even niet meer weet hoe ze verder moet. Haar enige vriendinnetje in het tehuis was Norah, en ook al mochten ze niet praten, ze begrepen elkaar woordeloos. Norah was een van de kinderen die verdwenen, en nog steeds vraagt ze zich af of ze nog leeft. Terwijl de kou bezit neemt van haar lijf, dwingt ze zichzelf om door te praten. 'Veel kinderen werden ziek, en soms kwamen ze daar niet overheen. En we hadden ook honger. Het ergste vond ik dat jonge kinderen, die maar nauwelijks baby-af waren, urenlang lagen te huilen. Je zag ze zwakker worden.'

'Tot ze doodgingen?'

'Ik kon niets doen.'

'Natuurlijk niet!' Erin springt op.

Charlotte kijkt op. 'Daarom ben ik hier. Om samen te zoeken naar antwoorden, dat ben ik die andere kinderen verschuldigd. Mag ik die lijst eens zien?'

Een geprint vel papier wordt voor haar neergelegd. Ze scant de namen, tot ze beseft dat ze vooral op zoek is naar Norah. Al die jaren heeft ze gehoopt dat zij ook een mooi thuis heeft gekregen.

Maureen wijst op de namen. 'Tot nu toe heb ik contact kunnen krijgen met jou, Erin en Max. Herken jij nog andere namen?'

Charlotte schudt haar hoofd. 'Het is zo lang geleden.'

'Moeten we niet eerst zien te ontdekken of er meer overeenkomst is tussen deze kinderen dan alleen een adoptie?' vraagt Teun.

'Overeenkomst?' vraagt Charlotte.

'Ja, iemand wil deze lijst heel graag geheimhouden, dus daar moet een reden voor zijn.'

Erin knikt. 'Voor zover we weten, gaat het inderdaad om geadopteerde kinderen. Weet jij meer, Charlotte?'

Charlotte ziet het grasveld weer voor zich. De nonnen die met sadistisch genoegen de boterhammen erop gooiden. En de hordes kinderen die erom vochten. 'Er waren zoveel kinderen...' zegt ze toonloos. Ze sluit haar ogen en ziet de optocht weer voor zich die elke dag in de richting van de ontvangstkamer liep. 'Er waren honderden kinderen in het tehuis, en als ik die lijst zo zie... Er moeten in die periode echt veel kinderen geadopteerd zijn, dus deze lijst is veel te kort.'

Maureen likt over haar droge lippen en richt zich op. 'Het enige wat duidelijk is, is dat de Rooms-Katholieke Kerk achter de geheimen van deze lijst moet zitten. En opstaan tegen zo'n grootmacht zal niet makkelijk zijn.' Iedereen zwijgt, terwijl haar woorden blijven rondzingen.

'We moeten ervoor zorgen dat we meer bewijzen verzamelen.' Teun kijkt de kring rond. 'Ik zal doorpakken in het contact zoeken met Max, die ook op de lijst staat. Heb jij die brieven uit Milaan voor me, Maureen?'

Maureen schrikt zichtbaar. 'O, dat vergeet ik te zeggen, maar ik heb zelf al contact opgenomen. Ik heb die journalist in Milaan geschreven en ontving van Max zelf een kort bericht terug dat hij binnenkort naar Ierland komt, en dat hij dan langskomt.'

'Dan ga ik opnieuw op zoek naar mijn biologische moeder. Zij is een belangrijke getuige,' geeft Erin aan.

Maureen kijkt de kring rond. 'We moeten voorzichtig blijven. Er is veel gebeurd in de schaduw van die habijten, en het is algemeen bekend dat de aartsbisschop in Ierland meer macht heeft dan de regering. Dus we vechten tegen een machtige vijand.'

37

Erin – Ierland 1995

Het erf ligt er verlaten bij, alleen een tweetal varkens doet zich tegoed aan etensresten die in de modder van hun onderkomen liggen. Eigenlijk ben ik blij dat mijn grootouders nergens te bekennen zijn, want dat geeft me kans om wat buurhuizen langs te gaan, zoals ik me voorgenomen heb. Iemand moet Mary Monaghan toch kennen? Ze is hier opgegroeid.

De triestheid druipt letterlijk van de bomen die half over de lappendeken van asfalt hangen. Uit de mist duiken ineens drie villa's op. Elk ervan heeft een laag dak, alsof ze bescherming zoeken en alleen door die houding de harde regen kunnen trotseren. Bij het eerste huis bewegen de luxaflex als ik halverwege het pad ben. Ik ben gespot. Het grasveld ligt er keurig gemaaid bij, en voor het schuurtje bieden rode geraniums een vrolijk welkom. Ook bij het buurhuis beweegt iets achter een raam. Hier houden mensen elkaar in de gaten. Dat geeft hoop.

De bel lijkt op de zoemer van een school. Al snel gaat de deur open en een vrouw met een wiebelig knotje grijze krullen kijkt me blij aan. '*What about ya?*'

Het duurt even voor ik begrijp dat ze vraagt hoe het met me gaat. Als ik aangeef dat ik een nogal ongewone vraag heb, blijft ze me met haar bruine ogen vriendelijk aankijken.

'Ik ben Erin Monaghan,' stel ik me voor.

Geen enkele reactie. Haar glimlach glimt als de zon die een wolkendeken wil laten verdwijnen.

'En ik heb een vraag over mijn moeder, Mary Monaghan.'

'Mary?'

'Ja, kent u haar?'

'*Of course.*'

Het begint ongemakkelijk te voelen. 'Weet u waar ze nu woont?'

Een kakelend lachje. 'Ze woont in het woud met de feeën, mijn kind. Omringd door de bosnimfen.' Verwachtingsvol kijkt ze me aan.

'In het bos?'

'Kent u het verhaal van *Tír na nÓg*? Mary vertelt het elke dag aan me.'

De kamerdeur achter haar gaat open en een jongere vrouw komt erbij staan. '*Come on, mum.* Een momentje, *please.*' Ze duwt haar moeder de woonkamer in en sluit de deur zorgvuldig achter haar.

Ze verontschuldigt zich vriendelijk voor haar moeder. Ze heeft olijke wangen die aan beide zijden kuiltjes hebben. Ik gok dat ze ongeveer de leeftijd moet hebben van Mary, hoewel het lastig in te schatten is.

'Ik vroeg uw moeder naar Mary. Mary Monaghan.'

Weg is de glimlach. De vrouw blikt snel achterom, maar de deur van de kamer blijft gesloten.

'Kent u haar?'

'Ja, ik ken een Mary Monaghan.'

Hoewel de vrouw aarzelend klinkt, stroomt er een golf aan blijdschap door me heen. 'Mary heeft iets verderop gewoond.' Ik beschrijf het terrein van de twee oudere mensen die ik nog steeds moeilijk als mijn grootouders kan zien.

De vrouw doet een stapje achteruit. Vanuit de woonkamer klinkt een mannenstem. Snel draait ze zich om en verdwijnt naar binnen.

Ik kijk om me heen en zie dat er iemand achter het raam van

het huis ernaast staat. Het is vast een groot schandaal geweest toen Mary als ongehuwd jong meisje zwanger werd. Waarschijnlijk is ze van school gehaald en naar de nonnen gebracht. Dat zullen haar ouders vast niet aan de grote klok gehangen hebben. Maar is het mogelijk om zoiets voor de buurt te verzwijgen?

De vrouw komt opnieuw de hal in gelopen, bukt voor het haltafeltje en zoekt iets in een la. Ze staat met de rug naar me toe. Ik wacht ongeduldig, omdat ik het idee heb dat ik beet heb. Deze vrouw kent mijn moeder.

'Hoe heet u?'

'Arlene Byrne.'

Het klinkt zo zacht dat het zomaar kan zijn dat ik het niet helemaal goed heb verstaan. 'Arlene?' vraag ik dus voor alle zekerheid.

De rug van de vrouw zwijgt. Ze schrikt op als er voetstappen klinken. Snel sluit ze de la en komt naar me toe. 'Het spijt me, ik kan u niet verder helpen,' zegt ze luider dan nodig. De deur gaat tergend langzaam open en een man zwaar leunend op een wandelstok verschijnt. Zijn schorre stem slaakt onverstaanbare kreten uit, maar Arlene geeft aan dat ze eraan komt. 'Dank u voor uw belangstelling.' Ze kijkt me hierbij zo gealarmeerd aan dat ik medelijden met haar krijg.

'Dank u wel.' Als ik me wil omdraaien, voel ik dat ze iets in mijn hand drukt. Dan gaat de deur achter me dicht.

Met stijve spieren loop ik terug naar de auto. Het schandaal leeft hier nog steeds, zelfs ruim dertig jaar later. Het enige wat ik nu kan doen is weggaan en niets laten blijken. Ik wil deze Arlene niet in gevaar brengen.

Eenmaal terug in de auto, open ik mijn hand. Het briefje is verfrommeld. Er staan maar een paar woorden op.

Meet me at the port, 20 Barna.

Het muurtje langs het vissershaventje geeft me een waanzinnig mooi uitzicht op zee. Het is eb en ik heb in het afgelopen uur het water uit de haven zien stromen. De meeuwen zoeken naar zeepieren, terwijl een paar soortgenoten schaterend boven me hangen. De miezerregen is eindelijk gestopt en alsof de zon wil bewijzen dat ze echt bestaat is ze nog net even achter een dik wolkendek opgedoken.

Ik lees opnieuw de woorden op het briefje. Kan ik me vergist hebben? In eerste instantie zocht ik naar een haventje in Garrynagry, tot ik erachter kwam dat er een dorpje Barna bestaat, iets meer in de richting van Galway. Ik voelde mijn hart omhoogspringen toen ik dit vissershaventje ontdekte. Het moet kloppen.

Het getal twintig zal wel acht uur 's avonds betekenen. Ik heb toch niet een paar uur verspild door hier te wachten? Twintig. Nee, het moet kloppen. Toch geeft mijn horloge aan dat dat uur allang voorbij is. De zilte geur kringelt om me heen. Nu de wind is gaan liggen, geeft het slijk zijn geheime lucht steeds meer prijs.

De zee ligt als een strak gemaaid grasveld voor me, maar toch wordt mijn blik steeds opnieuw naar een mistbank getrokken die dreigend dichterbij glijdt. Het is alsof er een groot onheil nadert wat me ineens emotioneel maakt. Dit is de omgeving waar mijn moeder haar jeugd heeft doorgebracht, toen nog onwetend van alles wat er daarna in haar leven ging gebeuren. De grijze wolkenmassa raakt de zee en absorbeert de laatste zonnestralen. Het idee om straks in het donker terug te moeten rijden trekt me helemaal niet aan. Zal ik teruggaan?

Het is heel goed mogelijk dat Arlene moeite heeft om een excuus te vinden om het huis te verlaten. Ik twijfel. Maar ik besluit toch nog even te blijven wachten. Ik móét Mary vinden.

De wolken zijn weggedreven en de zon hangt nu als een rode bal net boven de zee, alsof ze op me wacht met ondergaan. Mijn spieren voelen stijf als ik van het muurtje af klim en terugloop naar mijn auto. De bootjes die nog in het water deinden toen ik kwam aanrijden, liggen nu scheefgezakt in het vochtige slijk.

'Oké, Arlene. Tijd voor actie. Ik wil een adres.' Nu ik zo dichtbij ben, kan ik niet omkeren en terugrijden zonder het nog een keer te proberen.

Binnen een kwartiertje heb ik het huis van Arlene teruggevonden. Dat is me in ieder geval gelukt, denk ik opgelucht. Ik parkeer aan de kant van de weg en stap uit. In het huis is alles donker. Als ik dichterbij kom, zie ik dat er kiertjes licht langs de zware gordijnen te zien zijn.

Een auto passeert en ik wacht tot die achter de bocht verdwenen is.

Het was overduidelijk dat ze Mary kende, maar ook dat ze niet over haar kon praten waar haar ouders bij waren. Misschien heeft haar moeder haar mond wel voorbijgepraat en is de stemming in huis sowieso al veranderd door mijn komst. Maar de noodzaak om in contact te komen met mijn moeder laat me resoluut op de bel drukken.

Het duurt een hele tijd voordat ik gestommel hoor. Het licht flitst aan in de hal. Aan de hobbelende schaduw zie ik al dat het niet Arlene is.

'Ga weg jij!' schreeuwt de man als hij de deur opent. Hij zwaait met zijn stok en ik deins verschrikt achteruit.

Als de kamerdeur opengaat, verschijnt een stukje van het gezicht van Arlene. Haar gezicht vertrokken van angst. 'Rustig, vader.'

'Rustig? Dit mens moet haar neus niet in onze zaken steken!'

Heel even sta ik in dubio. 'In welke plaats woont Mary nu?' roep ik naar Arlene.

Dan raakt de stok me tegen de zijkant van mijn bovenbeen.

'Je moet gaan. Nu!' De stem van Arlene schiet uit.

Ik doe een paar passen achteruit, wil nog een laatste poging wagen, maar zie dan de deur met een denderende klap het contact verbreken.

Shit. Ik besef dat ik te ver ben gegaan. Dit was tot nu toe het enige lijntje naar mijn biologische moeder, en dat heb ik hiermee misschien wel verbroken. Het enige wat ik nu kan doen is weggaan.

Het doet bijna lijfelijk pijn om weg te gaan en een kans op contact achter me te laten. Het laatste licht kruipt weg tussen de heuvels. Ik kan het niet; de auto starten en wegrijden. Ik ben nu zo dichtbij. Zal ik bij de andere buren aanbellen? Ik staar naar de ramen, maar overal ligt het leven verborgen achter dikke gordijnen of dichte luxaflex.

Als ik naar het westen kijk, zie ik de lucht een laatste kleurenpalet afgeven. Terwijl een zucht de spanning uit mijn lijf verdrijft, weet ik dat ik terug zal komen. Als het weer licht is.

De hele dag heb ik de gedachte aan Teun weg kunnen duwen, maar nu lijkt het alsof hij naast me plaatsneemt. Het gekke is dat ik hem mis. Ik wil met hem praten, overleggen wat een volgende stap kan zijn en van hem horen dat het nog geen hopeloze zoektocht is. Toch heb ik hem vanmorgen duidelijk te kennen gegeven dat ik alleen ging. Hij duwt elke keer op pijnpunten in mijn lijf, omdat alle vragen te groot zijn om te behappen. Ik heb geen antwoorden, maar toch loopt er een of andere gek rond die denkt dat ik iets weet en die mij om zeep wil brengen om zijn geheim veilig te houden.

Adoptie. Mijn twee moeders. Eén gedood, één doodgezwegen. Het tehuis. De lijst.

Het wordt bijna een obsessie voor je.

Is dat gek? Mijn adoptiemoeder is vermoord, ik ben beschoten. Niet één keer, maar die gek is me zelfs gevolgd. En hier in Tuam zijn doden gevallen. En dan ben ík geobsedeerd?

Probeer soms ook eens iets te accepteren zonder er iets achter te zoeken.

'Accepteren is geen optie, Teun,' fluister ik. Ik moet doorgaan met zoeken, anders zal ik altijd over mijn schouder moeten kijken.

Toch besef ik best dat Teun het anders voelt. Ik sta op die lijst. Hij niet. En mijn angst is alleen maar gegroeid sinds ik weet dat die vent ook hier in Ierland slachtoffers heeft gemaakt.

Er duikt een schaduw op naast mijn portier. Een klop op mijn raampje.

Ik schrik me rot. Tot ik haar herken en mijn portier meteen opengooi.

'Hier,' zegt Arlene. Een nieuw papiertje in mijn hand. Voor ik iets kan zeggen is ze alweer verdwenen.

In mijn achteruitkijkspiegel zie ik haar om het huis heen rennen. Dan slokt de duisternis haar op. Op het papiertje staat slechts één woord.

38

Erin – Ierland 1995

'Wat is er toch met je aan de hand?' Zodra ik terugkom in het appartement, houdt Teun me tegen.

'Laat me.' Ik wend me van hem af. 'Ik wil douchen en slapen.'

'Voor je gaat slapen, wil ik praten,' roept Teun me achterna. Alsof hij iets over me te zeggen heeft. Ik wil helemaal niet praten. Alle informatie draait rondjes in mijn hoofd, maar het is onmogelijk om het op een rijtje te zetten. Er is te veel. Voordat ik ook maar ergens over kan praten, heb ik rust in mijn hoofd nodig.

Even later spoelt het warme water weldadig over mijn lijf en wordt de onrust overgenomen door zachte lavendel. De term op het briefje komt terug.

Clonmel.

Nadenken als je je aandacht bij de weg moet houden was een te grote uitdaging. Het heeft me veel tijd gekost om in het donker het appartement terug te vinden. Nu dringt het langzaam tot me door dat ik van Arlene een plaatsnaam heb gekregen. Is dit de plek waar mijn moeder nu woont? Terwijl ik een badlaken pak en me afdroog, voel ik dat de douche me goed heeft gedaan. Het liefst was ik nu gaan slapen.

Als ik de kamer weer binnenkom, hoop ik dat Teun intussen gewoon in zijn hoek op de bank is gaan zitten en verdiept is in een van de boeken die hier in de boekenkast staan. Maar niets is minder waar. Met zijn pijp tussen zijn kiezen loopt hij rond als een gekooide tijger.

Hij stopt meteen met ijsberen en komt op me af. 'Wat is er met je?'

'Laat me los, Teun.' Een blik op zijn handen die de mijne vastgrijpen is genoeg.

'Ga zitten.'

'Nou zeg,' protesteer ik zacht, maar ik gehoorzaam.

'Je doet afwerend, reageert alsof ik een verre collega ben en wil me zelfs niet mee hebben om je biologische moeder te zoeken. Bovendien kom je pas in het donker thuis en wil je daarna meteen naar je kamer om te slapen, zonder verslag te doen van je belevenissen.'

'Doe normaal,' bijt ik hem toe.

'Waarom ben je zo laat? Is het niet in je hoofd opgekomen dat ik hier in mijn eentje zit te wachten en dat ik...' Zijn stem stokt. 'Wat heb je allemaal gedaan?' Met grote ogen kijkt hij me aan.

Ik ben zo ver mogelijk bij hem vandaan geschoven. 'Dat kan ik beter aan jou vragen.' Het is er al uit voor ik er erg in heb. Stom!

'Wat ik gedaan heb?' Zijn stem schiet de hoogte in. 'Dat kan ik je precies vertellen. Ik heb hier zitten wachten in complete onwetendheid over waar jij uithing.'

De hitte neemt mijn denken over. 'Lekker belangrijk! Je beschuldigt me van obsessief gedrag. Nee, dat is fijn! Ik probeer mijn biologische moeder te vinden terwijl er een of andere engerd achter me aan zit en ik geen idee heb waarom. En ik mag nergens iets achter zoeken?'

'Inderdaad! En om je er even aan te herinneren: die vent zit niet alleen achter jou aan!'

Trap er niet in. Hij probeert je alleen maar een schuldgevoel aan te praten. 'Ik heb je niet gevraagd om met me mee naar Tuam te komen.'

Na mijn uitbarsting zakt er een geladen stilte over ons heen, en hoe langer die duurt hoe meer ik ervan overtuigd ben dat hij iets voor me achterhoudt. Ik ga rechtop zitten en draai me naar hem toe. 'Denk je nou echt dat ik gek ben?' Daarna smijt ik alle verdenkingen naar hem toe. Dat hij de enige was die wist dat ik naar Naturalis kwam. Dat hij erop aandrong dat ik Wim niet zou vertellen waar we zaten. De telefoontjes naar Milaan die hij wilde plegen. 'Je hebt jezelf verraden door te zeggen dat die vrouwen...' Ik wacht even om nog meer lading aan de woorden te geven. 'Dat die moeders hun stráf moeten uitzitten.'

'Dat denken die priesters en nonnen, ja. Ik niet! Ik wilde je...'

'Jíj zei het: straf,' herhaal ik.

'Om je uit te leggen wat erachter moet zitten.'

'Hoe weet jij dat? Hoe weet je dat allemaal zo goed? En waarom volg je me naar Ierland, Teun?'

Hij zakt terug in de bank. Ook zijn stem is ineens zachter. 'Ik wist niet waar je was en of je in orde was. En er is iemand die achter jou aan zit. Daarom wachtte ik hier vol ongeduld en hoe langer het duurde... Ik maakte me zorgen om je.'

Wat een onzin. Het is weer net als al die andere keren dat hij zijn softe vriendenmasker opzet. 'Jij bent niet weggejaagd door mensen die zomaar mijn eigen grootouders kunnen zijn en jij bent niet met een wandelstok geslagen door een buurman terwijl hun dochter me net wilde vertellen waar mijn moeder is.' De pijn drukt zo hard tegen mijn ogen dat ik me nauwelijks kan inhouden.

Verdwaasd staart hij me aan. Er ligt iets in zijn blik wat ik niet meteen thuis kan brengen.

Ik spring op van de bank, loop de deur uit en smijt die hard achter me dicht.

Buiten breken de tranen onhoudbaar door. Ik staar in de verte, leunend op een muurtje. De duisternis is net zo grijs als de regenachtige dagen. Een van de paarden tilt haar hoofd op terwijl haar kaken doormalen en komt dan naar me toe lopen. Het is prettig om even alleen maar te denken aan dat paard. Ik wil haar aaien, knuffelen en de liefde geven die ik als overlevende van deze kinderhel uiteindelijk wél ontvangen heb. Had ik maar…

Nee, ik was vier. Zelfs Charlotte is niet schuldig aan wat hier gebeurd is. En terwijl het grote hoofd van het paard tegen mijn hals drukt, vraag ik me af wat ik nu nog voor al die kinderen kan doen.

'Een adoptielijst die voor iemand gevaarlijk is,' zeg ik tegen de manen, die geuren naar nat paardenlijf. De dierengeur brengt me terug bij mijn trouwe Banjer; het doet pijn. Die klootzak heeft dat onschuldige dier gewoon doodgeschoten. In de afgelopen dagen heb ik al zo vaak aan mijn lieve moeder gedacht, maar nu ligt het gemis als een stekelige bal in mijn hart. Wie zit hier toch achter? Tranen stromen over mijn wangen als het vastgezette verdriet een uitweg zoekt.

Ik voel de trage hartslag van het paard, dat haar hoofd langzaam bij me weghaalt en me dan aankijkt. Prompt ben ik van slag als ik zie dat haar ogen dezelfde kleur bruin zijn als die van mijn moeder. Ze stralen de zachtheid uit waarmee ze me na mijn vaders dood opgevangen heeft, ondanks haar eigen verdriet. Ik voel ineens haar aanwezigheid alsof ze naast me staat. *Graaf dieper, Erin.* Haar stem waait langs. *Vraag hulp, je hoeft het niet alleen te doen.* Er gaat zoveel rust van haar woorden uit dat ik een glimlach niet kan tegenhouden. Ze heeft gelijk.

'Dank je wel,' mompel ik, en ik klop op de paardennek. Nu weet ik wie ik om hulp kan vragen. Hij is de enige persoon die ik zeker kan vertrouwen.

Volkomen gedesillusioneerd slenter ik even later terug naar het appartement. Wat had ik dan verwacht? Dat Wim ineens vol begrip zou zijn? Dat hij zich zorgen maakt om mij? Een van de weinige dingen die hij zei tijdens het telefoongesprek was dat ik nu echt de politie moest bellen, omdat ze hem te veel lastigvielen met vragen. Geen enkele keer vroeg hij waar ik was of hoe ik me voelde. Ik probeerde tot hem door te dringen, maar hij weerde alles af. Tot ik hem confronteerde met mijn gevoel en aangaf dat ik niet met hem verder wilde. Daarna verbrak ik het pijnlijke contact.

In de deuropening staat Teun. Pas als hij mij ontwaart, breekt een opgeluchte glimlach zijn gezicht open. 'Ik zag je niet meer, waar ben je naartoe gegaan?'

'Gewoon,' zeg ik. 'Even bellen,' voeg ik eraan toe.

'Met Wim?'

Ik hum bevestigend.

'Mag ik je iets vragen?' Hij sluit de deur achter me.

De woorden van mijn moeder galmen door mijn hoofd.

'Het gaat over wat je daarnet zei,' voegt hij eraan toe. Als ik niet reageer, vervolgt hij: 'Ben je geslagen door een buurman?' Zijn wenkbrauwen trekken wanhopig samen. 'Erin, ben je in orde?' Zijn stem klinkt bezorgd.

Verbaasd staar ik hem aan. Mijn emotie kantelt.

Teun praat verder. 'Nu begrijp ik waarom ik zo onrustig was, maar dat duwde ik weg. Ik had je vanmiddag al terug verwacht. Maar ik begon me pas echt zorgen te maken toen het donker werd. Was ik maar met je meegegaan, zoals ik me had voorgenomen, maar jij...' Zijn stem stokt.

Er trekt een rilling door me heen. Nu pas merk ik hoe koud ik het heb gekregen.

'Ga zitten, dan pak ik een deken voor je.' Weg is hij.

Terwijl hij aan het redderen is, hangt mijn moeder weer om me heen en legt alleen maar haar hand op mijn schouder.

Teun geeft me een warme kop thee en gaat naast me zitten. 'Als je dat wilt, ga ik zo mijn koffer pakken. Ik heb me te veel opgedrongen. Sorry.'

De warmte ontdooit via mijn vingers mijn bevroren innerlijk. 'Maakte je je echt zorgen om me?'

‘Nou en of. Het idee dat hij je gevonden had. En dat hij je...’ Hij buigt zijn hoofd. ‘Toen je eindelijk hier aankwam, had ik mezelf niet onder controle. Vandaar dat ik zo tegen je uitviel.’

‘Ik ben blij dat je bij me bent,’ zeg ik na enige tijd.

In zijn ogen glanzen tranen. Zijn lippen plooien zich voorzichtig tot iets wat op een glimlach lijkt. ‘Dank je wel.’

‘Dat is mijn volgende tekst,’ zeg ik, waarbij ik hem voor het eerst weer recht aankijk.

Dan schuift hij naar me toe en neemt me in zijn armen. De druk van mijn moeders hand op mijn schouder verdwijnt. En in de veilige beslotenheid van Teuns geur laat ik me gaan.

39

Erin – Ierland 1995

Het haardvuur knappert en de wijn doet de rest.

‘Dit was bedoeld als verrassing voor vanavond,’ zegt Teun, die de tweede fles opent. ‘Beetje ontspanning in deze bizarre tijd is nodig om het hoofd helder te houden.’

‘Helemaal eens.’ Mijn tong spreekt een taal die het midden houdt tussen Iers en Nederlands.

‘Volgens mij lust je er nog wel eentje.’

‘Je wil me *drunk* voeren.’ Een giechel glipt naar buiten voor ik er erg in heb.

Teun smeert een nieuw toastje met romige blauwe kaas. ‘Speciale Ierse kaas. Heb je de naam onthouden?’

‘Ja ja, iets van Cashel toch?’ De s blijft te lang hangen.

‘Vol karakter en toch romig,’ declameert Teun. ‘Zie je wel dat je je kop er nog bij hebt?’

‘Dat moet ook.’ Ik pak het glas aan en neem meteen een slok.

De warmte die het haardvuur verspreidt, stijgt naar mijn wangen. Of misschien is het de wijn. Het maakt niet uit. Ik voel me voor het eerst sinds tijden ontspannen.

‘Hoe was het met Wim?’

‘Wim?’ Dat is een naam die ik al die tijd probeer weg te duwen.

‘Ja, aan de telefoon.’

‘O, dat.’ Ik maak een wegwerpgebaar alsof het me niets doet.

'Nou, voor mij is het wel klaar. Hij vroeg niets, hij was alleen maar met zijn eigen zaken bezig.'

'Jullie gingen toch trouwen?'

'Dat zeg je goed: gíngen.' Ik gniffel dom. Dan draai ik me zo onhandig naar hem toe dat de wijn over de rand klotst. 'Oepsie. Sorry.' Ik hef mijn glas en tik het tegen dat van Teun aan. 'Hoezo wil je dat weten?' Het is grappig dat zijn wangen meteen kleuren.

'Gewoon.'

'O ja, natuurlijk. Gewoon,' reageer ik plagerig. Ik schuif dichter naar hem toe.

'Nou ja, ik ben inmiddels buitengewoon geïnteresseerd.'

Heel even voel ik weerstand als ik terugdenk aan de manier waarop ik Wim geconfronteerd heb met mijn gevoel, maar dat is slechts kort. 'Ik heb het contact verbroken.' Ik lees de vragen in Teuns ogen en vind het ineens prettig om te wachten met antwoorden. 'Helemaal verbroken,' voeg ik er uiteindelijk aan toe.

'Dus je gaat niet meer...'

'Nope. Geen Wim. Geen huwelijk. Geen gezeik over al zijn belangrijke bijeenkomsten. Niets meer.'

'Wat zei hij daarvan?'

'Eigenlijk niet zoveel. Hij zei iets van "als dat is wat je wilt". Hij voegde er nog net niet "had dat dan eerder gezegd" aan toe. Tijdens het telefoongesprek hoorde ik hem typen. Dus hij was met heel andere dingen bezig, in ieder geval niet met mij. En dat is al heel lang zo, denk ik.'

'Terwijl jij hier...' Ik hoor het ongeloof in zijn stem. 'Maar geef je nog wel om hem?'

Ik probeer te bedenken of ik dat ooit gedaan heb of dat ik alleen maar een wensenpakket wilde afvinken en mijn moeder blij wilde maken dat ik niet alleen zou blijven. 'Niet op die manier. Het lucht me eigenlijk wel op dat het voorbij is.'

Langzaam groeit er een glimlach op Teuns gezicht. Dan heft hij zijn glas. 'Ik zeg: proost.'

'Waarop?'

'Op ons contact als collega's,' zegt Teun, en hij trekt me tegen zich aan.

Dan voel ik dat het glas uit mijn hand wordt gepakt en zijn zijn lippen ineens heel dichtbij. 'Ja, collega's,' kreun ik. Er golft een stoot warmte vanuit mijn onderbuik naar boven. Ik krom mijn rug en voel zijn vochtige lippen. Eerst zacht, maar al snel dwingender. 'Mijn baas, zelfs,' verzucht ik, waarna ik me overgeef aan zijn omhelzing. Mijn denken wordt volledig overgenomen door een waas van dronkenschap. 'Stomme vinkjes,' murmel ik.

'Vinkjes?'

'Zó 1994,' zeg ik grinnikend.

'Waar heb je het over?' Teun duwt mijn kin met een vinger omhoog. Zijn lippen plooien zich tot een lach waar ik helemaal week van word.

'Het gaat niet om afvinken. Het gaat...' De rest van mijn woorden wordt gedempt door een nieuwe zoen. 'Om kuiltjes,' kan ik tussen twee zoenen in uitbrengen. Ik laat mijn duimen over zijn wangen glijden waar de lachkuiltjes nu comfortabel blijven liggen. Ik heb ze gemist.

'Wil je nog wat wijn?' vraagt Teun als we tegen elkaar aan in de hoek van de bank zitten. Zonder mijn antwoord af te wachten schenkt hij in. 'Ik ben heel benieuwd wat je vandaag ontdekt hebt over je biologische moeder. Zei je nou dat een vrouw daar in de buurt weet waar ze is?'

Ik hum zachtjes, terwijl ik een slok wijn door mijn mond laat walsen.

'Maar dat is toch geweldig?'

'Nou, zo soepel liep dat niet.' Ik vertel van de aanvaring met de buurman, de mep met de wandelstok en het briefje dat Arlene me uiteindelijk kon toespelen.

‘Clonmel,’ herhaalt Teun. ‘Volgens mij is dat een dorp of stad iets verder naar het zuiden.’

‘Dan moeten we daar dus heen.’

‘We,’ herhaalt Teun. ‘Ik mag dus mee?’

Ik draai me naar hem toe en wil hem een plagerige stoot geven.

‘Pas op je wijn.’

‘Ja, die is inderdaad belangrijker.’ Ik zie de kuiltjes in zijn wangen weer verschijnen. ‘Maar misschien is het goed om het eerst met Maureen te overleggen. Misschien kent zij daar wel mensen,’ besluit ik.

Het gekraak waarmee Teun een droog toastje tussen zijn kaken vermaalt is het enige wat er in de zitkamer klinkt. Ik staar in het vuur, dat rood opgloeit. Het geeft een goed gevoel dat de zoektocht naar mijn biologische moeder toch vruchten afwerpt. Ik kom steeds dichterbij. Is Mary Monaghan ooit ook naar mij op zoek gegaan? Weet ze dat ik nog leef en geadopteerd ben? Ik blijf verlangen naar al die antwoorden. Zou ze nog leven?

Die woont hier niet. Die kennen we niet. Ik weet zeker dat die mensen tegen me logen toen ze dat zeiden, maar ze hebben ook niet gezegd dat ze dood is.

‘Ik heb nagedacht.’ Teun nipt van zijn wijn en spoelt het laatste stukje van zijn toastje weg.

En als ze niet dood is, kan ik haar ontmoeten. Die gedachte moet ik vast blijven houden.

‘Luister je wel?’

‘Hm.’ De wijn begint steeds beter te smaken.

‘Die verdachte doden in deze omgeving zitten me niet lekker. De moeder-overste leeft nog dankzij haar dementie, maar die priester in Limerick is vast slachtoffer van die vent geworden. Straks duikt hij zomaar hier in Tuam op.’

‘Ella woonde in Tuam.’

‘Ja, en zij had die lijst.’

‘Die wij nu ook hebben.’

De zucht van Teun kriebelt langs mijn oor. 'Zelfs als we de lijst vernietigen, is het gevaar niet geweken.'

'Nee, we weten te veel.'

'We weten iets, maar...'

'Niet genoeg,' vul ik aan.

Teun zucht. 'Toch is het kennelijk zo belangrijk dat hij mensen het zwijgen oplegt.'

Zijn laatste woorden duwen de zachte dranknevels in mijn brein hard opzij. Die lijst heeft meer dan genoeg verliezen gegeven. Ik kan nu ook mijn relatie met Wim hieraan toevoegen, maar ja, die is alleen maar bezig met geld verdienen. Met een schok kom ik overeind. 'Weet je nog wat je eerder aangaf? Het kan wel om geld gaan.'

Teun knikt, terwijl hij een tweede toastje eet.

'Betekent die adoptielijst dat ze grote sommen geld gevraagd hebben voor ons?'

'Dat kan heel goed.' Het lijkt alsof hij nog iets wil zeggen, maar daarna kauwt hij weer door.

'Die schuld, waarover jij het had.'

'Zo bedoelde ik het helemaal niet...'

'Dat weet ik wel. Maar misschien sla je daarmee wel de spijker op zijn kop.' Ik deel mijn gedachten hardop met Teun. Over de ongehuwde meisjes die nergens naartoe konden, de bevalling die in The Home kon plaatsvinden en hun opvang qua onderdak en eten. Ineens klinkt het logisch dat daar geld tegenover moest staan. Toch is het bijna niet voor te stellen dat de Kerk verdiend heeft aan de ellende van ongehuwde zwangere meisjes waarna hun kinderen verkocht zijn. 'Ik heb geen idee of mijn adoptieouders voor mij betaald hebben. En ik kan dat ook niet meer navragen.'

'Dat kunnen we aan Charlotte en Max vragen.'

'Charlotte is uit het tehuis gevlucht, dus haar adoptieouders hebben vast niet voor haar betaald. Maar Max?'

Het is prettig om zonder oordeel en pijn alles te bespreken, maar toch lijkt dit een doodlopende weg te zijn. Want waarom staat Charlotte op deze lijst als ze niet door de nonnen verkocht is?

'Zodra die Max hier is, kunnen we deze gedachtegang eens voorleggen,' zegt Teun.

'Inderdaad. En misschien kunnen we zelf nog meer mensen van die lijst benaderen, zodat de overeenkomst tussen de namen die erop staan wat duidelijker wordt. Gaat het om geld, of is er iets heel anders aan de hand met deze lijst? Waarom zijn onze namen zo belangrijk? Wat hebben ze met ons gedaan?'

Teun slaat het laatste restje wijn achterover. 'Volgens mij is het verstandig om te gaan slapen.'

Ik knik en merk ineens hoe moe ik ben.

Zwijgend ruimen we de glazen en andere restanten van onze drankuitspatting op. We hebben onze rust hard nodig.

'Slaap lekker, lieverd.' Hij kust me zacht. 'Morgen verder, oké?'

Met gezonde tegenzin knik ik. Dan sta ik ineens in mijn slaapkamer. Alleen. Ik leun met mijn rug tegen de deur en hoor hem over de overloop lopen. Tot zijn slaapkamerdeur dichtvalt.

De zucht komt vanuit mijn tenen. Wat een rollercoaster. Misschien maar goed dat een van ons verstandig is. 'Of juist niet,' mompel ik, terwijl ik met mijn ogen rol.

Dan kleed ik me uiterst langzaam uit. Als ik mijn slaapshirt van de stoelleuning trek, valt mijn jas op de grond. Als ik die opraap, voel ik iets hards in mijn jaszak.

Verbouwereerd staar ik naar de drie kleine botjes die ik had gevonden op het terrein van het tehuis. Voor mijn gevoel is dat alweer een eeuwigheid geleden. Tot nu toe dacht ik dat het om botjes van een huisdier ging. Het grasveldje dat netjes onderhouden was. De bloemen op de grond. Was het inderdaad een gedenkplek? Maar wie liggen daar dan begraven?

40

Max – Ierland 1995

Het blijft een vreemde ervaring dat hij, ondanks alles wat er in Ierland met hem is gebeurd, toch een gevoel van thuiskomen ervaart als hij door het lege Ierse landschap rijdt. De smalle wegen die door de glooiende velden leiden. De meren die onverwachts opduiken in het groen. De hoge heggen die de wind moeten tegenhouden afgewisseld met die eeuwige stenen muurtjes. Nadat hij de M6 achter zich heeft gelaten, is het deze leegte die hem diep laat doorademen. Dit landschap geeft hem de rust die hij was kwijtgeraakt in het drukke Milaan.

De begrafenis van Mimi was indrukwekkend en tegelijkertijd hartverwarmend. De witte kist met gouden krullen, de grote bloemstukken die als enige contrastkleur paars bevatten, en de enorme mensenmassa die in wit gekleed was, waardoor de afscheidsdienst een spektakel bleek. En natuurlijk zijn show als eerbetoon. Dat zijn naam hierdoor in elke krant opduikt is heel bijzonder. Zeker omdat iedereen zijn bruidsjapon ophemelde. Ze zagen zijn meesterwerk als voorbeeld van hoe een couturier een verbinding kan leggen tussen de modewereld en – in dit geval – de beroemde galerij.

Hij weet niet hoe hij het zonder Mattia gered had. Die hielp met de voorbereidingen, zorgde voor prachtige sfeerbeelden en hielp bij het voorbereiden van de interviews die daarna kwamen.

‘Maar waarom, Max?’ Steeds diezelfde vraag van belangrijke journalisten die allemaal naar Milaan waren gekomen om hem te spreken; een vraag die hij nog steeds moeilijk vond om te beantwoorden. En dus haalde hij zijn schouders op en depte tranen uit zijn ooghoeken. Het verdriet zat hem hoog.

Voor het eerst maakte het hem niet uit dat Mattia en hij nu openlijk samen gezien werden. Ze waren vrienden en collega's. De vragen over zijn geheim pareerde hij dapper. Toch wist hij dat journalisten niet voor niets persmuskieten genoemd werden. Zijn voorgevoel vertelde hem dat het hiermee nog niet klaar was. Zijn misbruikverleden kleefde aan hem en er waren al insinuaties geuit.

Hij haalt een paar keer diep adem. De grijze wolkenmassa die hem al die tijd begeleidt, breekt op dat moment open en de zon laat zich eindelijk aan hem zien. En als hij de witgepleisterde huizen van de buitenwijk van de stad nadert, hangen witte slierten traag langs een blauwe hemel. Hij rijdt langs statige gebouwen en al snel ziet hij de spitse toren van de kathedraal erboven uitsteken. Er breekt een glimlach door op zijn gezicht als hij denkt aan zijn vader, die vast al naar hem uitkijkt.

Hij parkeert tegenover de kerk en als hij de motor heeft uitgezet blijft hij even zitten. Hij weet precies waar hij zijn vader kan vinden, maar toch zit er altijd een kleine weerstand in hem om de kerkelijke sfeer binnen te stappen. De kleur van de stenen, het hekwerk, de grote pijlers waarop kruizen staan; ze brengen hem terug naar vroeger. Naar plekken waar hij het liefst nooit meer wil komen, maar elke keer zet hij zich over die afkeer heen om zijn vader te bezoeken en te steunen. De man zit diep in zijn hart.

Met grote passen beent hij door de poort en slaat rechts af naar de pastorie. Hij klopt op de houten deur en duwt meteen de klink naar beneden. Het huis van God staat altijd open. Dat dit een schril contrast vormt met het oude kloosterhuis waarin hij als kind geboren en opgevangen is, duwt hij zoals altijd weg.

'Vader.' Hij opent zijn armen en loopt op de oudere man toe, die verbaasd opkijkt.

'Max?' Zijn gezicht breekt open. Hij slaat een kruisje en komt overeind.

De armen sluiten hem in. De geur van wierook omhelst hem en hij kan niet anders dan het diep opsnuiven.

'Je bent er al! Waarom heb je me niet laten weten hoe laat je er zou zijn?'

Max drinkt de blijdschap van de oude man in. Hij moet vaker bij hem langsgaan, neemt hij zich elke keer voor. Gedurende een lange tijd zegt geen van beiden iets. Ze houden elkaars handen vast en vinden antwoorden in elkaars ogen.

'Hoe is het in Milaan? Is je nieuwe collectie al gepresenteerd?'

Max weet dat zijn vader het nieuws niet bijhoudt en dat hij dus ook nog niet weet van Mimi. Hij bekijkt zijn vader, die zijn zwarte gewaad rechttrekt. Het priesterkleed zorgt voor een uitstraling die respect afdwingt en zijn vader weet hoe hij het moet dragen.

'Er heeft zich een dramatische ontwikkeling voorgedaan, vader.' Daarna deelt hij alle details die hij het liefst persoonlijk wilde vertellen.

Zijn vader vouwt zijn handen en laat de boodschap van Mimi's zelfmoord en haar begrafenis tot zich doordringen. 'Wat een gemis voor jou, jongen. Sinds ze je in huis heeft genomen, was ze als een moeder voor je.'

'Dat was ze zeker, vader.' Ook al heeft Max ontelbare keren verteld dat hij een zelfstandig appartement bij haar huurt, hij spreekt zijn vader niet tegen. 'De modewereld is in shock. Maar ik heb haar op deze indrukwekkende manier de laatste eer bewezen.'

'Daar was ik graag bij geweest, mijn zoon,' zegt de priester uiteindelijk. 'Maar mijn gezondheid...'

'Ik kan u de sfeerimpressie laten zien die Mattia ervan gemaakt heeft.'

'Mattia?' Een wenkbrauw schiet omhoog.

Max buigt zijn hoofd en vertelt dat Mattia zijn fotograaf en naaste collega is.

'Ik snap het.' Zijn vader boort zijn blik diep in de zijne.

Terwijl ze naast elkaar door het park rondom de kerk wandelen, laat het rustige tempo van zijn vader hem vertragen. De eeuwenoude beukenbomen filteren de zon die sinds zijn aankomst volop schijnt. De verbondenheid verdringt elke gedachte die hem sinds Mimi's dood bezighoudt. Toch zit het doel van zijn vaders wandeling hem zoals zo vaak dwars.

'Het is niet nodig, vader.' Hij pakt zijn vader bij de arm.

'Boetedoening is altijd gewenst.'

Het is het terugkerende antwoord van zijn vader. En zelfs als Max op bezoek komt, onderbreekt zijn vader zijn dagelijkse patroon niet. Onvermurwbaar loopt hij zijn dagelijkse ronde, die hij in weer en wind blijft herhalen als een invulling van zijn dagen die hij wijdt aan het geloof.

Ze stoppen bij de kleine alkoof waarin een beeld van de heilige maagd Maria staat. Ze draagt een baby in haar armen. Zijn vader slaat een kruis en buigt zijn hoofd. Max volgt zijn voorbeeld. Hij luistert naar de geprevelde tekst waarin zijn vader om vergeving vraagt.

'Ik heb U bedrogen, Heer. Ik vraag u om vergiffenis voor mijn leugens en bedrog. Ik heb altijd geprobeerd het goede te doen, maar ben daarin doorgeschoten. Ik was zwak. Ik schaam me. Vergeef me mijn zonden.'

Max werpt een steelse blik op zijn vader, die met diep gebogen hoofd zijn woorden prevelt, terwijl hij zijn handen vroom gevouwen houdt.

Zijn gedachten dwalen naar de twee brieven die hij in zijn tas heeft zitten en waarover hij met zijn vader wil praten. De eerste brief vond hij terug in de woning van Mimi, en hij had hem voor alle zekerheid veiliggesteld. De tweede arriveerde pas na haar dood. Daarin gaf een andere Ierse vrouw aan dat ze met hem in contact wilde komen.

Zijn vaders advies over deze zaak is heilig, want Max leeft voor hém. Zijn vader heeft hem als zoon aangenomen en sindsdien vertegenwoordigt hij de liefde die Max in de begintijd van zijn leven tekort is gekomen.

Als ze teruglopen naar de pastorie, laat de aangetrokken wind de beukenbladeren ritselen. Zodra de huishoudelijke hulp hen van thee heeft voorzien, kan Max zijn ongeduld nauwelijks meer bedwingen.

'Wat heb je op je hart, jongen?'

'Ik vond een brief.'

'Bedoel je de brief die ik je geschreven heb?' De rust die in de weloverwogen woorden van zijn vader ligt, begint hem zwaar te vallen.

'Een brief gericht aan Mimi.'

'Hoe kom jij aan een brief van Mimi?'

'Ze liet hem aan me zien.' Voor het gemak zegt hij niet dat het er twee zijn. 'Er wordt gevraagd of ik langs wil komen in Tuam. Moet ik ernaartoe?'

Max staart naar de handen van zijn vader, die de kralen van een rozenkrans door zijn vingers laat glijden. De thee met de daarbij verplichte lekkernijen zijn vergeten.

'Max, jij bepaalt zelf wat je gaat doen, ik zal je niet tegenhouden.'

Max is zijn vader nog steeds dankbaar dat hij zijn onderkomen bij Mimi geregeld heeft om hem te helpen. Op die manier heeft hij een ingang kunnen verwerven in de modewereld. 'Maar...' Max slikt moeizaam. Hij duwt zijn lok omhoog en kijkt zijn vader nu recht aan. 'Mimi heeft me na ontvangst van die brief uitgehoord over wat zich vroeger heeft afgespeeld. Ze noemde zelfs expliciet het... het misbruik.'

Zijn vader zit ineens rechtop. 'Wat heb je aan Mimi verteld?'

‘Niets. Ik zweer het, vader. Ze had alleen die brief, en ze heeft denk ik zelf conclusies getrokken. Ik wil het verleden graag afsluiten, maar ze bleef erover praten en benadrukte steeds het mysterie dat eromheen hangt.’

Zijn vader schudt zijn hoofd. ‘Het kan je in de problemen brengen, zeker nu je naam tot grote hoogten gestegen is. Jouw woorden kunnen verkeerd uitgelegd worden, en dat kan niet alleen jou, maar ook mij schaden.’

‘Dus u zou het me ontraden?’

Zijn vader doet er een tijdje het zwijgen toe. Uiteindelijk heft hij zijn hoofd. ‘Ik zou het je juist aanraden, dan kun je het ontkennen en rechtzetten. Geheimen kunnen rottende wonden veroorzaken als ze verkeerd uitgelegd worden.’

‘Goed, dan ga ik er morgen heen.’

‘Ga met God.’

41

Max – Ierland 1995

Terwijl hij met een soepel vaartje naar Tuam rijdt, kolkt er van alles door zijn hoofd, alsof zijn brein onmogelijk kan schakelen van de hemel naar de hel. En nu moet hij erheen, ook al verzet alles zich in hem.

Hij heeft zoveel aan zijn vader te danken dat hij niet eens weet waar hij moet beginnen. Zijn leven was in die tijd een hel, maar als je daar als kind middenin zit, kun je niet anders dan het allemaal over je heen laten komen. Zelfs toen hij sterker werd en een van de oudste jongens was, liet hij het gebeuren. Alleen de pijn werd groter.

Hij vraagt zich nog steeds af wat er gebeurd zou zijn als zijn vader hem niet had gered.

Zijn dagen waren aaneengeregen momenten van angst geweest. Hij hield zich zo veel mogelijk schuil en zorgde ervoor zo min mogelijk op te vallen. Als er iemand naderde, dook hij in elkaar of keek weg.

Die ochtend zag hij de non al van verre aankomen. Met grote passen, waarbij de stof van haar habijt met grote golven rond haar lijf zwierde. Met zijn neus zowat op de grond trok hij met nog meer ijver elk sprietje onkruid uit de border. Tot ze naast hem bleef staan, hem hard overeind trok en voor zich uit naar binnen duwde. Wat had hij gedaan? Het idee weer naar het hok te moeten, maakte hem misselijk van angst.

Tot zijn verrassing passeerden ze de trap naar het hok en liepen ze door naar een gang waar hij nog nooit eerder geweest was.

'Naar binnen, jij.' De duw die de non hem gaf was zachter dan anders, maar toch durfde Max nauwelijks te ademen.

Van onder zijn wimpers zag hij het habijt van een priester. Zijn knieën trilden onbeheersbaar, omdat hij wist wat er ging komen. Maar waarom werd hij niet naar het hok gebracht? Dat was de plek waar de zwarte priester zich vrij kon uitleven, omdat Max' gehuil niemand bereikte.

Nadat de non weer was verdwenen, wachtte hij in elkaar gedoken bij de deur. Zachte voetstappen. Toen stond hij naast hem. Max trilde als een blaadje dat door de herfstwind werd opgepakt.

'Kom, wees niet bang,' zei de priester. 'Jij hebt jonge ogen.'

Bij een steelse blik omhoog ontmoette Max een zachte blik.

De priester overhandigde hem naald en draad, en leerde hem hoe hij ermee moest werken. Max wist niet wat hij ervan moest denken. Steeds als de man opstond en naast hem kwam staan, dook hij in elkaar en wachtte met gespannen spieren wat er ging gebeuren. Maar het enige wat volgde was goedkeurend gemompel.

Het duurde slechts kort. 'Dank je wel, je mag gaan.'

Max staarde naar de draadjes die schots en scheef op de ruwe stof zichtbaar waren. Wat betekenden die woorden? Had hij het niet goed gedaan? Hij wilde het vragen. Smeken om hem te leren hoe het beter kon. Maar hij werd alweer opgehaald en teruggebracht naar de tuin.

In de dagen erna betrapte hij zichzelf erop dat hij begon uit te kijken naar de non die hem naar deze priester zou brengen. Zelfs als hij tussendoor toch nog naar het hok gebracht werd. Hij zou deze priestervader laten zien dat hij hem met alles wilde helpen.

Een luid getoeter laat hem opkijken. Een vuist schiet omhoog achter een raampje. Max stuurt snel opzij en laat zijn snelheid zakken. Hij moet voorzichtig zijn. 'Ogen op de weg, Max,' spreekt hij zichzelf toe. *Ga met God*, had zijn vader gezegd. Maar wie of wat God is, dat weet hij niet. Het enige wat hij weet is dat zijn vader altijd in zijn gedachten is. Wie weet is dat wel wat ze bedoelen: dat God een ondersteunende kracht is die liefde uitstraalt. Is zijn vader dan zijn God?

Wat hij in ieder geval wel weet, is dat zijn vaders handelen de ommekeer voor hem betekende. Die gaf hem verstelwerk te doen, omdat hij zag dat zijn sierlijke vingers niet gemaakt waren voor het werk in de tuin. De fijne steekjes om reparaties aan de habijten uit te voeren, kreeg hij gaandeweg beter onder de knie. Het gaf hem veel voldoening om de gescheurde stof zo onzichtbaar mogelijk te herstellen. Hierdoor kreeg hij steeds meer werk toegeschoven en hoefde hij uiteindelijk niet meer in de tuin te werken. Zijn vader koos steeds hem uit.

Hij weet best dat zijn vader dingen heeft gedaan die niet kloppen, maar hij heeft hem wel gered. Daarom is hij hem zijn levenslange steun verschuldigd en is hij nu onderweg naar Tuam: om dingen recht te zetten voordat het kan gaan rotten, zoals zijn vader had gezegd.

Natuurlijk weigerde hij niet. Hij deed alles voor zijn vader. Bovendien moet hij zijn misbruikverleden geheimhouden. Zeker nu zijn naam als couturier de wereld rondgaat en er aasgieren op de loer liggen om hem van zijn net verworven voetstuk af te gooien.

42

Charlotte – Ierland 1995

'Hij is laat,' zegt Maureen. Ze werpt een blik op de klok die duidelijk zichtbaar bij de ingang van de pub hangt.

'Misschien schuilt Max ergens voor de regen.' Charlotte staart naar buiten, waar het na wat gespetter nu met bakken uit de lucht valt. Het is behoorlijk druk in de pub, waar straks weer volle borden met eten geserveerd zullen worden. Bij de gedachte alleen al speelt haar maag op; vanmorgen kon ze ook al geen hap door haar keel krijgen bij de gedachte aan dit gesprek.

Ze zag dat Erin een briefje overhandigde aan Maureen. Die knikte meteen en stopte het weg. 'Clonmel. Ga ik achteraan,' zei ze. Charlotte heeft geen idee waar dat over ging. Wil ze ook niet weten. Er is al genoeg om over na te denken.

Maureen heeft de lijst open en bloot op tafel gelegd. Teun bestudeert hem uitgebreid, alsof híj namen zal herkennen. Erin zit in elkaar gedoken naast hem en pulkt aan de randjes van haar nagels.

Op dat moment zwaait de deur open. Een man van een jaar of veertig met een wijde zwart-wit geblokte jas stapt naar binnen. Een windvlaag lift mee. Hij is een opvallende verschijning, tenger postuur, op het magere af, en een bizar grote bril die qua look afgestemd is op zijn mantel. 'Is dat Max?' Charlotte knikt naar de man, die enigszins verloren rondkijkt.

Maureen steekt haar hand op, waarna hij naar hun tafeltje toe komt.

'Maureen Cullin?' Hij spreekt de naam met enige aarzeling uit, waarbij hij verbaasd naar elk van hen kijkt.

'Dat ben ik.' Maureen schudt zijn hand.

'Dan moet jij Max zijn!' Teun begroet hem enthousiast.

'Ja, klopt. Ik zie er niet uit. Door die plotselinge bui ben ik compleet verregend. Max, inderdaad.' Hij schuift zijn bril wat hoger op zijn neus, duwt zijn blonde lok in model en schraapt zijn keel.

'Uit Milaan,' voegt Teun eraan toe. 'Modeontwerper, toch?'

Hij humt met een vreemd hoge uithaal, waarna Charlotte een hand krijgt. Daarna richt hij zich tot Erin. 'En nog zo'n mooie dame.'

Dan gaat Max zitten en slaat zijn lange benen over elkaar. Zijn ogen flitsen verwilderd door de ruimte, waarbij ze steeds weer op Erin blijven hangen. 'Wat een weer. Echt niet te filmen.'

De man maakt iets in haar los wat ze niet goed kan plaatsen.

'Dus je bent vanuit Milaan hierheen gekomen?' Teun zit onderuitgezakt in zijn stoel en kijkt met een jaloersmakende ontspannenheid naar Max.

'Ik...' Hij glimlacht voorzichtig. Dan breekt een lach zijn gezicht open. 'Ik had niet verwacht dat ik met zoveel mensen had afgesproken.'

'*Welcome to the club.*'

'We proberen wat zaken scherp te krijgen,' begint Erin.

Teun neemt het over. 'Wanneer ben jij geadopteerd?'

Een eerste schok wordt gevolgd door een glimlach. 'Ik was dertien.'

'En jij kwam dus in Milaan terecht?'

'Ja, en rolde daar de modebusiness in.'

'Zaten je ouders ook in die wereld?'

Hij kijkt naar Maureen, alsof hij van haar hulp kan verwachten, maar die kijkt hem ook vol interesse aan. 'Ja, mijn moeder,' zegt hij daarom.

'Teun, mag ik even?' Maureen onderbreekt dan toch zijn ondervraging. 'Fijn dat je er bent, Max. Mag ik Max zeggen?' Zonder op een antwoord te wachten gaat ze alweer verder. 'Ik ben blij dat je kon komen. Het is misschien goed om meteen aan te geven waarom we hier zijn. Dan begrijp je de vragen van Teun ook beter.'

Terwijl Maureen vertelt over de lijst en het belang om overeenkomsten te vinden in de namen die erop staan, observeert Charlotte de man die enigszins ongemakkelijk op zijn stoel heen en weer schuift. Het zal ook niet meevallen om meteen aan een kruisverhoor onderworpen te worden, terwijl hij alleen Maureen had verwacht.

Erin pakt het daarna op. 'Je zei net dat je dertien was toen je geadopteerd werd. Dat betekent dat je waarschijnlijk meer herinneringen hebt aan de tijd in het tehuis dan ik. Daar was ik te jong voor.'

'Kan ik iets te drinken krijgen?' Max likt aan zijn lippen.

Maureen steekt vijf vingers omhoog naar de bar. 'Komt eraan,' zegt ze meteen. Dan pakt ze het vel papier op dat al die tijd voor hen op tafel heeft gelegen. 'Dit is die lijst die volgens ons te maken heeft met adopties die in het tehuis zijn geregeld. Zowel Erin als Charlotte staat erop. En ook jouw naam. We vroegen ons af of jij meer duidelijkheid kunt geven over de lijst, of dat je misschien namen herkent.'

Max pakt het papier aan. Hij leest de namen een voor een mompelend voor. Kort kijkt hij op als de barman de tot de rand gevulde glazen komt brengen. Meteen neemt hij een paar grote slokken.

Uiteindelijk neemt Charlotte het woord. 'Het is al lang geleden, hè?'

Hij hoest en schikt zijn kraagje. 'Ik zie inderdaad dat mijn naam erop staat. Verder herken ik he-le-maal niemand.'

'Daar was ik al bang voor,' geeft Erin aan.

'We dachten dat het met geld te maken heeft,' gaat Teun verder.

'Geld? Hoezo?' vraagt Max.

'Dat ze geld hebben gevraagd voor de adopties.'

Max haalt zijn schouders op. 'Daar weet ik niets van. Op zich klinkt het wel logisch, omdat de opvang in dat tehuis natuurlijk geregeld werd. Maar of er voor mij betaald is, weet ik niet.' Hij kijkt ieder van hen aan. 'Bovendien is het idee dat er geld voor me is betaald, als een soort handel, heel akelig. Hoeveel ben ik waard? Tien pond? Honderd? Misschien wel duizend? En is elk kind dan even duur?' Hij rilt.

Charlotte schudt haar hoofd. 'Inderdaad geen fijne gedachte. En ik geloof het ook niet, Teun, want dan heb je nog geen verklaring waarom ik op de lijst sta. Ik ben niet rechtstreeks via het tehuis geadopteerd, en van geld betalen is al helemaal geen sprake geweest.' Ze kijkt de pub rond, waar de rook als een zacht wolkendek tegen het plafond deint.

Maureen laat haar schouders zakken. 'Daar heb je gelijk in. Bovendien zei je laatst ook al dat de lijst daarvoor te kort is.' Ze zucht diep. 'Het blijft een raadsel, maar wel een dat we moeten zien op te lossen voordat er meer doden vallen. Daarom denken we dat iemand de boel geheim wil houden.'

'Doden?' vraagt Max verschrikt. 'Och, jeetje. Wat een ellende.' Weer dat duwtje tegen zijn lok.

Erin tikt met haar nagels op het tafeltje. 'Als het geen geld is, dan moet er een andere reden zijn. En het wordt hoog tijd dat we die ontdekken.'

Max richt zich tot haar. 'Ik herinner nauwelijks iets van die tijd.'

'En hoe zit het met je adoptieouders? Die zaten dus in de modewereld?'

'Mimi was als een moeder voor me. Ze was journalist.'

'Wás?'

'Nou ja, ze...' Hij zet zijn glas terug op het tafeltje.

'Wat bedoel je daarmee? Is ze dat nu niet meer?' Teun haalt zijn pijp uit zijn borstzakje. 'Is het oké als ik rook?'

'Liever niet, ik heb er last van.' Op het voorhoofd van Max verschijnen zweetdruppeltjes.

Charlotte krijgt medelijden met hem. Het lijkt wel een harde ondervraging. Zo komen ze niet verder. 'Het is oké, Max. Neem je tijd. Ik vind het zelf ook lastig om over die periode te praten. En je wordt hier ook wel meteen voor de leeuwen gegooid. Maar het gaat ons erom dat we begrijpen waarom iemand deze lijst geheim wil houden.'

Tot haar voldoening ziet ze dat Max haar dankbaar aankijkt. Zijn linkeroog trekt iets samen en er trilt iets in zijn mondhoek. Dan haalt hij een paar keer diep adem, laat een benepen glimlach zien, en ademt uiteindelijk trillerig uit. 'Sorry, het is nog zo vers.' Met een dramatisch gebaar haalt hij een zakdoekje tevoorschijn en dept zijn ogen. 'Mimi is helaas kortgeleden overleden.'

Ze had van alles verwacht, maar niet dit. Erin is de eerste die wat zegt. 'Zij ook al?'

Max lijkt het niet te horen. 'Ik heb haar aan alle kanten gesteund, maar de mediawereld is keihard. Journalisten staan onder zware druk.'

'Zware druk? Was het zelfmoord? Wil je dat zeggen?' Erin staart hem met open mond aan. 'Die klootzak.'

Max slaat een paar slokken bier achterover.

'Gaat het wel?' vraagt Charlotte.

'Ja, ik...' Hij legt een hand op zijn voorhoofd. 'Ik... Sorry, waar is het toilet?' Hij struikelt de pub door en verdwijnt in een gangetje.

'Shit, nog een slachtoffer,' gromt Teun.

'En dus ook nog maar net gebeurd.' Erin staart voor zich uit. 'Dit is echt vreselijk.'

Zwijgend wachten ze tot Max terugkomt. Zodra hij weer aanschuift, wordt hij overstelpt met medelijden.

'Ja, het is vreselijk. Arme Mimi, ze heeft zoveel voor me gedaan.'

'Die vent moet wel een belangrijke reden hebben,' geeft Maureen aan. En ze vertelt hem met zachte stem dat Erins adoptiemoeder eenzelfde lot trof.

'O, wat vreselijk.' Hij slaat een hand voor zijn mond. 'Hebben jullie misschien aanwijzingen?'

Erin en Teun vertellen over alles wat er gebeurd is, waarbij de een steeds de ander aanvult.

Charlotte staart voor zich uit. Tot nu toe stond het allemaal nog relatief ver van haar af. Ze had gehoord van Erins adoptiemoeder en van de briefschrijfster Ella. Later kwam daar nog een verdachte zelfmoord van een priester bij, maar deze laatste boodschap raakte haar als een vuistslag. Weer een betrokkene dood. *Merde.*

'Ik moet weg,' zegt ze ineens, en ze schuift meteen haar stoel achteruit. 'Ik maak me zorgen om Faye.'

Teun begrijpt haar meteen. 'Je zei toch dat zij de lijst niet ontvangen had? Dan hoef je je waarschijnlijk geen zorgen te maken.'

Ze kijkt hem aan en ziet het medeleven in zijn ogen. 'Dank je. Maar die zorgen kan ik niet tegenhouden.' Charlotte neemt afscheid en eenmaal buiten haalt ze een paar keer diep adem in de hoop dat het haar zal kalmeren. Iets zit haar dwars, maar ze weet niet wat.

43

Erin – Ierland 1995

Ik zet Teun af bij het appartement. Hij opent het portier, maar bij het uitstappen aarzelt hij. 'Weet je het zeker?'

'Heel zeker. Ik blijf niet te lang weg.'

Dan gooit hij het portier dicht.

In het centrum scoor ik in een noodtempo wat nieuwe kleding, een spijkerbroek, een paar shirtjes en een iets dikkere trui. En een waterdichte jas, wat geen overbodige luxe is hier. Nu we langer in Ierland blijven, zijn die paar kledingstukken die ik op Schiphol heb gekocht ontoereikend.

Dat was niet de werkelijke reden dat ik even alleen wilde zijn. Het gevoel vast te zitten drukt zwaar op me. Het gesprek met Max heeft eigenlijk niets opgeleverd, behalve dat we er een bondgenoot bij hebben. Ik wil terug naar de oorsprong van de zoektocht, en dat is het tehuis. Die mogelijke gedenkplek op dat veldje houdt me bezig.

Ik parkeer voor een buurtsuper naast een knalrode kauwgomballenautomaat. De lucht is donker en nog steeds zwaar van het vocht waardoor het al bijna avond lijkt. Ik laat mijn rugzakje achter in de auto en steek alleen een kleine zaklamp in mijn broekzak. Ik aarzel of ik mijn nieuwe jas zal aantrekken, maar bij nader inzien lijkt het me beter hem nog even schoon te houden. Als ik uitstap word ik nieuwsgierig bekeken door twee mannen, waardoor ik wederom besef dat ik opval omdat ik hier niet thuishoor. Dat dit mijn geboorteplaats is, weten ze natuurlijk niet.

Snel loop ik naar het terrein van het tehuis. Aan weerszijden van de weg staan de bekende grauwe muurtjes, soms begroeid met kleine rotsplantjes die slechts een barst in het cement nodig hebben om zichzelf een leven te geven.

Ineens sta ik weer op het terrein. Het trapveldje is leeg, en op de oude autoband schommelt een knul zachtjes heen en weer. Hij volgt me met zijn blik. Ik negeer hem en loop linea recta naar het grasveldje. Het ligt er precies zo bij als ik me van de vorige keer herinner. Het netjes gemaaide gras, de bloemen, nu verregend, maar keurig rechtop in een vaas. Ik schijn met mijn zaklamp onder de bosjes of ik nog meer kan ontdekken. Niets.

Een grijze nevel komt mijn kant op en het duurt niet lang tot de zachte miezer me bereikt. Al snel dringt de regen door mijn te dunne jas, en ik denk terug aan het moment dat ik hem van de kapstok gegrist heb toen ik in mijn eigen huis die schietende vent ontvluchtte. Ik heb het koud.

'*Ma'am?*' De jongen die eerder op de schommel zat, staat ineens naast me.

Het liefst wil ik alleen zijn, maar ik kan hem toch moeilijk wegsturen.

'Bent u een van de moeders?'

Als ik hem aankijk, zie ik regendruppels landen op de sproeten van zijn neus. Zijn helblauwe ogen staan zo triest dat ik langzaam smelt. Ook hij kent de geschiedenis, ook al heeft hij er geen deel van uitgemaakt.

'Een van de kinderen,' zeg ik zacht. 'Is dit een herdenkingsplek?'

Hij knikt. 'Hier liggen ze.'

'Ze?'

'Ja, de kinderen.'

'Hoe bedoel je: hier liggen ze?' Ik voel de kou in mijn botten trekken.

'Dat vertelde mijn moeder me.'

'Je bedoelt dat dit een graf is?' Iets klopt er niet in zijn verhaal. Ik kijk naar overkant van de weg, waar de grote katholieke begraafplaats ligt. 'Waarom liggen ze dan hier, en niet op de begraafplaats?'

Hij haalt zijn schouders op. 'Dat weet ik niet. Maar ik heb het zelf gezien.'

'Hoe kun jij ze dan zien?' vraag ik verder. Ik denk aan de botjes die op mijn nachtkastje liggen en druk mijn handen op mijn maag.

De knul schuift onrustig met zijn voet wat steentjes opzij, maar zegt niets. Het duurt een hele tijd. Ik staar naar de bloemen en probeer te ontdekken of iets op dit nette grasveldje duidt op een begraafplaats, maar meer dan een goed onderhouden plek is het niet. Maar toch, die bloemen…

'Ligt hier een vriendinnetje van u?' vraagt hij ineens.

Dat het in het tehuis verboden was om vrienden te maken, vertel ik maar niet. Ik weet wel dat er een wankele houten tractor was waarmee we speelden, maar als we iets te enthousiast schreeuwden, werden we naar het hok gestuurd. 'Het is lang geleden,' zeg ik dus maar.

'Toen mijn opa doodging, was ik heel verdrietig, maar mijn moeder vertelde dat hij naar een mooie plek ging. Hij ligt wel daar.' De jongen wijst naar de overkant.

'Het is fijn dat je hem dan toch nog kunt bezoeken.' Het is het enige woord van troost dat in me opkomt.

'Weet u… U kunt ook naar uw vriendinnetjes toe.' Hij kijkt snel over zijn schouder. 'Kom.'

Als ik niet meteen reageer, wenkt hij me. En dus loop ik achter hem aan. Hij loopt resoluut het veldje af en slaat links af. Af en toe kijkt hij achterom of ik nog meekom. Zo'n twintig meter van het herdenkingsveldje vormt het vertrapte gras inmiddels een paadje. Bij een groep struiken blijft hij staan. Zijn blik flitst onrustig over het terrein, maar het ligt er verlaten bij.

'Mijn maten en ik hebben ontdekt dat...' Opnieuw een schichtige blik naar achteren.

Ik kijk om me heen, maar zie niet meer dan het paadje, en daarachter het terrein dat op deze plek afgezet is met bosschages.

'We ontdekten allemaal bundeltjes.'

Het woord raakt me als een vuistslag.

'Daar.' Hij wijst naar de struiken. 'Daar is een ingang.'

44

Erin – Ierland 1995

Die knul heeft me nieuwsgierig gemaakt. *Hier liggen ze.* Dat zei hij. En hoe vreemd het ook zou zijn dat er hier op het terrein kinderen begraven liggen, ik kan mijn nieuwsgierigheid niet bedwingen. *Allemaal bundeltjes.* Liggen hier kinderlijkjes? Heeft dit te maken met het geheim van de lijst? Zijn de botjes in mijn jaszak... Dat kan toch niet!

De jongen is direct weggerend, en het was me meteen duidelijk dat hij zijn mond voorbijgepraat heeft. Waarschijnlijk is het een geheime vindplaats van die knullen die hier op het veldje weet ik veel wat voor verstopspelletjes doen.

De plek die de jongen aanwees wordt door hoge bosjes aan het zicht onttrokken. Ik kijk snel om me heen of iemand me in de gaten houdt, en duw dan de takken opzij. Tussen de bladeren en de vochtig muurresten ligt inderdaad een spoelgat. 'Bizar dat niemand dit weet,' fluister ik voor me uit.

De grond is blubberig, maar ik aarzel niet. Op mijn knieën kruip ik verder, laat mijn benen in het gat zakken en zoek steun bij een grote steen ernaast. De gedachte dat ik nu op het punt sta om binnen te dringen in de kelders van het tehuis waar ik zo'n nare tijd heb gehad, is bizar. Met mijn handen steunend op de zijkanten van het gat laat ik me voorzichtig zakken. Ik voel nog steeds geen grond onder mijn voeten, terwijl ik al op mijn ellebogen hang. Kan ik me laten vallen? En hoe kom ik er dan straks weer uit? Het lijkt een kansloze missie. Dan stoot mijn voet op een traptrede aan de zijkant van het gat, en voorzichtig probeer ik of ik erop kan staan. Dan strek ik mijn armen in de lucht en zak de duisternis in. Er glijdt grond naar beneden. Met mijn voeten tast ik rond en ik voel een nieuwe trede. Mooi. Een trap. Dit is perfect. Het kon ook eigenlijk niet anders, want hoe zouden die knullen er anders in en weer uit komen?

Uiteindelijk zit ik op een grote kei op de bodem van de put. Er valt best veel licht door de opening naar binnen, waardoor ik kan zien dat er een gestutte gang onder de grond is. Een gewelf of kelder? De wanden bestaan uit stevig beton. Ik knip mijn zaklamp aan en schijn de gang in. Het is een tunnel van ongeveer een meter breed die hoog genoeg is om rechtop te kunnen staan.

Er hangt een geur van schimmel en vocht. Toch is de gang opvallend droog, uitgezonderd de plek waar ik naar binnen ben gekomen, waar een hele lading modder naar binnen is gespoeld.

So far so good.

Ondanks de veilige hoogte loop ik gebukt de gang in. Het licht van de zaklamp beweegt onrustig over de wanden. Hoe verder ik kom, hoe dikker de geur wordt, tot ik mijn jas voor mijn neus houd om niet te kokhalzen.

Ik heb de afstand tot het gedenkveldje in gedachten gemeten door mijn passen te tellen. 'Twintig meter,' fluister ik. Mijn stemgeluid zoemt zacht door de stille gangen. Kinderlijkjes. Bundeltjes. Waarom liggen die niet op de begraafplaats?

Met de lichtbundel gericht op de grond schuifel ik verder. Het licht wordt snel zwakker en valt zelfs af en toe even weg. Als ik de zaklamp heen en weer schudt, brandt hij ineens weer feller. Dat de mogelijkheid bestaat dat ik in dit gangenstelsel verdwaal, is te eng om toe te laten. 'Onmogelijk, Erin. Het is maar één gang, en dus één richting,' mompel ik tegen mezelf.

Dan ligt er een gapend gat aan mijn linkerhand. Een zijgang.

Ik knip mijn zaklamp uit en zie aan het achtergebleven daglicht waar de enige uitgang is. Dat vind ik altijd terug. Er moeten ook andere ingangen zijn geweest, vanuit het tehuis. Dat kan toch niet anders?

Vannacht heb ik geprobeerd om de ligging van het tehuis te visualiseren en in gedachten op het terrein te plaatsen. De kraamafdeling lag aan deze kant; een brede vleugel dwars op het tehuis, wat verboden gebied was voor ons. Kan het zijn dat hier de doodgeboren baby's neergelegd zijn? Kinderen van wie niemand iets te weten mocht komen? Of liggen hier ook kinderen die later overleden zijn?

Ik draai me terug naar het donker. Mijn voet stoot tegen iets aan, waardoor ik bijna mijn evenwicht verlies. De zaklamp valt uit mijn hand en ik hoor een zachte plof. Het licht gaat uit. Mijn ademhaling gaat snel en oppervlakkig. Ik buk en tast de grond af. Ineens raak ik iets zachts. Stof. Er zit iets in.

Met een ruk trek ik mijn hand terug als ik besef wat het is. De stank hangt als een verstikkende deken om me heen. Waar is mijn zaklantaarn? Opnieuw laat ik mijn hand over de stof gaan. Het is klein en droog. Een opgerolde lap. Maar er steken harde punten uit. Met mijn kaken stevig op elkaar en ingehouden adem zoek ik verder. In mijn mond proef ik het vocht. De schimmel. De misselijkheid duwt mijn maag in een kramp.

Tussen twee bundeltjes vind ik, na wat een eeuwigheid lijkt, mijn zaklantaarn terug. Snel knip ik hem weer aan. De lichtstraal trilt. Ademloos staar ik naar de stille resten. Niet één, niet twee, maar tientallen. Zo ver als het licht reikt, liggen hoopjes textiel naast elkaar. Achteraan verdwijnen er een soort treden in de duisternis. Overal bundeltjes. De stof is half vergaan.

Ik probeer krampachtig het idee aan dode kinderen weg te duwen. Dit is niet te bevatten. Wat doe ik hier? Het idee dat ik door een enorme graftombe loop, kan ik niet meer loslaten. Ik laat de lichtbundel door de ruimte dwalen en zie er steeds meer. De hele gang ligt ermee bedekt, waardoor ik besluit dat ik hier onmogelijk doorheen kan lopen.

Een duizeling grijpt me beet. Met mijn vrije hand leun ik tegen de muur. Sluit mijn ogen. Er klinkt gehuil. Niet hard en ontroostbaar. Krachteloos. Gekerm. Baby's die honger hadden. Naast me staan kinderen die smekend hun handjes uitsteken. De kille wind in de winter, baby's die voor een open raam lagen. Het gehuil dat steeds zwakker werd. Brood dat in kleine stukjes verdeeld werd, zodat iedereen net honger bleef houden. Soms een beker melk. Niet voor jou. Voor je buurmeisje.

Ik werd ziek. Ik herinner me nog dat ik overal jeuk had en dat mijn handen vastgebonden werden zodat ik niet kon krabben. Er zaten beestjes op mijn huid, ónder mijn huid, dacht ik toen. Van die vieze kriebeldiertjes die ik altijd in de tuin zag. Maar ik heb het overleefd en heb uiteindelijk zelfs een liefdevol thuis gevonden. Deze kinderen niet.

Ik voel een handje in de mijne glijden. Mijn vingers knijpen dicht.

Een gil, ijselijk hard.

Dan val ik.

Als ik mijn ogen open, zit ik in de donkere gang en ik knijp in de zaklamp. Hijgend staar ik naar de stille resten van kinderen die een naam hadden.

Dit is een graf waar overleden kinderen uit het tehuis neergelegd zijn. Naamloos. Vergeten. Gedumpt. Kinderen zoals ik en Charlotte. Het idee dat ik hier ook had kunnen liggen, is bijna niet weg te slikken. 'Shit, wat een smerige misdaad.' Mijn woorden stuiteren rond en keren regelmatig terug in mijn hoofd.

Ik moet eruit! De drang om hier weg te gaan is ineens zo groot dat ik mezelf nauwelijks meer op de been kan houden. Dit moet ik naar buiten brengen. Ik moet naar buiten!

Na een paar passen blijf ik abrupt staan. Ik sluit mijn ogen en denk aan de vindplaatsen waar ik met mijn collega's skeletten van uitgestorven dieren heb uitgegraven. De bewijzen van de oertijd. Dit is anders en toch hetzelfde. De tijd is hier onder de grond geen vast getal. Geen gegeven. Het is vloeibaar geworden omdat tijd hier niet meer telt.

Als ik terug begin te lopen, geeft de zaklamp nauwelijks meer licht. Turend in de donkere gang zoek ik naar het daglicht van het spoelgat. Het is nergens te bekennen. Ben ik dan toch die zijgang in gelopen?

De sloffende geluiden van voeten op de zanderige ondergrond laten de rillingen over mijn rug lopen. Ik ben niet alleen. Tientallen, misschien wel honderden kinderen lopen naast me. En dus kan ik niet opgeven. Ik tast naar de muur, terwijl ik er niet aan wil denken wat ik hier allemaal kan tegenkomen. Steeds als ik iets vochtigs voel, slaak ik een gil. Tot ik zie dat het plantjes zijn. Waar is die uitgang gebleven?

Twintig meter, dat zijn minstens vijftig kleine stappen. Ik begin te tellen. Maar al voordat ik bij de dertig ben, stoot ik opnieuw tegen iets hards. In het zwakke licht zie ik de rots liggen waar ik helemaal in het begin op ben gaan zitten. Boven me is slechts een smalle lichtspleet te zien. Is dat de opening wel? Er glinstert iets langs de wand.

Water. Er stroomt water langs de wanden; het moet opnieuw zijn gaan regenen.

Ik staar naar boven. Ben ik daar echt doorheen gekomen? Snel klim ik op de betonnen treden, maar ik glij uit over de glibberige modder. Ik graai naar een boomwortel die uit de grond steekt. Een lawine aan grond dondert naar beneden. Mijn enkel klapt pijnlijk dubbel en ik houd mezelf overeind tegen de wand. ‘Shit,’ sis ik zacht.

Nu pas zie ik waarom de lichtspleet zo smal is. De steen die eerst aan de zijkant van het gat lag, blokkeert nu een groot deel van de opening. Ik zit opgesloten.

45

Erin – Ierland 1995

Ik ben zo ver mogelijk omhooggeklommen en terwijl ik me vasthoud aan een paar uitstekende boomwortels adem ik de frisse lucht diep in. De spleet boven me is veel te klein om doorheen te kruipen, dat is me meteen duidelijk.

Wat ben ik ook een sukkel om zonder enig contact met iemand boven de grond aan zo'n hachelijk avontuur te beginnen. Nu ik hier met mijn gezicht naar de smalle spleet naar adem sta te happen, doet het me denken aan de rotsplantjes; een kleine barst is genoeg om te blijven leven. Dat geeft me kracht. Zolang er frisse lucht is, is er hoop. De gedachte om opgesloten te worden in deze graftombe blijft echter in mijn hoofd natrillen.

Ik laat me weer zakken en kijk of ik iets kan vinden om de opening groter te maken. Uiteindelijk is een tak het enige wat me kan helpen, verder heb ik mijn blote handen. Terwijl ik voorzichtig tegen de randen van de steen begin te prikken, valt de grond in brokken naar beneden. Vochtige grond, doorweekt door de vele regen. Andere stukken zijn wat vaster omdat de wortels van de struiken al vele tientallen jaren de boel ondersteund hebben.

Mijn spieren verzuren. De pijn is gemeen. Ik moet boven mijn macht werken en het instortingsgevaar ligt op de loer. Ik staar naar boven en de steen gluurt gemeen terug. Ik probeer te bedenken of dat kreng de doorgang al versperde toen ik hier terugkwam, of dat die verder in de opening gezakt is doordat de boel daarnet naar beneden lazerde. De steen lag er al. Ik heb erop gesteund toen ik me in het spoelgat liet zakken, weet ik nog. Maar lag hij echt zo dicht bij het gat? Komt het door de heftige regenval? Of heeft iemand...

Het wantrouwen knijpt mijn maag samen. Heeft die vent me gevonden? En me gevolgd tot ik hier onder de grond verdween? Ik strijk over mijn voorhoofd.

Opnieuw tuur ik naar boven, waar ik de donkere lucht boven het gat zie hangen. Weer die rottige regen. Ik denk aan Teun, die steeds een ongelooflijke steun is geweest. Hij zal alarm slaan als ik niet kom opdagen. De huurauto staat hier vlakbij. Dat moet een aanwijzing geven dat ik terug ben gegaan naar waar alles is begonnen.

Dat idee geeft me nieuwe kracht, en dus graaf ik verder. Elke keer als ik tegen de steen aanduw, valt er grond omlaag. Het zit in mijn haren, op mijn gezicht, en ook mijn kleding moet smerig zijn. Het schrapen langs de wortels geeft me het gevoel op zoek te zijn naar de contouren van eeuwenoude bewijzen van het bestaan. Die botten zijn bewijzen. Net als hier. Ze liggen hier letterlijk opgestapeld. Ik heb ze gevoeld, gezien zelfs. Dat moet bekend worden. Het mag niet zo zijn dat er straks huizen bovenop gebouwd worden. Ik moet hieruit komen om mijn verhaal te doen. Het gaat niet meer om mijn eigen geschiedenis, er is zoveel meer.

Straks duikt hij zomaar hier in Tuam op. Het idee dat hij je gevonden had. En dat hij je...

Teun.

Had hij gelijk?

De net gevonden liefde voor Teun duwt mijn angst weg. Met hernieuwde kracht schraap ik de grond langs de steen weg. Als die steen weg is, kan ik eruit. Dit moet verteld worden.

Ik gooi de tak naar beneden en houd mezelf in evenwicht door met mijn rug tegen de zijkant van de gang te leunen. Als die steen valt moet die langs me heen vallen, niet boven op me. Het is een enorm gevaarte, dus dat is link. Ik duw hard tegen de steen, die een klein beetje los begint te komen. Mooi. Dat gaat lukken. Het moet!

'Teun weet dat ik hier ben. Teun weet het. Hij is de enige. Teun.' Ik spreek zijn naam met zoveel liefde uit dat ik het tot diep in mijn onderbuik voel. Behoedzaam laat ik me langs de wand van het gat naar beneden zakken en raap de tak weer op. 'Teun laat me niet in de steek.'

Met elk woord schraap ik krachtig langs de rand van de steen. De tak valt. Mijn vingers krabben verder. Het doet zeer en ik vraag me heel even af hoe mijn nagels eruitzien.

Lekker belangrijk.

Jij laat je niet wegstoppen.

'Doorgaan, Erin.' Ik roep het naar die verdomde steen die onwrikbaar mijn ontsnapping tegenhoudt. 'Dit is een misdaad.' Bij elk woord duw ik tegen de steen, die steeds iets meer los lijkt te komen. Mijn kwaadheid geeft kracht. Toch doet het idee van de gedumpte kinderen me meer pijn dan mijn kapotte vingers.

'Verdorie, ik moet eruit!' Ik schrik van mijn eigen gescheld.

Ineens gebeurt er van alles tegelijk. Ik glijd weg over een trede en zie de steen akelig dichtbij komen. Dan gaat het snel. De steen rolt ineens op me af, stoot zwaar tegen mijn maag. Ik word geplet tussen de steen en de wand. Dan glijdt hij verder.

Het gevaarte stoot tegen mijn knie en dondert dan naar beneden. In een vertraagde reactie snijdt de pijn naar binnen. Mijn vastgezette adem schiet los. Als de losgekomen grond mijn voeten begraaft, neemt de pijn mijn denken over. Vaag besef ik dat de misselijkheid mijn maag in de klem neemt. Daarna sluit de duisternis me opnieuw in.

46

Erin – Ierland 1995

'Waar bleef je?' Dat is het eerste wat Teun zegt als ik bij het appartement aankom. 'Ik dacht dat je alleen even...' Pas dan ziet hij me. 'Jeetje Erin, wat heb je gedaan?'

Ik duw hem opzij en loop naar binnen. 'Straks, oké?'

'Je haar zit vol troep, en je kleren...' Hij staart me aan. 'Kijk eens naar je kapotte nagels, of wat er nog van over is. Het is één grote rouwrand. Je ziet er niet uit!'

'En bedankt.' Ik grijns naar hem.

'Is alles oké? Het lijkt wel alsof je spoken hebt gezien.'

Spoken. De opluchting dat ik uit het ondergrondse gewelf ben ontsnapt, is zo groot dat ik begin te lachen bij dat woord. Ongecontroleerd. Tot de tranen ineens beginnen te stromen.

'Och, lieverd. Vertel me straks maar wat er allemaal gebeurd is.' Hij slaat zijn armen om me heen.

Ik weer hem af. 'Ik ben niet...' De stank hangt zwaar om me heen als mestgeur over een weiland.

Dan voel ik dat hij mijn hoofd tegen zijn borst trekt. Ik hoor zijn hartslag, voel zijn armen. Ik ben thuis. Niemand kan me nu nog wat aandoen. Dan pas laat ik mijn weerstand los.

Het duurt lang voor hij me van zich af duwt, waarbij hij zijn neus ophaalt. Ik besef dat zijn wangen nat zijn.

'Kom, douchen,' is het enige wat hij zegt.

In de badkamer laat ik toe dat hij me uitkleedt. Dan zet hij me onder de warme straal van de douche. 'Blijf maar even rustig staan.'

Het verbaast me zelfs niet als hij even later bij me komt en me begint in te zepen. Mijn haren, mijn lijf, en daarna heel voorzichtig mijn handen. Ondertussen mompelt hij woorden als 'lieverd' en 'jeetje'. We klemmen ons aan elkaar vast en ik voel onze huid langs elkaar glijden. De smerige grond spoelt van me af en de grafgeur wordt overgenomen door lavendel. Met mijn ogen gesloten hef ik mijn gezicht en open mijn mond.

Zijn lippen omsluiten de mijne. Zacht en ongelooflijk teder. De herinneringen aan de spooktocht glijden zachtjes uit mijn hoofd. Knipperend tegen de waterstraal zoek ik zijn ogen. Dan verdrink ik. Geef me over aan zijn handen die niet alleen de smerige geur laten verdwijnen, maar vooral op ontdekking gaan. Ik proef lavendel en veel meer. Alles is vloeibaar, waarna mijn gedachten maar één kant op stromen.

Onze vrijpartij was een vanzelfsprekend vervolg op de douche. Na afloop lig ik met mijn hoofd in de kom van zijn schouder en ik luister naar zijn trage hartslag. Er is een rust over me heen gevallen die ik al heel lang kwijt was.

'Wil je me voortaan alles vertellen?' geeft hij aan nadat ik uiteindelijk uit de doeken heb gedaan wat er gebeurd is.

'Alles?' Ik kom half overeind en druk een kus op de kuiltjes in zijn wangen.

'Ja, alles.' Hij zoekt met zijn mond, waarna ik naar zijn lippen afzak.

Het gesprek gaf een vreemde mengeling van liefde en diepe verontwaardiging, maar het was goed dat hij wist wat ik ontdekt had.

'Het belangrijkste is dat dit naar buiten moet.'

Hij komt zuchtend overeind. 'Weet je dat je ongelooflijk mooi bent?'

Ik voel zijn lippen op mijn schouderbladen en moet mezelf geweld aandoen om niet te reageren.

'Dat heb je me nooit eerder gezegd,' zeg ik uiteindelijk.

'Ik zal het nog heel vaak zeggen. Maar eerst moet Maureen weten wat je ontdekt hebt.'

Ik weet dat hij gelijk heeft. 'O ja, ik ben nog iets vergeten,' begin ik, als ik mijn jas in de deuropening zie liggen.

'Je zou me alles vertellen.' Teun staat aan de andere kant van het bed. Zijn hand strijkt door zijn borsthaar en ik word opnieuw week nu ik zijn prachtige lijf zie.

'Je maakt het me ook wel erg moeilijk, als je me zo afleidt.'

Hij raapt de handdoek op van de grond en slaat die om zijn heupen. 'Zo dan? Kom maar op. Volgens mij is het iets wat ik moet weten vóór we naar Maureen gaan.'

Het is best lastig om terug te keren naar het moment dat ik die keuze maakte. De omstandigheden onder de grond lieten me dingen doen die een normaal mens nooit in zijn kop zou halen. Dan sta ik op en loop naar mijn jas. Ik pak de mouwen die ik daar secuur heb dichtgeknoopt en maak ze los.

Verschrikt zuigt Teun de lucht naar binnen.

'Het lijkt me goed als we dit voorlopig verzwijgen.'

47

Erin – Ierland 1995

‘Hier begraven? Kinderen?’ herhaalt Maureen, als we haar op het terrein ontmoeten.

Ik heb haar door de telefoon al kort verslag gedaan. Maar het werd een verwarrend gesprek, omdat er kennelijk iemand bij haar in de keuken zat.

‘Dat hoorde ik van iemand.’ Ik stuur een waarschuwende blik naar Teun.

‘Dat is te bizar voor woorden. Waarom zouden ze niet op de katholieke begraafplaats liggen? Die is hiertegenover.’

‘Dat weet ik niet, maar...’

‘Daar moet ik meer van weten,’ onderbreekt ze me, en ze stevent op twee mensen af die bij de bouwplaats staan te kijken. Het blijken dezelfde vrouwen die me eerder de adressen van de moeder-overste en de priester gegeven hebben.

Ik wenk Teun en we volgen op kleine afstand.

‘No way!’ hoor ik Maureen uitroepen. Mijn aandacht is meteen getrokken.

‘Wist je dat niet?’

‘Maar waar dan?’

‘Er is een kleine begraafplaats op het terrein.’ De vrouw wijst in de richting van de gedenkplaats. Weet Maureen niet van het bestaan?

Met rechte rug en grote passen loopt Maureen over het terrein van het tehuis. De vrouwen volgen aarzelend. 'Een begraafplaats,' roept ze, terwijl ze met haar armen zwaait. 'Dat betekent dat die kinderen nooit van het terrein af gekomen zijn.'

'Ik dacht dat je dat wist,' zegt de vrouw met de krassende stem.

'Hebben die dan nooit een nette begrafenis gehad?' gaat Maureen verder.

Ze verwoordt precies wat mij raakte toen ik daarbeneden die bundeltjes ontdekte. Waren die kinderen, omdat ze toevallig geboren zijn uit een ongehuwde moeder, te min om op een rooms-katholieke begraafplaats hun gezegende rust te krijgen?

De twee vrouwen lopen waggelend achter Maureen aan, maar ze kunnen haar tempo nauwelijks bijhouden, waardoor ze regelmatig moet wachten, terwijl ze ongeduldig met haar voet op de grond tikt.

'Hier is het,' zegt de vrouw uiteindelijk. 'We hebben net bloemen neergelegd.' En inderdaad staan er verse bloemen in de vaas.

'Liggen hieronder kinderen begraven?'

Ik kijk Teun aan en we weten allebei het antwoord op de vraag. Toch is het voor nu goed om erover te zwijgen. Ik heb geen idee hoe ze hier reageren op grafschennis. En ik ben nog veel verder gegaan dan dat.

De ene vrouw hijgt nog even na. 'Het is alweer jaren geleden. Het tehuis was al een hele tijd gesloten en er stonden alleen nog een paar muren overeind. Ik denk dat het ergens rond 1975 is geweest. Misschien zelfs eerder.'

'Wat is er toen gebeurd?' Maureen staat naast haar, maar houdt haar scherpe blik de hele tijd op de bloemen gericht.

'Och, je weet hoe kinderen zijn. Die spelen met alles wat ze vinden. En mijn George kwam thuis met een schedel die hij op een stok had vastgebonden. Als een soort totempaal, of relikwie, ik weet niet hoe die knullen dat zagen.' Als er niemand reageert, gaat ze verder. 'Ik dacht dat hij op de begraafplaats was geweest, die ligt recht tegenover ons huis. Je weet hoe jongens zijn.' Ze haalt verontschuldigend haar schouders op.

'En toen?' dringt Maureen aan.

'Hij vertelde dat hij het bij de ruïne van The Home had gevonden. We zijn er samen met een buurman heen gegaan.'

Ik probeer het beeld dat geschetst wordt niet toe te laten. Een schedeltje van een van de kinderen als oorlogsbuit. Zou het die spichtige knul zijn met zijn onschuldige sproeten die mij het spoelgat wees?

De vrouw vertelt verder en zegt dat ze in de hoek van het gedenkveldje een holle ruimte ontdekten onder een scheefgezakte betonnen deksel. Eronder zagen ze een ruimte die vol lag met kinderskeletten.

'Een holle ruimte?'

'Ja, een ruimte die verbonden was met gangen. Ik heb het met eigen ogen gezien. Toen was ik nog wat soepeler dan nu.' Ze strijkt over haar lichaam. 'Ik ging op mijn buik liggen en kroop door het gat naar binnen. Achter die eerste ruimte zag ik een gang met een soort trap waarop heel veel kleine bundeltjes lagen.'

Ik zuig een diepe teug lucht naar binnen. Die geur zal ik nooit vergeten.

'Dat lijkt wel een rioolstelsel,' zegt Teun, die tot die tijd zwijgend heeft staan luisteren.

'Ja, dat is later bekend geworden. Het bleken rioolgangen die op een septic tank zijn aangesloten, zoals je vaak vindt onder dit soort oude gebouwen. Zo ook onder The Home.'

Mijn maag speelt op. Het misselijkmakende beeld dringt diep in mijn lichaam. Het is precies wat ik heb gezien, maar nu Teun er de term 'riool' aan koppelt, is het des te gruwelijker. Dat er mensen zijn die tot zoiets in staat zijn.

'Dode baby's in een riool. En kinderen,' voeg ik er zacht aan toe.

Teun geeft me een elleboogstoot.

De vrouw haalt een paar keer haar schouders op. 'Volgens een van de vrouwen die vroeger in het tehuis werkte, heeft zij die kleintjes hier vaak heen moeten brengen.'

'Wat is met die baby's gebeurd?' vraagt Maureen verder.

'Ze liggen hier nog steeds. De plaatselijke priester is erbij gehaald en die heeft een gebed uitgesproken. De gemeente heeft er een nieuwe betonnen plaat overheen geplaatst. Sindsdien houden we het terrein netjes en...' Ze wijst naar de hoek.

'En jullie leggen bloemen,' vult Maureen aan.

'Ja, dat klopt.'

Niemand zegt wat. Alleen de ademhaling van de vrouw laat nog steeds een raspend geluid horen.

Ik staar naar de bodem waaronder een verzameling verdriet ligt, en waar de hemel zijn tranen op laat vallen. Het lijkt alsof de geur langzaam door de grond opstijgt.

'Sorry,' mompel ik. Ik duw een hand tegen mijn mond en ren weg. De geschiedenis haalt me in en is nog smeriger dan ik ooit kon bedenken. Kinderen dumpen in een riool. Dan geef ik over in de bosjes. Mijn lichaam verkrampt tot er alleen nog maar gal uit komt. En ineens kan ik me voorstellen dat iemand dit geheim wil houden.

Een halfuurtje later staan we bij de auto. Maureen staart met een verbeten trek om haar mond in de verte. 'Hoe valt dit ooit uit te leggen?'

Haar vraag draait een aantal keren door mijn hoofd, maar omdat ik niet weet aan wie ze iets wil uitleggen, blijf ik zwijgen.

'Hier ga ik achteraan. De gemeente moet weten hoeveel kinderen er zijn gestorven in het tehuis. Als we dat weten, zal ik die... idioten ter verantwoording roepen. Dit is onmenselijk. Die kinderen verdienen een respectvolle begrafenis. Die horen thuis op een officiële begraafplaats.'

'Met een naam,' vul ik strijdlustig aan.

'En een geboortedatum en sterfdatum,' gaat ze verder. 'Zodat de biologische moeders hun kinderen kunnen vinden. Ik rij meteen naar het gemeentehuis om de namen van de overleden kinderen te krijgen. Die moeten in het archief staan. Misschien vinden we nu een overeenkomst met onze lijst.' Dan loopt ze om haar auto heen. 'O, ik zou het bijna vergeten. Ik heb wat informatie over de man die het tehuis in die jaren geleid heeft.'

Ik krijg een briefje in mijn hand geduwd, waarna ze met slippende banden wegrijdt.

48

Erin – Ierland 1995

'Onvoorstelbaar hoe snel je dit geregeld hebt,' geef ik aan, terwijl we onderweg zijn naar de universiteit van Cork. Het is zo'n tweeenhalf uur rijden.

'David is een oud studiegenoot van me. Na zijn master hebben we contact gehouden.'

'Mooi dat hij je meteen wil ontvangen.'

'En helpen,' voegt Teun eraan toe. Zijn blik flitst mijn kant op en er ligt een trots lachje om zijn mond.

'Je vist naar complimenten,' plaag ik.

'Zoals ik al eerder zei, is dat een van mijn grootste hobby's.'

Bij mijn voeten ligt mijn rugzak, waar ik naast de spullen van mijn moeder nu ook de bewijzen in gestopt heb. Achteraf begrijp ik niet hoe ik het voor elkaar heb gekregen.

Het handje gleed in de mijne, een klein meisje keek me met grote ogen aan. Haar naam was Lily en haar huid was zo wit als de lelie die ik aan de overkant van de weg in een tuin zag bloeien. Ze zei niets, omdat dat niet mocht. Pijn leert snel. Haar dikke buikje was misleidend, want ik wist dat ze honger had. Net als ik. Ze klaagde niet. Maar haar ogen vertelden alles. Zelfs in die laatste dagen, toen de mazelen heersten en de koorts haar in bed hield.

Dat handje voelde ik opnieuw toen ik daar op de grond in die onderaardse gang zat. Lily was een van die kinderen. Een van de bundeltjes. Dat kon niet anders, omdat haar bed ineens leeg was. Dood was toen nog een woord zonder begrip. Ze was weg.

De gedachte aan Lily liet me abrupt stoppen toen ik weg wilde uit het ondergrondse gewelf. Ik kneep mijn kiezen op elkaar en sloot mijn ogen, en waande me op een archeologische vindplaats. Elk skelet vertelde het verhaal van het verleden. En dat moest nu ook gebeuren. Dus keerde ik terug naar de bundeltjes en sloot mijn denken af. De emotie verdween, de vastberadenheid groeide. Ik was de enige die dit kon doen.

In gedachten zette ik mijn professionele masker op en begon verschillende botten te verzamelen. Het was niet nodig om alles te documenteren, hoewel ik mezelf met de zaklantaarn bijlichtte en in gedachten foto's maakte. Representatief bewijsmateriaal. Geen toevallige uitzondering. Dus van verschillende skeletten.

Zo verzamelde ik allerlei soorten botten van kinderen van verschillende grootte. Vanaf dat moment wist ik dat Lily met me meeliep. En niet alleen Lily. Terwijl ik de uitgang zocht, hoorde ik de voetstappen van meer kinderen, die allemaal op mij vertrouwden.

'Ik ben het aan ze verplicht.' Ik kijk naar Teun, die inmiddels meer is dan mijn steun en toeverlaat.

Als antwoord legt hij zijn hand op mijn been. 'Het zou mooi zijn als we inderdaad bewijs kunnen vinden dat jullie ondervoed en verwaarloosd werden.'

Jullie.

'Botten vertellen een levensverhaal, zei mijn moeder altijd.'

'Astrid?'

Ik hum bevestigend. Ik snap hoe verwarrend het is als ik het over 'mijn moeder' heb. In feite heb ik maar één moeder, en dat is Astrid. Daarnaast is er een vrouw die me gedragen en gebaard heeft. Ik zie haar niet als moeder, omdat ik haar niet ken.

'Astrid heeft me de liefde voor de natuur bijgebracht. We zochten samen fossielen en ze liet me pootafdrukken van kleine dino's zien. Ze fantaseerde over de mogelijkheid om uitgestorven dieren via DNA weer tot leven te wekken omdat we weefsel van ze gevonden hadden.'

'Zoals in *Jurassic Park*?'

'Ik hoor het haar weer zeggen: "De toekomst gaat geheimen prijsgeven die je je nu nog niet kunt voorstellen."' Er zit een snik in mijn stem.

'Alsof ze het wist…' Teun geeft een kneepje in mijn been.

'Ik ben er inmiddels van overtuigd dat ze meer wist. Dat ze al veel geheimen had ontdekt die het daglicht niet konden verdragen.'

Ik staar naar buiten, waar de omgeving vervaagt. Met de rug van mijn hand veeg ik de tranen weg, maar het helpt niet. Ze blijven komen. 'Ik hield zoveel van haar.' Mijn stem piept.

Teun kijkt me even aan. 'Dat heeft ze gevoeld.'

Ik leg mijn arm om zijn schouder en vraag me af wat híj voelt. In die korte tijd is hij mijn hart binnengeslopen. Bijzonder als je elkaar nog maar zo kort kent.

'We gaan het allemaal ontdekken, Erin.' En heel even weet ik niet of hij het over de liefde heeft of over de bewijzen die in de meegenomen botten verborgen liggen.

David is een stille man met zware wenkbrauwen. Zijn lippen krullen de hele tijd omhoog, waardoor hij ons met een spottend lachje lijkt te bekijken. Maar hij stelde geen vragen over de herkomst van de botten, wat ik wel bijzonder vind.

'Op zondag is hier nooit veel te doen, dus kunnen we overal bij,' geeft hij ongevraagd aan als we door de lange gangen naar een laboratorium lopen.

We bekijken de röntgenfoto's die David van de verschillende botten heeft gemaakt. 'Kijk, hier zie je een afwijking. Deze knobbels wijzen op een groeiachterstand.' Hij duwt zijn neus bijna tegen het scherm om de details beter te kunnen zien. 'We zullen dit verder moeten onderzoeken om het met zekerheid vast te stellen.'

'Hoe doe je dat?' Teun is me net voor met zijn vraag.

'We maken dunne coupes van de botten, zodat we de botstructuur beter kunnen bestuderen.'

David draait zich nu naar ons toe. 'We hebben veel geleerd van opgravingen van archeologen. Als mensen in een afgesloten gemeenschap leefden, kwamen erfelijke ziekten vaker voor in zo'n groep. Vaak zie je dan ook armoede, en de stress die dat oplevert bij kinderen.'

'Stress?' Ik kijk hem verbaasd aan.

'Niet de huidige stress van druk zijn, maar lichamelijke stress doordat deze kinderen waarschijnlijk vaak in aanraking zijn gekomen met ziekten gecombineerd met ondervoeding. Het zou goed zijn om ook hun tanden te laten onderzoeken.'

Mijn blik dwaalt naar de grond. 'Veel van deze kinderen waren nog baby.'

Als ik al gedacht had dat deze man in shock zou zijn door mijn opmerking, dan heb ik het mis. Hij leeft zelfs helemaal op. 'Dat is prachtig. In het eerste levensjaar, of jaren, maakt een kind de grootste groei door. Tanden bezitten een bepaalde vorm van groeilijnen, zodat we kunnen zien hoe hun conditie was in die periode.'

Ik wil hem onderbreken door te zeggen dat de baby's die er lagen nog helemaal geen tanden hebben – ik heb er zelfs specifiek naar gezocht – maar hij gaat alweer verder.

'Besef dat baby's tanden in aanleg hebben, dus dat kan wel onderzocht worden. Verwaarloosde kinderen of kinderen die door slechte voeding een groeiachterstand hebben, ontwikkelen soms geen melkgebit, of ze ontwikkelen het te laat.' Hij schuift een volgende foto voor het scherm. 'Dit dijbeen behoort waarschijnlijk aan een tweejarig kind toe, als ik kijk naar de lengte. Hoewel we dat met isotopenonderzoek pas echt kunnen vaststellen. Maar zie je deze kromming? Dat wijst op misvorming.'

Terwijl David de ene na de andere foto voor het lichtscherm schuift, geeft hij nog meer informatie. Zelfs bij de paar botten die ik meegenomen heb, vindt hij al aanwijzingen die volgens hem onomstotelijk groeiachterstand aantonen door ondervoeding.

Na een uur nemen we afscheid.

'Hou me op de hoogte,' zegt David als hij Teun een hand geeft. Hij drukt een kus op mijn wang en pakt me dan bij beide schouders. '*Keep up the good work.* Laat me weten als ik ergens bij kan helpen. Dit lijkt me belangrijk voor je.' Zijn ogen dringen diep bij me binnen.

Even later zitten we zwijgend naast elkaar in de auto. De zon schijnt, wat een vreemde sensatie is na alle regen van de afgelopen dagen.

Groeiachterstand, ondervoeding, stress.

'Bijzondere man,' zeg ik uiteindelijk. 'We hebben nu bewijzen van de slechte opvang in het tehuis.'

Het duurt een hele tijd voordat Teun iets zegt. 'Dit riekt naar een zeer slecht georganiseerde opvang, naast het feit dat al die kinderen daar naamloos zijn weggestopt.'

'We moeten Maureen bellen. Ik ben benieuwd of ze al iets heeft gehoord van de gemeente. Eindelijk komt er schot in de zaak. Als we de namen van die overleden kinderen hebben, en we kunnen bewijzen wat hun is aangedaan, dan...'

'Maar dan kunnen we nog steeds niets doen.' Teun stuurt met één hand en houdt met de andere de mijne vast. 'Je mag menselijke overblijfselen niet zomaar opgraven. Bovendien zie ik niet in hoe de namen van deze overleden kinderen iets te maken kunnen hebben met het gevaar van onze lijst.'

Natuurlijk. Stom. Er zijn straks dus twee lijsten. 'Dus we zijn hier niets mee opgeschoten?'

'Natuurlijk wel. Maar ik ben bang dat we niet dichter bij die schutter zijn gekomen. Die is geïnteresseerd in geheimhouding van de eerste lijst met namen.'

Het ruisen van de banden op het asfalt begeleidt mijn gedachten. Door het geluid van het knipperlicht krijgen mijn gedachten soms een duwtje en uiteindelijk draaien die sneller dan ik wil. Alles wat me is overkomen speelt zich als een film in mijn hoofd af. Tot ik overeind schiet. 'Ik heb je niet alles verteld.'

Teun draait zijn hoofd naar me toe. 'Is er nóg meer dan?'

Ik negeer de lichte irritatie in zijn stem. 'In dat ondergrondse gewelf, of eigenlijk bij de uitgang ervan, lag een steen.' Door mijn ontsnapping en de manier waarop Teun me daarna opving, is dit naar de achtergrond verdwenen. Maar nu besef ik dat mijn vermoeden juist kan zijn. 'Ik dacht eerst dat die steen door de doorweekte grond verschoven was.'

Teun laat van schrik het gaspedaal los. 'Wil je zeggen...'

'... dat hij me heeft gevonden. Hij is dichterbij dan we tot nu toe dachten.'

49

Charlotte – Ierland 1995

Het voelt niet goed. Ze stapt uit en kijkt om zich heen. Er hangt een sinister sfeertje rond het huis van Maureen. Hoort ze iets? Takken die breken? Of is dat de wind? Ze blijft staan en luistert. Alleen de wind zet alles in beweging, verder is het stil.

Charlotte dwingt zichzelf om haar portier te sluiten en naar de voordeur te lopen. Faye kwam haar vertellen dat Maureen haar graag wilde spreken. In haar eentje. En alleen al die toevoeging liet haar huiveren.

Van het vorige gesprek heeft ze een naar gevoel overgehouden. Iets wat haar dwarszit. Daarna besloot ze dicht in de buurt van Faye te blijven, nu duidelijk is geworden dat zowel de adoptiemoeder van Erin als van Max er niet meer is. Zelfmoord of moord? Ze weet niet meer wat ze moet geloven.

Uiteindelijk gaven de woorden van Sue haar het zetje. *Ze kunnen je niet meer terugsturen. Dus wat kan er gebeuren?*

Maar ook Sue wist niet alles.

Ze belt aan. In de hal galmt het geluid. Als de keuken weer in haar gedachten komt, gniffelt ze zacht. *Let maar niet op de troep.* Dat had Maureen gezegd.

Geen reactie. Het blijft stil in huis. Charlotte kijkt om zich heen. Een unheimisch gevoel besluipt haar. Gefluister van de struiken. Vogels die hun adem inhouden. De zon die om de rand van een dikke wolk heen gluurt. Er hangt een onverklaarbare kilte in de tuin.

Het liefst zou ze zich nu omdraaien en maken dat ze wegkomt. Maar ze heeft zichzelf beloofd om niet meer te vluchten voor het verleden. Dus drukt ze opnieuw op de bel. Terwijl ze de voordeur in de gaten houdt, loopt ze langs de zijkant van het huis naar achteren. De keuken leek op een kantoor, eetkamer en leefruimte tegelijk. Zit Maureen daar te werken?

Abrupt blijft ze staan. Het lijken voetstappen. Een tak kraakt. Vogels vliegen op. Rent er iemand weg?

'Hallo? Maureen?' roept ze. Ze gluurt om de hoek van het huis en ziet het grasveld. Ze grijnst. 'Let maar niet op de troep,' fluistert ze.

Dan ziet ze het. De keukendeur staat op een kier.

'Maureen?'

Ze gaat op haar tenen staan en duwt de klimop opzij zodat ze door het raam naar binnen kan kijken. De vaat staat opgestapeld op het aanrecht, de tafel ligt bedekt met papieren en de keukenstoelen liggen…

'Shit.' Charlotte deinst achteruit. Snel scant ze de omgeving en legt dan de laatste meters naar de keukendeur af. Keukenstoelen horen aan tafel te staan. Zelfs bij Maureen.

Ze duwt zacht tegen de deur, die knarsend opengaat. De adrenaline wordt als een razende door haar bloedbaan gepompt, waardoor al haar zintuigen op scherp staan. Is er iemand in huis? De geur van verbrande koffie prikkelt haar neus, maar is vermengd met iets anders. Aarzelend loopt ze de ruimte binnen.

Een stoel met een afgebroken poot ligt dwars over allerlei papieren op de grond. Rode vlekken op het tafelkleed. Een handafdruk? Is dat… Een voet. Een vreemd verbogen been. Dan vliegt ze op de roerloze figuur af die half onder de tafel ligt.

'Maureen! Wat is er gebeurd?'

Ze voelt in haar hals, terwijl ze met afgrijzen naar de plas bloed kijkt.

Haar eigen hart bonkt zo hard dat ze niets voelt. Dat kan niet!

'Wacht hier. Ik ga bellen,' zegt ze tegen Maureen.

Pas als ze het alarmnummer heeft gedraaid, beseft ze dat die gek hier misschien nog rondhangt. Dan is er iemand aan de lijn die haar aandacht vraagt. Ze draait zich van Maureen af en geeft korte zakelijke antwoorden. De hoorn van de telefoon trilt tegen haar oor.

'Kom snel! Een ambulance. Ze gaat dood!'

50

Erin – Ierland 1995

In de pub hangt een gezellige sfeer. Er zit een stel rondbuikige mannen aan de bar en twee gezinnen zitten met hun kinderen een spel te doen aan de grote leestafel. We zoeken een tafel in een hoek van de ruimte, vanwaar we goed zicht hebben op de ingang.

Die gezelligheid is prima als rookgordijn om mijn eigen onrust te verbergen. Ik tik met mijn ring tegen het kopje dat Teun net voor me heeft neergezet, maar zelfs dat geluid duwt de onrust alleen nog maar harder in mijn lijf. Waar blijft ze?

Charlotte moest ons spreken en zou op ons wachten in de pub. Dat zei de eigenaar van de accommodatie toen we terugkwamen uit Cork. Maar Charlotte is nergens te zien.

'Wat zou er aan de hand zijn?'

Teun haalt zijn schouders op.

'Waarom nou uitgerekend hier?' fluister ik indringend. 'Volledig zichtbaar voor wie dan ook.'

'Rustig maar. Hier in de pub zal niemand een wapen trekken. Dus ik denk dat je hier veiliger zit dan ergens buiten.'

Teun heeft gelijk, maar toch blijf ik de gezichten aftasten en tuur ik onafgebroken naar de deur. Stel dat die vent hier opduikt? Is het eigenlijk wel een vent? Dat weet ik nog steeds niet, omdat ik deze klootzak nooit goed gezien heb. Het is lastig om gewoon door te ademen.

De deur zwaait open. Een windvlaag brengt frisse lucht naar binnen, die ik dankbaar inadem. Om me heen zie ik de hoofden omdraaien naar Charlotte die in de deuropening opduikt. Haar donkere lange haar ligt verwilderd om haar gezicht en haar ogen zijn opengesperd.

Ik kom overeind en zwaai naar haar.

'Er is iets met Maureen,' gooit ze meteen naar ons toe, nog voor ze zit. 'Ze is in kritieke toestand opgenomen in het ziekenhuis.'

'In kritieke toestand?' herhaal ik stom. 'Wat is er gebeurd?'

In korte bewoordingen doet ze haar verhaal. 'Nu ligt ze op de intensive care.' Charlotte knikt dankbaar naar Teun, die een stoel voor haar bijschuift. 'Er was zoveel bloed. Ik wist niet wat ik moest doen.'

'Je hebt alarm geslagen, dat is de beste actie op zo'n moment.' Teun geeft een seintje aan de barman.

'Het was zo eng. Toen ik aankwam bij haar huis, voelde ik meteen dat er iets aan de hand was.' Ze vertelt over de knappende takjes in de tuin en de waarschuwingssignalen van de vogels.

'Dan denk ik dat je hem gestoord hebt,' concludeert Teun. 'Heb je geen schoten gehoord?'

Charlotte schudt haar hoofd.

'Iemand gezien?'

'Nee, ook niet. Pas toen de ambulance weg was, ben ik gaan zoeken. Maar dat was natuurlijk te laat. Ik ben zo kwaad.'

'Het is ook doodeng,' geef ik aan. 'Als je net iets eerder was geweest...'

De haartjes in mijn nek gaan rechtop staan als ik geschuifel hoor. Ineens staat er een oude man naast me. Ik spring zo vreemd omhoog dat mijn stoel omvalt. Het gekletter trekt meteen alle aandacht van de bezoekers. De man leunt met één hand op het tafeltje naast ons.

'*What's the story?*' vraagt hij met een stem waar een heel leven in verstopt zit.

‘W-wat het verhaal is?’ Ik stotter en zie dan pas dat de man op zijn benen staat te zwaaien.

‘Het gaat prima,’ antwoordt Charlotte. ‘Dank u wel. Kan ik u iets aanbieden?’ Ze staat op en leidt de man terug naar de bar, waar ze een Guinness voor hem bestelt. Zelf neemt ze de koffie mee die net klaar is gemaakt. Als ze weer aan tafel schuift, zucht ze diep. ‘Dit is de *resident drunk*. Ieder dorp heeft er een. Oudere mannen die het meubilair vormen van de pub en wier drinkgedrag betaald wordt door de gemeenschap. Die komen graag langs de tafeltjes, zogenaamd voor een praatje.’

‘Interessant.’ Ik knik de man vriendelijk toe als hij zijn glas naar ons heft om te proosten. ‘Ik was even bang…’

Charlotte nipt aan haar koffie. ‘Ja, die ondefinieerbare angst, alsof er iets dreigends aan komt, maar je het niet kunt zien.’

‘Net als in het tehuis,’ vul ik aan.

Charlotte kijkt me verrast aan. ‘Dus dat herinner je je nog?’

‘Er zijn geuren, geluiden, en dit soort zaken. Feiten en namen komen maar mondjesmaat terug. En inmiddels wordt alles overgenomen door een intense haat in de richting van degene die ons nu het zwijgen probeert op te leggen. Waarom?’

Het kopje van Charlotte trilt als ze opnieuw een slok neemt. ‘Ja, die woede neemt ook bezit van mij. Ik ben ongelooflijk bang, maar tegelijkertijd komt de opgekropte kwaadheid nu met een enorme kracht naar buiten.’ Ze heeft haar vuisten gebald. ‘Maureen had met Faye gebeld dat ze me iets moest vertellen. Daarom ging ik bij haar langs. Weten jullie daar meer van? Iets met de gemeente?’

Teun en ik kijken elkaar kort aan. Dan praat ik haar bij over de kinderen die mogelijk op het terrein begraven liggen en dat Maureen bij de gemeente aangevraagd heeft wie er overleden zijn in de tijd dat het tehuis bestond. ‘De kinderen verdienen een respectvol graf met een naam en een geboortedatum.’

Charlotte knikt. ‘K-kinderen? Daar? Dus ze… Echt, liggen ze daar nog?’ Haar ademhaling gaat schokkerig.

'Ja, Maureen zou ernaar informeren.'

Charlotte trekt bleek weg. 'Dus daar was Maureen mee bezig toen die man...'

Ik zie dat ze steeds weer haar haren uit haar gezicht strijkt. 'Gaat het wel, Charlotte?'

'Een ogenblik.' Ze schuift haar stoel naar achteren en verdwijnt naar het toilet.

Teun schudt zijn hoofd. 'Die is compleet van de leg.'

'Het is ook niet niks. Eerst de overval op Maureen, en meteen daarna hoort ze dat die dode kinderen op het terrein liggen.'

Ik kijk om en hoop maar dat ze in orde is. Net als ik bedenk dat ik even bij haar moet gaan kijken, onderbreekt Teun mijn gedachten.

'Ik bedenk ineens iets. Maureen had jou toch een naam gegeven van een priester?'

Ik zoek in mijn broekzak en laat hem het briefje zien. 'Ja, van degene die het tehuis jarenlang geleid heeft. Ik heb geen naam, maar wel een adres in Loughrea.'

Teun buigt naar me toe. 'Laten we het dan zo aanpakken. Jij gaat naar die man om hem een paar vragen te stellen. Als hij leidinggaf aan het tehuis, moet hij meer weten over je biologische moeder.'

'Ja, dat is een goed idee.' Het begint meteen te bruisen vanbinnen. Als iemand iets weet van een archief, dan is het de leiding van het tehuis wel. Wat goed dat Maureen dat adres heeft gevonden.

Teun gaat al verder. 'Intussen ga ik samen met Charlotte naar de gemeente. Misschien kunnen ze ons daar meer vertellen over die bizarre privébegraafplaats en de regels om ze te herbegraven.'

Ik knik. Charlotte kunnen we nu zeker niet alleen op pad sturen. Als ik een deur achter me hoor, kijk ik om. De nog onzekere stappen van Charlotte geven aan dat dat een goede keuze is.

In korte bewoordingen deelt Teun onze aanpak aan haar mee.

Charlotte pakt haar kopje op en mikt de laatste slok naar binnen. 'Prima, laten we maar meteen gaan.' Gelukkig liggen er weer blosjes op haar wangen.

Dan bedenk ik iets. 'Zal ik die priester ook meteen polsen over de adopties? Iemand moet die lijst toch gemaakt hebben? En een leidinggevende lijkt mij dan de aangewezen persoon.'

'Ja, we moeten nu zo snel mogelijk handelen om alle informatie te verzamelen. De vent die achter ons aan zit moet gestopt worden voor er meer slachtoffers vallen,' geeft Teun aan. Charlotte knikt alsof haar leven ervan afhangt.

Een kort moment zijn we stil, alsof we elkaar nog even moed inspreken voor de strijd verdergaat. Dan leg ik mijn hand als afscheid even op Teuns schouder en knik naar Charlotte. Ik passeer de stamgast aan de bar die alweer door de volgende bewoner gesubsidieerd wordt. Daarna loop ik in hoog tempo de pub uit.

51

Charlotte – Ierland 1995

Teun trekt het portier open en barst meteen los. 'Ik heb de informatie.' Hij houdt een grote envelop omhoog.

'Stap snel in,' geeft Charlotte aan. Ze heeft al die tijd de omgeving in de gaten gehouden, maar wil nu niets liever dan wegwezen uit het centrum van Tuam.

'Die vrouw vroeg nog een keer uitdrukkelijk of ik de hele lijst wilde. Toen ik bevestigend antwoordde, was ze even stil. Daarna zei ze dat ik wel per naam moest betalen.'

'Is het een lange lijst met tientallen namen?'

'Ik heb een behoorlijk bedrag betaald, maar een precies aantal weet ik het niet.'

Terwijl ze haar aandacht bij het verkeer probeert te houden, groeit de woede. Dus er liggen veel kinderen van Tuam ergens op het terrein.

'Waar ga je heen?' vraagt Teun ineens op een toon die haar alert maakt.

Ze slingert van schrik, mist de afslag op de rotonde en laat haar gas los. 'Naar Faye.'

'O ja, dat is een goede plek.'

Ze rijdt de hele rotonde nog een keer rond, negeert de auto die haar bijna van de weg drukt en neemt uiteindelijk de afslag naar de voor haar zo bekende buurt.

Even later zitten ze in de salon, waar zelfs de geur van Seans sigaren haar nu huiselijk aandoet. Zowel Faye als Sean heeft zich bij hen aangesloten.

'Een dodenlijst?' Sean komt zoals altijd meteen to the point.

'Ja, zo kun je het noemen.' Teun opent de envelop en haalt er een paar vellen papier uit. Zijn gezicht staat strak. 'Dit is echt niet te geloven,' zegt hij dan ademloos. Hij strijkt over zijn voorhoofd.

'Wat is er?' Charlotte voelt iets trillen in haar maag.

'Als je denkt dat het niet erger kan worden, dan krijg je dit.'

'Laat zien.' Sean steekt zijn hand uit. Het is onmogelijk om deze man iets te weigeren. Sean straalt overwicht uit, maar dwingt tegelijkertijd respect af. Ze is dan ook niet verbaasd dat Teun zonder enige aarzeling de papieren aan hem geeft.

Sean zegt niets, maar Charlotte ziet de spieren op zijn kaken opbollen. 'Dat is...'

Dan is het genoeg. Ze reikt naar het papier en beweegt haar hand ongeduldig op en neer tot ze de papieren eindelijk vast heeft. Haar blik grijpt de eerste regels beet en glijdt dan snel naar beneden. Het getal in de kantlijn raakt haar vol in haar hart. 'Zevenhonderdzesennegentig. Dit zijn bijna achthonderd namen!'

Ze staat op omdat er een wervelstorm aan emoties door haar bloedbaan raast. Voor het raam blijft ze staan en ze kijkt naar de appelbomen, die al jonge vruchten dragen. Achthonderd kinderen die daar de dood vonden. Die kleintjes die soms te zwak waren om naar buiten te gaan om te spelen, zoals verplicht gesteld werd door de nonnen. Zonder een warme jas om zich tegen de kou te beschermen. Baby's die steeds zwakker werden. Tot ze ineens weg waren.

'Ze zijn niet gewoon overleden.' Charlotte draait zich om en zegt het nog een keer, harder nu. 'Ze zijn niet gewoon overleden!'

'Ik weet het, ik weet het,' sust Sean, die naast haar komt staan.

'Ze hebben ons verwaarloosd en uitgehongerd. Er kwam bijna

nooit een dokter, terwijl hun gehoest...' Haar knieën trillen nu zo hard dat ze bang is om te vallen. Ze grijpt zich vast aan het raamkozijn en voelt dan dat Sean een arm om haar heen slaat, wat vreemd aanvoelt.

'Het is goed dat er eindelijk onderzoek plaatsvindt.'

De zin landt niet, waardoor ze nog steeds compleet in shock naast hem staat. Het verleden mag nooit vergeten worden. Er moet iets gedaan worden, zodat niemand dit ooit vergeet. 'Had ik maar...'

Sean trekt haar iets dichter tegen zich aan. 'Jij hoeft je niet schuldig te voelen.'

Ze wil ertegenin gaan, omdat dit sinds haar bezoek aan het terrein zwaar op haar schouders drukt. 'Die kleintjes... Ze hadden niemand. Ik heb het allemaal gezien. Na een jaar werden ze bij hun moeder weggehaald en kwamen ze bij ons. Wij mochten niet naar ze toe om ze te troosten. "Ze stoppen vanzelf met huilen," zeiden ze dan.'

'Na een jaar?'

'Ja, dat is wat ik heb meegekregen. Vast en zeker vanuit gemak. Zolang de moeders zelf voor hun baby zorgden, hoefden zij het niet te doen.' Het klinkt scherp. 'En daarna werden ze bij hen weggehaald.' Ze wil eraan toevoegen 'om ze weg te geven', maar ze heeft geen idee hoe de adopties geregeld werden.

'Onmenselijk,' gromt Sean. 'Je weet dat ik jurist ben. Dus als ik op een of andere manier mijn bijdrage kan leveren...'

Charlotte blikt kort opzij en ze ontmoet zijn gezicht dat ondanks zijn smalle lippen zachtheid uitstraalt. Ze wil hem bedanken, maar ze heeft geen woorden paraat.

'Dus deze lijst toont aan,' begint Teun, 'dat er bijna achthonderd babylijkjes op het terrein begraven liggen.'

Sean loopt terug naar de zithoek en gaat op de leuning van de bank zitten. 'Ik moet je even corrigeren, jongeman. Deze lijst toont alleen aan dat er zoveel kinderen gestorven zijn, meer niet.

De gemeente heeft daar kennelijk een archief van, maar niemand weet of die lijkjes echt op het terrein begraven liggen.'

'Behalve de getuigenis van de dorpsbewoonster die ze gezien heeft,' corrigeert Teun. En hij vertelt dat een vrouw de overleden kleintjes in de ondergrondse gangen moest leggen.

Met trage bewegingen steekt Sean een sigaar op. 'Die getuigenis hebben we nodig. Daarmee kunnen we de verantwoordelijken in ieder geval oproepen. Maar of het genoeg is...'

Charlotte ziet dat Sean met fikse trekken zijn sigaar in de brand steekt. De dikke rook blaast hij rechtstreeks naar het plafond.

'Erin heeft ze gezien,' zegt Teun ineens.

Als in een voorgeprogrammeerde choreografie draaien ze zich allemaal op hetzelfde moment naar hem toe.

Sean is de eerste die reageert. 'Wat heeft ze gezien?'

Teun vertelt over het heikele avontuur dat Erin heeft meegemaakt. Als hij zegt dat ze de botjes duidelijk door half vergane doeken kon voelen, komt de misselijkheid omhoog. Charlotte probeert te slikken, maar het lukt niet.

Teun vertelt verder over de vrouw die had aangegeven dat het zou gaan om een oud riool, over de door Erin ter plekke verzamelde botten en het voorlopige onderzoek van David dat een indicatie geeft dat in ieder geval een aantal van de kinderen een groeiachterstand had door ondervoeding.

'Die smeerlappen,' zegt Faye, die tot die tijd stil heeft zitten luisteren. 'Kinderen gedumpt alsof ze afval waren.' Het komt er zo hardgrondig uit dat iedereen haar ineens aankijkt. 'Al zouden het er maar tien zijn geweest in plaats van honderden!' zegt ze fel. 'Die kinderen moeten een respectvolle begrafenis krijgen. Niemand verdient het om anoniem in een rioolput gedumpt te worden. Waardoor het onmogelijk is voor de moeder om ze terug te vinden en te weten wat er met ze gebeurd is.'

De knoop in Charlottes maag trekt steeds harder samen, waardoor ze moeite heeft om te ademen. Woorden komen binnen, maar draaien om elkaar heen. Begrip verdwijnt als de woorden *kinderen* en *riool* samenvallen.

'Dat zijn harde bewijzen.' De stem van Sean is donkerder dan ooit. 'Ik doe alles om dit leed te bestrijden. Onrecht mag nooit verzwegen worden, dus het is...'

Er duikt een mist op voor haar ogen. Ze knijpt in haar vuisten. Ze hoort Faye zeggen: 'Het was mijn grootste wens om moeder te worden. Jij was zo'n groot...' Dan begint de kamer te draaien. Woorden klinken vervormd. Ze moet overeind blijven. Vechten tegen de oprukkende duisternis. Maar de wereld tolt steeds harder.

'Charlotte!' hoort ze nog net. Dan vangt een mistdeken haar op en voert haar weg.

Ze liep met een grote pan soep naar de eetruimte, waar de kinderen zaten te wachten. Ze wist dat het ook deze keer te weinig was om iedereen iets te geven.

Vanuit haar ooghoeken zag ze een beweging. Een jongen met blonde krullen stond bij twee kleinere meisjes. Terwijl ze de grote pan op tafel zette bij de non die het opscheppen regelde, hield ze het drietal in de gaten. Er trilde iets in haar onderbuik. Ze zag het aan zijn ogen, de snelle beweging waarmee hij zijn krullen naar achteren duwde en de grijns op zijn gezicht. Hij was iets van plan. En alweer koos hij voor twee meisjes die met hun duim in de mond angstig omhoogkeken.

'Ronddelen,' beval de non.

Ze pakte de borden en liep in de richting van het drietal. Met haar ogen seinde ze naar de meisjes. Als ze nu aan tafel gingen zitten, zou zij ze helpen. Maar ze bleven bedremmeld staan.

Toen zag ze het. De jongen pakte de haren van het donkere meisje. 'Knip, knip!' zei hij duidelijk hoorbaar. Daarna klonk een scherp geluid. Een lok haar dwarrelde omlaag.

Met grote ogen keek ze om naar de non. Maar die riep alleen maar háár tot de orde: 'Kom, opschieten!'

Ze aarzelde. Keek opnieuw naar de jongen. Hij was berucht om zijn sadistische spelletjes, maar hij werd nooit gepakt. Als lievelingetje van een van de priesters werd hij beschermd. Daardoor was het gevaarlijk om tegen hem in te gaan. Maar dit was toch duidelijk zichtbaar voor iedereen?

In plaats van in te grijpen, liep ze met gebogen hoofd terug en pakte twee nieuwe borden om rond te delen.

Opnieuw liep ze naar de tafel die het dichtst bij hem stond. ‘Stop daarmee!’ siste ze hem toe.

Hij duwde zijn lok omhoog en grijnsde. Daarna pakte hij de zoom van haar rok. ‘Knip, knip!’ En hij knipte een enorme winkelhaak in haar kleding. Zijn trotse glimlach liet de hitte groeien.

Net op dat moment dook er een andere non op. ‘Doorlopen, jij.’ Ze duwde haar terug naar de pan soep. Ze slikte de opgekomen gal door en ging door met haar werk. Ze durfde niet meer te kijken wat er verder gebeurde. Toen de pan bijna leeg was, kon ze de twee meisjes nergens meer ontdekken. De jongen lepelde de soep naar binnen, terwijl hij haar uitdagend aanstaarde.

‘Charlotte! Word eens wakker.’ De stem van Faye trekt haar terug uit het zwarte verleden. Ze opent haar ogen en ziet de mistflarden in haar gezichtsveld.

‘Daar is ze weer.’ De stem van Sean klinkt anders dan anders.

‘Je liet ons schrikken, chérie.’ Faye zit naast haar en legt een washandje op haar voorhoofd.

Op de achtergrond hoort ze stemmen, toch gaat het gesprek volledig langs haar heen. ‘Ik had ze moeten helpen,’ zegt ze schor, en ze wil overeind komen.

‘Blijf maar even rustig liggen.’

‘Het is mijn schuld. Die meisjes…’ Ze maakt een gebaar dat Faye opzij moet gaan.

‘Gaat het weer?’ Faye helpt haar om overeind te gaan zitten.

‘Ja, prima.’ Ze glimlacht dapper.

'Ik zag je zo bleek wegtrekken.'

'Die kinderen. Bijna achthonderd.' En twee ervan kent ze in ieder geval. Die knul pikte altijd de kleinste meisjes uit de groep. Haar wenkbrauwen trekken wanhopig naar elkaar toe. 'En ik heb niets gedaan.'

'Wat bedoel je?'

'In plaats van alleen mezelf te redden, had ik die zwakste kinderen moeten helpen.'

Faye pakt haar bij haar schouders. 'Stop, Charlotte. Die nonnen zijn verantwoordelijk voor hun gedrag, niet jij! Jij bent net zo'n slachtoffer als al die anderen.'

Er is iets wat haar aandacht vraagt, maar ze kan de vinger er niet op leggen.

De zware stem van Sean klinkt geruststellend dichtbij, maar zijn woorden ontgaan haar.

'Er klopt iets niet.' Ze kauwt op de woorden, alsof dat haar kan helpen om te ontdekken wat haar onderbuikgevoel haar wil vertellen.

Teun staat ineens naast haar. 'Heeft het te maken met deze overleden kinderen?'

'Het zijn niet alleen die nonnen.' Het is lastig om haar aandacht bij het gesprek te houden. Beelden komen terug als langsflitsende filmfragmenten. 'Het is die jongen.' Het is er ineens. 'Zijn lok. Dat gebaar. Dat deed hij vroeger ook.' Daarna vertelt ze met horten en stoten over de herinneringen die ineens terugkwamen. Over de gemene dingen die hij deed, dat hij steeds de zwakste uitkoos. 'Dat was Max. Ik herken hem van vroeger.'

'Die zat toch ook in het tehuis?'

Ze ziet dat Teun een blik wisselt met Sean. 'Je begrijpt het niet. Hij was een sadist. En…' Ze sluit even haar ogen, alsof de antwoorden in het duister liggen te wachten. 'En de hoofdpriester beschermde hem. Daardoor kon hij zijn gang gaan met zijn gemene spelletjes.'

Teun strijkt met zijn hand door zijn baard. 'Max. Dat is vreemd. En die Milanese journalist...' Hij haalt een papier uit zijn broekzak en vouwt het open. 'Hoe heette ze ook weer? Mimi, toch?'

'Ja, ze was als een moeder voor hem.' Charlotte voelt de energie door haar lijf stromen.

'Wat gek. Op de lijst staat alleen de naam van zijn vader.'

'Vader?' Charlottes hersens draaien overuren. 'Zo noemde hij die hoofdpriester altijd!'

Het duurt voor haar gevoel een eeuwigheid voordat Teun iets zegt. Zijn vinger blijft hangen op een naam en schuift dan naar het adres ernaast. Dan laat hij de lijst zakken. 'Holy shit. Loughrea. Dat is het adres van Max' vader. Hetzelfde adres als van de hoofdpriester! Heeft hij ermee te maken? En Erin is naar hem toe! We moeten gaan. Snel!'

52

Charlotte – Ierland 1995

Teun heeft gelukkig de plek achter het stuur ingenomen. Al snel neemt hij de afslag en rijdt de snelweg naar het zuiden op.

De regen klettert hard op de voorruit, waardoor ze omringd zijn door één grote grijze massa. Teun geeft een fikse dot gas. Hij rijdt gelukkig heel zelfverzekerd, waardoor Charlotte zich ondanks de snelheid toch veilig voelt. Ze kijkt even opzij. Zijn gezicht staat strak van de spanning.

Nu ze op de snelweg zitten, durft Charlotte hem te storen. 'Dus die hoofdpriester heeft Max geadopteerd.'

Teun kijkt haar kort aan. In die flits ziet ze de donkere pijn. 'Ja, want het adres achter Max' naam op de lijst is hetzelfde adres dat Maureen aan Erin heeft gegeven.'

Teun rijdt steeds harder en haalt de ene na de andere auto in. Gelukkig regent het niet meer, maar toch blijven de ruitenwissers in een hoog tempo heen en weer zwaaien.

'Maureen had toch met die Mimi geschreven?'

'Ja, ik zou contact opnemen, maar Maureen...' Hij slaat met zijn hand hard op het stuur. 'Ik had nooit moeten afwachten. Ik vermoed dat Maureen door haar briefschrijverij toch de aandacht op zich gevestigd heeft.'

'En daarna is neergeschoten,' vult Charlotte aan.

'Ik weet het niet. Ik weet het niet,' mompelt Teun voor zich uit.

‘Maureen heeft toch niet naar die hoofdpriester geschreven?’

Ze probeert het gesprek aan tafel bij Maureen terug te halen. ‘Maureen had het over de machtige vijand en de aartsbisschop.’ Het voorbijschietende landschap leidt haar af. ‘O ja, ik weet het weer! Ze gaf aan dat Max zelf teruggeschreven had dat hij naar Ierland kwam.’

‘Max. Is het Max? Is hij de schutter?’ Teun kijkt haar kort aan. ‘Jij herkende Max van vroeger en je noemde hem sadistisch.’

Charlotte knikt. ‘Hij was erger dan de nonnen. Natuurlijk weet ik wel dat hij het ook zwaar heeft gehad in het tehuis. Er was een andere priester die hem… Nou ja, er zijn priesters die smerige dingen uithalen met kinderen, en Max was er daar een van.’ Ze ziet hem opnieuw de lok haar omhoogduwen. Waarom heeft ze hem niet eerder herkend?

‘Een traumatische jeugd is vaker de oorzaak van ellende. Maar al die moorden… Ik weet het niet. Ik begrijp de rol van die priestervader nog niet helemaal. Heeft die hoofdpriester dan de hand gehad in de zelfmoord van die Mimi in Milaan? Waarom zou hij dat doen? Zij was als een moeder voor Max, toch?’

‘Misschien was die journalist ook wel in deze hele geschiedenis aan het roeren,’ geeft Charlotte aan.

‘Ja, dat zou kunnen.’ Hij houdt het stuur met beide handen vast; zijn knokkels zijn wit. ‘Maar dan is die hoofdpriester echt nietsontziend, dat hij zelfs de vrouw die als een moeder voor zijn zoon was moedwillig de dood in jaagt.’

‘Hij is een priester,’ geeft ze aan, alsof dat alles zegt. Ze heeft te veel nare dingen gezien om dit zonder te blozen te zeggen.

‘Hij is zelfs de hoofdpriester.’ Weer slaat hij hard op het stuur. ‘Dat is het! Hij gaf leiding aan dat tehuis. Als ik verantwoordelijk was voor alles wat er in dat tehuis gebeurde, zou ik dat ook geheim willen houden.’

‘Ja, dat klinkt wel logisch,’ bevestigt ze.

‘Het is puur wanbeleid dat die man daar heeft gevoerd. De bijna achthonderd kinderlijkjes die in een riool zijn gedumpt, de adopties waar vette vraagtekens omheen hangen, de moeders die na een jaar hun kind moesten loslaten… En Erin is nu in haar eentje onderweg naar deze priester. Als ze vragen aan hem gaat stellen, dan brengt ze zichzelf in groot gevaar.' Aan zijn stem zit een schor randje.

In een razend tempo vallen alle puzzelstukjes op zijn plek. In de stilte die volgt, houdt ze zich aan het handvat van het portier vast. Teun rijdt nu als een waanzinnige. Knippert met zijn koplampen, rijdt steeds op de rechter weghelft en haalt de ene na de andere auto in die ze passeren, alsof die een slakkentempo aanhouden.

'Waarom heb ik haar alleen laten gaan?' Teun herhaalt dit nog een paar keer, terwijl hij recht vooruit blijft turen. 'Waarom heb ik haar alleen laten gaan?'

Het is verschrikkelijk om hem zichzelf zo te zien pijnigen. Toch begrijpt ze hem goed. Ook zij voelt zich schuldig. Zelfs verantwoordelijk. Nog steeds.

Ze rijden inmiddels op een provinciale weg. Een stukje voor hen duikt een vrachtwagen op. Ze naderen hem met een noodvaart.

'Je wilde haar helpen,' begint Charlotte. 'Normaal gesproken zou juist iemand van de leiding ook meer weten van haar biolo…' Ze stopt abrupt als Teun zijn gaspedaal dieper intrapt en de vrachtwagen begint in te halen. 'Pas op!'

Twee koplampen duiken in de grijze mist op. Met een noodvaart snellen ze eropaf. Ze grijpt zich vast. Teun drukt hard op de claxon, waardoor de vrachtwagen begint te slingeren. De tegenligger wijkt uit op de smalle vluchtstrook. De motor loeit. Dan glippen ze er net tussendoor, waarna de geluiden wegzakken.

Haar hart lijkt te stoppen en met gespannen spieren staart ze op de weg die nu weer leeg voor hen ligt.

'Teun?'

'Sorry.' Maar de toon zegt iets heel anders.

Een tijdlang rijden ze zwijgend door, waarbij Teun de snelheid iets matigt. 'Ik had haar nooit...'

'Je moet niet te hard voor jezelf zijn.' Charlotte wil haar hand op zijn arm leggen, maar trekt die toch weer terug.

'Ik hoopte haar juist te helpen.'

'Misschien valt het allemaal mee,' zegt ze, terwijl ze haar hoofd al schudt omdat ze beseft dat Teun haar toch niet gelooft. Er zit haar al een tijdje iets dwars. 'Er is nog iets, Teun. Iets over Max, maar ik kan het me niet meer herinneren.'

Het blijft een tijdje stil, en dan zegt hij grimmig: 'Het maakt niet uit. Max of zijn vader. Misschien wel allebei. We moeten Erin zo snel mogelijk zien te vinden.'

Ze staart naar de ruitenwissers, die de naargeestige druppels blijven wegvegen. Steeds opnieuw.

'Ik weet het!' Charlotte zit meteen overdwars op haar stoel, de veiligheidsgordel heeft ze onder haar oksel geschoven. 'De zelfmoord. Weet je nog dat Max over de zelfmoord van Mimi vertelde?'

Teun reageert niet.

'Max vond het niet eens vreemd dat we de zelfmoord koppelden aan het geheimhouden van een lijst die weer samenhangt met een of andere klootzak die bezig is om mensen te vermoorden.'

'Ja, en?'

'Nou, als je ervan overtuigd bent dat Mimi, die meer was dan een hospita, zelfmoord heeft gepleegd, dan...'

'Dan heb je veel vragen en twijfels over die opmerking,' vult Teun haar aan. 'Dus dat betekent dat Max er sowieso bij betrokken is. En dat hij Mimi misschien wel heeft vermoord.' Als reactie trapt Teun het gaspedaal nog harder in. 'Het is te hopen dat Max dan nu niet bij zijn vader is. Wat een klootzak.'

53

Erin – Ierland 1995

Loughrea blijkt een grote plaats, en het kost me best veel tijd om het adres te vinden. Uiteindelijk blijkt het adres tot mijn verbazing bij een kathedraal te horen. De auto parkeer ik pal voor de kerk, en zodra de motor zwijgt adem ik een paar keer diep door. Het is me gelukt! Ik heb het zomaar gevonden. Nu naar de priester.

'Een priester. Best logisch dat die in het huis van God woont,' mompel ik voor me uit.

Ineens krijg ik haast. Ik duw mijn onderbuikgevoel weg. Ik hoop dat deze man me eindelijk meer kan vertellen. Misschien heeft hij zelfs wel het huidige adres van Mary Monaghan.

Ik klop op de deur van de pastorie en kijk naar de parkachtige tuin met weelderige beelden die rondom de kerk ligt. Een vrouw met een wit schort opent de deur.

'Ik ben op zoek naar de priester,' zeg ik. Een naam heb ik niet.

De vrouw knikt en draait zich om. De deur blijft op een kier staan.

Na een tijdje naderen er voetstappen en duikt de rijzige gestalte van de priester op. Er gaat een kleine schok door me heen. Die oogopslag. Ik ken hem! Op zich logisch, want hij was ooit het hoofd van het tehuis. Dus ik moet hem eerder gezien hebben.

Het is lastig om woorden te vinden. Hoe leg ik in korte bewoordingen mijn zoektocht uit? Hij zal niet staan te springen om alles op te rakelen van vroeger. 'Kan ik u misschien even spreken?'

'Het huis van God staat altijd open.' De priester doet de deur verder open en ik stap naar binnen.

Achter de man duikt in de schaduw van de gang een tweede gestalte op. Iets in zijn houding komt me bekend voor. Dan knipt hij de lamp aan.

'Dag, Erin.' Zijn ogen liggen verborgen achter een te grote bril.

'Max? Wat doe jij hier?'

'Dit is mijn vader.'

'Je...' Ik kijk van de blonde man naar de donkere gestalte. 'Maar hoe... Ik begreep van Maureen dat hij het hoofd van het...' Met droge mond staar ik naar de priester. 'Je vader?'

'Laten we naar de kamer gaan.' De priester schrijdt langs hem heen en verdwijnt door een deur.

'We komen zo, vader.' Max duwt me terug naar de deur. 'Laten we even een wandelingetje door het park maken.'

'Maar ik ben hier voor je vader. Ik wil hem wat vragen over...'

'Kom, loop jij maar voor.' Max pakt een jas van de kapstok en geeft me een zacht duwtje. Hij heeft zijn hand op mijn rug gelegd en ik krijg de neiging om hem weg te meppen.

'We hebben iets ontdekt.' Ik draai me naar hem om.

Er is iets... Zijn ogen staan vreemd. En opnieuw die hand. 'Kom, dan zoeken we een bankje in het park.'

Mijn benen bewegen automatisch.

'Mijn vader is al oud en ik wil hem liever niet onnodig ongerust maken.'

Nauwelijks waarneembaar schud ik mijn hoofd. Er klopt hier iets niet. Elke zenuwbaan in mijn lichaam tintelt. De vader van Max. En de journalist in Milaan dan?

'Als ik geweten had...' Ik doe mijn best de brok in mijn keel weg te slikken. 'Ik wist niet dat hij jou geadopteerd had.' Er schieten allerlei gedachten door mijn hoofd. Over de zelfmoord van zijn adoptiemoeder. De lijst die geheimgehouden moet worden. Mijn biologische moeder die ik wil vinden. 'Het spijt me dat ik jullie stoor.'

Een windvlaag suist om ons heen.

'Geen probleem, Erin.' Hij grijnst en duwt zijn haren in model.

'Dan… Ik kom later wel een keer terug.' Ik wend me van hem af en wil weglopen.

'Wacht! Ik heb een beter plan.' Zijn stem klinkt raar.

Ik kijk op en staar recht in de loop van een wapen dat hij onder zijn jas verbergt.

'Loop maar gewoon door. In de kerk zijn bankjes genoeg.'

Mijn mond is op slag kurkdroog. Alle vragen verdwijnen uit mijn hoofd en een vreemde rust daalt op me neer.

54

Erin – Ierland 1995

De kou kruipt door de poriën van mijn huid mijn lijf binnen. Een kilte die aanvoelt alsof de dood nadert. Ik ben alleen in deze donkere ruimte, waar slechts een spleet onder de deur wat licht en leven binnenlaat. Terwijl de werkelijkheid me benauwt, is het vooral het gevoel van falen dat me alert houdt. Had ik maar naar mijn gevoel geluisterd.

Opeens ging het allemaal zo snel. Terwijl ik gehoorzaamde en vriendelijk bleef, zocht ik naar elk klein gaatje om te ontsnappen. Mijn ogen schoten rond, raakten mensen die nietsvermoedend door het park liepen, een kind dat ons huppelend passeerde en een oudere man die zijn hond meesleurde omdat die zijn dagelijkse plas hier voor de kerk wilde deponeren. En tegelijkertijd sloeg de informatie een gat in mijn hart. Het was dus Max. En na mijn moeder en Banjer was ik nu aan de beurt.

Het was de man met zijn maniertjes die bij ons in de pub aan tafel zat. Die we van alles op de hoogte brachten. Met wie we de lijst bespraken en die zijn eigen... Ook Mimi?

Het ongeloof kroop mijn hoofd binnen. Nee, dat was onmogelijk. Dat kon hij nooit gedaan hebben. Toch liep de realiteit naast me. Max prikte steeds opnieuw met het wapen tussen mijn ribben, waarbij hij siste dat ik me niets in mijn mooie hoofdje moest halen. Dat hij niet zou aarzelen om te schieten. Hij duwde me door de tuin van de kathedraal tot we de heilige sfeer betraden. Daar nam de kans om mensen te alarmeren met elke stap af. Tot hij me opsloot.

Mijn situatie is uitzichtloos. Ik zit opgesloten in een ruimte onder de eeuwenoude dikke vloeren van de kathedraal. Toch zal ik me niet neerleggen bij het noodlot dat met sluipende passen op me afkomt. Net voordat de deur met akelig knarsende scharnieren dichtviel en het licht buitensloot, heb ik goed rondgekeken. Het leek op een graftombe.

Nu zit ik in het donker op de koude stenen en mijn hersens draaien als een waanzinnige. Had ik dit kunnen weten? Max was toch een van ons?

'Je komt hier niet mee weg, Max.' Mijn gefluister wordt vanuit de kieren herhaald, alsof de kathedraal me steunt.

De woede is in de afgelopen minuten opgelaaid. Hoe haalt hij het in zijn kop om mensen te vermoorden die niets misdaan hebben? Wat zal mijn moeder bang geweest zijn. Toch heeft ze mij er tot het laatst toe buiten gehouden. Ze moet intuïtief gevoeld hebben dat er iets aan de hand was. En ik was er niet voor haar.

Niet aan denken. Ontsnappen is belangrijker.

De streep licht die onder mijn celdeur door komt is mijn anker. Dat is de enige uitgang.

'Laat me eruit!' Ik bons hard op de dikke eikenhouten deur, die het geluid absorbeert alsof het een vochtige nevel is. Opnieuw sla ik hard op de deur. De kathedraal is opengesteld voor bezoekers, dus boven me kunnen mensen rondlopen.

Als mijn keel schor is van het schreeuwen, tast ik de wanden af op zoek naar iets wat me kan helpen. Al is het maar een spijker die ik in zijn schouder kan drijven als hij terugkomt. Of een houten plint die ik kan loswrikken. Maar alles is gemaakt van kille stenen die al vele eeuwen deze kathedraal ondersteunen. Toch geef ik niet op. Zolang ik tijd heb, zoek ik door. Er moet toch iets te vinden zijn wat me kan helpen om hieruit te komen?

Ik moet me voorbereiden op een verrassingsaanval. Max komt terug, dat weet ik zeker.

55

Max – Ierland 1995

Er golft een waanzinnige warmte door hem heen als hij de sleutel omdraait. Hij heeft haar eindelijk te pakken. Geduld is zijn grootste kracht geweest. Hij heeft het hele stel om de tuin geleid. Nu kan hij zijn vader gaan vertellen dat diens geheim veilig is.

Hij ziet ineens dat hij zijn smerige schoenen nog aanheeft. Hij bukt en veegt het zand er zo goed mogelijk af. Die actie bij Maureen heeft het suède wel voorgoed verpest, en hij vraagt zich af of zijn kleding die doorweekt op de achterbank ligt nog gered kan worden.

Dan loopt hij in de richting van de pastorie. Hij wil bijna huppelen. Dansen! Het is vergelijkbaar met het gevoel dat hij pasgeleden kreeg toen hij als volwassen vent weer tegenover de zwarte priester stond. De man was gekrompen tot een grijsaard die zelfs met een klein duwtje al zou omvallen.

‘Herken je me nog?’ Max was naar Limerick gereden en stond tegenover de man die nog regelmatig in zijn nachtmerries opdook.

Die richtte zich op en keek hem van onder zijn zware wenkbrauwen aan. Daarna schudde hij zijn hoofd en deed een paar passen in zijn richting.

Stap sleep. Stap sleep.

Nee, niet weer! Max duwde zijn handen tegen zijn oren. Tot hij besefte dat hij nu in een andere positie zat.

Stap sleep. Tik. Stap sleep. Tik. De wandelstok gaf de verandering aan.

'Wees welkom in het huis van God.' De priester sloeg een kruis en stond nu vlak bij hem.

De geur van zware sigaren dwong hem om door zijn mond te ademen. 'Ik ben het, Max.'

Het gezicht voor hem was als een bijzonder schouwspel, emoties die kwamen en vertrokken. Verbazing, smerigheid en daarna angst. 'Max,' verzuchtte hij uiteindelijk.

Max greep hem bij zijn arm en sleurde hem naar een stoel. Daar duwde hij hem op neer.

'Zo, en nu gaan we drinken.'

Pas toen hij de pot met pillen opendraaide, begreep de priester wat er ging gebeuren. Hij hief zijn hand, maar Max was nu de sterkste.

'Hap slik, hap slik,' zei hij, terwijl zijn hart huppelde. Hij stopte de pillen in de mond van de priester en dwong hem om ze door te slikken. Hij zag de angst in de ogen groeien, terwijl zijn haat langzaam geblust werd.

'Het komt goed,' zei hij bij het afscheid. 'Dit geheimpje is van ons samen. Niemand hoeft dit te weten.' De priester lag op zijn sofa en opende nog één keer zijn ogen.

Wat zal zijn vader opkijken. Zijn lijst is bijna veilig. Zijn vader was eindverantwoordelijk voor de opvang van al die moeders en kinderen, en hoe eerder het uitlekken van bezwarende informatie gestopt kan worden, hoe beter. Hij heeft genoeg om vergiffenis gebeden. Zijn vader verdient nu een rustig leven.

Op dat moment beginnen de kerkklokken te luiden. Hij draait zich om naar de puntige toren, gooit zijn hoofd in de nek en begint te lachen. Zijn lach galmt tussen de laatste slagen van de kerkklok over het terrein. Het huis van zijn God zingt van vreugde.

De enige pijn die in zijn hart achterblijft is de onnodige dood van zijn geliefde Mimi. Als hij Maureen eerder had doorzien, was dat niet nodig geweest. Die kat heeft het sluw gespeeld. Zij moet die lijst al in handen hebben gehad, voordat hij hem uit de klauwen van die vriendin van haar kon redden, die Ella. Maar hij heeft dat goedgemaakt.

Hij wordt warm vanbinnen als hij denkt aan zijn vader, wiens gezicht vast en zeker zal oplichten als hij hem het goede nieuws komt brengen. Wat zal hij trots zijn op zijn enige zoon nu hij een offer aangeboden krijgt waarmee hij zijn zelfopgelegde schuld kan aflossen.

'Afgelopen met boetedoen, vader!'

Hij draait zich soepel om zijn as, verliest bijna zijn evenwicht, maar loopt dan naar de pastorie. Het voelt alsof hij zweeft. Zijn voeten raken nauwelijks de grond, en als een engel glijdt hij naar zijn vader toe.

Na die Maureen met haar mannelijke korte kapsel en vurige ogen is deze rode heks aan de beurt. Daarna resten er nog maar een paar. En twee van hen zijn, als hij het goed inschat, al onderweg.

56

Charlotte – Ierland 1995

Charlotte controleert voor de zoveelste keer de wegenkaart. Als ze nu verkeerd rijden, kan dat noodlottige gevolgen hebben.

'Daar is Loughrea.' Teun wijst naar voren.

Charlotte gaat rechtop zitten. In de verte ziet ze het dorp, met erachter een groot meer. Het lieflijke karakter staat in schril contrast met het doel van hun bezoek.

'Maar waar moeten we heen?' Teun gaat wat rustiger rijden.

'Ik heb het adres, maar er staan geen straatnamen op de kaart. Maar een priester zal zijn roeping nooit loslaten,' antwoordt Charlotte meteen. 'Hij zal vast een nieuwe geloofsgemeenschap hebben gevonden.' Ze richt zich weer op de kaart, op zoek naar de symbolen van kerkelijke gebouwen. Door het geschud van de auto is het lastig.

'Hier een abdij,' roept Teun, en hij slaat meteen af.

'Wacht, Teun. Iets verderop ligt een kathedraal. Is die niet veel voor de hand liggender?'

Teun remt af en staart naar de ruïne, waar een groot gebouw naast ligt. 'Ik weet het niet.' Hij schudt zijn hoofd. 'Wat is wijsheid?'

De abdij lonkt, maar Charlotte twijfelt. Ze zoekt naar een straatnaam, maar die is hier nergens te ontdekken. Een abdij of een kathedraal? De tijd dringt en ze moeten een keuze maken die bepalend kan zijn.

Teun wrijft over zijn ogen en staart haar dan aan. 'Erin. Het idee dat hij haar... We moeten opschieten. Ik kan niet nadenken. Wat moeten we doen? Kies jij maar!'

Het dilemma grijpt haar hart beet en ze kan nauwelijks ademhalen. Moet zíj nu een keuze maken? Ze deed nooit iets goed. Dat was haar als kind ingeprent. Sterker nog, elke keer als ze weer een fout maakte, werd iemand daar slachtoffer van. Dat was haar straf. Pijn kon ze verdragen, maar het zware gevoel van schuld dat als een dikke waslaag over haar heen lag, was haar hele leven bij haar gebleven. Zij faalde en anderen zouden daaronder lijden. Of zelfs doodgaan, zoals haar vriendinnetje Norah die zich bij haar kwam warmen en die daarna in het ijskoude hok opgesloten werd. Of ze echt is overleden of dat ze naar een ander tehuis is overgeplaatst weet ze niet eens.

'Ik...' Ze weet niet wat ze moet doen.

'Waarheen, Charlotte?'

'De kathedraal,' zegt ze resoluut. 'Deze priester was een leider.' Ze wil er nog meer aan toevoegen, omdat ze zich ineens meer herinnert van haar eigen vlucht uit het tehuis. Dat parkeert ze. Ze mag nu niet twijfelen.

Teun geeft een draai aan het stuur en rijdt de straat weer op.

'Linksaf. Bij de eerstvolgende weg naar links.' Ze geeft korte aanwijzingen, waarbij ze de route naar de kathedraal met haar vinger op de kaart volgt. De weg loopt tussen hoge huizenblokken door. Een bus trekt net voor hen op en braakt zwarte uitlaatgassen uit. Een immens grote hamburger staart hen vanaf de achterkant aan, en Teun duwt de neus van de auto bijna in het vlees, waarna hij met een snelle manoeuvre de bus inhaalt, een hand opsteekt naar een tegenligger, en het gaspedaal verder intrapt.

'Rustig aan, Teun. We moeten hier ergens rechtsaf.' Charlotte voelt haar zelfvertrouwen groeien. Zo moet het. 'Nee, niet deze,' zegt ze snel als ze een weg door een poort in een huis ziet verdwijnen. 'De volgende rechts.'

Bij de volgende afslag remt Teun hard. Ze schiet naar voren en kan de wegenkaart maar net vasthouden. 'Eenrichtingsverkeer.'

'Deze moeten we hebben. Church Street,' leest ze van het straatnaambordje.

'Oké, hou je vast.' Hij draait de smalle straat in, negeert het getoeter en rijdt rakelings langs een paar geparkeerde auto's.

Links van hen duikt een kerkgebouw op. 'Is het hier?'

Even is ze in verwarring, omdat het gebouw te klein is voor een kathedraal. 'Nee, dit is de bibliotheek, volgens het bordje,' antwoordt ze. 'We moeten verder. Kijk, daar is de toren.' Ze wijst naar voren en Teun gehoorzaamt meteen. Tot haar opluchting staan er weinig auto's geparkeerd, waardoor ze slalommend door de smalle eenrichtingsstraat vooruit spuiten. 'Linksaf!' schreeuwt ze als ze bijna bij het einde zijn.

Een wit busje verspert hun de weg. Teun duwt op de claxon, maar de bestuurder wijst naar zijn voorhoofd.

'Kom op, man. Opzij!' Opnieuw toetert hij en dan geeft hij gas, waarbij hij de bus zo dicht nadert dat de man zijn voertuig snel een stukje achteruit rijdt. Teun schiet er voorbij en Charlotte voelt haar hart tegen haar ribbenkas bonken.

Voor een betonnen poort komen ze piepend tot stilstand. Erachter duwt de kerk zijn toren in de grijze wolken. Charlotte blijft compleet buiten adem zitten, maar Teun staat al naast de auto.

'Kom op!'

Ze opent het portier en rent achter Teun aan. 'Kijk, daar!' Ze wijst naar een auto die op een van de parkeerplaatsen staat. 'Dat is de huurauto van Erin.'

Het zware gevoel dat ze sinds haar beslissing in haar maag meedroeg zakt weg. Erin is hier. Ze heeft de juiste keuze gemaakt. Nu moeten ze haar zien te vinden.

57

Erin – Ierland 1995

Op het deksel is een inscriptie te voelen, wat me een naargeestig gevoel geeft. Hier ligt iemand begraven en dat is iets wat ik liever niet zou weten. Met mijn handen heb ik de hele vloer afgetast, maar niets bruikbaars gevonden. Geen scherp voorwerp, geen stuk hout, en geen losse steen. Alleen wat gruis, dat ik bij gebrek aan beter op de rand van de graftombe heb verzameld. Een handvol gruis in zijn ogen kan me misschien net die paar seconden tijd geven om weg te vluchten.

Geen enkel geluid dringt hier door, behalve het gedreun van de kerkklok die zonet drie keer geslagen heeft.

Ik vraag me af wat de anderen nu doen. Hebben ze meer informatie gekregen van de gemeente? En hoe zou het met Maureen gaan? De schok komt opnieuw hard binnen. Maureen!

'Nee...' De zucht hangt zwaar om me heen.

Charlotte had gezegd dat ze opfladderende vogels had gehoord, alsof er iemand vluchtte. Het idee dat Max Maureen heeft neergeschoten is me te veel. Ik laat me op de rand van de graftombe zakken en ben compleet lamgeslagen. Max is dan nog erger dan ik dacht. Terwijl wij onderweg waren vanuit Cork na het bezoek aan de universiteit, moet hij Maureen opgezocht hebben. En na Maureen ben ik dus nu aan de beurt. Stuk voor stuk neemt hij ons te grazen.

Waarom is die adoptielijst zo belangrijk? Daar staat Max zelf toch ook op?

Ik knijp mijn handen tot vuisten en begin aan de zoveelste zoektocht door de donkere ruimte, waarbij de graftombe me richting geeft. Elke steen tast ik af, van de vloer tot hoog in de kamer, waar ik op mijn tenen staand bij kan komen. Er moet iets liggen wat ik kan gebruiken.

Dan voel ik ineens een nis. Er staat een beeldje in. Mijn hart slaat een slag over.

Een geluid laat mijn bewegingen bevriezen. Gerinkel van sleutels. Dan het geknars van de sleutel in het slot. Ik glip weg van de plek waar ik stond en zoek de tombe op, waar ik mijn buit achter verberg. Met bonkend hart wacht ik af.

Met open mond staar ik naar de twee mannen die nu bij de deur van de kerker staan. Al mijn aandacht gaat naar de man die de cape aanheeft en die ik herken van de aanval op mijn huis. Een priestercape? Zit de priester achter de aanslagen? Het is alsof mijn hoofd als boksbal gebruikt is, zo duizelt alles me.

'Vader, dit is ze.'

Dit is ze. Alsof hij een offerlam overhandigt.

Max gooit de sleutel van de kerker omhoog en vangt hem weer op. Het gerinkel is irritant, omdat ik probeer scherp te krijgen hoe het zit.

Het gelaat van de priester ligt in de schaduw, waardoor ik zijn uitdrukking niet kan zien. Slechts twee lichtjes die in zijn ogen glimmen. Achter hen ligt de trap waarvan de treden uitkomen in de kerk. Daar moet ik heen. Ik herhaal het in mijn hoofd, omdat de verrassing die Max nu aan me presenteert me afleidt van mijn doel. In plaats van één dader moet ik er nu twee verslaan. Ik moet geduld hebben en ze uit de tent lokken. Ze tegen elkaar uitspelen.

'Heb je je vader bij je, Max?' vraag ik, terwijl ik mijn hand nog wat steviger om het voorwerp achter me klem.

'Mijn vader heeft mij gered,' zegt Max, waarbij hij zijn blik in adoratie op de priester richt. 'Hij was degene die leidinggaf aan het tehuis, Erin. De baas, zullen we maar zeggen. En hij heeft mij uitverkoren tot zijn zoon.' Zijn ogen glimmen koortsachtig.

Mijn tong is zo droog dat ik nauwelijks kan praten. 'Dus vader en zoon hebben dit allemaal samen bekokstoofd?'

De capuchon glijdt van het hoofd van de priester, waarna de twee elkaar aankijken.

Mijn woede vlamt op. 'Waarom is die lijst zo belangrijk? Adoptie gaat over liefde, niet over geld.'

'Wie is dit eigenlijk?' De zware stem van de priester galmt door de ruimte.

'Ze heeft uw lijst, vader.'

'De lijst uit het schrift?' De priester doet een stap naar voren, waardoor zijn gezicht ineens duidelijk zichtbaar is.

Max knikt zo heftig dat zijn lok heen en weer deint. 'De lijst die uw naam kan beschadigen.'

'Ik ben een van die kinderen.' Ik gooi het de man in zijn gezicht.

De priester wiegt heen en weer op zijn voeten. 'De kinderen van Tuam. Ik heb alles gedaan om ze een goed leven te geven. We hebben de jonge vrouwen opgevangen die verstoten werden uit hun dorp, omdat ze zwanger werden zonder dat ze gehuwd waren.' Hij lijkt afwezig heen en weer te bewegen, maar toch staan zijn ogen scherp.

'Die vrouwen waren kwetsbaar, die had u moeten beschermen.' Ik grijp me vast aan de tombe, omdat mijn maag zich bijna omdraait.

'We hebben die vrouwen onderdak gegeven.' De man verschuift zijn kraag, alsof hij het warm heeft.

Ik staar hem aan, waarbij het kille vuur diep in me brandt. 'En daarna zijn hun kinderen weggegeven!'

'De meisjes waren veel te jong om moeder te zijn, en zonder familie konden ze hun baby's onmogelijk verzorgen. Ze werden niet beschermd door het heilige huwelijk. Als wij er niet waren geweest…'

Het feit dat hij niets ontkent doet zeer. Ik wil naar hem spugen, maar houd me in. 'Als u er niet was geweest, hadden veel meisjes hun baby nog bij zich gehad. U hebt ze misschien wel verkocht! Wat zou u ervan vinden als iemand Max verkocht?'

Max staart met grote ogen naar zijn vader, terwijl de stilte zwaar in het midden van de kerker hangt.

De priester schraapt uiteindelijk zijn keel. 'Ik hou van Max alsof hij mijn eigen bloed is.'

Een waanzinnige glimlach splijt Max' gezicht open. Het liefst zou ik die zelfvoldane blik van zijn smoel krabben, maar ik besef dat ik daar niets mee bereik. Tegen die twee kan ik niet op. Bovendien heeft Max zijn wapen vast nog ergens verstopt.

Als de priester opzijkijkt, zie ik dat hij enigszins van zijn stuk gebracht is. Hij aarzelde net te lang met zijn vaderliefde. Daar moet ik me op richten. Als ik een wig tussen die twee kan drijven, kan dat me zomaar een kans geven.

Ik richt me op en zet mijn handen in mijn zij. 'Hoe kan een adoptielijst zoveel levens waard zijn?'

De priester draait zijn gezicht weer naar me toe, maar blijft zwijgen. Hij priemt zijn pientere ogen in de mijne.

'Luister niet naar haar, vader. De lijst is nu veilig.'

De priester heft zijn hand naar hem op. 'Zwijg, Max.' Hij schuift onrustig heen en weer. 'Max is als kind ernstig beschadigd,' begint hij.

Ik wil naar hem schreeuwen dat ze met hun zogenaamde goedheid álle kinderen van Tuam beschadigd hebben, maar ik knijp mijn kaken zo hard op elkaar dat er steken door mijn hoofd trekken. Mijn blik flitst onophoudelijk heen en weer. Als hun aandacht ook maar een kort moment verslapt, zal ik toeslaan.

'Hij is getraumatiseerd omdat hij het mikpunt werd van ernstige pesterijen en… en ernstiger.' Hij doet er kort het zwijgen toe, maar vervolgt dan: 'Ik moest ingrijpen en heb hem onder mijn hoede genomen. Dat heb ik met meer kinderen gedaan. Die heb ik een kans gegeven, en die staan op die lijst waar u het over hebt.'

'Dus u noemt die adopties een kans? Waarom moet dit geheim blijven? Hoezo is die lijst een reden om mijn adoptiemoeder te vermoorden?'

Het woord resoneert door de kille grafkamer. Het is alsof de priester verstijft. Hij kijkt zelfs Max niet aan.

Max werpt zijn beide armen omhoog. 'Luister niet naar haar! Haar adoptiemoeder was journalist en wilde alles openbaar maken, vader. Allemaal sensatieverhalen ten koste van u! Zij schreef voor de media, die daarna als aasgieren op deze lijst zouden duiken. Alles om aandacht te krijgen, en geld en meer macht.'

De priester draait zich langzaam om.

'Vader, ik deed het voor u! Deze journalist wilde de achtergrondinformatie over de lijst publiceren, en dat zou uw naam schaden. Het publiek zou ervan smullen, terwijl u mij zo liefdevol hebt opgevangen.'

'Noem je dat liefdevol?' Mijn stem klinkt bijna net zo laag als die van de priester. 'Je hebt mensen vermoord, Max. Onschuldige mensen. Iemand die ik liefheb.' Ik laat bewust een stilte vallen, ook al schreeuwt mijn hart. 'Of hebt ú het gedaan?' Mijn vinger priemt in de richting van de oudere man.

'Het mag niet bekend worden wat ik gedaan heb.' Zijn stem trilt licht. 'Dat zal de kerk niet accepteren.'

'Terecht,' schreeuw ik. 'U mag niet doden. Dat staat in de Bijbel.'

'Jij heks! Jij bent de ergste van allemaal.' Max vliegt op me af, maar de priester verspert hem de weg met zijn grote lijf.

Als een bewaker staat hij nu tussen mij en Max in, en ik ben ineens blij dat deze man erbij is. Er straalt zoveel kracht van hem uit dat ik mezelf tegen de tombe aandruk.

'Niemand mag het leven van een medemens nemen.' De priester kijkt hierbij zijn zoon aan. Dan draait hij zich naar mij toe.

Zijn gezicht staat strak. Geen liefde meer, geen medeleven. 'Ik heb de kerk bedrogen en ben tegen hun regels ingegaan. Als ik een mogelijkheid zag om een van de kinderen te helpen, heb ik dat gedaan. De regels van de kerk waren duidelijk: voor elke adoptie moest geld gevraagd worden.'

Dus toch! Het ging dus om geld.

'Geld.' Ik spuug het woord voor zijn voeten. 'Kinderen zijn geen handelswaar.'

De hand van de priester gaat weer omhoog. 'Dat weet ik. Vandaar dat ik in die tijd een lijst met kwetsbare kinderen heb gemaakt. Deze kinderen heb ik gered van de ontberingen die ze in het tehuis moesten ondergaan. Het bleek dat er heel veel jonge vrouwen waren die onze hulp nodig hadden. Meer dan we konden bekostigen. Meer dan we aankonden. Het tehuis heeft zijn katholieke plicht gedaan, maar de kinderen zijn daar slachtoffer van geworden. We zijn vergeten om christenen te blijven.' Hij hijgt licht.

Ik blijf de man strak aankijken en ik lees zoveel verschillende emoties dat ik in verwarring ben. Hij spreekt over hulp en liefde, terwijl er een bittere trek rond zijn mond ligt. Waarom wil hij die lijst verborgen houden als dit om kwetsbare kinderen ging die hij gered heeft?

De priester praat verder, alsof hij een biecht uitspreekt. 'De kerk vond dat de moeders een straf verdienden, omdat ze onrein waren. En ze rekenden dat door in de adoptie van de kinderen. Maar daar ben ik tegenin gegaan. Niet door te protesteren, want dan zou ik uit mijn ambt gezet worden. Maar door zo veel mogelijk kinderen te redden. Jou heb ik ondergebracht bij mensen die geen geld hadden, maar wel liefde om te geven. Daarom sta jij op die lijst. En Max...'

Max staat met zijn hoofd gebogen. Ik kan niet zien wat er in hem omgaat, en ik bereid me voor op een nieuwe aanval. Die vent is onberekenbaar, en ik vraag me af of hij dit allemaal wist.

De priester zucht diep. 'Ik had ontdekt dat een van mijn collega-priesters Max heeft...' Hij schudt zijn hoofd. 'Dat was onacceptabel.'

Op dat moment richt Max zich op. 'Vader, ik heb ze allemaal in de gaten gehouden. Die journalist in Nederland, deze dochter en ook de onderzoeker die nu steeds bij haar is. Elke keer als ik op dienstreis was om stoffen en fournituren te kopen, heb ik u in gedachten gehad. Uw lijst beschermd. Er bleek namelijk iemand te zijn die meer van de adoptieouders van de lijst heeft aangeschreven. Dat zou gevaarlijk zijn voor u! Dus toen ik gisteren erachter kwam dat ook Mimi contact heeft gehad met...'

'Wat heb je gedaan, Max?' Er ligt iets dreigends in de stem.

Ik zie Max onrustig bewegen, de sleutel ligt werkloos in zijn hand. 'Gisteren heb ik degene laten zwijgen die in Ierland de spil is van alles. Zij heeft de lijst verspreid, vandaar dat ik...'

'Laten zwijgen?' De priester doet een paar stappen in Max' richting. Het stof knerpt onder zijn schoenen.

Het zweet staat in mijn handen. Hij heeft het natuurlijk over Maureen. Ik schraap mijn keel. 'Er is nog een tweede lijst, en die is nog veel erger. De dodenlijst.' Ik weet dat ik bluf, omdat we die lijst nog niet hebben. Maar die dode kinderen zijn er wél.

'Welke dodenlijst? Ik heb geen idee waar je het over hebt. Max?' Bizar dat de man zich tot Max richt, terwijl hij naar mij kijkt.

'Ze liegt, vader. Uw lijst is veilig. Er is geen andere lijst. Maar als die dodenlijst bestaat, zal ik hem eigenhandig vernietigen. Niemand zal ooit te weten komen wat u hebt gedaan.'

De gespannen lading knettert in de ruimte, toch kan ik deze priester niet doorgronden. Weet hij echt niets van alle dingen die Max heeft gedaan? Dan geeft me dat een kans om hem aan mijn kant te krijgen. En dus ga ik door. 'Op deze dodenlijst staan alle kinderen die in het tehuis gestorven zijn.' In mijn hoofd schreeuwt het: *en die gedumpt zijn in het riool!*

De priester slaat een kruis. 'Er zijn veel kinderen ziek geworden door hun zwakke gezondheid.'

Weer duw ik de verzengende hitte in me weg. Dat die zwakke gezondheid door een slechte verzorging en zelfs verwaarlozing kwam, weet ik. Maar nu is het belangrijker dat ik hier levend uit kom, zodat we kunnen doorgaan om dit wereldkundig te maken.

'De kinderen zaten zo dicht op elkaar. We worstelden met ruimte en deden wat we konden om de kinderen op te vangen,' gaat de priester verder. 'Als het in mijn macht lag om kinderen te redden, heb ik niet geaarzeld. Maar mijn macht was beperkt. Er was helaas een kardinaal aan de macht die...' Dan sluit hij zijn mond. 'God hebbe zijn ziel.'

'Maar waarom moet die lijst met uw reddingsacties dan geheim blijven?' Ik voel aan alles dat de woorden van de priester niet kloppen. Hij doet zich nu voor als een weldoener, maar hoe zit het dan met al die adopties en al die overleden kinderen? Toch lijkt de agressie weggeëbd.

Plots beweegt de linkerhand van de priester en ik zet me schrap. Het beeldje is vochtig geworden van het zweet uit mijn handen.

Maar de priester laat onrustig een kleine rozenkrans door zijn vingers gaan. 'Ik heb de kerk bedrogen. Met die schuld zal ik moeten leven. Ik was zwak. Ik schaam me diep.' Het duistere licht strijkt over zijn gelaatstrekken. 'Ik heb gelogen. Als de kerk erachter komt dat ik hun regels niet nageleefd heb, word ik uit mijn ambt gezet. Dat is een zware straf.'

Het is gewoon niet te behappen dat mijn moeder slachtoffer is geworden van een lijst die alleen maar van goedheid getuigt. 'Maar dat is toch geen moord waard?'

Max duikt in elkaar. 'Hou je mond! Ik had raak moeten schieten. Je hoort bij al die andere dode kinderen!'

'Stop, Max.' De priester draait zich nu naar hem toe. 'Ik verdien nu alleen maar de hel. De kerk heeft me ooit gedwongen, maar wat jij gedaan hebt is erger. Je hebt in mijn naam mensen gedood.' Hij slaat een hand tegen zijn voorhoofd. 'Ik had het moeten weten. Jouw trauma's waren te groot, maar ik wilde je niet opgeven. Een leven in de modewereld leek me de beste oplossing voor je, maar ik heb als vader verzaakt. Ik kon jou niet redden,' vervolgt hij zacht. 'Net als veel andere kinderen. Niet allemaal.'

'Maar vader, niemand hoeft dit te weten. Met deze vrouw kunt u een belangrijk deel afsluiten. Dit wilde u toch?'

De priester werpt een blik op mij, draait dan een kwartslag en staart Max aan. 'Waar heb je het over? Je hebt me te schande gemaakt, mijn zoon.'

In Max' ogen schittert de waanzin. Dan vliegt hij naar voren, waardoor ik me nog dichter tegen de graftombe aandruk en me schrap zet. Maar Max valt op zijn knieën en pakt de handen van de priester beet. 'Ik heb uw pad geëffend en uw schuld op mijn schouders genomen. De offers draag ik met me mee en sommigen daarvan deden me meer pijn dan ik kan zeggen. Maar het is het allemaal waard, zodat u vergiffenis kunt krijgen van God. Ik zal de schuld van u overnemen.' Na die woorden komt hij overeind en ineens ligt het wapen in zijn hand. 'Ik zal dit laatste offer voor u brengen.' Ik zie zijn vinger om de trekker spannen.

De priester staart naar de hand van Max. Heel even flitst zijn blik daarna naar mij. De uitdrukking verwart me.

Dan grijp ik het Mariabeeldje steviger vast.

Nu!

Met een fikse zwaai mik ik het in de richting van Max. Het heilige beeld tuimelt rond en de bundel daglicht die door de deuropening naar binnen valt, grijpt het beet. Het vrome gezicht van Maria licht op, zoals ze met een liefdevolle blik naar haar kindje kijkt, waarna ze weer de schaduw in draait en Max raakt. Max' hoofd knakt opzij.

Net op dat moment zet de priester een stap naar achteren. Max' arm beweegt. Komt op me af. Dan staar ik in de loop van het wapen, dat ineens akelig dichtbij is. Ik gooi een been omhoog. Schop hard. Mis het wapen. Maar raak de priester vol tegen zijn hoofd. Hij valt voorover. Wanhopig gooi ik mezelf opzij, en een scherpe knal galmt door de ruimte.

Dan schiet er een felle pijn door mijn hoofd. De duisternis is ineens overal om me heen en ik spreid mijn armen omdat ik begin te vallen. Steeds dieper in een donkerte die zich daarna ondoordringbaar om me heen sluit.

58

Charlotte – Ierland 1995

De kathedraal dwingt meteen respect af. Zodra Charlotte door de grote deuren naar binnen stapt, vertraagt alles. Haar passen, haar drang om door te rennen, en ook haar gejaagde ademhaling. Zo is ze gedrild in haar jeugd, toen ze moest zwijgen en op haar blote knieën moest zitten om te bidden.

Zodra de luide wereld buitengesloten is, wordt elk zuchtje geluid in de immense kerk versterkt. De tegels glimmen en de houten banken staan in het gelid, gericht op een indrukwekkende koepel aan de achterzijde waar ook het altaar groots en kleurrijk om aandacht vraagt.

'Waar kan ze zijn?' roept Teun ergens links van haar. Zijn voetstappen echoën in de grote ruimte, en heel even wil ze hem tot de orde roepen. Het huis van God betreed je met respect.

Ze hebben haast. Het gevoel van urgentie is tegenstrijdig aan de rust van deze serene omgeving. Is Erin wel hier in deze kathedraal? Of is ze ergens anders heen gebracht? Ze hebben nog getwijfeld of ze eerst naar de ernaast gelegen pastorie moesten gaan, maar de openstaande deur van de kathedraal riep harder.

Ze passeert net de eerste zuilen als er een scherpe knal klinkt. Charlotte verstijft ter plekke.

'Erin!' Teun rent in de richting van het altaar.

Charlotte vliegt meteen achter hem aan. Tot nu toe kon ze al hun verhalen over wapens en beschietingen nauwelijks plaatsen, maar nu gebeurt het. Zomaar. Hier in een kerk. Vlak bij haar. Haar schoenen klappen hard op de tegels als ze naar het altaar rent.

Buiten adem blijft ze staan. 'Waar was het?'

'Ik weet het niet. Hier ergens.' Teun loopt als een dolle rond. Hij stoot tegen een grote kandelaar, die met een denderend kabaal omvalt. Hij springt op de verhoging en rent langs de afbeeldingen, waar hij tegenaan duwt om te kijken of er een opening in zit. Zelf rent ze naar de zijkant, passeert de marmeren zuilen en duikt in de nissen waar verschillende beelden opgesteld staan die haar allemaal triest aanstaren. Dan ziet ze een deur.

'Teun, hierheen!' Haar stem resoneert tegen het plafond. Net als ze zich wil omdraaien, staat hij al naast haar.

Een angstaanjagend gekrijs dringt door de deur, waarna een klagerig gehuil volgt. Verstijfd in het moment staren ze elkaar aan, dan komt Teun in beweging. Hij rukt de deur open en snelt de dikke granieten traptreden af. Charlotte volgt, hoewel de jammerende uithalen zich als sterke vingers in haar spieren graven.

Voor haar blijft Teun abrupt staan. Ze botst bijna tegen hem aan en staart naar het tafereel voor hen.

In een grote plas bloed ligt het lichaam van Erin, een priester ligt met zijn hoofd op haar benen. Max hangt over de man heen en trekt hem in zijn armen, terwijl hij kermend om zijn vader roept.

Teun drukt zich tegen de wand aan en zakt langzaam door zijn knieën, terwijl Charlotte ziet dat de bloedplas zich steeds verder uitbreidt. Naast Erins hoofd ligt een wapen.

Charlotte kan zich maar met moeite losmaken van het vreselijke schouwspel, maar schuift langs Teun heen en knielt naast Erin. Snel grijpt ze het wapen en stopt het weg. Dan kijkt ze naar Teun, die haar met grote angstogen aankijkt.

'Mijn vader! Nee! Niet mijn vader.' Max heft zijn gezicht op, zijn wangen nat van de tranen en zijn handen vol bloed.

Ook al weet ze wat Max gedaan heeft, toch raakt het diepe verdriet haar hard.

Ineens komt Teun in beweging. Hij schiet op Max af en wil hem te lijf gaan.

'Nee, Teun.' Charlotte gaat voor hem staan en trekt hem naar zich toe. 'Het heeft geen zin meer.' Ze slaat haar armen om hem heen en voelt zijn schouders schokken. 'Kom, we bellen de politie.' Ze wil hem mee naar boven trekken, maar Teun weigert. Hij krimpt in elkaar bij het zien van het in- en inbleke gezicht van Erin. Ze blijft aandringen, omdat ze bang is dat Max zomaar een woedeaanval kan krijgen. Die vent spoort niet.

'Ik blijf hier.' Teuns stem klinkt zo gedecideerd dat ze hem niet kan tegenspreken. 'Erin blijft geen seconde alleen met deze idioot.'

'Oké, ik ben zo terug.' Met twee treden tegelijk rent ze naar boven, haar hand op de zak waarin ze het pistool verbergt. Boven in de kerkzaal staan drie bezoekers bedremmeld bij elkaar. Ze staren haar aan en het is duidelijk dat ze iets hebben meegekregen. Snel geeft ze de drie het bevel om politie en ambulance te waarschuwen. Ze knikken, dankbaar voor een duidelijke opdracht, en rennen dan weg. Charlotte kijkt ze na. Dat moet goed komen.

Beneden is niets veranderd, behalve dat Teun Erin wat verder opzij heeft gelegd. Max heeft zijn hoofd op de borst van de oudere man gelegd en snikt onophoudelijk, waarbij hij onverstaanbaar blijft stamelen.

'Hoe is het met Erin? Is ze…' Ze durft het niet hardop te zeggen.

Teuns betraande gezicht kijkt haar aan. 'Ik had haar nooit alleen…'

Een zacht gekreun trekt haar aandacht. Ze buigt zich over de vrouw heen, wier rode haar besmeurd is met bloed. Een zachte zucht. Dan ziet ze haar wimpers licht trillen.

'Teun, ze leeft.'

Hij voelt meteen in haar hals en ze ziet zijn gezichtsuitdrukking veranderen. 'Ik voel haar hartslag. Ze leeft. Erin leeft.' Hij strijkt haar zo behoedzaam over haar gezicht dat de tranen achter Charlottes ogen branden. 'Stil maar. Blijf rustig liggen. Het komt goed, lieve Erin. Het komt goed.'

Hij heeft de woorden nog niet uitgesproken of Max springt met een luide schreeuw op hem af. Charlotte deinst achteruit en Teun trekt Erin beschermend naar zich toe.

Max hangt nu hoog boven de twee lichamen, terwijl een waanzinnige grijns zijn gezicht in een angstaanjagende tronie verandert. 'Het komt niet goed! Nooit meer. De zwarte priester moest met zijn vingers van me afblijven. Blijf van me af! Niet weer. Het mag niet. Vader, help me. De zwarte priester is terug. Hij moet dood. Dood!' Zijn geschreeuw weerkaatst tegen het granieten plafond.

Charlotte kruipt opzij en staart naar de man die compleet gestoord boven het tweetal hangt. Ze graait in haar jaszak en voelt het wapen. De kou van het metaal dringt naar binnen. Hoe werkt zo'n ding?

Terwijl ze de arm van Max omhoog ziet gaan, waarbij zijn vuist als een slinger in de rondte gaat, richt ze de loop op het achterover krommende lijf. En ze haalt de trekker over.

Een enorme knal raast door haar hoofd en dooft elk geluid. De pijn trekt door haar hand en ze kan niet voorkomen dat het wapen uit haar vingers vliegt.

Voor haar staat Max. Zijn mond open. 'Vader,' mummelt hij. Dan zakt hij in elkaar.

Rennende passen op de traptreden. Dan zijn er ineens heel veel mensen om hen heen, die deels geschokt bij de ingang van de grafkelder blijven staan. Charlotte kruipt naar Erin en Teun en omarmt hen, terwijl ze vol afschuw ziet dat Max' gezicht in één grote bloederige massa verandert. Hij ligt naast zijn vader en hun bloed vervloeit op de eeuwenoude stenen vloer.

‘Wat is er gebeurd?’ De stem van Erin doorbreekt de stilte die gedurende een kort moment in de ruimte hangt. Daarna is er geschreeuw, handen die hen overeind helpen, en er is ineens ook een brancard waar Erin op gelegd wordt.

‘Ben jij in orde?’ vraagt Teun, die Charlotte met een bleek gezicht aanstaart.

Ze knikt. ‘Jij?’

‘Ja, ik geloof het wel.’ Hij komt langzaam overeind en helpt daarna haar omhoog. ‘Kom, het is voorbij.’

59

Erin – Ierland 1995

'Een fikse hoofdwond,' zegt de dokter die naast me zit. Ik lig op een sofa in een onbekende kamer. Er hangt een lichte wierookgeur om me heen die ik als prettig ervaar. Verder hoor ik de stem van Teun ergens in de kamer, waardoor ik mijn ogen durf te sluiten. Het zijn steeds flitsen. Maar zelfs dat vind ik fijn, omdat ik mijn aandacht er niet bij kan houden.

Zijn stemgeluid glijdt langzaam weg en ik hoor een deur dichtslaan. Ineens een warme hand op de mijne. De ontspanning glijdt zo zacht over mijn gezicht dat ik glimlach.

'Ik ben zo bang geweest.' Zijn adem streelt over mijn wang en de woorden liften mee. 'Het is eindelijk voorbij, we kunnen naar huis.'

Mijn wimpers houden elkaar vast alsof ze in een innige omhelzing verstrikt zitten. Tot er een glimp licht naar binnen gluurt. Bruine ogen. Ze glanzen. 'Teun?'

'Ja, mijn lief.'

De woorden brengen me naar de zachte trekken op zijn gezicht. 'Hoe is het?' In mijn ooghoeken groeien tranen. 'Maureen?'

Zijn ogen vertellen het verhaal en laten zien dat de angst zich nog steeds in hem verbergt. Dan is zijn gezicht verdwenen, en het kost me moeite om hem terug te vinden. Het geschraap van zijn keel. Weer een stemgeluid. Dan stilte.

Uiteindelijk weer zijn stem, die me terugbrengt naar mezelf.

'Maar hoe wisten jullie...' begin ik.

Hij sust en legt een vinger op zijn lippen. Daarna vertelt hij hoe ze erachter zijn gekomen dat Max de dader moest zijn. En hoe bang hij is geweest dat mij iets zou overkomen. 'Zodra je zover bent, rijden we terug naar Tuam.'

In de verte gaat een telefoon. Ik wil overeind komen, maar een hand duwt me terug.

Voetstappen. Een deur die opengaat. 'Madame Charlotte?'

Verbindingen worden gelegd. Namen gekoppeld. Charlotte is er ook. Ik draai mijn hoofd en zie haar de kamer uit lopen. Op het tafeltje staat een dienblad waarop sierlijke theekopjes naast een ouderwetse theepot staan. Roze roosjes met gouden randjes langs de bovenkant. Een elegantie die me totaal vreemd is. Dan valt me het grote kruis erachter op met de triest hangende man.

'Waar ben ik eigenlijk?'

'In de pastorie, lieverd.'

Weer dat woord dat me vanbinnen warm maakt, maar tegelijkertijd bang. Naar mijn gevoel een hele tijd later komt Charlotte terug, en ze zegt iets tegen Teun. Daarna neemt de stilte de ruimte tussen ons in.

'Laten we gaan.' Ik til mijn hoofd op dat zwaarder is dan ooit.

Er ligt meteen een hand onder mijn hoofd om me te ondersteunen. 'Nog even geduld. Charlotte is nog even bezig.'

Ik sluit mijn ogen en geef me over aan de oprukkende stilte, die ongelooflijk sereen aanvoelt.

Het is naar mijn idee nauwelijks een minuut later dat ik opnieuw Teuns stem hoor. 'Kom maar, ik help je.'

'Gaan we weg?'

'We gaan naar Faye.'

Zodra de duizelingen weggetrokken zijn, kom ik overeind. Elke stap die ik zet, dreunt door in mijn hoofd, maar dat weerhoudt me er niet van om door te lopen. Ik wil hier weg. Weg van deze naargeestige plek. Charlotte heeft een arm om me heen geslagen, en aan de andere kant doet Teun hetzelfde. Ik heb me nooit eerder zo beschermd gevoeld. Toch is het alsof er een mantel aan vragen zwaar op mijn schouders drukt.

Pas als ik onderuit in de passagiersstoel zit, durf ik de vraag te stellen. 'Wie belde er?' In mijn hoofd had ik verschillende vragen klaarliggen, maar deze was het veiligste.

'Bedoel je daarnet in de kamer?' vraagt Teun.

Het zijn lastige vragen, omdat veel me ontgaat. Dus ik murmel een ja.

'Dat was Faye,' antwoordt Charlotte vanaf de achterbank. En terwijl Teun bij de kathedraal wegrijdt, vervolgt ze: 'Maureen is bij kennis. En het gaat zo goed met haar dat ze morgen van de intensive care af mag.'

60

Charlotte – Ierland 1995

De regen is gestopt en een bleke zon hangt laag boven de Ierse weilanden. De schapen grazen alsof dat de belangrijkste taak in hun leven is, de kudde verspreid over een frisgroen weiland. Dunne berkenbomen staan langs een beekje en laten de uiteinden van hun takken hangen, alsof ze erop wachten dat een volgende bui hun bladeren zwaar zal maken.

Om hun hoofden te vullen met andere gedachten, heeft Erin verteld hoe alles in elkaar stak. Over de lijst die Max koste wat het kost geheim wilde houden, en dat hierop de kinderen stonden die door de hoofdpriester gered zijn. Maar al snel werd haar stem zwakker. Teun besliste dat ze beter kon rusten.

Een lijst met geredde kinderen. En zij stond daar ook op. Als goede daad van een priester.

Charlotte slaakt een zucht en staart weer naar het voorbijglijdende landschap. Ze ruikt bijna het vochtige gras waarin het mos de onderlaag verend maakt. Hier heeft ze gelopen toen ze weggelopen was uit het tehuis. Langs deze velden die in al die jaren niets veranderd zijn. Kleine rijtjes bomen, lage huizen, en uitgestrekte weilanden met schapen. Er is iets wat haar onrustig maakt, maar de herinnering ligt te diep verstopt. Toch staat haar stap naar de vrijheid haar nog scherp voor de geest.

De bak met aardappelschillen was zwaarder dan ze had verwacht, maar toch klemde ze hem wanhopig tegen zich aan. Als ze die liet vallen, zou ze meteen alle aandacht naar zich toe trekken. Op slechts een meter of tien stonden de nonnen met hun ruggen naar haar toe. Het zweet prikte op haar voorhoofd, terwijl ze doorliep naar de composthoop. Ze wilde rennen en daarna met een aanloop de poort beklimmen. Ze had er al zo vaak naar gekeken dat ze precies wist waar ze haar voeten moest neerzetten. Een scharnier links dat een stukje uitstak, dan de grendel, en daarna kon ze hopelijk haar been over de deur heen zwaaien.

Erachter lag een weiland dat begrensd werd door een sloot. Ook dat had ze allemaal al uitgezocht door op elk moment dat het mogelijk was de omgeving te onderzoeken en haar kansen in te schatten. De poort gaf haar de beste kansen. Daarna zou ze moeten rennen.

Nooit eerder was ze zo dichtbij geweest. Nog maar twee meter tot de composthoop, die bevolkt werd door dikke bromvliegen, en mestkevers die alles van hun gading met hun pootjes tot een grote bal vormden.

Eindelijk kon ze de bak omkieperen. Daarna keek ze om. De nonnen hadden niets in de gaten. Een gevoel van triomf drong in haar bloedbaan. Nu kon ze ontsnappen. Met bonkend hart zette ze de laatste passen naar de poort. Net op dat moment draaide de priester zich om en keek haar recht aan.

Haar bewegingen stokten. In die allerlaatste seconden overwoog ze om te stoppen en terug te keren. Als ze gepakt werd, wachtte haar een lange straf in het hok, waarna haar kansen verkeken waren.

Tot de man haar toeknikte. Hij legde een hand op de schouder van een van de nonnen en leidde ze weg. Heel even keek hij nog achterom, toen verdwenen ze achter een muur. Ze hijgde. Was verbaasd.

Haar buik was gevuld met een grote zwerm zoemende bijen.

Moest ze terug? Of gaf hij haar toestemming? Misschien wilde hij haar laten oppakken om haar des te harder te straffen.

Toen dacht ze niet langer na en waagde de sprong. Het was haar laatste kans. Maar haar inschatting klopte van geen kanten. Het scharnier brak af en ze keek wanhopig omhoog waar de laatste kans tot vrijheid lag. Het was te hoog.

Een beweging achter haar. Met een ruk keek ze om. De priester kwam aanlopen. Hij hield zijn handen opgeheven en siste zachtjes: 'Stil, ik help je.' Daarna diepte hij een sleutel op en draaide de poort van het slot. 'Het ga je goed, kind.'

Ze aarzelde niet maar begon te rennen. Ze keek niet meer achterom.

Ze zuigt de lucht hard naar binnen. Hij was het. De hoofdpriester heeft haar op dat moment gered. Dus het klopt wat Erin net vertelde; hij wilde kinderen redden. Ze knijpt haar ogen dicht om de tranen tegen te houden. Nu ze weten dat de hoofdpriester zijn eigen beleid heeft gevoerd, tegen de regels van de katholieke Kerk in, beseft ze pas wat hij gedaan heeft. Hij heeft zijn hele leven gewijd aan de Heer, en toch is hij tegen de kerkelijke regels ingegaan om een paar van hen te redden. Daarom stond zij ook op die lijst. Met de originele lijst op haar schoot lijken de antwoorden gegeven.

'Max is misschien wel het grootste slachtoffer.'

Charlotte ziet de blik van Teun in de achteruitkijkspiegel.

'Zijn vader heeft Max te laat in bescherming genomen en niet gezien hoe getraumatiseerd hij al was.'

'Dat zei hij zelf ook al,' geeft Erin aan.

Charlotte schudt haar hoofd, omdat ze nog steeds niet kan begrijpen dat een lijst met goede daden dit allemaal heeft veroorzaakt. 'Ik heb gezien waartoe Max als kind al in staat was. Door de bescherming van zijn vader kon hij de meest vreselijk dingen uithalen. De priester liet hem andere klusjes opknappen, zoals de habijten repareren. Hij hoefde nooit meer naar het hok.'

Teun zet de richtingaanwijzer uit. 'We zijn er bijna.'

Al snel rijden ze door de buitenwijken van Tuam. Op het meest cruciale moment in haar leven heeft ze hulp gekregen, waarna ze zelf de sprong naar de vrijheid heeft gemaakt. Dat dit veel andere kinderen niet gelukt is, is vreselijk.

61

Erin – Ierland 1995

Het gekletter van de regen op het raam haalt me uit een diepe slaap. Ik rek mezelf ongegeneerd uit en kruip dan weer lekker onder het dekbed.

'Goedemorgen, schone slaapster.'

Ik ben in één klap klaarwakker en staar naar Teun, die me uitgebreid observeert.

'Wat?' Dan weet ik het weer.

Gisteren kwamen we bij het huis van Sean aan, waar Faye en Charlotte al die tijd logeren. Faye gaf heel resoluut aan: 'Jullie blijven hier. Ik vind het onverantwoord voor Erin om nog verder te reizen. Ze heeft rust nodig. Weet je wel hoeveel gevolgen een genegeerde hersenschuldding kan hebben?'

Op dat moment moest ik glimlachen, omdat ik genoot van het moederlijke geredder om me heen. Nu we heelhuids uit de heftige schietpartij in de grafkamer van de kathedraal waren gekomen, merkte ik pas hoe moe ik was. De kracht om te protesteren kon ik onmogelijk opbrengen en eigenlijk was ik gewoon ongelooflijk dankbaar dat de wereld even stilstond.

Het middagslaapje gaf me weinig rust, omdat Max zijn gemene tronie steeds opnieuw door de gordijnen van mijn oogleden heen stak. Hij is dood. En ik ben veilig. Dat heb ik mezelf steeds ingeprent, tot ik weer wegzakte en mijn onderbewuste de regie weer overnam.

'Goedemorgen.' Meer dan wat gefluister is het niet. 'Heb je goed geslapen?'

Teun humt zachtjes.

Dan pas merk ik dat ik zijn hand vasthoud. Een blos schiet omhoog. Ik herinner me dat hij, net voor we insliepen, mijn hand pakte en er een kneepje in gaf. 'We hebben het gered, Erin. Ik ben zo trots op je.' De warmte van zijn hand gaf me zoveel rust dat ik me in dat gevoel koesterde. Ik herinner me niet eens dat ik mijn ogen gesloten heb.

Het is nog steeds wennen. Mijn gevoel voor Teun is zo anders dan wat ik met Wim had. Zowel vanuit mijzelf, maar ik voel nu ook de warmte die ik miste bij Wim. Die was niet bezig met mij, hij zette zijn werk op de allereerste plaats. Bij Teun is het net andersom.

'Wat een drama, hè?' Ik draai me op mijn rug, maar blijf hem aankijken.

'Ik ben blij dat het voorbij is. Toch heb ik nog steeds een onbevredigend gevoel.'

'Ja, ik ook.'

Aan het gekletter te horen neemt de intensiteit van de regen af. Weer zo'n regenbui die je hier in Ierland van verre ziet aankomen, tenzij de hele omgeving in de grijze nevel verstopt is. Ik hoef me hier niet af te vragen wat voor weer het is, omdat het per uur kan veranderen. Wat zeg ik? Per minuut.

Tikkende nagels op de deur. Dan steekt Faye haar hoofd om de deur. '*Bonjour, good morning.*' Ze komt naar binnen en glimlacht veelbetekenend naar ons, waardoor ik wat verder bij Teun vandaan schuif. 'Ik heb thee met wat toast.' Ze is alweer bij de deur als ze zich omdraait, alsof ze nu pas iets bedenkt. 'Ik kreeg een telefoontje uit het ziekenhuis. Maureen is de nacht goed doorgekomen. Ze mag zelfs bezoek ontvangen.'

Onderuitgezakt in de kussens laten we ons het ontbijt goed smaken. De twee paracetamol die naast mijn thee liggen, ontlokken een dankbare glimlach bij me.

'Hoe is het eigenlijk bij de gemeente afgelopen?' vraag ik met volle mond. 'Hebben jullie die dodenlijst gekregen?' Het woord duwt een rilling over mijn ruggengraat. Ik kan me niet voorstellen dat de hoofdpriester niets wist van de kinderlijkjes in de rioolgangen. Hij ontkende het niet. Verborg zich achter heersende ziekten.

Ik kijk opzij. Teun legt zijn toast weg en spoelt de laatste hap weg met wat thee.

'Het is een lange lijst,' zegt hij ineens serieus.

'Dat heb ik hem ook onder zijn neus gewreven,' zeg ik. 'Die priester moet dit geweten hebben.'

'Het zijn zevenhonderdzesennegentig namen, Erin.'

Mijn ademhaling stopt en ik voel een duizeling door mijn hoofd trekken. 'Zevenhonderdzesennegentig?'

'Ja, bijna achthonderd kinderen zijn hier overleden. En...'

Ik onderbreek hem. 'En die liggen daar dus allemaal begraven.'

'Dat weten we nog niet. Maar al waren het er tien...'

'Het zijn er minstens honderd.' Ik zie de rij weer voor me. Al die halfvergane stoffen bundeltjes die tot ver in de duistere gang gevangen werden in het licht van mijn zaklamp. 'Dus het is nog niet afgelopen?'

'Nee, we hebben de moordenaar. Max is meegenomen door de politie en de priester is dood. Maar ons onderzoek gaat door.'

Ik schuif mijn bord weg. 'Deze kinderen moeten een naam krijgen. Nu kunnen al die moeders die misschien op zoek zijn naar hun kind ze nooit vinden. Behalve een naam op een dodenlijst bij de gemeente.'

Zal Mary Monaghan naar mij op zoek zijn gegaan? Weet ze dat ik nog leef en geadopteerd ben? Naast alle vragen over de kinderlijkjes, blijf ik verlangen naar antwoorden over mijn biologische moeder. *Die woont hier niet. Die kennen we niet.* Ik houd me vast aan de plaatsnaam die Arlene me heeft doorgegeven. Maar nu Maureen in het ziekenhuis ligt, weet ik niet of ze al navraag heeft kunnen doen.

'Botonderzoek kan helpen. En hopelijk kunnen we in de toekomst verwantschapsonderzoek doen.'

Ik pak mijn kop thee en probeer alles op een rijtje te krijgen, wat niet makkelijk is met een hoofd waarin net zoveel mistflarden drijven als hier over de Ierse velden. Er is dus een dodenlijst en een lijst met zogenaamd goede daden van de priester. En die laatste lijst is de enige lijst die Astrid heeft ontvangen. 'Ik begrijp er nog helemaal niets van,' verzucht ik uiteindelijk.

'Het enige wat duidelijk is, is wat Max' beweegredenen waren. Hij wilde zijn priestervader helpen zodat die niet uit zijn ambt gezet zou worden. En daarin is hij veel te ver gegaan.'

62

Erin – Ierland 1995

In de zitkamer hangt een weldadige rust. Een grote pot koffie voorziet ons van de benodigde energie. Prachtig versierde cakejes doen daar nog een schepje bovenop. Charlotte heeft weer haar best gedaan. Sean zit in een grote leren fauteuil en kijkt toe als Faye als vanzelf hun gasten bedient. Het is bijzonder om van dichtbij te ervaren hoe harmonieus Faye en Sean met elkaar omgaan; gescheiden maar toch nog vol respect naar elkaar.

Op de salontafel ligt een krant. De kop schreeuwt: 'MILAANSE TOPCOUTURIER MAX O'CONNOR VERDACHT VAN MOORD'. Ik pak hem op en bekijk de foto waarop Max staat op het moment dat hij door twee agenten weggevoerd werd. Zijn blonde lok hangt half voor zijn gezicht. Best gek dat ik geen gevoel van triomf heb, maar hem vooral zielig vind.

Ineens doorbreekt Charlotte de kabbelende rust. 'Ik moet jullie iets vertellen.'

Ik kijk verrast op. Is er nog meer?

Charlotte haalt diep adem. 'Het bleef me bezighouden dat een lijst met goede daden de reden is geweest om mensen te vermoorden. Volgens Erin was dat de verklaring van de priester. En mij heeft hij inderdaad geholpen bij mijn ontsnapping.'

Haar blik flitst in mijn richting, maar ik knik haar alleen maar toe om haar aan te moedigen om door te gaan. De krant leg ik terug op het tafeltje.

'Maar er bleef een unheimisch gevoel hangen bij me. Er klopte iets niet. Dus toen we in de pastorie waren, en een dokter jou onderzocht, ben ik op onderzoek uitgegaan.'

'In de pastorie?' vraagt Teun verbaasd. 'Dat heb ik helemaal niet gemerkt.'

'Je was bij Erin,' zegt ze simpel, alsof dat alles verklaart. 'Ik vond het verhaal van de priester niet kloppen met alles wat ik heb meegemaakt in het tehuis. Ze waren daar niet bezig met goede daden. Die zwangere meisjes werden als slaven behandeld, en ik wist dat die baby's na een jaar bij de moeders werden weggehaald.'

'Dat heb je inderdaad verteld,' zegt Sean. 'Een onmenselijk iets. Maar ik dacht dat je ook vertelde dat ze daarna ter adoptie werden aangeboden omdat die meisjes niet zelf voor hun kinderen konden zorgen.'

Charlotte knikt. 'Dat heb ik ook altijd gedacht. En eigenlijk is het zelfs logisch dat die adopties betaald moesten worden, omdat het tehuis de kosten moest dekken die er werden gemaakt.'

'Nou ja, logisch...' sputter ik zachtjes tegen. Ik denk aan Teun, die ook al zoiets had beweerd, en hoe kwaad ik was geweest dat hij dat ook nog begrijpelijk vond.

'Maar het ligt iets genuanceerder.' Charlotte staat op en loopt naar de secretaire die achter in de zitkamer staat. Ze komt terug met een grijs geaderde dossiermap. 'Dit vond ik in de werkkamer van de priester.'

Ik houd mijn adem in terwijl ze met zelfbewuste bewegingen de strik lostrekt. Daarna slaat ze de map open. Boven op een stapel paperassen ligt een schoolschriftje.

'Dit schriftje is de lijst die Maureen heeft gekregen. Zij heeft deze lijst in haar computer gezet, en die hebben we allemaal gezien.'

Ik wil bevestigend knikken, maar ben licht in mijn hoofd. Het is beter om me rustig te houden.

Teun pakt het schriftje aan. 'Ja, deze namen herken ik. Hij bevat jouw naam, Erin, en ook die van Max en van jou, Charlotte.'

Charlotte legt haar handen op de papieren in de map. 'Dat klopt. Dit is de adoptielijst, oftewel die lijst met goede daden waar de priester het over had. Voor mij is het nu ook duidelijk waarom ik erop sta. Maar dit...' Ze pakt nu de stapel papieren uit de map op haar schoot. 'Dit is een ander archief. En ik heb het gisteravond doorgespit. Als ik het ruwweg geteld heb, staan hier wel duizend namen in van geadopteerde kinderen.'

'Duizend?' Teun slaat het schriftje dicht. 'Duizend. Jeetje.'

Charlotte neemt het gesprek weer over. 'Ik vroeg me al af hoe het zat, want er waren heel veel kinderen. Alleen al in die vijftien jaar dat ik er heb gezeten, kom ik makkelijk aan honderden.'

Ik ga iets verzitten. 'De priester ontkende zelfs niet dat er voor hen betaald werd. Wij hebben het hier samen ook over gehad, weet je nog, Teun?'

'Ja, maar zóveel kinderen?'

'Er zijn inderdaad veel kinderen geadopteerd. En de adoptieouders hebben daar geld voor betaald. Maar die bedragen zijn exorbitant hoog.' De woorden blijven tussen ons in hangen, tot Charlotte de stapel papieren teruglegt in de dossiermap. 'Ze hebben een nieuw thuis voor hen gezocht, maar in feite zijn deze kinderen verkocht. Dit is met recht kinderhandel te noemen.' Charlotte klopt met haar hand op de papieren op hun schoot. 'En dit is in feite hun kasboek dat dit bewijst.'

Ik heb moeite om de bittere gal weg te slikken. Kinderhandel. Dat was het dus. Geld. Alles draaide om geld. Veel geld.

'De Kerk heeft zulke hoge bedragen gevraagd dat het totaal niet in verhouding stond tot hun uitgaven,' gaat Charlotte verder. 'Ze hebben er dik aan verdiend, omdat ze ook een toelage voor de opvang ontvingen van de regering. Dat bewijzen deze papieren. En kinderhandel is verboden bij de wet.'

'Zelfs de Kerk staat niet boven de wet,' zegt Teun, die in elkaar gezakt op een fauteuil zit.

'Wat goed dat je dit ontdekt hebt, Charlotte,' zegt Sean, die al die tijd zwijgend heeft toegeluisterd. 'Dus die priester heeft zijn leiderschap misbruikt.'

Ergens in de ruimte geeft een geluid mijn gedachten elke keer een duwtje. Dan pas landen de woorden tijdens de biecht van de priester, die op het randje van de dood balanceerde.

Wat jij gedaan hebt is erger. Je hebt in mijn naam mensen gedood.

'Hij beschuldigde Max.' Ik strijk mijn haren uit mijn gezicht. 'Ik was er bijna ingetrapt, maar de priester duwde Max over de grens.'

Je hebt me te schande gemaakt, mijn zoon.

'Hij wist dat Max zo getraumatiseerd was dat hij hem in alles zou volgen. En dus duwde hij het schuldgevoel nog wat harder naar binnen.' Ik kijk de kring rond en zie dat ze allemaal vol aandacht luisteren. 'Zijn blik heeft hem verraden. De priester zocht vergelding omdat hij niet wilde dat zijn zieke handel bekend zou worden.'

'Dus manipuleerde hij Max?' vraagt Teun.

'Ja, ik denk dat hij Max ertoe heeft aangezet om die lijst te zoeken, die met de goede daden dus, en daarna de getuigen om zeep te helpen. Max was zo verbaasd toen zijn priestervader hem hierop aansprak, dat kan niet gespeeld zijn. En Max steunde zijn vader door dik en dun.' Ik slik even en probeer mijn gedachten te ordenen. 'Maar er zat dus meer achter. Die goede daden waren een soort dekmantel voor de kinderhandel. Dat blijkt uit die archieven die Charlotte heeft gevonden. De priester wist dat als het schriftje gevonden werd, zijn andere daden ook bekend konden worden. Hij is dus helemaal geen weldoener, zoals hij mij wilde doen geloven, maar een manipulatieve smeerlap die zijn traumatische zoon voor zijn vuile karretje gespannen heeft.' De laatste woorden spuug ik eruit. Er schieten pijnlijke steken door mijn hoofd.

'Ik denk dat je gelijk hebt. Heel goed onder woorden gebracht, Erin.' Teun werpt een zijdelingse blik op me. 'Maar het lijkt me goed als je nu even rust neemt.'

Het is lastig om die zinderende kwaadheid ineens te doven, maar tegelijkertijd weet ik dat het klaar is. De priester is dood, en Max is opgepakt. Hij staat zelfs met naam en toenaam op de voorpagina van de krant.

'Ik ga hier werk van maken,' geeft Sean aan. 'Ik verzamel alle archieven, het schriftje en ook de voorlopige uitslagen van jullie botonderzoek van de overleden kinderen. Ook daaruit zal blijken dat er grove fouten zijn gemaakt door de leiding van het tehuis in de zorg voor de kinderen die aan hen waren toevertrouwd. De Kerk is daarvoor de eindverantwoordelijke instantie.'

Teun recht zijn schouders. 'Met al deze overtuigende bewijzen dwingen we ze op hun knieën.'

'Eindelijk gerechtigheid,' verzucht Charlotte. 'Voor al die honderden kinderen.'

63

Erin – Ierland 1995

De dunne gordijnen filteren het nachtlicht, waardoor de logeerkamer een oase van rust is voor mijn hoofd. Toch wil de slaap niet komen, wat ik niet heel erg vind. Een zacht briesje blaast frisse lucht over ons heen. Faye stond erop dat we nog een nacht bleven; een aanbod dat Teun meteen accepteerde.

'Ze krijgt alweer blosjes door jouw goede zorgen,' zei hij, en hij kneep even in mijn wang.

'Dat komt ook door jou,' gaf ik aan.

De vertederende blik van Faye was als goud.

Ik draai me op mijn zij en zie de gordijnen heen en weer bewegen. De zucht is al naar buiten voor ik er erg in heb. Dit is hoe ik me altijd wel wil voelen: zo gelukkig en vooral zo vanzelfsprekend blij.

Het bericht van Charlotte was daar medeoorzaak van. Ze was die middag bij Maureen op bezoek geweest en vertelde: 'Maureen wil zo snel mogelijk naar huis. De politie heeft haar verhoord, en zoals wij al vermoedden was het inderdaad Max die ineens bij haar op de stoep stond. Verder herinnert ze zich niets meer.' Daarna had Maureen haar aan een verhoor onderworpen, maar Charlotte kon slechts de belangrijkste nieuwtjes delen; ze mocht maar kort blijven.

Teun draait zich om, komt tegen me aan liggen en slaat zijn arm om me heen. 'Kun je niet slapen?'

'Al dat slapen...' zeg ik zacht. De hele middag heb ik ook al op bed gelegen, en hoewel het me goed heeft gedaan, zeurt er iets in mijn hoofd. Iets wat ik maar niet te pakken krijg.

De ademhaling van Teun wordt dieper. De nacht voelt weldadig en geeft me de mogelijkheid om mijn gedachten rustig te laten stromen zonder moeite te hoeven doen om een gesprek gaande te houden.

Ik denk aan mijn adoptiemoeder. Het is jammer dat ze Teun nooit heeft ontmoet. Ze was vast en zeker gek op hem geweest. En hoe goed het ook is dat haar moordenaar gepakt is, het zit me niet lekker dat een lijst met goede daden verantwoordelijk was voor haar dood.

'Er klopt iets niet,' murmel ik, omdat ik niet weet waarom de vragen blijven ronddwarrelen in mijn hoofd, als vlinders die geen rust vinden om ergens lang te blijven zitten. Het is ongrijpbaar. En toch te krachtig om geen aandacht aan te schenken.

'Ik weet wat je bedoelt,' zegt Teun, die toch wakker blijkt te zijn.

'Ja, heb jij dat ook?' Ik draai me naar hem toe. Zijn gezicht ligt in de schaduw, maar toch fonkelen zijn ogen.

'Ik blijf zitten met de vraag waarom Astrid dood moest.'

'Ja, dat.' Hij raakt de kern van mijn vragen. 'En wat wilde ze naar buiten brengen in de media? Dat er een priester was die kinderen heeft geholpen, waardoor de Kerk geld misliep? Een christen zal altijd mensen in nood helpen. Dus...'

'Hoe erg is het dat die lijst openbaar gemaakt zou worden?' voegt Teun eraan toe.

De rust is uit mijn lijf, en ik ga overeind tegen de kussens geleund zitten. 'Het kan best zijn dat er eerst ook zo'n belachelijk hoog bedrag is gevraagd aan mijn ouders, maar waarom zou ze daar ineens onderzoek naar gaan doen? Ze kon onmogelijk weten dat er...'

'... een archief was dat de priester, en eigenlijk de gehele katholieke Kerk, in diskrediet zou brengen.'

'En ook niet dat zevenhonderdzesennegentig babylijkjes nooit het terrein verlaten hebben.'

'Ook al kwam het in die tijd vaker voor dat ongelovigen een apart hoekje op een begraafplaats kregen.'

'Maar niet dat ze in een rioolput gedumpt werden.'

Het is inmiddels zo gewoon dat hij mijn zinnen afmaakt dat ik me er niet eens meer over verbaas. Ik staar voor me uit en zie in de spiegel van de kaptafel dat Teun ook overeind komt. Dan draai ik me naar hem toe. 'Astrid had een afspraak met Ella gemaakt om iets te bespreken. Ze had alleen maar die eerste lijst, die met de goede daden dus. Wat wilde ze dan bespreken? Ze moet dan toch meer ontdekt hebben dan dat?'

Met een ruk gaat hij rechtop zitten.

Dezelfde schok gaat door mij heen. 'De papieren van Charlotte,' fluister ik. 'Daarin moet meer te vinden zijn.'

Op blote voeten schuifel ik naar de trap, die bedekt is met zachte vloerbedekking. Teun voel ik vlak achter me. Boven in het trapgat hangt een grote kroonluchter, die als een enorme wachter alles in de gaten houdt. Mijn hand glijdt langs de leuning als we trede voor trede naar beneden sluipen. Als inbrekers. Vochtige handpalmen.

'Voorzichtig,' sist Teun.

Ik ben er bijna. Knikkende knieën. Als dieven in het huis van vrienden. Het maakt me een beetje lacherig. Dan staan we in de hal. De schaduwen hangen traag op de tegels, die koud zijn aan mijn voeten.

'Straks komen we iemand tegen,' fluister ik. Het idee dat de indrukwekkende gestalte van Sean hier ineens opduikt, zorgt voor een nerveuze kriebel in mijn buik.

Teun loopt me voorbij en opent de deur van de zitkamer. Op mijn tenen trippel ik achter hem aan, waarbij ik steeds achteromkijk. Bij de secretaire blijven we staan. We kijken elkaar aan en ik adem een paar keer diep door. Dan opent Teun de klep, die knarsend opengaat. Het blad is leeg.

Ineens klinkt er een luide stem vanuit de leunstoel. 'Zoeken jullie dit?'

64

Erin – Ierland 1995

'Dus er is nog meer?' De stem van Sean is donkerder dan anders.

'Ik ben bang van wel,' antwoord ik.

Ik was me rot geschrokken toen Charlotte vannacht in de grote leunstoel van Sean bleek te zitten. Ook zij had de slaap niet kunnen vatten. 'Ik ben nog steeds bang dat er iemand opduikt om Faye iets aan te doen, omdat ik…' Het bleek dat haar angst groter was dan alleen haar idee dat ze in die tijd kinderen tekort gedaan had.

We waren bij haar in de salon gaan zitten, hadden iets te drinken ingeschonken en daarna samen alle opties doorgenomen. De nacht was vanaf dat moment gevuld met moeilijke vraagstukken, tot we een bizarre ontdekking deden.

Ik vind het lastig om na slechts een paar uur slaap mijn gekneusde hersens tot een heldere uiteenzetting van onze conclusies te dwingen. Max is voorlopig uitgeschakeld en zijn priestervader voorgoed. Maar hun nagedachtenis is gruwelijker dan alles wat ik tot nu toe gedacht had.

'We hebben nieuw bewijs gevonden,' begin ik.

'Bewijs is goed,' geeft Sean aan, die zijn blik in de mijne boort.

Ik wil hem niet tegenspreken, maar toch besef ik dat juist onze intuïtie ons hierheen geleid heeft. 'Het gaat om mijn adoptiepapieren…'

‘… die uit het huis van Astrid ontvreemd zijn,’ vult Teun aan. ‘Die ontdekten we vannacht bij de overige papieren in de secretaire.’

‘Vannacht?’ De blik van Sean flitst naar Faye, die echter vol vertrouwen naar ons kijkt.

Ik knik en vervolg: ‘Charlotte had geen idee wat ze in handen had, maar ik herkende de map meteen.’

‘Deze hangmap vond ik bij de archiefmap in de werkkamer van de hoofdpriester,’ vult Charlotte aan. ‘Jouw adoptiemoeder heeft ongelooflijk goed werk verricht, Erin. Ze heeft van verschillende adoptieparen de papieren opgevraagd. Geen idee hoe ze dit voor elkaar heeft gekregen, maar dat is nu ook niet belangrijk. Wat we willen laten zien is dit.’ Ze werpt even een blik op mij.

‘Ja, fijn als jij het vertelt,’ geef ik dankbaar aan. Het blijft vechten tegen de wens om gewoon aanwezig te zijn terwijl er te veel ruis in mijn hoofd zit.

Charlotte pakt de stapel papieren. ‘Dit zijn de officiële adoptiepapieren van Erin, maar dus ook van andere ouders. Hier staan geen bedragen op, maar Erin ontdekte iets bijzonders.’

Sean leunt voorover en pakt de papieren van Charlotte aan.

‘Op deze papieren staan de handtekeningen van de biologische moeders, zodat aangetoond kan worden dat het om legale adopties gaat.’

‘Ja, dat zie ik,’ reageert Sean.

‘Maar Erin vond…’ Charlotte kijkt me ineens aan. ‘Gaat het wel, Erin? Je ziet zo bleek.’

Ik knijp mijn kaken op elkaar en knik. Vannacht bekeek ik eindelijk de officiële papieren die ervan getuigden dat mijn biologische moeder me wilde afstaan. Al die jaren had ik me afgevraagd waarom ze me niet wilde. Of ik misschien niet mooi genoeg was. Of niet lief genoeg. En nu…

‘Kijk, hier zie je het staan.’ Charlotte gaat naast Sean op de grond zitten. ‘De naam Mary Monaghan, met eronder haar handtekening.’

'Ja, en?' Sean kijkt Charlotte vragend aan.

'En deze papieren zijn van de andere adoptieouders.' Ze wijst ook daarop de handtekening aan.

'Dit zijn officiële adoptiepapieren. Niets mis mee,' zegt Sean

Teun heeft het schrift vast, en ik weet wat er nu komt. Het maakte me vannacht kotsmisselijk. Nu dwing ik mezelf om te luisteren, omdat ik opnieuw dit bizarre bewijs wil horen, alsof ik mezelf wil inprenten welke ontdekking Astrid het leven heeft gekost.

Charlotte opent het schrift en geeft het aan Sean.

'Ik zie niet...' Sean laat zijn blik heen en weer flitsen tussen de adoptiepapieren en het schrift.

'Let op het handschrift. Zoals je ziet is dat heel karakteristiek. Zwierige krullen, ovale klinkers, en letters die in een evenwichtige cadans op het papier zijn gezet.'

Dan kijkt Sean abrupt op. 'De klootzak!'

'Wat is er?' Faye komt naast hem staan.

Charlotte loopt terug naar haar stoel. 'Zijn handschrift verraadt hem. Die zwierige krul van de g, de hoofdletter M die op exact dezelfde manier in het schriftje staat. Dus degene die het schriftje met aantekeningen heeft gevuld, is dezelfde persoon die Erins adoptiepapieren heeft ondertekend. En alle andere adoptiepapieren. Die handtekening is dus niet van Erins biologische moeder, maar...'

'... van de priester,' vult Sean ademloos aan. 'Deze adoptiepapieren zijn illegaal. Die priester heeft deze adopties ondertekend in plaats van de biologische moeders.'

Net als afgelopen nacht rollen de tranen over mijn wangen. 'Mary heeft dus niet vrijwillig afstand van me gedaan. Ik ben domweg van haar afgepakt.'

'Gedwongen adopties.' Sean staat op en loopt naar het raam. Zijn rug star, schouders recht. Zijn zwijgen is zwaarder dan welke beschuldiging dan ook.

'Mijn adoptiemoeder had dit allemaal ontdekt,' zeg ik, terwijl ik de tranen wegslik. ‘Dat moet haar toch ook een rotgevoel hebben gegeven? Zij heeft me als kind geadopteerd terwijl mijn biologische moeder me nooit heeft willen afstaan.’

In de paar uur die ik vannacht in bed heb doorgebracht, bleef deze conclusie doordraaien. Wat moet Astrid zich rot gevoeld hebben toen ze dit ontdekte. Geen wonder dat ze er pas over wilde praten toen ze het zeker wist.

‘Maar dat wil niet zeggen dat Astrid niet van je heeft gehouden.’ Teun legt zijn hand op de mijne. ‘Dat artikel waar ze mee bezig was, moet er alsnog komen.’

‘Ja,’ verzucht ik. ‘Door Astrid weet ik nu dat mijn biologische moeder me niet kwijt wilde.’

Sean draait zich om en loopt naar me toe. ‘Luister, meisje. Dit is overtuigend bewijs dat die hoofdpriester een meestervervalser was die én veel te hoge bedragen heeft gevraagd, én waarschijnlijk veel meer kinderen heeft verkocht zonder toestemming van de biologische moeder. Tel daarbij op het mismanagement van het tehuis, de ontdekte babylijkjes in een riool en het voorlopige botonderzoek dat bewijst dat veel kinderen ondervoed waren. Ik pak dit op. Hier komen ze niet onderuit. Dit wordt wereldnieuws.’ Hij legt zijn hand op mijn schouder. ‘Ik vraag een onderzoek aan bij de Health Services Executive. Die zullen daarna met hun conclusies komen.’

Teun geeft een kneepje in mijn hand. ‘Het is klaar, lieverd.’

Nu ik alles hoor wat we ontdekt hebben, valt er een enorme rust over me heen. Eindelijk weten we wat er zich echt allemaal afgespeeld heeft. ‘Ja, het is klaar. Verder onderzoek volgt, zodat de echte verantwoordelijken worden opgepakt en de hele wereld te horen krijgt wat hier voor misdaden zijn gepleegd.’

65

Erin – Ierland 1995, twee maanden later

'Hier is er nog een,' zegt Maureen. Ze gooit een krant op de tafel in de eetkamer.

'*The Guardian*,' zegt Charlotte, die de krant meteen oppakt. 'Dat is al de zoveelste. Max wordt overal genoemd. Zijn naam reikt nu tot ver buiten Milaan. Het feit dat een beroemde couturier verdacht wordt van verschillende moorden behoort tot de sensatietop. *The New York Times*, *BBC News*, *The Mirror*, het *Algemeen Dagblad*, RTL Nieuws, Belgische kranten... Het is overal in de wereld in het nieuws.'

'*Dumped in a septic tank*. Iedereen kopieert deze kop. Dit heb ik niet doorgegeven,' zegt Maureen, wier haren wild omhoogpieken. 'Het is nog helemaal niet zeker dat er zevenhonderdzesennegentig babylijkjes liggen. Ik heb *The Irish Times* gebeld om dit te corrigeren, maar dat helpt nu niet meer. De media kopiëren liever dit soort sensatiekoppen.'

Het kan me op dit moment even gestolen worden. Vandaag is een belangrijke dag die ik niet wil laten verpesten door nieuwsitems die niet volledig kloppen. 'Kunnen we al deze onrust misschien uitstellen?' vraag ik voorzichtig.

Natuurlijk is al deze aandacht voor de afschuwelijke gebeurtenissen in Tuam prima. Maar niet vandaag. Ik ben nu nog de rust zelve, en ik wil dat graag zo houden.

Maureen ragt door haar korte haar. 'Ik moet nog zoveel doen,' roept ze, en ze rent de deur uit en er even later weer in. Vraagt waar de bloemen liggen en of de muzikanten al gereageerd hebben. Haar wangen kleuren inmiddels net zo rood als haar haren. 'Teun mag hier niet komen, hoor!'

'Alles is geregeld, Maureen. Stop met dat gejaag, dat is nergens voor nodig.'

Ze stopt naast me, kijkt me met koortsige ogen aan en laat even een glimlach over haar gezicht trekken. 'Je hebt helemaal gelijk, Erin.' Waarna ze weer wegrent.

Faye komt de eetkamer in lopen. 'Ga je mee, Erin? Dan gaan we je gezicht wat kleur geven.'

Het is prettig dat we opnieuw te gast mogen zijn in het huis van Sean, waar Faye rondloopt alsof ze hier zelf de scepter over de huishouding zwaait.

In de logeerkamer zit een jonge vrouw klaar met voor zich een heel kleurenpalet aan make-up. De trouwjurk aan de kastdeur laat me glimmen. Vandaag is het zover: ik ga trouwen met Teun. We wisten allebei meteen dat we ons huwelijk in Ierland wilden laten voltrekken. Mijn geboorteland én het land waar de vonk tussen ons is overgeslagen.

Een paar uur later is er van mijn oorspronkelijke rust niets meer over. Teun en ik zijn al de hele dag van elkaar gescheiden. Hij kon bij Maureen logeren en ik benijd hem niet. Gelukkig is Teuns rust nog met geen duizend Maureens omver te blazen.

Zou hij al bij het altaar staan te wachten? Maureen verordonneerde me om in de auto te blijven zitten tot ze me zou halen. Maar nu overweeg ik om gewoon uit te stappen en aan de plechtigheid te beginnen. Het kerkje is klein en intiem. En ik heb iedereen die we uitgenodigd hebben al naar binnen zien gaan.

Dan komt Maureen met haar armen wijd de trap af zeilen. De paarse jurk staat haar geweldig. Toch duikt heel kort de gedachte in mijn hoofd op wat Max van deze kleur gevonden zou hebben.

Dan trekt ze het portier open. 'Come on, dear.' De warmte glijdt mee naar binnen en ik vraag me af of dit van de bleke zon afkomstig is of van het verhitte gezicht van Maureen.

Omzichtig stap ik uit, laat mijn champagnekleurige bruidsjapon langs mijn benen glijden en richt me op. Het is een prachtige japon met een strak lijfje en een kanten bovenstukje. De voile rok wervelt langs mijn benen.

Ik adem een paar keer door voordat ik achter Maureen aan begin te lopen, die al bovenaan de trap staat. Het lijkt bijna alsof ze op en neer springt van enthousiast geluk. Wat een heerlijk mens. Ze is weer helemaal de oude.

In de hal van het kerkje is het verrassend koel. Maureen is ineens weg, waardoor ik me afvraag of ik nu gewoon naar binnen kan lopen of dat ik moet wachten op de orgelmuziek die we afgesproken hebben.

'Maureen?' roep ik zachtjes. Het is overal ineens zo stil dat het lijkt alsof ik hier helemaal alleen ben. Dat er geen gasten wachten in de kerk. Of dat ze straks heel hard 'Surprise!' roepen als ik binnenkom.

Ik grinnik en merk dat er in mijn maag een leger mieren rondkruipt. Vandaag ga ik 'ja' zeggen tegen Teun. Alle lijstjes zijn afgevinkt en er is nooit enige twijfel geweest. Mijn lichaam gaf alle antwoorden.

Ineens gaat de zijdeur open en Maureen glipt de hal in.

'O gelukkig, daar ben je. Kan ik naar binnen?' vraag ik.

Ze grijpt mijn arm. Haar vochtige hand glijdt over mijn huid. 'Nee, wacht! Je zult je wel afvragen waarom ik zo nerveus rondren.'

Verbouwereerd staar ik haar aan. Wat een timing om over haar zenuwen te beginnen. 'Iedereen wacht. Zullen we...'

'Wacht even, lieverd.'

Dan gaat de zijdeur opnieuw open en komt er een vrouw de

hal in lopen. Haar rode krullen bewegen soepel om haar gezicht. Haar ogen haken zich vast in de mijne en ik kan me onmogelijk van haar losmaken. Er begint iets in mijn binnenste te trillen, wat al snel door mijn hele lichaam wordt overgenomen.

Maureens hand ligt nog steeds op mijn arm. 'Erin, mag ik je voorstellen… Dit is Mary Monaghan.'

66

Erin – Ierland 1995

Het feest is losgebarsten. Mary en ik zitten tegenover elkaar in de pub, die afgeladen vol is, onze handen houden elkaar vast. De grootste schok is veranderd in een diepe ontroering, waarbij ik mijn tranen nauwelijks kan tegenhouden.

'Mijn hele leven heb ik gebeden dat ik je ooit zou terugvinden.'

Haar zangerige stem klinkt me bekend in de oren. Soms mis ik de woordelijke betekenis van een Gaelic uitdrukking, maar dan hoef ik alleen maar naar haar ogen te kijken om te zien wat ze wil zeggen.

'Je hebt naar me gezocht.' Er klinkt verbazing in haar stem.

'Ja, dat klopt.' Ik wil eraan toevoegen dat het nooit eerder in me opgekomen is omdat ik mijn adoptiemoeder op geen enkele manier het gevoel wilde geven dat ze tekortschoot, maar ik doe er het zwijgen toe.

'Hier zitten jullie.' Teun komt bij ons zitten. 'Mary, ik kom je dochter even lenen. Kom je zo de taart aansnijden, Erin?'

'Ik kom eraan.' Mijn glimlach geeft alle liefde weer die ik voor deze man voel. 'Mary, wat is dit bijzonder. Je bent erbij tijdens mijn huwelijk.' Terwijl ik het zeg, denk ik aan Astrid en ik moet opnieuw driftig slikken. De emoties liggen zo dicht onder mijn huid dat elke aanraking ervan me bijna tot tranen toe roert. Nooit eerder hebben emoties me zo in hun greep gehouden.

'Ik ben dankbaar dat ik erbij mag zijn,' zegt Mary, en ze geeft een kneepje voor ze me loslaat.

'En me weg mocht geven,' voeg ik eraan toe. De dubbele betekenis dringt pas tot me door op het moment dat ik naast Teun ga staan.

De bruidstaart is een kunstwerk. Op een etagère liggen vier taarten waaroverheen een sierlijke marsepeinen laag gedrapeerd is in de kleur van mijn bruidsjurk. Het lijken wel satijnen doeken, zo gedetailleerd ziet het eruit. Een lijn van bloemen is vanaf de onderkant via een sierlijke draai naar de bovenkant van het kunstwerk gebracht.

'O kijk, de margrieten.' Ik wijs naar de lievelingsbloemen van Astrid. En zie dan de lichtgele rozen van mijn bruidsboeket, met ernaast sierlijke orchideeën waar ik bijna mijn neus in wil stoppen, zo natuurgetrouw zijn ze gemaakt. 'Dit kunnen we toch nooit kapotsnijden?'

Ik kijk om me heen tot ik ergens achteraf Charlotte ontdek die met grote ogen naar me staat te kijken. Ze reageert bedremmeld als ik haar wenk.

'Dit is… Hoe heb je…' Dan breken de tranen, die ik al die tijd zo goed tegen heb weten te houden, alsnog door.

'Vind je het mooi?'

'Je hebt jezelf overtroffen,' verwoordt Teun mijn gevoel. In zijn champagnekleurige pak ziet hij er betoverend uit. De blauwe stropdas geeft net dat beetje contrast.

'Het is… Die Fransen zijn knettergek. Dit is zonder twijfel een rood-wit-blauwe boord waard,' geef ik aan.

De trots die over haar gezicht trekt is nog veel meer prijzen waard.

'Zullen we dan maar?' vraag ik aan mijn man, en we pakken samen het mes beet. Dan snijden we een eerste stuk uit de onderste laag, waarbij we ontdekken dat de binnenkant ook nog verrassingen herbergt. Een blauw accent, de gele crème en een paar paarse stippen, waarbij ik geen idee heb welke smaken deze kleuren vertegenwoordigen. Wel weet ik dat het vast heerlijk zal zijn. Alles klopt.

Terwijl de stukken taart rondgaan, begint er een viool te spelen. Al snel valt er een banjo in, waarna het vrolijke ritme van de Ierse muziek de pub vult. Vanuit alle hoeken wordt er meegezongen en soms gaat er iemand op een stoel staan om een couplet te zingen. Er klinkt gelach, geproost van glazen en stemmen die steeds harder gaan zingen.

Vanuit mijn ooghoeken houd ik mijn moeder in de gaten, die met een glimlach om haar lippen alles gadeslaat. Het duurt even voor ik me aan het grootse feestgedruis kan ontworstelen om haar op te zoeken.

Mijn moeder.

Ik neem haar mee naar buiten, waar we een rustig plekje vinden in de tuin. De nazomer schenkt ons een zachte temperatuur, waarbij ik toch even naar de lucht kijk of er een bui nadert.

'Ik ben zo blij dat ik je gevonden heb,' zeg ik.

'Je hebt naar me gezocht.' Opnieuw die verbazing.

'Je bent degene die me gedragen heeft.'

Haar blik verdwijnt in de verte.

'Was het een moeilijke tijd?'

Als ze me weer aankijkt, ontmoet ik mijn eigen ogen. 'Ben je… Hoe waren je ouders?'

Ik pak haar handen. 'Ik heb een geweldige jeugd gehad. Mijn adoptieouders hebben me liefdevol opgevangen.'

Haar glimlach geeft bijna licht.

'Hoe oud was je toen je…'

'… zwanger werd?' Mary's blik glijdt naar boven en ik zie dat ze de herinneringen die haar zoveel verdriet hebben gegeven probeert terug te halen.

Hij was kwaad. Ze had haar vader nog nooit zo gezien. 'Waarom heb je het ons niet eerder verteld?' vroeg hij toen ze haar buik niet langer kon verbergen. Het was al meer dan zeven maanden geleden dat ze ongesteld was geweest, maar aangezien ze thuis nooit over dat soort zaken spraken, kon ze dat makkelijk verborgen houden.

'Ik wil de baby houden.' Ze zat op haar bed en had haar armen rond haar buik geslagen, terwijl haar vader hoog boven haar uittorende.

'Onmogelijk. Je bent pas vijftien. De buurt zal er schande van spreken.'

Ze boog haar hoofd en kneep haar kaken op elkaar. De buurt... Waarom dachten ze niet aan haar? 'Als moeder de baby overdag opvangt, kan ik mijn school afmaken en daarna...'

Haar vader liet haar niet eens uitspreken en liep met zware passen haar kamertje uit.

De angst nestelde zich diep in haar lichaam. Ze had geen idee wat er ging gebeuren.

Vanaf dat moment werd ze thuisgehouden van school en mocht ze zich niet meer laten zien. Twee dagen later werd ze naar beneden geroepen. Mary was verbaasd dat ze door moest lopen naar de nette voorkamer. Haar moeder bleef achter in de keuken, haar ogen rood betraand.

'Ga zitten.'

Mary gehoorzaamde en was verbaasd dat de lokale priester in vaders leunstoel zat.

'Je bent een schandaal voor onze parochie, dus je moet op korte termijn vertrekken.' Na die woorden stond hij op, knikte naar haar vader en liep de deur uit.

Die nacht verlieten ze heimelijk het huis. Ze moest op de stang van haar vaders fiets gaan zitten en haar vader begon te rijden. Het was een vreselijke tocht, omdat haar buik zeer begon te doen door de ongemakkelijke houding. Pas tegen het ochtendgloren kwamen ze aan bij een groot gebouw.

Een non deed open. '*Come in, child.*'

Ze wilde zich omdraaien om afscheid te nemen van haar vader en af te spreken wanneer hij haar weer kwam ophalen, maar ze zag nog net een zwarte figuur in de duisternis verdwijnen.

'Ik heb mijn ouders nooit meer gezien,' zegt ze met tranen in haar stem.

Nu ik de geschiedenis ken, begrijp ik hoe hard het leven voor haar geweest is. Eén moment van onoplettendheid en het leven verandert in een lijdensweg. Ik wil tegen haar zeggen dat haar ouders nog steeds in de boerderij wonen, maar ze is me voor.

'Ik ontving een brief van mijn buurmeisje.'

'Arlene?'

Ze knikt, waarbij haar rode krullen op en neer deinen. 'We hebben opnieuw contact gekregen toen ik na bijna twintig jaar weg kon uit de wasserij waar ik heen gebracht was om te werken.' Dan kijkt ze op. 'Maar het was Maureen die me bij jou heeft gebracht.'

Ik besef dat ze me is gaan zoeken toen we na afloop van het hele avontuur terug zijn gegaan naar Nederland.

'Maureen is fantastisch. Ze heeft zoveel voor alle kinderen gedaan.' Dan vertel ik haar heel kort over de lijst met goede daden, het adoptiearchief, de zevenhonderdzesennegentig overleden kinderen van wie een deel in een riool van het tehuis is neergelegd, en uiteindelijk over onze ontdekking dat de handtekeningen op de adoptiepapieren vervalst zijn.

Na deze opsomming blijft het heel lang stil. Er beweegt niets in haar gezicht, geen spiertje, geen ademzucht, geen geknipper van haar oogleden.

'Er is een onderzoek gestart,' voeg ik er nog aan toe.

Geen reactie.

'De wereldpers heeft het nieuws nu opgepakt. Dat zal wel een fikse duw geven om dit uit te zoeken. Iedereen neemt het nu van elkaar over. De bijna achthonderd kinderlijkjes raken mensen, vooral omdat ze in een riool gelegd zijn. Maar...' Ik zucht, omdat het laatste nieuws mij ook raakte. ‘Het blijkt dat er een wet bestaat die nu alles blokkeert. Ook al bleek het een grote schande te zijn dat die baby’s ooit in rioolbuizen zijn gedumpt, je mag ze toch niet opgraven om ze een nette begrafenis te geven.’

Mijn woorden vliegen weg over het terrein en daarna over de weilanden, waarin een paar lage huizen en bosjes als enige de leegte onderbreken.

Mary fluistert iets, maar ik versta haar niet.

‘Ik wilde het niet,’ herhaalt ze dan harder.

Ik begrijp meteen wat ze bedoelt. ‘Ik weet het. Ik vind het zo erg voor je,’ antwoord ik meteen. Het is hartverscheurend om haar opnieuw door dat taaie verdriet te zien worstelen.

‘Ze dwongen me om afstand te doen, maar ik heb altijd geweigerd om te tekenen. Toen je één jaar oud was, hebben ze je weggehaald terwijl ik onbetaald aan het werk was. Ze vonden dat we onze schulden moesten afbetalen en behandelden ons als slaven. Dat kon ik nog wel accepteren. Maar dat ze jou afpakten...’ Ze begint te snikken. ‘Ik had geen idee waar je was en ik kon niet naar je op zoek, omdat ze me opsloten in mijn kamer.’ Ze diept een zakdoekje op uit haar mouw en snuit haar neus. ‘Vlak daarna werd ik naar de Magdalene Laundries gestuurd in Galway. Ik was zo bang dat je niet sterk genoeg was om te blijven leven. Ik zag kinderen ziek worden, maar hoe ik ook probeerde, ik kon niet naar je toe om je te helpen of iets extra’s te geven.’ Er druppen tranen uit haar ogen.

Het is hartverscheurend om mijn moeder zo te zien. Zelfs nu ze vertelt over haar eigen ontberingen, denkt ze alleen maar aan mij.

‘We gaan ze aanklagen voor illegale adoptie. Jouw getuigenis gaat daarbij helpen.’

Als ze me omhelst, snuif ik haar geur diep op en besef dat ik haar al die jaren gemist heb.

BIJNA DERTIG JAAR LATER

67

Erin – Ierland 2023

Met wat onzekere passen komt ze op ons af, de vrouw die zich al die jaren belangeloos heeft ingezet om de herinnering aan wat hier ooit heeft plaatsgevonden levend te houden. De zon hangt laag boven de mooi ingerichte speelplaats, waar een grote groep kinderen staat om maar niets te hoeven missen. Toch is de plek waar de opgravingen plaatsvinden hermetisch afgezet.

'Wat fijn om je weer te zien.' Maureen geeft me een warme omhelzing. 'En dit is…'

'Ja, dit is ze. Onze dochter.' Ik werp een trotse blik op haar. 'Rowan wilde per se mee.'

'Je lijkt op je vader,' geeft Maureen meteen aan. 'Is Teun niet mee?'

Ik schud mijn hoofd. 'Sinds hij met pensioen is, leidt hij onderzoeksgroepen om botten op te graven.' De warmte vliegt omhoog als ik me realiseer wat ik zeg. 'Voor het museum. Er is een triceratops ontdekt in Montana, en hij heeft zoveel ervaring met het veiligstellen van deze dinosaurusskeletten dat hij zich als vrijwilliger heeft aangemeld.' Ik adem even diep door, omdat het ongemak te dicht onder mijn huid hangt. 'Hoe gaat het hier?'

Het gezicht van de tengere Ierse licht op, en haar rimpels vouwen zich in een stralende glimlach. 'Ik ben zo enthousiast. Afgelopen maand hebben we eindelijk het officiële document ontvangen waarop staat dat de wet is aangepast. We zijn dus begonnen om de overblijfselen te bergen. Aan al die jaren wachten is nu een einde gekomen. O, ik moet je wat laten zien.' Ze loopt voor ons uit, wat onzeker op haar benen, maar nog steeds krachtig genoeg.

Ik knipoog naar mijn dochter. Maureen is nog steeds niets veranderd. We lopen naar de hoge afzettingen en krijgen toegang tot het terrein. De gedenkplaats is in de hoek, een zee aan bloemen ligt ervoor. Het ontroert me om te zien dat bijna dertig jaar na de ontdekking van de ongeïdentificeerde lijkjes nog steeds zoveel mensen de gestorven kinderen herdenken.

Maureen blijft staan bij een grote bronzen plaat waarop vele rijen met namen gegraveerd zijn.

'Zijn dit...' Ook al weet ik dat er zevenhonderdzesennegentig kinderen gestorven zijn, toch raakt het me om ze nu met naam en toenaam op de plaat te zien staan.

'Dit was het minste dat we konden doen,' geeft ze aan.

Ik laat mijn blik langs de namen glijden. Dit zijn de kinderen die minder gelukkig zijn geweest dan ik. Als ik de data zie, schud ik mijn hoofd. Velen hebben zelfs hun eerste verjaardag niet gehaald.

'Er staan ook veel dezelfde achternamen op.' Ik wijs naar de overeenkomsten. 'Dat zal toch geen familie zijn?'

Maureen aarzelt een kort moment. 'Er zijn nu eenmaal achternamen die veel voorkomen in Ierland, zoals O'Brien of Doyle.'

Ik adem diep door. 'En hoe gaat het met...' Ik kan het woord maar moeilijk uitspreken. 'Met het bergingswerk?'

'Het blijkt dat er inderdaad een groot gewelf onder de grond ligt met, voor zover ze nu kunnen inschatten, twintig ondergrondse kamers. En onder dit herdenkingsveld ligt die septic tank die in 1975 door de spelende kinderen ontdekt is.'

Het beeld staat nog zo scherp op mijn netvlies dat mijn maag opnieuw begint te protesteren.

'Door de regering zijn vele miljoenen uitgetrokken om niet alleen alle overblijfselen te bergen, maar ook om eindelijk forensisch DNA-onderzoek te doen, zodat we de verwantschap kunnen aantonen. Er komen nog steeds mailtjes binnen van vrouwen die willen weten of hun zoon of dochter nog leeft of dat ze in het tehuis gestorven zijn.'

Iemand roept Maureens naam. Ze kijkt om en verontschuldigt zich bij ons.

'Mam, ken jij deze kinderen?' Rowan wijst op de plaat. Ze kent de geschiedenis van mijn geboorte, maar ze weet ook dat zij zonder onze zoektocht nooit geboren was. Teun en ik zijn getrouwd, waarna ik zwanger bleek te zijn. Het heeft me een ongelooflijk gelukkig leven gegeven toen ons huwelijk bezegeld werd met onze mooie dochter. Ze heeft zelfs haar oma Mary nog heel lang in haar nabijheid gehad, omdat we Mary al snel naar Nederland hebben laten komen.

'Nee, de namen zeggen me niets. Ik was pas vierenhalf toen ik geadopteerd ben.'

Maureen tikt me op de schouder. 'Kijk eens wie er is!'

Ik draai me om en kijk in vriendelijke bruine ogen die omringd worden door een waaier aan kraaienpootjes, en die niets in zachtheid verloren hebben. 'Charlotte!'

Nadat ook zij mijn dochter heeft begroet, haken haar ogen zich vast aan de grote gedenkplaat. De stilte neemt bezit van me als ik bedenk dat zij zeker namen zal herkennen.

'Gaat het, Charlotte?'

Ze knikt zo heftig dat ik besef dat ze zich groothoudt. Ik zie weer hoe breekbaar ze geworden is. In de afgelopen jaren hebben we contact gehouden en samen hebben we regelmatig herinneringen opgehaald aan deze bizarre geschiedenis.

Na een paar keer krampachtig slikken, kijkt ze me met haar betraande ogen aan. 'Eindelijk heb ik het bewijs dat mijn enige vriendinnetje dat ik in het tehuis had, gestorven is.' Ze wijst op de plaat. 'Norah is maar zeven jaar geworden.'

Als ze wankelt, pak ik haar snel vast om haar te steunen. 'Het was niet jouw schuld. Je hebt na onze zoektocht prachtig werk gedaan. Je hebt geholpen om verschillende kinderen hun biologische moeder te laten terugvinden. En het rapport van de Health Services Executive bewijst dat er inderdaad veel illegale adopties hebben plaatsgevonden. Zulk belangrijk werk!'

'Het waren er minder dan we eerst dachten.'

'Elk kind was het slachtoffer van een misdaad, Charlotte. En jij hebt waanzinnig mooi werk verricht samen met Sean.'

Charlotte buigt verlegen haar hoofd. 'Ook dankzij het onderzoek van jouw adoptiemoeder.'

'Was dat oma Reinders?' Rowan schudt haar lange rode krullen over haar schouders.

'Ja, ze was een fantastische moeder voor me.'

Charlotte zucht diep. Ze toont ineens een gelukzalige glimlach en wenkt een vrouw die achteraf is blijven staan. 'Ik kan eindelijk Sally aan je voorstellen.'

Rowan buigt zich naar me toe. 'Is dit die vrouw die...'

'Ja, maar dat is nog niet zeker.' Mijn blik flitst tussen beide vrouwen heen en weer. Charlotte had haar van het hele proces op de hoogte gehouden.

Charlotte glimlacht warm naar de vrouw naast haar. 'Ik had in al die papieren iemand met dezelfde achternaam ontdekt. Sally McGrath. En via Maureen heb ik haar uiteindelijk ook ontmoet.'

Ik wist er al van, maar zie nu ook de gelijkenis. Dezelfde lichaamsbouw, hetzelfde haar, ook al zijn ze beiden nu grijs, dezelfde zachte ogen.

Charlotte legt haar arm om de vrouw heen. 'En we hebben nieuws.'

Ik voel het al voordat ze het vertelt.

Uiteindelijk draait Charlotte zich weer naar me toe. 'De lijst van de priester heeft ook iets moois opgeleverd, want een DNA-test heeft het nu bewezen: Sally is mijn zusje.'

De blijdschap springt in mijn hart omhoog. 'O, Charlotte wat geweldig.' Naast me zie ik Maureen trots glimlachen. Zelfs mijn dochter straalt. 'Wat een ongelooflijk mooi bericht,' zeg ik zacht.

Achter ons klinken geluiden die me terugbrengen naar alle opgravingen die ik in de afgelopen jaren voor mijn werk heb mogen doen. Dat heeft inzicht gegeven in de geschiedenis van de evolutie. Nooit heb ik gedacht dat ikzelf op een totaal andere manier betrokken zou worden bij het onderzoek naar verwantschap.

'Drankje in de pub?' stelt Maureen voor.

Ik sla mijn arm om de schouder van mijn dochter en knik naar de twee zussen. 'Kom, Charlotte en Sally, we hebben wat te vieren.' Dan keren we de gedenkplaats de rug toe en passeren de afzetting.

Op de speelplaats zijn jongens aan het voetballen. Hier stond het tehuis waar ik ben opgegroeid. Honderden kinderlijkjes liggen nog zonder identiteit onder de grond. Gedumpt op de plek waar wij ooit als kinderen speelden. Maar dankzij onze inspanningen krijgen deze kinderen nu eindelijk een naam en het respect dat ze verdienen.

NAWOORD VAN DE AUTEUR

Dit verhaal is gebaseerd op ware gebeurtenissen. Ik kwam ermee in contact door krantenartikelen van onder andere het *Algemeen Dagblad*[1] en *de Volkskrant*[2] die mijn vader aan mij gaf:

> 800 BABYLIJKJES GEVONDEN IN PUT VAN IERS NONNENKLOOSTER
> *Drieënvijftig jaar nadat een katholieke instelling voor de opvang van zwangere meisjes in het West-Ierse Tuam werd gesloten, zijn er op het terrein van de instelling ongeveer achthonderd babylichaampjes gevonden. De lijkjes – uit de periode van 1925 tot 1961 – werden aangetroffen in een grote septische put van het tehuis. Dat zegt de Ierse historica Catherine Corless in* The Washington Post. *Zij deed onderzoek naar het massagraf, dat al in 1975 bij toeval was ontdekt.*

Het bericht raakte me, en dus ging ik research doen. Ik groef in de geschiedenis van het Bon Secours Mother and Baby Home[3], dat in de volksmond The Home genoemd werd, waar zwangere Ierse vrouwen opgevangen werden en hun onwettige kind ter wereld brachten. Deze jonge vrouwen – vaak nog pubermeisjes – werden verstoten uit hun strenggelovige gemeenschap. Nu is dat bijna niet meer voor te stellen, maar in die tijd (vóór 1960) was het een schande als ongehuwde vrouwen zwanger raakten, zelfs als dit kwam door een verkrachting. Ook in Nederland zijn soortgelijke zaken bekend.

DE GESCHIEDENIS VAN HET BON SECOURS MOTHER AND BABY HOME IN TUAM

Er bestaan ongelooflijk veel artikelen over het Bon Secours Mother and Baby Home in Tuam[3], omdat het wereldnieuws werd. Ik bekeek documentaires en video's over dit soort tehuizen in Ierland, en over de Magdalene Laundries waar deze jonge vrouwen als slaven aan het werk werden gezet. Deze wasserijen waren een hel voor de vrouwen die daar vaak jarenlang onbetaald onder erbarmelijke omstandigheden werkten. Op internet zijn verschillende getuigenissen hierover te vinden.[4]

IERLAND EN DE GEBRUIKEN

De setting van een verhaal zorgt voor de sfeer. Daarom las ik verschillende boeken over Ierland en over de Ierse gebruiken en het bijgeloof van de bevolking. Ik sprak met verschillende wereldvrouwen die nu in Ierland wonen. Het gaf me waardevolle informatie over de gebruiken, maar bijvoorbeeld ook over de *residential drunk* en de pubs, die een andere functie hebben dan de cafés in Nederland. Over de muziek, de legenden en ook de verhalen van de bosnimfen en de feeën in het woud. En het Ierse klimaat, dat op een gewone dag vier seizoenen kan laten zien.

ADOPTIES

Veel kinderen uit tehuizen worden geadopteerd. De door mij bedachte Erin, Max en Charlotte hebben psychologisch een knauw gekregen. Toch is het mooi als kinderen door adoptie een goed thuis gegeven wordt. Gelukkig zijn er ook veel goede verhalen over adopties. Ik heb hiermee dan ook geen zwartboek willen schrijven over adopties.

Het jaar 1995

Ik heb ervoor gekozen om mijn verhaal in 1995 te laten spelen, omdat in dat jaar veel zaken over The Home ontdekt werden. De rioolput waarin de babylijkjes lagen was in 1975 al door spelende kinderen ontdekt, maar dat het er zoveel waren werd pas veel later bekend. Het onderzoek ernaar startte in 1995. Het betekende dat ik me in bijna het gehele verhaal verplaatst heb in de wereld van 1995.

VERANDERDE WERELD

In 1995 waren er al wel computers, maar nog lang niet iedereen gebruikte die. Er waren nog (bijna) geen persoonlijke mailadressen; Hotmail ontstond pas in 1996, World Online (het bedrijf waar Wim werkt) werd in 1995 opgericht, en de eerste klanten konden een jaar later gebruikmaken van hun diensten. Opslag van data was toen nog op een diskette of floppydisk. Er waren nog geen mobiele telefoons en het alarmnummer was 06-11 en niet 112. Google als zoekmachine bestond nog niet. Het gaf mij een erg interessante *throw back in time* om te bedenken hoe het er in die tijd aan toeging om informatie te verzamelen of met iemand contact op te nemen. Mijn volgers op Facebook waren hierbij een grote hulp. Het jaar 1995 lijkt nog maar zo kortgeleden, maar toch is er ongelooflijk veel veranderd.

NATURALIS IN LEIDEN

Leiden heb ik vaak bezocht, mijn oudste zoon woonde slechts een paar huizen verwijderd van Astrid. Haar bovenhuis bestaat echt en het uitzicht klopt. Ook het huis van Erin heb ik (op internet) bezocht. Natuurlijk mocht een bezoek aan het museum Naturalis in Leiden niet ontbreken. Hier werken Erin en Teun. Het museum heeft in 2019 echter een ingrijpende verbouwing en verandering ondergaan. Veel van wat ik me herinnerde uit 1995 was er niet meer. Gelukkig brachten gesprekken met medewerkers die tijd weer enigszins terug. Ook kreeg ik mooie informatie over hun opgraafwerk van skeletten en vond ik een webpagina die mijn geheugen verder opfriste.[5] Mochten er fouten geslopen zijn in de routes door het museum, onmogelijke nooduitgangen, vondsten van dino's die nog niet gedaan waren of de locatie van zalen, dan komen die geheel voor rekening van mijn slechte geheugen.

ORLÉANS EN MILAAN

Naast de bottenspecialist Erin bedacht ik Charlotte die in Orléans woont en patissier is. Ze doet mee aan de wedstrijd van de *Meilleur Ouvrier de France*, waarover ik verschillende video's en documentaires heb bekeken. Verder bedacht ik Max in Milaan, die couturier is. Ik bekeek verschillende video's over het werk van wereldberoemde couturiers en hoe ze werken. De stad Milaan heb ik zelf bezocht. Ik zat op de trappen van de kathedraal (Duomo) en liep door de Galleria Vittorio Emanuele, stond met eigen voeten op het mozaïek in het centrum van de galerij die in een kruis is gebouwd en ik keek omhoog naar de glazen koepel. Pas tijdens het schrijven bedacht ik de overeenkomst met een prachtige bruidsjapon. Leiden, Orléans en Milaan: de beginletters vormen samen een woord dat mij inspireerde bij de plot. Het is een van de woordspelletjes die ik in mijn boeken verberg en die nog lang niet allemaal zijn ontdekt.

SOMS IS DE WERKELIJKHEID ERGER DAN FICTIE

Het oude terrein waar The Home heeft gestaan en waar de babylijkjes in een riool gedumpt zijn, ligt recht tegenover de officiële katholieke begraafplaats van Tuam. Dit had ik als fictieschrijver nooit kunnen verzinnen. Even de weg oversteken was voldoende geweest om deze kinderen een respectvolle begrafenis te geven. Maar ze werden gezien als bastaards en een grote schande, dus kregen ze geen plek op de katholieke begraafplaats. Veel misstanden heb ik niet feitelijk opgenomen, omdat ik er regelmatig onpasselijk van werd hoe er met kinderen werd omgegaan. Zonder deze ergste gruwelijkheden is het verhaal al zwaar genoeg. De getuigenissen spreken hierbij voor zich.

MEMORIAL

Het gedenkveldje uit mijn verhaal bestaat echt. Daar is nu een Children's Burial Ground Memorial, op de plek waar op het moment dat ik dit boek schrijf (voorjaar 2023) de opgravingen van de kinderlijkjes aangekondigd worden.[6] De wet is hiervoor na vele jaren wachten aangepast en tot nu toe is het nog onduidelijk hoeveel lijkjes er liggen. Inmiddels is de wetenschap zo ver dat het mogelijk is dat er verwantschapsonderzoek door middel van DNA kan plaatsvinden om de herkomst van de babylijkjes te ontdekken en de kinderen een naam te geven. Op die manier kunnen biologische moeders, die vaak hun leven lang gezocht hebben naar hun kind, misschien nog antwoord krijgen of hun kind nog leeft. Helaas zijn velen van hen al overleden voordat de wet aangepast was.

Tuam in 2023

De historica Catherine Corless (zie de krantenkop) is al die jaren de drijvende kracht geweest achter het onderzoek aangaande het Bon Secours Mother and Baby Home. Mijn personage Maureen is op haar gebaseerd. Er zijn inmiddels rapporten gepubliceerd die melding maken dat er mogelijk zo'n duizend kinderen zijn verhandeld voor adoptie.[7] Deze rapporten stellen ook dat er een reëel gevaar bestaat dat dit zonder de toestemming van de biologische moeder is gebeurd. Van een klein aantal adopties is al bewezen dat ze illegaal waren. De toekomst zal meer vertellen. Op de Facebook-pagina[8] die door Catherine Corless bijgehouden wordt, is het nieuws over de opgravingen en het verdere onderzoek te volgen. Op 25 juni 2023 plaatste *The Guardian* het nieuws dat binnenkort met de identificatie van de zevenhonderdzesennegentig kinderlijkjes begonnen wordt.[9] In dit artikel zegt Corless: *"Hunger and neglect afflicted the children. The children were treated as commodities. The prettier babies were set up for adoption – it was a money-making racket. The sicker ones were put away and allowed to die."* In het artikel staat ook dat Daniel Mac Sweeney, de leider van het team van forensische onderzoekers, op de memorial site is geweest maar dat hij nog geen datum bekend kan maken waarop er met de opgravingen begonnen gaat worden. Familieleden van de overleden kinderen hopen dat dit binnen een aantal maanden zal zijn.

Recht boven het gangenstelsel van dit riool ligt nu echt een kinderspeelplaats. Het is de plek waar ooit de kinderen van The Home achter hoge muren gevangengehouden werden.

FICTIE

Mijn verhaal is fictie, omdat ik personages en hun levens bedacht heb om dit verhaal te kunnen vertellen. Maar veel van de gebeurtenissen staan helaas geëtst in de geschiedenis van Ierland. Dit is dan ook wat er gebeurd kán zijn, omdat veel geheimen rondom deze tehuizen nog steeds verborgen zijn.

Een zeer beperkt aantal verwijzingen naar bronnen vind je hier:

1. https://www.ad.nl/buitenland/800-babylijkjes-gevonden-in-put-van-iers-nonnenklooster~aca136e4/
2. https://www.volkskrant.nl/nieuws-achtergrond/800-babylijkjes-gevonden-in-put-van-oud-iers-nonnenklooster~b6911bf9/
3. https://en.wikipedia.org/wiki/Bon_Secours_Mother_and_Baby_Home
4. https://www.youtube.com/watch?v=7RJK8eR9IzM
5. http://home.kpn.nl/d.siebers1/naturalis/museum.html

6. https://www.youtube.com/watch?v=XQU02YrggzY
7. https://en.wikipedia.org/wiki/Mother_and_Baby_Homes_Commission_of_Investigation
8. https://www.facebook.com/profile.php?id=100078483590474
9. https://www.theguardian.com/world/2023/jun/25/a-stain-on-irelands-conscience-tuam-home-for-unmarried-mothers-gives-up-grimmest-of-buried-secrets

MET DANK AAN

Mijn vader Joop Boersma heeft me dit idee aan de hand gedaan. Hij had verschillende krantenberichten uitgeknipt over deze geschiedenis in Ierland, en die zijn in mijn hoofd gaan broeien. Dank pap, voor je inspiratie.

Mijn kostelijke man Jan denkt met me mee, luistert als ik gedeelten voorlees en geeft hierover ook zijn mening. Hij ziet aan me als ik met mijn hoofd in het verhaal zit en benadert me dan wat omzichtiger. Best slim met een thrillerauteur als vrouw. Als ik Jan was, zou ik gek worden van zo'n schrijver naast me, maar hij blijft me steunen.

Mijn zoon Guido en schoondochter Maaike maakten een dagje uit naar Naturalis extra waardevol. Het meedenken over het deel dat zich afspeelt in het museum heeft zeker geleid tot een spannendere scène.

Carina van Leeuwen, auteur en forensisch rechercheur, was meteen bereid om me te helpen bij de lastige materie van het botonderzoek. Ondanks haar volle leven en een deadline voor haar eigen nieuwe thriller gaf ze me waardevolle tips.

Een dikke dank voor het fantastische team van De Crime Compagnie, jullie liefde voor verhalen én jullie auteurs is geweldig.

Altijd eng én fijn dat er vooruitlezers zijn die kritische kanttekeningen plaatsen. Dank Coby Mesman, Wendy Wenning en Moon Kager.

Een laatste woord van dank gaat naar mijn lezers, en dan speciaal naar mijn ambassadeurs. We delen de liefde voor verhalen en zonder lezers is schrijven veel minder leuk. Blijf vooral lezen en geniet van alle leesreizen die je daarmee maakt.

Marelle

Wil je ook ambassadeur worden en elke maand kans maken op een gratis boek? Meld je aan via www.marelleboersma.nl. Het kost niets. Het levert je zeker wat op!

Ook van Marelle:
De engel van Sevilla – Het Moezelmeisje – Terug naar Cornwall – Ciao Sicilia – Chateau de Provence – Blind date - Enkele reis naar de Algarve – Kruimels zijn ook brood – Nobody/Niemand – Ik volg je – Moederziel – Vals Alarm – De Babymakelaar/Het Verborgen kind – Schaduwspelen – Complex – Stil Water – Nephila's Netwerk

Lees ook van Marelle Boersma

De Vertrekthrillers

Chateau de Provence

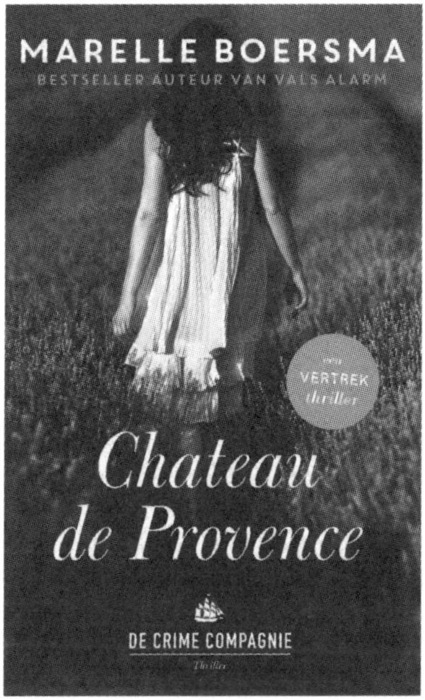

Na een moeilijke periode in hun huwelijk willen Julia en haar man Luuc een nieuwe start maken. Als Luuc een Frans kasteel met een grote olijvenboomgaard kan kopen, vertrekken ze naar de Provence om daar beautyvakanties te organiseren. Dan wordt in het kasteel het lijk van een jonge vrouw ontdekt...

Ciao Sicilia

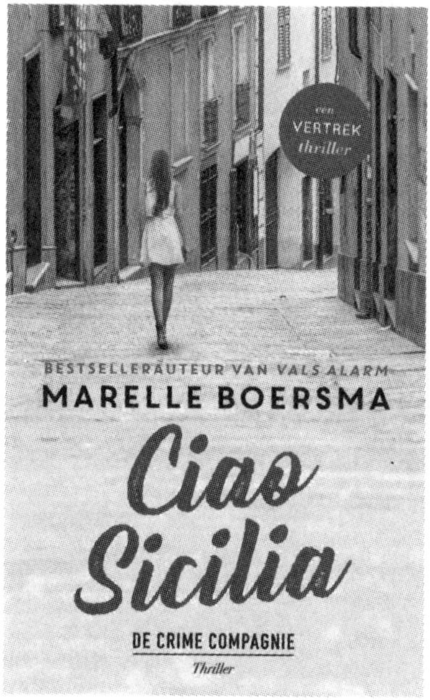

Op het moment dat Anne de envelop in een brievenbus laat vallen, weet ze dat ze nooit meer terug kan. Haar werk als chocolatier, haar echtgenoot Benny en haar vriendschap met Daan, alles moet ze achterlaten. Ze vertrekt naar het Italiaanse eiland Sicilië in de hoop dat ze daar niet gevonden wordt...

Enkele reis naar de Algarve

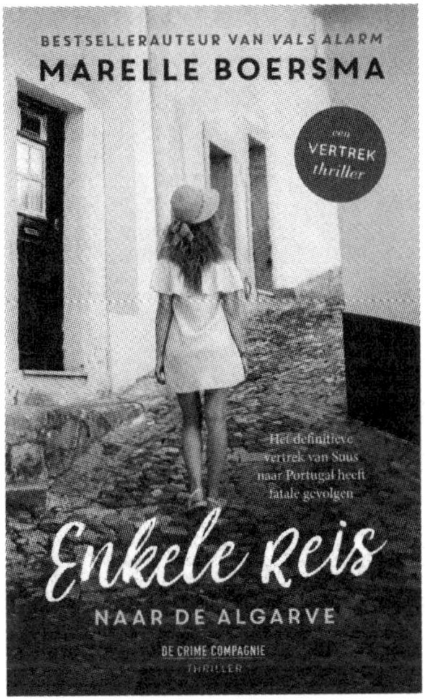

Het geluk lacht Suus toe als ze haar droom volgt en naar het buitenland verhuist. Samen met zus Anouk en dochtertje Sterre settelt ze zich in een oude boerderij op het platteland van Zuid-Portugal. Maar dan slaat het noodlot toe: Sterre verdwijnt spoorloos.

Terug naar Cornwall

Vlak na de dood van haar vader ontdekt Jill een raadselachtige notitie die hij voor haar heeft achtergelaten. Ze vertrekt naar haar geboortegrond in Cornwall op zoek naar haar familie en afkomst. Daar blijkt dat haar hele leven gebaseerd is op leugens. Wat wilde haar vader haar nu eigenlijk vertellen? Kan Jill op tijd ontdekken welke belangrijke boodschap haar vader voor haar achterliet?

Het Moezelmeisje

Emma wil haar geluk beproeven in het Duitse stadje Cochem. Ze heeft bedacht dat ze op de wijnboerderij van haar familie een prachtige alcoholvrije wijn kan gaan maken. Direct na aankomst wordt ze echter met twee misdrijven geconfronteerd. Houden deze twee zaken verband met elkaar? Of misschien zelfs met haar komst?

De engel van Sevilla

Het is Sascha gelukt om haar twee passies te combineren: haar voorliefde voor Spanje en haar drijfveer om voor anderen te zorgen. Ze krijgt een droombaan in een resort in de zonnige stad Sevilla. Haar baas vindt haar meer dan leuk, en dat hun liefde geheim moet blijven geeft een extra spanning aan hun relatie. Dan valt er een dode in het resort. Als blijkt dat het geen natuurlijke dood was, beseft Sascha dat er iets gruwelijk mis is.

Genoten van dit boek? Dan vind je vast de andere boeken van De Crime Compagnie ook leuk! Onze boeken zijn te herkennen aan de kleine doodskopjes op de achterkant, onze e-books aan de roze balk op de voorkant. Enkele van onze titels zijn:

Loes den Hollander – *Geloof mij nooit*
Linda Jansma – *Zwarte leugens*
Angelique Haak – *Het verkeerde meisje*
Marijke Verhoeven – *De regels van het spel*
Marion van de Coolwijk – *Mama liegt*
Inge van Prooijen – *Zonder angst*
Machteld van Zalingen – *Bloedlijn*
Sophie Wester – *Een lege plek*
Eva Nagelkerke – *Niet mijn droom*
Marja West & Anna Bontekoe – *Het zal nooit meer kaviaar zijn*
Vera van Beers – *Onheilspad*
Liz Ouwens – *Wie zwijgt...*
Annerieke de Vries – *Een duistere plek*
Tamara Geraeds – *Doden praten niet*

Kijk voor meer informatie ook op www.crimecompagnie.nl.